선덕여왕

선덕여왕

정진영 장편소설

징검다리

차례

내 죽거든 도리천에……

여왕이 아무 병도 없을 때 여러 신하에게 일렀다.

"나는 정미 년 정월 초열흘에 죽을 것이니, 나를 도리천 속에 장사 지내도록 하라."

도리천이라면 불교의 하늘 계급들 가운데 둘째 하늘이다. 부처님이 계신 첫째 하늘이 도솔천이다. 왕족들은 죽으면 도솔천에 갈 것을 믿었지만, 여왕은 겸손했다. 피와 욕망이 있는 여인으로서의 분수를 스스로 헤아리고 있었던 것이다.

신하들이 그 곳을 알지 못해서 서로 얼굴을 쳐다보다가 물었다.

"도리천이 어디옵니까?"

"낭산 남쪽이니라."

신하들은 자신의 죽음을 예언하는 여왕의 의연한 태도에 당황한 기색이었다.

"운이 가도 이름은 남는다. 내 홀연히 바람처럼 돌아간들 무슨 한이 있겠느냐? 수명은 하늘이 정한 것이니 슬퍼할 것도 없다. 나를 잊지는 말아라. 나는 영원히 사느니……."

647년 정미(丁未)년 정월,

여왕은 병석에 누워 있었다. 여왕은 다음 왕으로 사촌 여동생인 승만을 지목해 두었다. 김춘추와 김유신은 여왕의 뜻을 받들어 승만을 새 왕으로 추대할 준비를 하고 있었다.

여왕이 승만을 새 왕으로 지목했고 김춘추 일파가 새 왕을 세울 준비를 하고 있다는 말은 금방 상대등 비담에게 흘러 들어갔다. 평소에 여왕과 그들의 집권에 반감을 갖고 있던 비담은 크게 노했다. 그 자신이 차기 왕이 될 것을 기대했던 비담은 은밀히 염종과 만나 반역을 꾀했다.

"여주는 정사를 잘못 하오. 지금이 어떤 시대인가? 강력한 힘의 정치가 요구되는 급박한 때 아닌가? 유약한 여주가 정사를 못해서 혼란한 것이오. 그런데 춘추와 유신 일파는 또 다시 승만으로 여왕을 세울 모양인가 보오. 재상인 나를 무시하고 마음대로 정사를 하니 더는 용서할 수 없소. 그들이 새 왕을 옹립한 후는 이미 늦은 듯하오."

그러자 염종도 동조했다.

"지금 여주가 죽어갈 때가 마침 기회입니다. 군사를 일으켜 여주를 폐하고 내처 춘추와 유신 일파를 내몰아야 합니다."

그들은 죽어 가는 여왕을 폐하고 왕권을 잡기 위해 군사를 일으켜 왕성으로 쳐들어갔다. 친위대가 궁내에서 막아내자 비담의 군대는 명활성에 진영을 풀고 주둔했다. 김유신이 이끄는 여왕의 군사는 월성에 진을 만들고 그들과 대치했다. 그렇듯 서로 마주 보고 공격하기를 10여 일이었지만 풀리지 않았다.

한밤중이었다. 캄캄한 하늘 중천에서 하얗게 타오르듯 커지던 별 하나가 긴 꼬리를 그으며 월성에 떨어졌다. 별의 움직임을 지켜보던 비담이 흡족한 웃음을 지었다. 그가 군사들에게 소리쳤다.

"내가 들으니, 별이 떨어진 곳에는 반드시 유혈이 있다고 한다. 이것은 아마 여주가 죽고 김유신이 패전할 조짐이 분명하다. 이제 승리는 우리 것이다!"

금방 승리한 것처럼 사기충천한 군사들이 북을 치고 떠드는 소리가 천지를 진동했다. 비담은 나라의 재상이라, 그 휘하의 군졸들은 신라 도심을 온통 휩쓸 정도였다.

여왕은 침상에 누운 채 창백한 얼굴로 그들을 보고 있었다. 불안하게 흔들거리는 그녀의 시선은 김유신에게 꽂혀 있었다. 그는 황금 빛 갑주로 무장한 채 왕을 알현하러 왔다. 유신과 알천, 춘추, 그들은 여왕의 침상 아래 무릎을 꿇은 채 영원한 충성을 맹세하는 듯한 모습이었다. 지금껏 그들은 신라와 여왕에게 목숨바쳐 충성해온 자들이었다.

"유신 공, 별이 월성에 떨어졌다고 들었소. 내가 죽었다는 소문도 나돈다던데…… 민심이 흉흉해지면 우리 편 전세가 불리해 질 것 아닌가?"

유신이 무릎을 꿇은 채 부동자세로 말했다.

"폐하, 길흉은 무상하여 오직 사람이 하기에 따르는 것입니다. 그러므로 주의 문왕은 봉황을 얻음으로써 번창했습니다. 또 기린이 나타나면 성왕이 나온다고 했는데 노나라는 기린을 잡아 버렸기에 쇠약해졌습니다. 그렇듯 다 사람하기 나름입니다. 덕이 요사한 기를 눌러 반드시 이길 수 있습니다. 별무리의 변이는 더 두려울 것이 없습니다. 심려치 마십시오."

항상 그랬듯이 그의 말과 태도는 자신만만하고 당당했다. 병상에 누운 자신을 위안하며 더 확고부동한 자세로 전세에 임하는 유신이 그녀는 고마웠다. 그들은 곧 물러갔다. 그녀 곁에는 사촌 자매며 앞으로 새 왕이 될 승만만 남아 있었다. 승만을 보는 그녀의 눈에 어슴푸레한 안개 같은 눈물이 고였다. 승만이 여왕의 손을 잡고 나지막한 소리로 말했다.

"폐하, 유신은 외적들과의 무수한 전쟁을 대파한 노장입니다. 유신은 이제껏 그 어떤 전쟁에서도 패배한 적이 없지 않았습니까? 더 심려하실 일은 없을 듯합니다……."

여왕은 긴 한숨을 쉬었다.

"나는 죽는 날까지 마음 편한 날이 없구나. 죽는 순간까지 세상은 이리도 시끄러우니, 외적보다 나라의 재상이 모반한 것이 더 마음 아프다. 원래 밖의 적보다 안의 적이 더 무서운 법이다만…… 유신이 흉조까지 나타난 이 난국을 잘 평정해야 할 텐데……."

"폐하, 유신의 기지와 뜻이라면 하늘도 기꺼이 도울 것입니다. 유신은 신라를 위해 태어난 인물이며 하늘이 돕는 자입니다. 그를 믿으십시오."

"살다가 죽으면 한평생은 순간이건만…… 이렇듯 허망한 삶인데도 사람들은 부귀영화를 얻기 위한 싸움에 끝까지 집착하는 구나. 이제 그 모든 것은 사라지고 입 벌린 거대한 무덤만 보인다. 나의 안식처…… 저 속에 들어가 편히 쉬게 되겠지……. 세상의 빛이 미치지 않는 깊고 시커먼 저 구덩이…… 차라리 무덤 속이라면 전쟁도 반역도 없고 아무 번거로움이 없지 않겠느냐?"

10

"폐하, 듣기 민망합니다."

여왕은 승만과 둘만 남게 되자 넋두리라도 쏟고 싶었다. 그녀는 이웃 나라들과의 끊임없는 전쟁으로 왕 노릇에 지쳐 있었고, 믿었던 대신의 모반에 큰 상처를 입었다. 병상에 누워 있는 가슴은 왕관의 무게에 짓눌린 듯 답답했다.

"고해라고 하는 사바세계, 왜 태어났는지 죽음에 임박해서도 그 답은 알 수가 없다. 한 승려가 말했다지. 태어나지 마라, 죽는 것이 괴로우니, 죽지 마라, 태어나는 것이 괴로우니. 죽고 사는 것이 모두 괴롭다고 했으나 내 다시 뜨거운 피와 욕망을 가진 인간으로 태어나고 싶다. 다시 여인으로 태어나 못다 한 정을 일궈낸다면 그 또한 나쁠 건 없을 것 같구나."

그날 밤 김유신은 허수아비를 만들어 불을 붙인 후 풍연에 실어 하늘로 올려 보냈다. 어두운 대기로 치솟아 오른 불꽃이 한동안 하늘에서 일렁거리며 타올랐다. 그 불꽃을 왕의 군사들과 잠시 전 사기충천해있던 비담의 군사들이 어리둥절한 모습으로 쳐다보고 있었다.

날이 밝자 유신은 사람들에게 시켜 어젯밤 떨어진 별이 하늘로 도로 올라갔다고 길거리에 말을 퍼뜨리게 했다. 어제 별이 떨어진 것과 불덩어리가 다시 치솟아 오른 광경을 아군과 반란군 모두 보았다. 그 말을 들은 반란군의 사기는 어수선해졌다.

제사 준비를 시킨 유신이 별 떨어진 곳에 당도했다. 그가 손수 흰 말의 목을 베었다. 그는 말의 피를 별 떨어진 곳에 뿌렸다. 제단 앞에서 제사 드리던 그가 큰 소리로 하늘을 향해 소리쳤다.

"하늘의 도리라는 것은 양이 강하고 음은 부드러운 법이오. 또 인간의 도리는 임금이 높고 신하가 낮은 것입니다. 진실로, 혹시라도 그것이 바뀌면 곧 큰 난이 되는 것입니다. 지금 비담이 신하로서 임금을 도모하여 아래에서 위를 범하고 있습니다. 그 난신을 사람과 신령이 함께 미워할 일이요, 이건 하늘과 땅 사이에 결코 용납될 수 없는 일입니다. 만일 하늘이 여기에 무심하여 도리어 별의 괴변을 왕성에 보이신 것입니까? 신이 감히 하늘에 묻사온데, 의혹하는 바 비할 데 없습니다. 하늘이시여, 부디 하늘다운 위엄을 보이십시오. 사람의 소행에 따라 선을 선으로 하고 악을 악으로 하여 신령의 부끄러움이 없게 하소서."

유신이 하늘에 호소했지만, 오히려 그 위풍당당한 기세는 하늘을 나무라고 있었다. 그는 사기가 살아난 군사들을 거느리고 단숨에 비담파를 분격했다. 비담을 발견한 그가 쫓아가 목 베자 한 순간에 적은 허물어져버렸다. 유신은 모반자의 구족을 멸하라 명령했다.

김유신의 승리와 비담 일파를 죽였다는 소식이 침상에 있는 여왕에게 전해졌다. 여왕은 편안해진 얼굴로 고개를 끄덕였다. 그녀의 숨결이 약해져가는 것을 승만은 느끼고 있었다. 고통스럽기보다는 깊은 명상에 잠겨 있는 모습, 숨도 쉬지 않는 듯 고요한 자태가 처연하리만치 아름다웠다. 여왕이라 해도 죽음과 담판 짓는 일은 혼자 해야 했다.

"승만아, 이제 먼 암흑 속이라 해도 내 안식처로 편히 갈 수 있겠구나."

"폐하, 폐하가 가시는 길은 부처님이 환한 빛으로 비춰 주실 것입니다. 가시는 길마다 꽃을 뿌려 그 길이 환히 빛나도록 할 것입니다."

여왕의 손을 꼭 잡은 승만이 나지막하지만 힘 있게 말했다. 여왕은 깊은 명상에 잠겨있는 것처럼 보였다. 그녀는 더 이상 삶에 대한 애착도 없었고 죽음의 고통에서도 해방된 경지였다. 승만 역시 조용하게 그녀의 마지막 모습을 지키고 있었다.

그녀는 눈을 가늘게 뜬 채 아득히 먼 곳을 바라보고 있었다. 위대했던 왕 아버지 진평왕과 자애로운 어머니 마야 부인, 비형, 운정, 여러 화랑들과 자매 공주들의 얼굴들이 떠올랐다. 이제 이 지상에 없거나 모두 멀리 떠나 있는 이들. 스무 살 즈음의 젊고 활기찬 그들이 말을 달리며 천천히 그녀 앞으로 몰려오고 있었다. 그녀는 그들의 이름을 불렀다. 그토록 젊고 아름다운, 그 모든 그리운 얼굴들. 그 모든 이들이 그녀를 사랑하고 떠받들었다.

그 많은 용기를 품었던 뜨거운 가슴들, 아름답게 빛나던 얼굴, 불처럼 타오르다 꺼져간 그들의 꽃 같은 육체. 풍요로운 청춘을 술잔에 들이마시던 낭만적인 시절, 그 때 그토록 젊었었기에, 용기와 아름다움이 있었기에 거침없이 행복할 줄만 알았는데, 그 시절이 바로 어제 같은데······.

진평왕과 그 딸들

아버지의 딸

기해 579년, 신라 26대 진평왕은 20세의 젊은 나이로 왕에 즉위한다. 그는 24대 진흥왕의 태자인 동륜의 아들이다. 진흥왕대에 태자 동륜이 일찍 죽었으므로 그 둘째 아들 사륜이 먼저 왕위에 즉위했다. 사륜이 나라를 다스린 지 4년 째 되던 해 국인이 그를 폐위시켰다. 사륜은 폐위되던 그 해 죽었는데 시를 진지(眞智)라 했다.

진평왕 그의 이름은 백정(白淨)인데 나면서부터 얼굴이 기이하고 몸이 장대했다. 신장이 11척이나 될 만큼 거구인데다 압도적인 풍모였다.

왕이 즉위한 원년, 하늘에서 천사가 대궐 뜰에 내려와 왕에게 말했다.

"상제께서 내게 명하여 왕께 이 옥대를 전하라고 하셨습니다."

왕이 꿇어앉아 친히 옥대를 받자, 천사는 하늘로 올라갔다. 금으로 새기고 옥으로 장식한 허리띠는 길이가 열 아름에 장식이 62개나 되었다. 이 허리띠를 천사옥대라 하고 왕은 종묘의 큰 제사 때 언제나 이것을 둘렀다.

14

또 어느 날 젊은 왕은 자신이 창건한 내제석궁에 거동하였다. 그는 의도적으로 자신의 힘을 모든 이에게 과시하기 위해 힘껏 섬돌을 밟았다. 그는 패기만만한 젊은 왕이었고 그 시대는 힘의 시대였다. 섬돌은 그의 발아래서 두 개가 한꺼번에 우지끈 부서졌다.

왕을 둘러싸고 있던 좌우 귀족들은 왕의 힘과 장대한 기골, 타오르는 듯한 눈빛에 압도되어 숨조차 크게 쉴 수 없었다. 자신의 힘을 충분히 뽐낸 왕은 만족스럽게 좌우를 돌아보며 명했다.

"이 돌을 옮기지 말고 그대로 두었다가 후에 세상 사람들이 보도록 하라."

사람들은 진평왕을 찬하여 노래했다.

구름 밖의 하늘이 주신 긴 옥대는
왕의 곤룡포에 알맞게 둘러 있네.
우리 왕 이제 몸 더욱 무거우니,
이다음 날엔 쇠로 섬돌을 만들 것이네.

즉위한 다음 해 왕은 친히 신궁에 제사하였고 이찬 김후직으로 병부령을 삼았다. 왕이 사냥을 좋아하므로 김후직은 왕에게 자주 간했다. 김후직은 지증왕의 증손으로 성격이 곧고 바른 말을 서슴지 않았다.

"옛날의 임금은 반드시 하루에도 만 가지 정사를 보살폈습니다. 임금은 심사가 부드럽고 좌우에 있는 신하들의 바른 말을 잘 받아들였습니다. 임금이 부지런하고 방심하지 아니한 까닭에 국가를 잘 보전할 수가 있었습니다. 그런데 지금 폐하는 어떠십니까? 날마다 사냥꾼들과 더불어 산과 들을 달리는 것을 그치시지 못합니다. 매와 개를 놓아 꿩과 토끼들을 쫓아다니느라 제정신이 아니란 말씀입니다. 노자는 말달리며 날마다 사냥하는 것이 사람의 마음을 미치게 한다, 하였지요. 또 서경에는 안으로 여색에 빠지고 밖으로 사냥을 일삼으면, 그 중의 하나라 해도 혹 망하지 아니함이 없다고 하였습니다. 이로써 보면, 방탕함은 나라를 망하게 하는 것이니 반성하지 않을 수 없습니다. 폐하께서는 부디 유념 하십시오."

젊은 왕은 '참으로 잔소리가 많은 위인이군', 생각하며 얼굴을 찌푸렸다.

"공은 한 가지만 아는 참 고지식하고 답답한 위인이오. 물론 공이 누구보다 나를 생각하는 건 잘 알고 있소. 하지만 사냥이란 심신단련이며 내 나라 산의 산세를 쉽게 익힐 수 있는 방법이기도 한 것이오. 젊은 내가 가끔 말달리며 사냥하는 것조차 그렇게 나무라면 왕은 대체 무슨 낙으로 산단 말인가?"

"황송합니다만 그래서 왕 노릇이 어려운 것입니다. 폐하는 왕이 시기에 편안하거나 노는 것을 즐기면 안 된다는 것입니다. 왕이 노는 것을 즐기면 나라가 위태롭게 되는 법, 당장 사냥은 그쳐야 합니다."

"왕이 사냥도 못 하면 무슨 낙으로 왕 노릇을 하는가? 내게도 삶의 즐거움은 있어야한다. 내 한 가지 즐거움을 뺏으려 부득불 우기지 말라."

고집 세고 대쪽 같은 김후직은 다시 간절히 청했지만 왕 또한 고집이 셌다. 잔소리 때문에 반발심이 치솟은 왕은 보란 듯 그 자리에서 사냥터로 달려 가버리고 말았다.

왕은 십여 년 동안 사냥을 멈추지 않았다. 후직은 죽기 전까지 왕에게 간했지만 왕은 그것만은 그의 청을 따르지 않았다.

후직은 병이 들어 죽게 되었는데, 임종 때 모인 세 아들에게 유언으로 일렀다.

"내가 임금의 신하가 되었으면서도 임금의 나쁜 행동을 바로 잡아 구하지 못 하였구나. 왕이 잘못을 그치지 아니하면 결국 패망에 이를 것이니 이것이 내가 조심하는 바다. 비록 죽더라도 혼이 남아 반드시 왕을 깨우쳐 주려 하니, 내 유해를 왕이 사냥 다니는 길가에 묻도록 하라."

후직이 죽자 아들들이 모두 그의 뜻을 따랐다.

왕은 장녀인 덕만을 아껴 사냥터에 가끔 데리고 다녔다. 어린 덕만은 호쾌한 아버지의 뜻을 따라 일곱 살 때부터 말을 탔고 활 쏘는 법도 배웠다. 아버지를 따라다니다 자연스럽게 익히게 된 셈이었다.

그녀는 15세가 되자 남자처럼 대담하게 말을 탔고 능숙하게 활을 쏘았고, 누구 못지않게 무사들의 기술을 잘 습득하고 있었다. 젊고 정열적이고 여성다운 아름다움을 갖춘 공주, 밤색 말을 탄 그녀 모습이 나타나면 사람들은 자신들의 공주를 자랑스러운 눈길로 바라보았다. 그녀는 왕의 맏딸답게 늠름하게 행동했다. 사냥할 때 그녀는 남자들처럼 긴 덧옷 위에 허리끈을 묶고 바지를 입었으며 발목까지 오는 가죽신을 신었다.

그녀의 어린 밤색 말은 그녀와 잘 어울렸고, 머리 위의 흰 매는 원을 그리며 주인을 따라 다녔다. 왕은 딸에게 매가 날아가게 하는 방법과 명령하는 법을 가르쳐 주었다. 그녀는 남자들보다 더 빠른 속도로 말을 달렸고 지치는 법도 없었다. 15세가 된 그녀의 신체는 날씬하고 가볍고 사랑스러웠다. 거친 남자들과 사냥터에서 어울린 그녀는 밝은 꽃처럼 환하고 명랑해 보였다.

어느 날은 사슴을 쫓는 무리 앞에 떡 버틴 범의 모습이 나타났다. 모두 긴장하여 칼과 활을 겨루고 있을 때 아무 거리낌 없이 앞으로 나간 화랑 알천이 창으로 범의 이마를 찔렀다. 포효하며 날뛰는 범의 꼬리를 잡은 알천이 내처 범을 휘둘러 바위에 쳐서 죽였다. 알천은 문무에도 뛰어 났지만 괴력을 지닌 천하장사였다. 곧이어 숲 깊이 들어갔던 사냥꾼 두 명도 곰을 끌고 나타났다. 그녀는 누구보다도 말달리는 것과 활 쏘는 것에는 자신 있었다. 그렇지만 남자들의 힘과 담력에는 감탄을 하며 왕에게 말했다.

"아바마마, 남자는 참 대단한 거군요. 소녀도 남자로 태어났더라면 아바마마와 나라를 위해 도움이 되었을 텐데."

왕은 턱에서 휘날리는 긴 수염을 쓸며 호쾌하게 웃었다.

"괜찮다, 아가야. 넌 공주로도 충분히 뛰어날뿐만 아니라 남자를 능가할 정도로 용기 있고 지혜로우며, 부처님이 주신 영력까지 있지 않으냐? 넌 부처님이 내게 주신 귀한 딸이다. 난 너에게 왕위를 물려주고 모든 장군과 장사들이 너를 보필하게 할 것이다. 넌 저렇게 대단한 남자들을 다스리면 되느니, 저들을 잘 다스려 남자들의 힘을 네 것으로 할 줄 알아야 한다."

왕은 사냥을 하지 않을 때도 딸과 함께 산과 들로 말 달려 나가는 것을 좋아했다. 왕은 왕 스스로가 후계자로 생각하는 장녀 덕만에

18

게 딸이 다스릴 국토와 산세에 대해서 가르쳐 주었다. 그 결과 도성에서 멀지 않은 지명과 산들은 덕만에게도 이미 훤했다.

그 날은 포획한 사냥감이 유난히 풍성한 날이었다. 공주도 여우 한 마리를 쏘아 맞췄으므로 왕은 딸에 대한 자부심으로 흥분해 입이 그야말로 귀까지 찢어질 정도였다.

"과연 내 딸이다."

왕은 화살 맞은 여우를 딸이 직접 잡아오기를 바랐다. 왕의 기대에 어긋나지 않게 딸은 이미 앞장 서 말을 달리고 있는 중이었다. 그녀와 밤색 말은 화살 맞은 여우를 쫓아 날쌔게 달렸고 개들은 거품을 문 채 말꼬리에 따라 붙었다.

여우는 목을 내놓고 내를 건너고 있었다. 덕만도 말을 몰아 내로 뛰어 들었다. 내는 상당히 깊은 데다 물살까지 급했다. 물이 말의 목까지 차올랐으므로 금방 그녀의 허리까지 젖었다. 말은 물살에 떠밀리듯 헤엄쳐 기슭에 닿았다. 내를 건넌 그녀는 여우의 흔적을 찾다가 개 짖는 소리에 흘깃 돌아보았다. 개들은 물살이 세어 건너지는 못 하고 짖어서 자신들의 존재를 주인에게 알리려 했던 것이다. 그녀는 알았다며 잠자코 있으라는 시늉으로 손바닥으로 땅을 가리켰다. 개들은 땅에 납작 엎드린 채 주인이 돌아오기를 기다렸고 흰 매가 여우의 흔적을 쫓아 날았다.

매를 쫓아간 그녀는 산딸기 덤불이 드리워진 작은 동굴 입구에 멈춰 섰다. 그녀는 덤불을 걷어 내고 안을 들여다보았다. 굴 안에는 피투성이 여우가 체념한 듯 누워있고 그 곁에는 새끼 몇 마리가 낑낑대며 겁먹은 눈으로 그녀를 보고 있었다. 상처 입은 여우의 눈과 그녀의 눈이 정면으로 마주 쳤다. 영악한 동물은 인간의 본성을 금방 꿰뚫어 보았다. 덕만의 청순한 얼굴과 마주 친 여우의 눈빛은 금세 애원으로 바뀌어 있었다. 여우의 눈은 아주 예뻤다. 귀엽고 새까만 짐승의 눈에는 눈물이 고여 곧 흘러내릴 것 같았다. 그것도 부족하다고 생각했는지 가련한 짐승은 괴로운 신음 소리를 내며 그녀의 동정을 사려 애썼다. 여우의 애원 서린 눈을 보면서도 그녀의 손은 허리의 단도를 짚고 있었던 것이다.

이 사냥터에서는 인간이 가장 사납고 위험한 동물이었다. 인간은 동물 못지않게 야만적으로 동물을 죽였고 발정하면 짐승처럼 육욕적이었다. 또 죽음에 직면해서는 속수무책인 것이 인간이었다. 그녀 스스로 자신에 대해서도 이미 그런 점을 자각하고 있었다. 그녀가 인간에 대해서 희망적으로 생각하는 것은 야만적인 눈빛에서 가끔 엿보이는 부처의 마음이었다. 그 부처의 마음이 심장에서 흘러나오자 그녀의 가슴은 연민과 자비심으로 가득 차올랐다.

그녀는 아버지를 생각했다. 여우를 끌고 가면 아바마마가 얼마나 기뻐하며 칭찬할까, 모두들 공주의 전리품을 기다리고 있을 것이다. 왕은 다른 모든 이들에게 공주가 남자 못지않은 용맹심을 가진 존재로 보이길 원했던 것이다. 평소에는 그녀가 새나 토끼를 쏘면 매나 개가 가서 짐승을 물어 왔기 때문에 그녀는 자신이 쏜 짐승의 고통과 죽음에 가책을 느낀 적이 없었다. 사냥이었으므로 언제나 당연한 행위였다. 하지만 지금 그녀는 여린 감성을 지닌 소녀로 변해 있었다.

그녀가 여우의 등에 박힌 화살을 뽑아 줄 생각으로 다가가자 여우는 몸을 움츠리며 자신을 방어하는 카르릉 소리를 냈다. 그녀가 손을 내밀자 짐승은 앙칼진 소리로 부르짖으며 발톱을 세웠다. 그녀는 짐승의 고통과 자신이 쏜 화살에 대한 후회를 안고 울적하게 돌아섰다. 저대로 여우는 고통스럽게 죽을 지도 모른다. 눈물이 방울져 뺨으로 흘렀다.

말을 타고 다시 내를 건너오자 개들이 떠들썩하게 짖으며 반겼다. 곧 왕의 무리와 부딪혔다. 왕은 딸이 여우를 잡아 와서 자신을 자랑스럽게 만들어 줄 것을 잔뜩 기대하고 있던 차였다. 그런데 빈손으로 돌아 온 딸이 풀 죽은데다 운 기색이 보여 왕은 괴이쩍게 여겨 물었다.

"어찌된 일이냐?"

덕만이 자초지종을 말하자 왕은 심기가 불편했다. 왕과 덕만이 하는 이야기를 듣고 좌우의 화랑과 신하들은 긴장해 있었다. 왕이 어떤 말을 할 것인가. 왕 또한 그들이 자신이 하는 말을 기다리고 있는 것을 알고 있기에 잠시 고민을 했다.

'덕만은 공주라 해도 공공연히 후계자임을 내세우고 있는데, 이렇게 마음이 여리면 어떻게 할꼬.'

왕 역시 용감하고 담대하며 거침없이 씩씩한 왕자를 소원했었다. 전쟁이 잦은 신라는 그 힘을 과시할 남자 왕이 필요했다. 고구려와 백제, 일본까지 신라를 넘보며 전쟁을 하는데, 이런 마음 약한 공주가 나라를 통치한다면 한계가 있지 않을까. 이렇듯 정이 많아서 이 나라를 이끌어갈 수 있을까.

왕은 딸의 눈에 아직도 고여 있는 눈물과 볼의 눈물 자국을 보았다. 딸은 아직 그저 귀엽고 어린 소녀에 불과했다. 이런 착하고 너그러운 소녀에게 자신의 뜻만을 강요했다는 생각이 들자 그의 마음은 한결 부드러워졌다. 딸의 마음을 아프게 하기에는 그는 너무도 딸을 사랑했다. 그는 말 위의 덕만을 번쩍 들어 올려 자신의 무릎에 올려놓으며 껄껄 웃었다.

"과연 부처님이 우리 신라에 주신 공주다. 덕만은 어린데도 관음보살의 현존처럼 어질고 자비롭지 않은가? 사냥터나 하나 살생유택은 엄연한 법, 새끼들이 있는 어미는 살려 주어야 하지 않겠는가? 공들은 어린 덕만을 배워야 할 것이다."

왕의 말이었으므로 모두 고개를 숙였다.

어느 날은 왕이 사냥터로 가는데 도중에 무슨 소리가 났다.

"가지 마시오."

어쩐지 귀에 익은 듯한 목소리인데, 그 소리는 왕이 몇 걸음 갈 때마다 다시 되풀이되었다. 왕은 그 소리가 나는 방향을 돌아보며 물었다.

"저 소리가 어디에서 나는가?"

그러자 종자는 한 무덤을 가리키며 말했다.

"저것이 이찬 후직의 무덤입니다."

하고 후직이 죽을 때 한 말을 이야기하였다. 그러자 독수리눈처럼 부리부리한 왕의 눈에서 눈물이 뚝뚝 흐르기 시작했다. 후직의 무덤 앞에서 굵은 눈물을 떨구던 왕은 죽은 충신에게 맹세했다.

"그대의 충성과 간절함이 죽어서도 나를 잊지 않으니 나를 사랑함이 이토록 깊구나! 만일 내가 끝내 고치지 아니하면, 죽어서 다시 그대를 만나 무슨 낯으로 대하겠는가?"

그 후 마침내 왕은 죽는 날까지 다시는 사냥을 하지 않았다.

왕이 즉위한 후 한동안 후사가 없었으므로 왕후 마야 부인은 진흥왕비가 비구니로 있는 영흥사에 불공을 드리러 다녔다. 왕의 조부 진흥왕은 어려서 즉위하여 불교를 받들어 말년에 이르러서는 머리를 깎고 승복을 입으며 스스로 법운이라 칭했다. 진흥왕이 그렇게 생을 마치자, 그 왕비도 남편을 본받아 여승이 되어 영흥사에 거주하고 있었다.

마야 부인은 미륵불 앞에 향을 사르며 백일동안 소원을 빌었다.

"이 나라의 다음 왕이 될 후계자를 내려 주소서."

어느 날, 마야 부인이 불공을 드리다 깜박 졸았는데 한 남자가 그녀 앞에 나타났다

황금 빛 피부에 금관을 쓴 남자는 목에 몇 줄로 된 긴 염주 목걸이를 하고 붉은 색 비단 옷에 보검을 차고 있었다.

"그대는 누구인가?"

마야 부인이 묻자 남자는 두 손을 합장하며 말했다.

"신은 천축국 찰리 종 왕인데 불기를 받았으나 아직 성불치 못했습니다. 인연이 닿아 이 나라 부인 품에서 다시 태어나게 될 것입니다."

마야 부인은 기쁘고 감격하여 아름다운 천축 왕을 힘껏 껴안았다. 순간 꿈에서 깨어났지만 왕후는 자신이 껴안았던 천축 왕의 비단 옷의 촉감과 향기가 여전히 남아있어 황홀했다.

왕후가 왕에게 꿈에 본 천축 왕 이야기를 하자 왕도 크게 기뻐했다. 왕후에게 곧 태기가 있어 열달 후 순산했는데, 궁궐 지붕에는

자색 빛을 띤 연꽃 모양의 구름이 신비로운 빛을 뿌리며 떠 있었다. 기대에 차 왕후의 순산 소식을 기다리고 있던 왕에게 시녀가 와서 전했다.

"공주께서 태어나셨습니다."

당연히 왕자일 것으로 기대했던 왕은 고개를 갸웃거리며 중얼거렸다.

"어째서 공주인가? 부처님이 후계자를 주실 줄 알았는데, 천축국 왕이 여자가 되어 태어난 걸까?"

왕은 더 오래 고민하는 성격은 아니었다. 그는 공주가 태어난 것도 기뻤다. 그와 왕후는 아직 젊었고 앞으로 왕자가 다시 태어날 거라 기대했다. 고물거리는 붉은 아기, 작고 연약한 생명체를 보자 그의 가슴은 아버지가 된 감격에 겨워 벅차게 두근거렸다. 마침내 자신을 아버지로 만들어 준 귀한 공주에게 그는 기꺼이 세상의 모든 것을 다 주고 싶은 마음이었다. 그는 비단 포대기에 쌓인 아기를 높이 치켜들며 말했다.

"아가야, 이 아버지는 부처님께 맹세코 네게 모든 것을 다 줄 것이다. 부귀와 영화를 주고 신라 최고의 미남자를 남편으로 삼아 주겠다."

왕은 자신의 장녀에게 덕만이라는 이름을 붙여 주었다.

곧 왕후에게 태기가 있어 왕은 기대했지만 다시 딸이었다. 둘째 딸의 이름은 천명이라 지었다. 또 왕후에게 태기가 있어 기대했으나 역시 딸이었다. 셋째 딸의 이름은 선화라 이름 지었다.

이로써 왕은 딸만 셋을 거느리게 되었다. 남자 중의 남자이고 영웅적인 풍모를 한 왕, 권위와 책임감, 권력을 지닌 최고의 남성, 그의 넓은 품에는 맏딸 덕만이 안겨 있고 양 쪽 무릎에 하나씩 고물거리는 딸들이 앉아 재롱을 떨었다. 왕은 왕후와 세 딸들에게 항상 둘러싸인 채 마냥 흡족한 웃음을 머금고 있었다.

덕만은 자랄수록 명민하여 만물의 이치를 쉽게 익혔고 성격이 부드러워 사람들을 자기 편으로 잘 끌었다. 아버지의 지나친 기대 때문에 어릴 때부터 왕인 아버지에게 인정받기 위해 노력했던 덕만은 왕의 행동까지 그대로 본받았다. 어린 딸은 아버지와 어른처럼 대화를 나누었고 함께 말을 타고 사냥터에서 활을 쏘았다. 덕만은 왕에게 고분고분하면서도 자신의 의지를 실행에 옮겼다.

왕은 세 딸 중 자신에게 가장 충성하는 딸이 덕만임을 굳게 믿고 있었다. 덕만은 앞으로 자신이 아버지와 같은 인물이 되어야 한다는 것을 감지했고, 아버지에게 인정을 받았으며 그녀 자신은 탁월한 능력을 타고났다. 그녀는 호기심이 강한 데다 세심한 관찰력이 있어서 한 번 배운 것이나 본 것은 잘 잊지 않았다. 그녀가 애정을 기울여 봉오리 진 꽃들을 쓰다듬으면 꽃들은 화답이나 하듯 활짝 피어났고, 새들이 나는 것이나 벌레 우는 소리로 추측하여 비가 올 것을 말하면 곧 비가 왔다.

공주는 시녀들의 꿈 해몽을 해주기도 했는데, 그 해몽이 잘 맞았다. 아침이 되면 궁 안의 시녀들은 자신들이 꾼 꿈 이야기를 하려고 공주에게 몰려들기도 했다. 그녀가 연인이 생길 거라는 말을 하면 그 사람은 곧 혼인을 했고, 또한 누군가의 집안에 아픈 이가 생길 것이라고 말하면 또 그런 일이 생기는 것이었다.

사람들의 행, 불행을 예언하는 딸의 말에 왕후는 불안감을 느꼈지만, 왕은 딸의 비범한 능력은 석가에게서 받은 것이라며 자랑스러워했다. 왕이 어느 날 딸에게 물었다.

"네가 보기에 내가 얼마나 더 오래 살 것 같으냐?"

공주는 환한 얼굴로 대답했다.

"아바마마는 선대 어느 대왕들보다 장수하시며 오랫동안 왕좌에 계시는 절대 군주십니다."

왕의 얼굴에도 기쁜 빛이 가득 퍼졌다. 그는 입을 크게 벌리고 활짝 웃었다.

"그렇지만……."

공주는 잠시 말끝을 흐리다 덧붙였다.

"선대 진흥왕께서 영토를 크게 확장하셨으므로, 고구려와 백제는 잃은 땅을 회복하려 자주 침입할 것입니다. 많은 전란이 있고 대왕으로서 겪으시는 고충도 크십니다. 그러므로 잠시도 마음을 놓으시면 안 됩니다."

왕은 딸의 말을 조금도 노엽게 듣지 않았다. 그는 딸의 명민함이 매우 대견했다. 어린 딸의 입에서 술술 흘러나오는 그 말은, 왕 자신이 일찌감치 딸을 후계자로 지목하는데 망설임이 없게 하였다.

여름 밤, 더위 때문에 잠이 오지 않으면 덕만은 두 동생과 함께 궁중 뜰에서 놀았다. 하얀 조각달과 무수한 별빛아래 뜰은 불타는 듯한 붉은 꽃들이 만발했다. 붉은 꽃송이 하나하나가 작은 등인 듯 모두 타오르는 빛을 뿜었다. 그 짙은 꽃향기 속을 장난치며 뛰노는 어린 공주들은 어느 꽃보다 더욱 꽃다웠다. 세 공주는 꽃가지 그늘 아래로 숨고 뛰어 다니며 숨바꼭질을 했고, 어깨동무를 한 채 노래를 흥얼거렸다. 공주들이 지나다니는 자리로는 빨간 꽃잎들이 파르르 흩날리며 떨어졌다. 그녀들의 머리에도 옷에도 선혈 같은 꽃잎이 묻어 있었다.

덕만은 동생들에게 이야기를 해주는 것이 즐거웠다. 석가께서 태어나서 걸으셨을 때, 그 발 아래로 연꽃들이 솟아올라 받쳤다는 이야기나, 알에서 깨어난 시조 왕 혁거세와 새부리 입을 하고 있던 알영 왕비 이야기, 연오랑과 세오녀가 일본으로 가자 해와 달이 사라졌던 이야기를 해주면 동생들은 넋을 놓고 듣는 것이었다. 그러다 하늘을 보면 주르르 쏟아질 것만 같은 별들 때문에 현기증이 일었다. 그 별들 사이로 허리띠처럼 긴 안개가 흐르고 있었다. 목이 빠져라 고개를 치켜들고 하늘을 보던 덕만이 말했다.

"저 하늘에 가득한 신비를 정녕 알고 싶구나. 저 별들은 대체 우리와 얼마만큼 떨어져 있는 걸까? 저 별들 아래로는 구름이 흐르고 또 바람이 불지 않느냐? 이 삼라만상을 이해하기 어려운 것이 참으로 답답하다."

그러자 천명이 시큰둥하게 대꾸했다.

"언니는 몇 번을 다시 태어나도 알 수 없을 그런 일에 왜 관심이 많은가요? 난 저렇게 멀리 있는 별들은 관심도 없고 더 알고 싶지도 않아."

그러자 덕만이 말했다.

"넌 눈앞에 보이는 일, 사람이 계산할 수 있는 일만 알려고 하느냐? 보이지 않는 것, 멀리 있는 것이 때로 더 중요할 수도 있단다. 쉬운 예로 우리가 볼 수는 없지만 우리 몸속에는 뛰고 있는 심장을 비롯한 오장육부가 엄연히 존재하지 않느냐? 그것 중 하나라도 병이 나면 사람들은 아프고 죽기도 한단다."

"그렇지만 언니, 난 사람 몸속에 있다는 그 징그러운 내장에 대

27

해서도 더 알고 싶지 않아. 저 별이나 오장육부를 생각할 여가에 나 같으면 비단이나 한 필 더 짤 거야."

"별은 우리 왕족의 일을 관장하고 또 왕족의 행동은 별자리에 영향을 미친단다. 그러니 우린 항상 별자리에 관심을 가져야 한단다."

"언니는 통치자가 될 테니 별을 연구해요. 난 언니가 왕이 되면 입을 비단을 짜줄 테니까."

천명을 보며 웃던 덕만은 선화의 어깨를 팔로 다정하게 껴안았다.

"우리 예쁜 선화, 넌 크면 더 아름다워질 거야. 하지만 넌 우리와 헤어져서 멀리 떠날 것만 같구나. 그리되면 영원히, 죽을 때까지도 우리는 다시 만날 수 없을 거야."

그러자 선화의 눈에 반짝 보석 같은 눈물이 맺혔다.

"난 언니들과 어머니와 이 궁에서 같이 살 거야. 나만 멀리 보내지 마……."

선화는 울음을 터뜨렸다. 덕만은 선화를 달랬다.

"아주 귀한 이가 널 데리러 온단다. 이 신라의 공주라는 지위 못지않게 고귀한 운명이 기다리고 있으니까 염려할 것 없어."

덕만이 선화를 꼭 껴안아 주자 시샘이 난 천명은 그 틈에 끼어들었다.

"난 항상 언니 옆에 있을 거야. 난 용춘에게 시집 갈 거니까. 언니가 왕이 되면 용춘과 나는 일등 신하가 되어 보필해 줄게. 내가 낳은 잘난 아들들도 언니에게 충성할 거고……."

어느 날은 덕만이 시름에 잠겨 있는 것을 보고 마야 부인이 물었다.

"무엇을 그리 골똘히 생각하느냐?"

"어머님, 석가께서는 인간의 생로병사에 대해 고뇌하시다 출가하신 걸로 알고 있습니다. 소녀 어리나 성 밖에는 굶주릴 정도로 가난한 백성들이 있다는 것도 알고, 전장에서 죽는 병사들에 대한 이야기도 들었습니다. 그 모든 사람들의 고통과 장차 닥쳐올 죽음을 생각하면 마음이 텅 빈 듯 허하고 슬픔이 엄습합니다."

전부터 마야 부인은 딸의 신기한 능력과 어른스러움에 따르는 고민을 걱정해왔다. 왕후는 딸이 아이답게 좀 더 천진난만했으면 하는 생각이 들었다.

"이 생에서 모든 사람의 할 일은 태어날 때부터 정해져 있는 거란다. 이생에서 자신의 과업을 얼마만큼 완수하고 선행을 베풀었느냐에 따라, 극락과 지옥으로 가는 길이 나누어져 있으며 다음 생에서 태어나는 것이 결정된단다. 그러니 그렇게 고민할 것도 없다. 너는 장차 네게 주어진 소명대로 힘써 살고 선행을 베풀어라. 그러면 절로 행복해질 것이니."

"소녀, 석가의 발자취를 쫓고 싶으니 비구니가 될 것을 허락해 주십시오."

"그건 네가 스무 살이 되면 의논해 보자. 그 때쯤이면 아마 너는, 네가 이런 이야기를 했다는 것조차 잊어버릴 것이다. 너는 아름답단다. 귀족들의 흠모를 받고 혼인도 하게 될 것이다."

"그럴 리 없습니다. 혼인과 자식을 낳는 것, 이 모두 인연의 업보를 두텁게 하는 것이니 혼인도 않고 자식도 낳지 않겠습니다."

마야 부인은 여전히 미소 지었다.

"네 나이 또래에 할 수 있는 생각이지. 네가 스무 살이 되어 다시 청하면 내가 대왕과 의논해 볼 것이다. 그렇지만 그 때라면 넌 이런 말을 말짱 잊고 낭군의 품에 안겨 있을 것이다."

그리고 마야 부인은 별러왔던 말을 덧붙였다.

"내 너에게 당부하고자 하니, 행여 앞으로는 앞날을 미리 짚으려고 하지 마라. 앞날을 미리 아는 것이 사람에게 결코 좋은 일이 아니란다. 남에게 없는 능력을 드러내는 것이 해로울 수도 있으니, 감추고 쓰지 않는 편이 좋을 것 같구나."

하지만 마야 부인 역시 뭔가 다른 비범한 딸이 자랑스러웠다. 마야 부인은 왕에게 말했다.

"폐하, 덕만은 한 번도 어린애였던 적이 없던 것 같습니다. 그러고 보니 그 아인 태어날 때부터 어른이었습니다. 금방 사물의 이치를 헤아리고 무슨 일이든 잘 하지 않았습니까? 폐하, 당신 딸이 가진 내면의 위대함과 아름다운 용모, 명민함을 보면 앞으로도 선하고 명예로운 일들을 잘하게 될 것입니다. 이 나라의 모든 귀족들 가운데 그 누구도 덕만과 견줄 만한 이는 없을 줄로 압니다."

"당연한 일, 덕만은 나의 장녀이고 재능이 뛰어나니 그 누구와도 견주어선 안 될 것이오. 또 내 뒤를 이을 적법한 왕위 계승자라면 당연히 덕만 아니겠는가?"

왕이 딸을 보면 자신이 여자로 다시 태어난 기분을 느낄 만큼, 용모도 닮은 데가 있었고 성격도 대담한 면이 있었다. 그녀로서도 그 아버지의 딸로 태어난 것은 행운이었다. 그녀의 분별 있는 담화와 성숙한 어른스러운 행동도 왕을 기쁘게 했다. 왕은 누구 앞에서나 자주 덕만을 자랑했다.

"덕만은 흡사 내 오른 팔 같지 않은가?"

왕이 그렇듯 맏딸을 대우하니, 모든 이들이 덕만을 받들었고 어린 덕만은 이미 왕의 권위를 누리고 있는 것 같았다.

천명 공주

둘째 공주 천명은 언니 덕만만큼 주목받지는 못했으나 지혜롭고 현실적인 판단력을 갖고 있었다. 또한 그녀의 비단 짜는 솜씨는 뛰어났다. 그것은 손과 머리가 함께 움직여야 하는 기술인데다 시간과 인내심을 필요로 했다. 그녀는 비단을 짜기 전에 어떤 모양을 만들 것인가, 비단 안에 어떤 시구를 써넣을 것인가, 미리 계획을 했고 꼼꼼히 하나하나 실행에 옮겼다. 그렇게 비단을 짜듯 천명은 앞일을 미리 계획하고 자신의 인생을 스스로 수놓으며 인내심 있게 기다리고 있었다.

천명은 언니만큼 돋보이며 대접받는 위치도 아니었고 선화만큼 빼어나게 아름답지도 않았다. 이제 열다섯 살이 된 선화의 아름다움은 온 신라에 소문이 자자할 정도였다. 귀족의 젊은 자제들은 선화를 한번 보면 모두 넋을 잃었고 이웃나라까지 그 아름다움이 칭송된다고 하였다. 천명은 언니나 선화처럼 나서는 걸 좋아하는 성격은 아니었지만, 자매들과 서로 비교되면서 느껴지는 질투, 열등감은 어쩔 수 없었다.

젊은 귀족들은 동료들끼리 만나면 흔히 왕관을 위해 덕만 공주와 결혼할 것인가, 세상에서 제일가는 미인 선화와 결혼할 것인가 떠들어댄다고 하였다. 천명 역시 아름답고 현명했지만, 두 자매에게 가려져 그 존재가 희미해진 듯 했다. 그 때문에 그녀는 더 격하된 기분이 들었으며 자주 울적해졌다. 그녀에게서 풍기는 우울함 때문에 그녀는 더 내성적이고 조용해 보였다. 언니는 이미 여왕이나 마찬가지인 대접을 받고 있었고 동생은 완벽한 미인, 그녀는 근본적으로 자신의 불완전함을 인정하지 않을 수 없었다. 그 불완전함을 채워 줄 상대는 잘난 남자였다. 언니나 선화 보다 더 잘난 배우자를 만난다면 돋보일 수도 있고 운명이 바뀔수도 있는 것이다.

16세가 되자, 천명은 결혼만이 자신의 따분한 운명을 바꿀 수 있다고 생각하였다. 자존심 강한 소녀는 자신의 별 볼 일 없는 위치에서 한시바삐 벗어나고 싶었다. 부왕이 건장하여 장수할 상이기는 하지만, 만약 돌아가실 경우 세 공주만 남게 된다는 걸 천명은 알고 있었다. 부왕이 유지를 남긴다면 덕만에게 왕권이 돌아갈 수도 있지만 세 공주 중 하나가 결혼했을 경우, 사위가 왕이 될 가능성도 컸다. 어쨌든 빨리 결혼하는 편이 힘을 키우는 방법이고 남편에게 왕관을 줄 수도 있었다. 설사 남편이 왕이 되지 못하더라도 자신이 낳은 아들이 왕이 될 수 있을 만큼 그녀의 핏줄은 고귀했다.

천명은 자신이 여자라는 자각을 하던 순간부터 결혼하고 싶어하던 조숙한 소녀였다. 어릴 때부터 그녀가 남편감으로 점찍어 놓은 상대가 있었다. 그는 왕족이며 젊은 숙부 뻘 되는 용춘이었다. 즉 용춘은 쫓겨난 진지왕의 장자였다. 그는 수려한 외모에 공주들에게 무척 다정하게 행동했다. 그는 세 공주 모두에게 친절했지만,

그의 관심을 언니나 선화보다 덜 받는다고 생각해 곧잘 우울해지던 천명에게 더 많은 배려와 환한 미소를 보내곤 했다. 그의 세심한 배려 때문에 천명은 남몰래 용춘에 대한 사랑을 키워 오던 중이었다. 열 살 때부터 천명은 그와 결혼할 결심을 굳히고 그를 지켜보았다. 그런데 용춘이 신부 감을 다른 데서 구한다는 말이 들렸고, 왕은 그를 맏사위 감으로 물망에 올린 듯한 눈치였다. 얌전하게 가만히 있다가는 그를 다른 여자나 언니에게 뺏길 판국이었으므로 천명은 초조해서 견딜 수가 없었다.

마음을 굳게 먹은 천명이 어머니 마야 부인에게 말했다.

"어머님, 소녀 청이 있습니다."

평소에 말도 없고 고분고분한 딸이었으므로 왕후는 웬만한 청이면 들어주고 싶었다.

"내가 들어 줄 수 있는 것이면 들어 줄 테니 말해 보거라."

"소녀 나이 열여섯이면 이제 결혼해도 될 듯 싶습니다."

"이제 네 나이 열여섯인데, 언니 덕만도 있는데 뭐 그리 급한 소리를 하느냐?"

"저는 빨리 한 집안의 주인이 되어 그 가문을 이끌고 존경받는 위치가 되고 싶습니다. 저는 정말 이것도 저것도 아닌 제 입장이 싫어요. 아버님은 언니를 너무 아껴서 그 누구에게도 쉽게 내주지 않을 것입니다. 신라 최고 가문의 미남자를 언니의 남편으로 삼겠다고 큰 소리만 치시지, 그 누구도 아버님의 마음에 차는 이가 아직 없는 듯합니다. 언니에게는 아버님이 장차 나라를 주실 것이니, 제게는 신라 제일가는 남자를 주십시오."

듣고 보니 그럴 듯하여 마야 부인은 물었다.

"그러면 넌 누구를 네 신랑감으로 지목하고 있다는 거냐?"

"바로 용춘낭입니다. 용춘이 신부 감을 구한다 하는데 그처럼 문무에 뛰어나고 미목수려한 낭을 다른 집안에 빼앗긴다면 우리 왕실의 손실도 크다고 생각합니다. 그럴 바엔 용춘을 빨리 제게 주십시오. 다른 집안과 혼인이 결정되기 전에요."

마야 부인은 늘 조용하기만 하던 천명에게서 그런 말을 듣자 속으로 혀를 내둘렀다. 용춘은 전 왕의 아들이며 현 왕의 사촌 동생이었으므로, 왕자가 없는 지금 왕업을 상속할 일인자라 할 수 있는 남자였다. 왕은 덕만이 다음 왕이다, 라고 말버릇처럼 얘기했지만 용춘 역시 서열로 보면 왕업을 이을 제일 가까운 자였다. 마야 부인은 천명도 왕의 딸이라 그 야망이 보통이 아니구나, 놀라며 왕에게 급히 의논하러 갔다.

"폐하, 천명이 용춘을 마음에 두고 있습니다. 천명이 청하기를, 용춘이 다른 데 혼인하기 전에 자신에게 달라고 했습니다. 용춘에게 혼담이 오가는 걸 들었는지 매우 초조해하는 기색입니다. 천명이 용춘을 무척 좋아하는 듯 하니 혼인시켜도 괜찮을 듯합니다."

"용춘은 성격도 급하구먼. 느긋하게 기다리면 내 딸이 셋이나 되니 그 중 하나를 줄 텐데. 용춘에게라면 천명보다는 덕만이 잘 어울릴 텐데."

"폐하, 덕만은 용춘에게 마음이 없는 듯 보입니다. 천명의 소원 같으니 들어 줘도 무방할 것입니다. 천명이 말하기를, 폐하께서 장차 덕만에게는 나라를 주실 것이니 자신에게는 신라 제일의 남자를 달라고 하더이다. 꼭 신라 제일의 남자를 용춘이라 할 수는 없겠으나 천명의 눈에는 그리 보이는 모양입니다. 원을 들어준다면 무척 기뻐할 것입니다."

왕은 잠시 뜸 들였다. 왕은 사실 용춘을 맏사위로 삼고 싶은 생각이 없었다. 용춘을 맏사위로 삼으면 덕만 보다는 오히려 그에게 왕자리가 떨어지기 쉬웠다. 전 왕의 장자인 그가 왕의 맏사위까지 된다면 그야말로 호랑이에게 날개를 달아주는 격이었다. 그래서 그를 사위로 할 것인가, 말 것인가를 왕은 오랫동안 고심해왔다. 왕은 사위보다는 자신의 딸을 왕으로 만들고 싶었다. 여왕을 보필할 남편이라면 고분고분한 데릴사위면 충분했고 왕 될 재목은 필요 없었다. 지금껏 그래 왔듯이 딸에 대한 그의 의지도 결실을 거둘 것이었다. 곧 왕은 시원스런 결정을 내렸다.

"용춘에게는 덕만이 과하다는 생각이 들어 사위로 삼자니 그렇고, 그냥 다른데 주자니 그 또한 아까웠는데 잘 됐소. 천명이 어리기는 하지만 그 애의 원이라면 들어주어야지. 용춘과 천명이라면 딱 배필로 어울리겠군. 당장 용춘에게 일러 들라 해야겠소."

왕의 부름을 받은 용춘은 급히 말을 달려 궁궐로 들어왔다. 궁궐로 드나들 때마다 그 젊은이의 마음은 착잡했었다. 그의 아버지인 사륜(진지왕)이 4년 동안 재위하다 쫓겨났을 때 그는 너무 어렸으므로 궁에서 산 기억조차 나지 않았다. 그럼에도 불구하고 그는 늘 불명예스럽게 쫓겨나서 죽은 전 왕의 불행한 기억을 떠안고 살아가야 하는 비운의 왕자 역을 감당해야만 했었다. 그는 어두운 과거 속의 왕자였다. 어쨌든 그는 고귀한 핏줄을 대접하는 사회체제 탓에 여전히 얼마쯤은 왕자 대접을 받고 있었다. 그는 불행한 아버지를 교훈 삼아 항상 품행단정 했고 공부와 무예에 힘써 게을리 하지 않았다. 그는 배다른 형제인 비형랑과 함께 낭도를 모았다. 그러자 김유신의 아버지인 서현 공은 풍월주(우두머리 화랑)의 자리를 용춘에게 물려주었다.

그는 아들인 자신이 아버지인 전 왕의 불명예를 씻으려면 그 스스로가 왕이 되어야만 한다는 생각을 자주 했다. 주변에서도 그가 다음 왕이 될 수 있다는 격려와 암시를 던졌다. 왕에게는 딸밖에 없었기 때문이다. 왕은 장녀인 덕만을 흡사 왕태녀인 듯 대접했지만, 왕의 사위나 용춘 그 자신이 왕이 될 확률이 더 컸다. 신라의 26대 왕까지 이어 내려오는 동안 여자 왕은 없었기 때문이다. 그러니 왕의 허풍이라 넘겨도 좋으리라. 그가 25세가 된 지금까지 결혼을 미뤄 온 것도 왕의 사위가 될 욕심을 포기하지 않은 탓이었다.

그는 그 동안 궁궐을 들락거릴 때마다 커 가는 세 공주들과도 미리 친하게 어울려 두었다. 당연히 그가 특별한 마음을 품고 대한 쪽은 덕만이었다. 그녀라면 충분히 우아하고 현숙했다. 나무랄 데 없는 왕비로서 그를 돕는 덕만을 떠올리면 그의 마음은 흐뭇했다. 그렇지만 덕만은 아직 어린 탓인 지 남자로서의 그에게는 관심 없는 듯 했다. 오히려 더 어린 천명이 연모하는 듯한 표정으로 수줍어하며 자신을 바라보던 모습이 자주 떠올랐다. 덕만과 오래 이야기하거나 예쁜 선화를 보면 천명은 금세 새침해지곤 하였다. 세 공주 다 사랑스러웠으므로 그는 골고루 다 잘해 주려고 섬세하게 말과 웃음, 행동 하나 하나에 신경을 썼다. 덕만을 편애하면 천명과 선화가 금방 시샘을 냈기 때문이었다. 가장 조용하지만 시샘이 많은 천명의 비위를 맞추기 위해 그는 항상 천명을 보면 더 환히 웃어 주었고 다정하게 대해 주었다.

그렇듯 용춘은 자신의 장래를 위해 미리부터 세 공주들에게 환심을 사느라 노력했고 왕과 왕후에게도 잘 보이려 애썼지만, 돌아온 성과는 별반 없는 듯 했다. 왕은 여전히 그를 견제해서 가까이 하려 하지 않았다. 왕이 자신을 사위로 삼아 그 입지를 높여 줄 생각이 없음은 차츰 윤곽이 분명하게 드러나고 있었다. 왕은 덕만을 다음 왕으로 만들기 위해 결혼을 시키지 않을 것이라는 말이 나돌았고, 두 공주의 혼사도 아직은 급하지 않은 듯 했다.

그리하여 마냥 기다릴 수만 없던 용춘의 집에서도 그의 혼처를 알아보기 시작했다. 하지만 단념할 수가 없어 용춘은 마냥 끌고만 있던 중이었다. 왕의 부름을 받은 그는 급히 말을 달리면서도 무슨 일인가 골똘한 생각에 잠겨 있었다. 오랫동안 모른 척 하던 왕이 무슨 일로 갑자기 나를 부르는가? 혹시나 하는 기대에 그의 가슴은 설레고 있었다.

왕의 내실로 들어선 그는 왕과 왕후가 나란히 있는 것을 보고 가슴이 뛰기 시작했다. 그는 허리를 깊이 숙이고 왕과 왕후에게 공손히 인사했다. 마야 부인의 그윽하면서도 아들을 대하는 듯 더 다정해진 눈길을 대하자, 역시 심상한 일이 아니구나 하는 생각이 들었다. 잔뜩 긴장한 채 그는 그들의 말을 기다렸다.

"오래 안 본 동안 용춘은 더 의젓해 진 것 같소. 요즘 혼사가 오간다는 말도 들었는데."

"제가 나이가 된 터라 그런 말이 오갔을 뿐, 마땅히 정한 데는 아직 없습니다."

왕 역시 용춘을 볼 때마다 자기에게도 저런 아들이 있었으면 하는 생각을 할 정도로 여러 번 탐은 났었다. 지금 보아도 역시 용춘은 잘난 인물이었고 타고난 귀품을 갖고 있었다. 그래도 용춘에게는 절대로 왕위를 물려주고 싶지 않았다. 딸을 셋이나 두었으면서 용춘을 모른 척 할 수는 없는 노릇이었는데, 용춘을 둘째 사위로 삼는다니 그 보다 좋은 절충책은 없었다. 버리기에도 용춘은 너무 아까웠던 것이다. 역시 내 딸은 현명하구나. 왕의 얼굴에 흐뭇하면서도 약간은 심술 맞은 웃음이 가득 퍼졌다.

"내가 너를 부른 것은 다름 아니라, 너를 내 사위로 삼고 싶은 욕심 때문이니라. 왕후가 그대에게 혼사가 오간다는 말을 듣고는 다른 데 결정되기 전에 사위로 삼고 싶다는 제안을 했다."

왕은 말을 하다 말고 잠시 용춘의 안색을 살폈다. 기쁨과 기대로 환해진 용춘의 얼굴에 발그스름한 빛이 퍼지고 있었다. 왕은 직선적이고 단순한 성격이었지만 용춘의 마음쯤은 꿰뚫어 보고 있었다. 이 야망 있는 젊은 놈은 아마 내 맏사위가 되는 줄 알고 흥분해 있을 테지. 더 나아가 그걸 기반으로 왕이 되기를 꿈꾸어 왔으렸다. 어림도 없다. 너는 절대로 왕이 되지 못 한다. 내가 그리 하지는 않을 테니. 용춘은 고개를 숙인 채 왕의 다음 말을 기다렸으므로 왕의 짓궂은 웃음은 보지 못했다. 그 표정을 용춘이 보았더라도 이해할 수는 없는 웃음이었다.

"그래서 내 너에게 과인의 둘째 딸 천명을 줄까 한다. 그대의 뜻은 어떠한가?"

기대와 다른 왕의 말에 용춘의 낯은 금방 변했다. 하지만 고개를 숙이고 있었으므로 얼마쯤 실망을 감출 수 있었다. 그는 현명했고 임기응변에 능했다. 곧 안색을 환히 밝힌 용춘이 기쁜 듯 목소리를 가다듬으며 대답했다.

"제 분에 넘치는 분부, 감히 따르겠습니다."

용춘은 왕의 분부에 순순히 따랐다. 왕이 둘째 딸이라도 내준 것이 다행인 지도 몰랐다. 그 또한 천명과 결혼한다면 불안정한 입지를 구축할 수 있고 높은 지위와 부를 얻게 될 뿐아니라 어두운 과거 속의 왕자라는 불명예도 씻을 수 있게 되는 것이다.

그리하여 천명은 원하던 대로 용춘과 혼인함으로써 그녀의 일생 중 가장 의미 있는 날을 맞았다. 부왕은 자신의 딸들이 소원하는 것을 거절할 성격이 아니었으므로, 천명은 손 하나 까닥 않고도 신라 제일의 남자를 품안으로 맞이할 수 있었다. 또한 그녀가 바라던 대로 금방 태기가 있어 아들을 순산했다. 아들의 이름은 춘추라 지었다.

선화 공주

진평왕의 셋째 딸 선화 공주, 그녀에게는 흡사 삭막한 겨울 후에 오는 따뜻한 봄날 같은 빛이 아른거렸다. 자연은 이 공주에게 특별히 소중한 것을 선물로 준 것 같았다. 그녀의 살결은 투명한 복숭아꽃 빛이었고 흑진주처럼 크고 검은 눈동자는 별이 담긴 듯 반짝거렸다. 길고 풍성한 머리카락은 나들상어의 표면처럼 새까맣고 윤이 났으며 도톰하고 섬세한 입술은 피를 머금은 듯 붉었다. 후리

후리한 키에 손가락도 길쭉했고 허리가 버들가지처럼 가늘면서도 가슴은 풍만했다. 자연 그대로 두어도 아름다운 그녀는 화장하는 것을 무척 좋아했다.

천부적으로 아름다움을 타고 난 선화는 그 미모를 치장하고 더 자랑하고 싶었다. 그녀는 한가롭고 따분하고 별 사건 없는 시간들을 치장하고 즐겁게 웃으며 보냈다. 아침에 일어나 거울을 보고 한 번 생긋 웃은 그녀는 복숭아꽃이나 난초 삶은 물에 목욕을 하고 밤에 자기 전에는 쌀겨나 팥가루를 넣은 더운물에 목욕을 했다. 상류층 사람들은 처소에 목욕실을 두고 하루에 서너 차례 씩 목욕을 했다. 목욕은 미용과 청결의 수단인 동시에 신성한 행위였다. 그녀는 누구보다 향료 넣은 물속에 들어가는 것을 좋아했고, 목욕하는 시간이 길었다. 향기 나는 물속에서 나온 후에는 향료를 넣은 비단 주머니를 옷 속에 차고 다녔으므로 그녀에게서는 항상 꽃보다 짙은 향기가 뿜어 났다.

그녀가 이야기할 때의 태도는 예의 바르고 목소리도 고왔으므로 사람들은 그녀와 함께 있는 것을 즐거워했다. 그녀 스스로도 사람과 어울리는 것을 좋아했으므로 노는 것에도 뛰어나 악기를 잘 다루고 춤을 잘 추었다. 선화는 생각했다. 나는 정말 세상에서 가장 아름다운 여자일까? 그 점에 대해서는 자신 있는 듯하면서도 확신할 수는 없었다. 다른 누구보다 자신의 미모에 의심을 가지는 이는 바로 그녀 자신이었다. 사람들은 그녀에게 찬사를 퍼부으며 황홀한 아름다움을 기대했다. 그러므로 더욱 더 치장해서 아름다워질 필요가 있었다. 원래 아름다운 여자는 더욱 더 아름다워지길 원하는 것이다.

어쨌든 그녀는 비단 옷에 금과 옥, 칠보 같은 갖가지 패물로 장식한 채 아름다운 얼굴로 웃으며 나날을 보냈다. 찡그리거나 울 만한 일은 없을 정도로 무사태평했고 시간은 주체 못할 정도로 넘쳐 났다. 그녀는 그 넘쳐나는 시간 속에서 길쭉한 손가락으로 현금을 연주하고 꽃을 가꾸고 자신을 꽃보다 아름답게 치장하며, 미의 안에서 흠뻑 빠져 살았다.

궁궐 내에서 왕이 베푸는 연회에 참석하거나 밖에 외출할 일이 있으면 그녀의 목욕실부터 부산스러워졌다. 시녀들은 그녀의 몸을 씻기고 삼단 같은 긴 머리를 감기고 빗기느라 물을 튕기며 부산을 떨었다. 목욕실에서 나와 명주 속옷을 입고 머리를 말린 다음은 손수 화장을 하고 시녀가 옆에서 화장하는 것을 도왔다. 얼굴에는 연분을 곱게 펴 발랐다. 그 전에 쓰던 백분은 부착력과 퍼짐이 약하여 분 바르기 전에 실면도로 안면의 솜털을 일일이 뽑은 후, 백분을 물에 개어 바르고 반 시간 가량 꼼짝 않고 누워 있어야 했으니 매우 불편했다. 그러나 마야 부인이 구해 준 연분은 납을 이용한 것으로 부착력이 좋아 잘 펴 바를 수 있었다.

연분을 발라 더욱 하얗다 못해 파르스름해 보이기까지 하는 살 갗, 그녀는 하얀 눈처럼 차가워 보이는 얼굴빛에 만족하며 버드나무처럼 가늘고 고운 눈썹을 손수 그렸다. 그녀가 화장하는 동안 시녀들은 머리 위에 체(가발)를 올리고 금과 옥, 호박 같은 갖은 장신구를 달았다. 귀에는 묵직한 금귀고리를 달고, 팔에는 팔찌, 허리띠 등으로 차례차례 단장했다. 내의와 버선, 신 모두 금 은실로 수놓인 것인데, 그 위에 자황색 비단 옷을 입고 큰 치마 위에 넓은 소매 옷을 덧입었다.

선화가 그렇게 치장한 모습으로 연회장에 나타나면 모두들 눈이 부셔 바로 보지 못할 정도였다. 나이든 남자, 젊은 남자 할 것 없이 모두 아름다운 여자의 모습에서 기쁨을 느껴 선화를 칭송했다. 마야 부인은 선화가 자랑스럽기 그지없어 왕에게 속삭이듯 말했다.

"폐하와 제가 합해 만든 예술품입니다. 폐하와 제가 아니면 어찌 저런 예쁜 아이가 태어났겠습니까?"

왕후는 선화를 가장 귀여워했고 다른 모든 사람 앞에 그 어여쁨을 자랑했지만 왕은 석연찮은 기색이었다.

"여자와 남자, 모두 아름다워야 더 가치 있지만 지나치면 오히려 모자람보다 못하니 선화의 아름다움은 불안한 데가 있소. 뭇 사람들의 입에 지나치게 오르내릴 국색은 반드시 그 값을 하는 법, 저 애를 데리고 너무 자주 외출하는 것은 아니오? 호위를 한다 하나 누가 납치해갈까 두렵소. 저 애 자신도 자신의 미모를 과시하는 걸 즐기는 것 같으니, 공작새가 너무 날개를 자주 펴면 미움을 받는 법이오. 선화가 덕만처럼 현명하다면 저 미모가 득이 될 것이지만……."

왕 역시 딸을 쳐다보느라 잠시 넋을 잃고 한숨을 쉬었다.

"내 딸이라 하나 내가 반할 지경이오. 천상의 선녀라 해도 선화보다 예쁠 순 없을 게요. 어느 화백이 저 아이를 생생히 붓으로 그려낼까? 아까워서 대체 누구에게 줄꼬?"

왕후는 웃으며 답했다.

"폐하의 딸에게 어울리는 자는 이 신라에는 없을 것 같습니다."

선화의 주변에는 그녀를 한 번이라도 보기 위해서 모여든 젊은 귀족들이 어떻게 하면 그녀의 환심을 살까 고민하는 모습이 왕에게는 선연하게 비쳤다. 게다가 선화는 자신의 곁에 모여든 남자들과 잘 어울리며 아무에게나 방긋방긋 웃음을 던지고 있었다. 그 광경을 보자 왕은 마음이 더욱 편치 않았다. 왕의 안색을 살핀 왕후가 얼른 말을 덧붙였다.

"선화의 아름다움과 화려함이 보는 것만으로도 남자들을 기쁘게 하는 모양입니다. 이런 연회장에 나오는 꽃 같은 젊은이들은 다 곱게 단장하고 나와 서로의 마음과 눈을 행복하게 해주고 있습니다. 기쁜 날은 즐기며 보내야 합니다."

왕후는 미소지으며 왕의 금 술잔에 술을 채웠다. 그 순간 선화에게 술을 권하던 한 젊은 귀족이 이글거리는 눈빛으로 그녀를 보며 손을 잡는 모습이 왕의 눈에 들어왔다. 왕의 노려보고 있던 눈과 그제야 마주 친 청년의 얼굴은 새파랗게 질렸다. 청년이 선화의 손을 놓자, 눈치를 모르는 선화는 장난스럽게 다시 그의 손을 잡는 것이었다.

"그렇잖아도 예쁜 애가 저렇게 남자들과 어울리는 것을 좋아하니……."

"폐하께서는 덕만은 뭐든 옳다 하며 허용하시고 선화는 그토록 불안해하십니까?"

"덕만은 자신 또래나 그 연장자 남자라 해도 존경을 받고 있소. 또한 매사가 이치에 맞고 사리분별이 정확하지 않소? 한데 선화는 남자의 피를 뜨겁게 달구는 모양이오. 왕후는 자신이 여자니까 나보다 모르는 거요. 아무 것도 모르는 천진난만하고 예쁘기만 한 소녀가 남자를 뜨겁게 해서 일으키는 위험을 정녕 모른단 말이오? 그건 선화에게도 왕후나 나를 위해서도 좋을 게 하나 없소. 앞으로는 선화를 더 검소하게 꾸미도록 하고 외출도 삼가토록 하시오."

마야 부인이 보기에 선화는 그저 순진한 아이일 뿐이었다. 선화가 제 또래의 남자들에게 관심을 보이는 것 또한 당연하다는 생각이 들었다. 왕후는 왕을 안심시키기 위해 말했다.

"아마 선화는 남자 마음 꽤나 태울 것입니다. 그렇다고 해서 그 애에게 나쁠 건 없지 않겠습니까? 모두 애태우며 쳐다만 볼 뿐 어쩌지 못할 것입니다. 폐하가 무서워서 어찌 감히…… 폐하의 위엄을 믿고 선화는 그냥 둬 보겠습니다."

선화는 지금껏 만인에게 주목받는 것을 당연한 듯 알아 왔다. 예쁘게 치장하고 연회장에서 만조백관의 관심을 받는 것은 왕후인 그녀에게나 선화에게 삶의 낙이라고 할 수 있었다. 그리고 그렇듯 예쁜 아이를 낳아 예쁘게 키웠다는 자부심은 왕후를 더 기쁘게 하였다.

어머니인 왕후가 본 것처럼 선화에게는 그다지 나무랄 만한 일이 없었다. 그녀는 어머니를 잘 따르고 의존하는 연약하고 어린 소녀에 불과했다. 흠잡을 만한 행실은 없었고 어떤 경우라 해도 부모의 뜻을 거스를 용기는 없었다. 천명이 혼인해서 궁을 나간 지금 마야 부인과 선화의 관계는 뗄 수 없을 만큼 더 밀착되어 있었다. 어머니가 원하는 것이 곧 딸이 원하는 것이었고 딸이 원하는 것이 곧 어머니가 원하는 것이었다. 선화는 뭐든 어머니가 시키는 대로 했고 어머니가 골라 준 것이라면 뭐든 좋아했다.

선화는 덕만만큼 의젓하지도 않고 천명처럼 인내심이 많은 성격도 아니었다. 막내 딸인 탓인지 모든 걸 어머니에게 맡길만큼 의존심이 컸다. 선화에게 아버지는 산처럼 너무 크고 거리감이 느껴져서 친밀감이 느껴지지 않았다. 모녀는 항상 붙어 다녔고, 매우 닮아 보였다. 왕후와 선화, 그 둘은 어머니와 딸이라기보다는 오히려 자매처럼 보였다.

무왕, 혹은 서동

신라 진평왕의 셋째 딸 선화가 매우 아름답다는 소문은 백제까지 퍼졌다. 그 말은 서동의 귀까지 흘러들었다. 서동의 이름은 장인데, 어릴 때 이름은 서동으로 재주와 도량이 컸고 원대한 꿈을 지니고 있었다.

그 어머니가 일찍 과부가 되어 사비 성 남쪽 못 가에 집을 짓고 혼자 살았는데, 왕자 선이 성 밖에 나왔다가 못 가에서 빨래를 하던 과부를 보고 한 눈에 반했다. 빨래를 하던 과부 역시 귀족인 듯 보이는 젊은 남자를 보자 가슴이 쿵쾅쿵쾅 뛰었다. 왕자 선이 말에서 내려 과부에게 말을 걸자, 그녀는 옥을 굴리는 목소리로 대답하며 얼굴을 붉혔다.

"목이 마른데 이 근처에 우물이 있는가?"

"누추하지만 제 집에 길어다 놓은 맑은 물이 있습니다."

가뜩이나 혼자 지내느라 적적하던 과부는 왕자를 자기 집으로 이끌고 들어갔다. 작은 오두막이었지만 항상 과부가 쓸고 닦는 탓에 집안은 깔끔하고 아늑했다. 그녀는 자신의 침상에 왕자를 쉬게 하고 맑은 물을 백자 그릇에 담아 소반에 받쳐 왔다.

"남편은 언제 들어오는가?"

왕자는 과부의 손목을 잡고 은밀하게 물었다.

"어린 나이에 남편을 잃어 이미 혼자 된지 오래 됐습니다."

과부는 다소곳하게 자신의 머리를 왕자의 어깨에 기댔다.

그 후 왕자 선은 자주 궁궐 밖 출입을 하며 못 가의 과부 집을 찾았다. 그는 과부에게 올 때마다 금 덩어리를 주고 갔다. 과부는 그 금덩이를 땅에 묻어 차곡차곡 모았다. 왕자는 과부와의 정사를 들키지 않기 위해 어두워질 때 궁을 나왔고, 못에서 멀리 떨어진 버드나무에 말을 매어두고 종자에게 지키도록 했다. 달밤이면 그들은 조각배에 올라 노 저어 못 한가운데로 나가며 운치를 한껏 즐겼다. 달빛 아래서 한 겹 한 겹 옷을 벗는 과부의 모습은 요염하면서도 처연한 슬픔이 배어있는 듯해서, 선은 그녀에게 마음을 흠뻑 빼앗겼다. 여인은 자신이 왕자를 유혹할 수 있고 그 사랑을 흠뻑 받고 있지만, 언젠가 왕자가 자신을 떠날 것이라는 것 또한 알고 있었다. 조각배는 삐그덕 거리며 파도라도 만난 듯 물 한가운데서 춤추며 흔들거렸다. 여인은 자신의 몸을 격하게 탐하는 왕자의 허리를 힘껏 끌어안은 채 신음소리를 흘렸다. 여자가 왕자의 귀에 속삭였다.

"마마, 제가 아이를 가지면 후에 모른 체 않겠다고 약조해 주소서."

"약조 하마. 아들이든 딸이든 내가 왕이 되면 너희 모두를 궁으로 불러들일 것이다."

여인은 왕자를 만나 사랑을 나눌 때마다 이별의 예감 때문에 그만큼 슬퍼지곤 하였다. 그런데 언젠가는 다시 만나 더 행복해질 수도 있는 것이다. 감격에 겨워 눈물이 흐르는 얼굴을 왕자의 뺨에 대며 여인이 확인하듯 재차 물었다.

"저야 이제 당장 죽는다 해도 여한이 없습니다. 왕자께서 왕이 되신다면, 만일 다른 귀한 여인의 몸에서 아들이 나지 않을 경우 제 소생이 왕이 될 수도 있습니까?"

"당연히 그러하다."

"마마의 말을 믿고 훌륭하게 키우겠습니다."

이미 과부의 몸에는 아이가 들어 서 있었고 그 배가 불러오자 왕자는 발길을 끊었다. 여인은 그를 매정하다고 원망하지 않았다. 홀로 여인은 아들을 낳았는데, 못 속의 용과 관계하여 낳은 자식이라는 소문이 돌았다.

아이는 재주가 뛰어나 가르치지 않아도 혼자 글과 사물의 이치를 잘 깨우쳤고 어릴 때부터 마를 캐서 홀어머니를 효성스럽게 모셨다. 마를 캐서 팔았으므로 사람들은 서동, 혹은 맛동이라고 불렀다. 어린 나이부터 장사를 하며 돌아다니던 서동은 세상의 흐름을 잘 파악했고 귀가 밝았다. 또한 어머니의 암시 때문에 자신이 왕이 될 지도 모른다는 원대한 포부를 키우고 있었다. 즉 그는 정식 결혼에서 태어나지 못한 사생아였으므로, 원래 마땅히 자신이 소유하고 지배해야 할 자리에서 쫓겨난 셈이었다. 마를 캐서 살면서도 자신이 왕자라는 자부심을 잃지 않고 더 수련하여, 자랄수록 강한 성격이 되었다. 선천적으로 강한 힘을 타고 난 그의 기질은 어둡고 억눌린 생활을 하는 동안 더욱 강화되었던 것이다.

아무도 모르는 지배욕이 그의 핏속에서 어둡고 뜨겁게 들끓고 있었다. 그는 어느 면에서나 궁에서 자라는 왕자들보다 머리 하나 정도는 더 솟아 있었다. 왕의 긍지를 지닌 그는 마음속으로 선화 공주를 자신의 배필로 점찍고, 환상적인 짝사랑에 빠져 있었다.

서동, 그는 한번도 본 적은 없었지만 선화의 아름답다는 소문을 들은 날부터 그 스스로 만든 공주의 이상적인 모습이 마음에서 떠난 적이 없었다. 그는 아무에게도 말하지 않고 홀로 괴롭게 고민했다. 내가 마음속으로 좋아하고 사랑해온 그 귀한 공주를 어떻게 하면 내 눈으로 직접 한번 볼 수 있을까. 그는 선화 공주를 한번도 보지 못한 채 심한 사랑의 열병을 앓고 있었다.

마침내 서동은 머리를 깎고 승려로 변장한 채 신라 국경을 넘었다. 승려는 첩자라는 오인을 받지도 않고 국경 출입이 자유로웠던 것이다. 절세미인 선화를 아내로 삼고야 말겠다는 그의 야무진 꿈은 단순히 미인을 손에 넣겠다는 것만이 아닌, 원대한 왕으로서의 야망과 정치적으로도 고려된 계획이었다.

승려로 변장하여 마를 팔며 거리에서 소문을 수집하는 동안 서동의 귀에 선화 공주가 왕후와 함께 영흥사를 다니러 나왔다는 소문이 닿았다.

서동이 영흥사 입구에 닿았을 때는 막 왕후와 공주가 불공을 드리고 법당에서 나오던 참이었다. 귀부인과 시녀들, 여러 화려한 여인들 틈에 섞여 있어도 그 모녀는 금방 구별이 갈 정도로 그의 눈에 띄었다. 아무도 말하지 않았지만 서동은 금세 선화의 모습을 찾아냈다. 물론 왕후 모녀가 그중 가장 화사한 차림새였다. 그에게서 멀리 떨어져 있는 왕실의 고귀한 여인들은 화려한 붉은 비단 옷과 햇살에 온통 번쩍거리는 패물로 머리와 몸을 단장했고, 마치 눈부신 꽃 같았으므로 여자들의 짙은 향기를 맡지 않았는데도 그의 코끝을 아찔하게 하는 것 같았다.

서동은 태어나서 그토록 화려하게 치장한 고귀한 여인들을 처음 보는 것이라서, 그의 눈은 등잔만하게 커졌고 입은 절로 벌어져 침이 흘러 나왔다.

영흥사 입구에 왕후 모녀가 타고 온 연이 있었다. 여인들은 서동이 서있는 곳까지 천천히 걸어오고 있었다. 그는 백제의 그늘에 있는 왕족으로서 비애에 젖을 정도로 간절히 신라 공주를 선망했는지도 모른다. 선화의 모습은 그녀가 한 발자국 옮길 때마다 그만큼 그에게 가까워졌다. 손에 결코 넣을 수 없을 것 같기에 더 빛나 보이는 저 아름다움. 그의 눈에 선화의 모습은 그 이상 상상할 수 없었던 아름다움이었다.

그가 발에 못이라도 박힌 듯 꿈적 않고 넋을 잃고 서 있는 동안 기적처럼 선화가 그 앞에서 걸음을 늦추었다. 그는 황홀하게 그녀를 바라보았다. 은밀히 가슴에 품은 채 온갖 사랑의 고뇌를 겪으면서 간직해 왔던 저 모습. 그녀의 머리와 옷은 많은 보석으로 빛났고 살갗은 투명한 꽃잎처럼 아련한 빛을 뿜었다. 후에 서동이 왕이 되었을 때 그는 몇 명의 후궁을 더 거느렸지만, 이 순간이라면 그는 천 명의 여인을 준다 해도 결코 선화와 바꾸고 싶지 않았을 것이다.

그는 속으로 탄식했다. 자신이 원하는 것이라면 뭐든 가지도록 허용되어 있는 왕, 그 왕이라 하나 이 세상에서 저보다 더 아름다운 것을 가질 수는 없으리라. 형언할 수 없을 정도로 아름다운 그녀, 가장 힘이 있는 황제일지라도 저 공주에게 청혼해 그 사랑을 얻는다면 어찌 명예로운 일이 되지 않겠는가. 하지만 아름다운 여인은 힘으로만 얻을 수는 없는 법, 뭔가 다른 계책이 있어야 하지 않을까.

선화는 생긋 그에게 웃음을 던졌다. 남루하고 초라한 장삼을 걸친 젊은 승려가 정신없이 자신을 보고 있는 것이 우스웠던 것이다. 그의 등잔만하게 커진 눈이나 헤벌려진 입은 결코 다물어지지 않을 것 같았다. 천천히 걷던 그녀는 다시 뒤돌아보았다. 이번에는 선화의 입술과 눈이 함께 웃고 있었다. 선화는 생각했다. 저런 얼뜨기 승려라 하나 내 생각만 하다 상사병이 나서 죽으면 불쌍해서 어떡하나, 어마마마만 곁에 없으면 다정하게 말이라도 걸어 기쁘게 해주고 싶은데. 하지만 선화는 연에 오르자마자 언제 그런 중을 봤느냐는 듯 까맣게 잊어 버렸다.

밝은 달이 구름 사이로 들어가듯 선화는 사라져버렸다. 가볍게 놀리는 듯한 선화의 미소를 보고 그는 정신이 좀 들었다. 이제 그의 가슴속에는 잠시 전의 열정과 냉정함이 교차되었다. 어떻게 내가 감히 이 꼴로 저 공주의 마음을 얻을 수 있을까, 어리석기 그지 없는 기대구나. 그렇지만 내가 만약 선화를 결코 얻을 수 없는 운명이라면 차라리 죽는 것이 나으리라.

그녀와 자신의 처지를 대놓고 비교하는 동안 그것이 현실적으로 충족할 수 없는 소망이라는 것은 더욱 분명해졌다. 주제파악을 하는 동안 그의 안색은 붉으락푸르락해졌다. 그러자 더 오기가 생겼다. 언젠가 공주와 다정히 손잡고 걷는 날이 반드시 오고 말 것이다, 내 기필코 공주를 내 옆에 두고 말리라.

목표를 향한 서동의 마음은 끈질겼다. 그 자신이 백제의 왕이었다면 당장 전쟁을 일으켜서라도 선화와 신라 땅을 정복하였을 것이다. 하지만 그는 왕도 아니었고 힘도 없었다. 또 아름다운 여자를 힘으로 차지하려함은 어리석은 짓임을 현명한 그는 너무도 잘 알고 있었다. 마침내 그는 좋은 꾀를 생각해냈다.

마를 잔뜩 캐서 부대에 담은 서동은 돌아다니며 아이들에게 마를 나눠주었다. 그러자 아이들은 그가 나타나면 여기저기에서 금방 몰려들었다. 서동은 친해진 아이들을 꾀어서 자신이 지은 노래를 부르게 했다.

선화 공주님은 남몰래 정을 통하고
서동을 밤에 몰래 안고 간다네.

그 노래는 신라 제일 미녀인 선화 공주가 나오는 데다 음란했으므로, 아이들은 좋아라 하며 따라 불렀다. 아이들이라 하나 그 뜻은 알아들었기에 너도나도 할 것 없이 다 불렀다. 어른들 역시 아이들이 부르는 노래가 재미있어 따라 부르기 시작했다.

그 음탕한 노래는 곧 왕실까지 전해졌다. 신하들은 선화 공주를 벌주어야 한다고 왕에게 간하기 시작했다. 그 노래를 전해들은 왕은 노해서 얼굴이 불덩이가 된 듯 했다. 그는 왼쪽 가슴을 움켜쥐며 얕은 신음을 흘렸다. 그는 서동이 누구냐고, 당장 잡아들이라고 고래고래 소리를 질렀지만 정작 아무도 서동에 대해서는 몰랐다. 그러자 왕은 왼쪽 가슴을 움켜 쥔 채 왕후와 선화를 부르라고 명했다.

왕후와 선화가 어리둥절한 빛으로 영문도 모르고 들어섰다. 항상 봐도 아름다운 공주였다. 하지만 그 아름다움과 공들여 치장한 화려함이 그날따라 왕의 심기를 더 노엽게 했다. 왕은 범이 포효하듯 쩌렁쩌렁한 소리를 질러댔다.

"왕후, 내가 뭐라 했소? 선화의 차림을 더 검소히 하고 외출을 삼가 하라 명하지 않았던가?"

왕후와 선화는 벌벌 떨고 있었다.

"하지만 폐하, 선화는 일국의 공주로서 어울리는 차림이 있는 것이고 아름다운 치장에 한창 민감한 나이입니다."

왕후의 목소리는 풀죽어 기어 들어가고 있었다.

"닥치시오. 내 말을 그대가 따르지 않아 온 나라에 망신살 뻗친 이런 일이 일어난 것이오. 내 선화의 미모가 죄가 될 날이 언젠가 있을 줄 알았더니, 선화는 어디 천지 신께 맹세코 한번 고해 보거라. 넌 서동을 알고 있으렸다?"

선화의 눈에는 금세 눈물이 고였다. 애처로울 정도로 그녀는 바들바들 떨고 있었다.

"천지 신께 맹세코 서동이란 자는 모르겠습니다. 한 번도 본 적 없는 데다 이름조차 들은 적이 없습니다."

"한 번도 본 적 없는 자와의 소문이 온 나라에 퍼지다니, 둘이 매일 밤 정을 통한다 하니, 네가 사실을 말하면 내 손에 죽을 것이니 거짓으로 말하는 것이렸다?"

그러자 아예 입을 다문 선화는 눈물만 뚝뚝 떨구었다. 그 모습을 본 왕은 선화에게 죄가 있는 것이려니 하고 더 의심했다. 다시 왕후가 나섰다.

"폐하, 절대 그럴 리 없습니다. 신첩이 어미로서 누구보다 선화를 잘 압니다. 제가 항상 선화 곁에 있었습니다. 선화의 성격은 밝고 구김살 없어 사람을 대하는데 붙임성은 있으나, 밤에 몰래 궁을 빠져나가 미천한 이와 정을 통할만큼 음침한 기는 없사옵니다. 폐하의 현명함으로 소문과 진의를 가려 주소서. 선화를 나무랄 것이 아니라 소문을 퍼뜨린 자를 찾아야 할 것입니다. 먼저 사람들을 풀어 정말 서동이란 자가 있는 지 잡아 들이도록 해야 합니다."

왕이 듣고 보니 왕후의 말이 옳았다. 왕후가 선화를 감싸서 그 사건은 잠시 결말을 지은 듯 했다. 그런데 노래는 여전히 유행했고 모든 이들이 선화를 벌주어야 한다고 다시 왕에게 간했다. 서동 역시 잡지 못했다.

이윽고 왕은 선화를 평복으로 갈아입히고 시녀 한 명만 딸린 채 궁에서 멀리 쫓으라고 왕후에게 명했다.

그날 밤, 왕후와 선화는 껴안고 날이 새도록 울었다. 누구보다도 그들 둘이 떨어져 사는 것이 가장 힘들었다. 왕후에게는 자신의 뱃속에서 태어난 자식들 중에서 보호본능을 가장 강하게 느낀 딸이 선화였다. 이렇게 연약한 아이를 시녀 하나 딸려서 먼 귀양지로 쫓아야 하다니, 할 수만 있다면 왕후도 딸과 함께 가고 싶었다. 어쩐지 이대로 선화를 보낸다면 살아서는 다시 만날 수 없을 것 같은 예감이 들었다. 왕후는 자신 역시 비단옷을 벗고 장신구를 몸에서 떼어 바닥에 던졌다. 어머니의 눈물이 멈추지 않자 그 슬픔에 놀란 선화가 왕후를 달래야 할 정도였다.

"어머님, 제발 울음을 멈추세요. 몸에 해로울까 두렵습니다. 아버님은 화가 났다가도 곧 풀리시니 용서하실 것입니다. 그리고 소문이라는 것은 걷잡을 수 없다가도 때가 되면 없어지는 것이니 곧 소녀 돌아오게 될 것이에요. 그때까지 어머님 건강하셔야 합니다. 저 때문에 어머님이 병이라도 얻는다면, 소녀 불효로 인해 큰 죄를 짓는 것입니다……."

선화는 시녀와 똑같은 평민 차림으로 갈아입었다. 비단으로 된 내의는 벗지 않았지만 겉치마와 겉옷은 베로 된 것을 입었다. 금은사로 된 허리띠 대신 마로 된 것을 허리에 묶고 무늬 없는 버선에 신발도 마로 된 것을 신었다. 화려한 패물들과 금 은실로 섬세하게 수놓은 비단 옷을 벗은 선화의 모습은 청초했지만 여전히 그녀는 아름다웠다. 그렇게 모습을 바꾸고 떠날 차림새를 한 딸의 모습을 보고 왕후는 털썩 주저앉았다.

"이게 웬 생이별이냐?"

모녀가 눈물을 한 말쯤 흘리고 선화가 궁을 나설 때, 왕후는 순금한 말을 말에 실어 노자로 쓰게 했다.

선화와 시녀는 종일 말을 몰아 귀양지로 가던 중이었다. 절반도 가지 못했는데 벌써 날이 저물고 있었다. 붉은 석양빛이 숲과 들판으로 깔리는 것을 본 선화는 새삼 처량한 생각이 들어 자신의 신세를 한탄했다.

"갈 길은 아직 먼데 날이 저물다니, 산짐승이나 도적을 만날까 두렵구나. 언젠가 아버님은 내가 외출하면 납치당할지 모른다면서 호위병들과 함께 다니는 것도 싫어하는 눈치시더니, 지금 내쫓으실 때는 인정사정없지 않느냐? 아버님이 흡사 영원히 나를 버릴 작정을 하신 것 같구나."

"공주님, 너무 두려워 마십시오. 우리 신라인들은 사람들이 유순

하여 여자끼리 다닌다 하여 집적거리거나 해하는 일은 없습니다. 공주님께서는 궁 안에만 계셔서 그렇지 성 밖의 다른 여자들은 여행도 하고 혼자서 먼 길도 잘 다닙니다. 제가 옆에 있으니 조금도 두려워하실 것이 없습니다. 또 대왕마마께서도 빠른 시일 내에 공주님을 부를 것이니 서러워 마십시오."

"나 때문에 너도 고생이 많은데 고마운 말만 해주는 구나. 내 다시 궁으로 돌아가면 네게 내 옷 한 벌과 금귀고리 한 쌍을 선물로 줄 것이야……."

그렇듯 선화는 시녀와 서로를 위로하며 갈 길을 재촉했다. 그 때 어디선가 나타난 서동이 불쑥 선화 앞을 가로막고 절을 했다.

"저는 지나던 나그네인데, 공주님께서 가시는 길을 안전하게 모시겠습니다."

선화가 그 젊은 승려를 보니 어디선가 본 듯도 싶은데 통 생각나지는 않았다. 하지만 그 승려는 훤칠한 미남자인 데다 예의가 발라보여 믿을만하게 보였다. 선화가 시녀를 보자, 그녀가 공주 귀에 대고 소곤거렸다.

"승려인데다 인상이 좋으니 함께 가도 괜찮을 듯합니다."

그 승려가 어디서 왔는지 누구인지도 몰랐지만 선화는 함께 가는 동안 마냥 그가 좋아지기 시작했다. 그는 선화가 본 어느 귀족 못지않게 친절했다. 그 알 수 없는 남자의 타는 듯 뜨거운 눈을 보면 가슴이 설레었고, 듬직한 모습을 보면 버려진 불안과 서러움이 가시는 것 같았다.

서동은 외로운 공주가 쉽사리 자신에게 마음을 주고 의지하는 것 같아 기뻤다. 그는 선화를 말 위에 올려 주는 척 하며 힘껏 허리를 껴안았으나 싫어하는 기색이 아니었다. 그가 공주의 손목을 잡자 공주는 얼굴을 붉히며 미소 지었다.

그들은 함께 이야기하며 길을 가는 동안 금방 뜨거운 애정이 싹텄다. 두 청춘 남녀 사이에는 곧 관능적인 욕망이 흘러, 그 주변에 흐르는 공기조차 뜨거워졌다. 서동의 불꽃 튀는 눈동자가 갈구하는 듯 보일때마다 선화는 온 몸에 힘이 빠지는 듯 나른해졌다. 선화의 애정 어린 반응을 본 서동은 더 대담해졌다.

한 치 앞도 볼 수 없는 짙은 어둠 속에서 서동이 몰래 그녀 입술에 입 맞추었다. 향긋하고 뜨겁고 단내가 나는 입술이었다. 그가 입술을 떼자 선화가 다시 그의 머리를 두 손으로 당겨 그 입술에 자신의 입술을 대었다. 서동은 묵을 곳을 찾아 선화에게 안내했다. 그들은 부부인척 한 방에 들었다.

꿇어앉은 서동이 선화의 신발을 벗겨 주다 그 발등에 입을 맞추었다. 그러자 그녀가 다정하게 그의 까슬까슬한 맨 머리를 쓰다듬었다. 그들의 정열은 불타듯 급하게 끓어올랐다. 누가 먼저라 할 것도 없이 둘은 서로 꼭 부둥켜안았다. 선화의 옷섶을 헤치고 풍만한 가슴에 입술을 댄 서동이 혼잣말로 중얼거렸다.

"정말 아름다워, 신라의 옥토 같아. 신라의 공주를 정복했으니 언젠가 신라 땅도 정복하게 되겠지."

선화는 그 말뜻도 모르고 웃었다. 성급해진 그는 풍성하게 감싸고 있는 치마를 그녀 가슴팍까지 끌어 올렸다. 어둠 속에 뽀얗게 떠오른 속살이 하얀 목련 같았다. 향긋한 체취가 아찔할 정도로 코끝에 풍겼다. 매우 강렬한 충동 때문에 그는 단숨에 그녀를 정복하고 싶었다. 그런데 그는 천부적으로 여자를 다루는 법을 타고 난 듯 했다. 낭만적이며 호색한 백제 왕자는, 자신의 욕망이 이끄는 대로 성급하게 공주를 함부로 다루어서는 안 된다고 느꼈다. 좀 더 부드럽고 섬세하게 대해야 할 것이다.

그는 선화의 허벅지 사이에 여유 있게 얼굴을 파묻고 그 체취를 맡았다. 오히려 폭발할 것 같은 욕망을 겨우 억누르고 있는 편은 선화였다. 지금껏 아무 것도 모른 채 잠자고 있던 한 소녀의 관능이 한 남자에 의해서 깨어나고 있었다. 서동 역시 마찬가지였다. 그 역시 그녀로 인해 처음으로 여성의 관능에 도취되었고 행복의 절정으로 치닫는 중이었다.

그는 강한 육체와 뜨거운 감각을 지닌 남자였다. 아무 것도 알지 못하던 순진한 공주, 그 앞에 나타난 왕자는 금방 뜨거운 사랑을 일깨웠다. 궁에서 쫓겨난 그 첫날 밤, 선화는 최고의 행복감을 맛보았으므로 자신이 살던 곳과 부모는 말짱 잊어 버렸다. 폭풍처럼 그녀의 삶 속으로 들어온 남자, 새롭고 낯선 존재에 온통 사로잡혀 있었다. 그 부드러우면서도 뜨겁고 난폭한 육체, 그가 쏟아 붓는 정열과 달콤한 말에 사로잡혀 그녀의 정신과 몸은 마비된 채 비틀거렸다.

새벽녘, 창밖이 푸르스름하게 밝아 왔다. 지친 그들은 그제야 잠들어야겠다는 생각을 했다. 선화가 서동의 팔을 베자, 그가 말했다.

"할 말이 있소. 먼저 나를 용서한다고 약속해 주어야만 하오."

선화는 그의 품으로 파고들며 대답했다.

"무엇이든 용서하리다."

"정말 용서하는 거요?"

"응, 당신이라면 무슨 죄가 있어도 다 용서해야 할 것 같아."

그와 사랑을 나눈 후 그녀는 이미 다짐한 상태였다. 자신을 위한 것은 이제 아무 것도 없고 모든 것은 오직 그를 위하고 싶었다. 그를 위해서라면 얼마든지 헌신할 각오가 되어 있었다.

"나는 백제인으로 이름은 서동이라 하오."

깜짝 놀란 선화가 졸리던 눈을 크게 뜨고 그를 보았다. 너무 기가 막혀서 다물린 입이 열리지 않았다.

"나는 백제에서 마를 캐서 팔던 미천한 신분이오. 선화 공주, 당신이 아름답다는 소문이 백제까지 퍼져 한 번 보겠다는 일념으로 머리를 깎고 신라에 온 것입니다. 이렇게 당신 옆에 있기 위해 아이들에게 마를 주며 노래를 하게 만든 이도 바로 나요."

"그러니까 그 노래를 만든 이가 정말로 있었네."

어이가 없어 선화는 웃음을 터뜨렸다. 억울해서 왕후와 눈물 한 말쯤은 뽑아 놓은 것 같은데 사실을 알고 보니 재미있고 신기했다.

"백제에는 홀 어머님이 나를 기다리고 있소. 공주도 나를 따라 백제로 가시겠소?"

"이제 그대와 나는 한 몸, 마땅히 나는 그대를 따라 백제로 가야 할 것입니다."

그녀는 자신이 가진 모든 것, 공주로서의 명예, 육체, 영혼, 그 모든 것을 그 앞에 내놓고 싶었다. 그 모든 것을 한 남자에게 줌으로써 오히려 감정이 충만해짐을 느꼈다. 선화는 환한 표정으로 약간은 생색을 내는 듯 모후가 준 금을 서동 앞에 꺼냈다.

"이것은 황금이니 백 년의 부를 누릴 수 있는 양입니다. 백제에 가서 우리 모두 부족함 없이 살 수 있어요."

서동은 능청맞게 크게 웃으며 말했다.

"이게 금이란 거요? 나는 어릴 때부터 마를 캐던 곳에 황금을 흙덩이처럼 쌓아 두었소."

이 말을 들은 선화가 크게 놀란 빛으로 말했다.

"황금은 천하의 가장 큰 보배이니, 그대에게 정말 그런 금이 있다면 우리 부모님이 계신 대궐로 보내는 것이 어떻겠습니까? 그렇다면 부모님도 우리를 용서해주실 것이고 행복하기를 기원해주실 것입니다."

"내 당신이 시키는 대로 하리다."

그들은 백제의 홀어머니가 기다리는 못 가 서동의 집으로 왔다. 집으로 오자 그들에게는 다른 좋은 소식이 기다리고 있었다. 곱게 단장한 과부가 기다리던 아들을 반기며 말했다.

"장아, 대왕이 돌아가시고 네 아버님이 왕에 오르셨다. 조만간 새 왕께서 우리를 궁으로 부르실 것이니 준비해야겠구나."

서동이 데려온 선화 공주 이야기를 하자, 과부는 선화의 두 손을 꼭 잡고 좋아 어쩔 줄 몰랐다.

서동은 공주를 금이 산더미처럼 쌓여 있는 비밀 장소로 데려갔다. 그는 진평왕의 공주를 훔쳐온 만큼 그 부모들에게 보상을 충분히 해야 한다고 생각했다.

"그런데 이 금을 어떻게 신라 왕실에 보내나?"

선화가 머리를 갸우뚱하며 고민하자, 서동은 용화산 사자사로 갔다. 그가 지명법사를 찾아 금을 실어 보낼 방법을 묻자 법사가 말했다.

"내가 신통한 힘으로 보낼 터이니 금을 이리로 가져오시오."

그러자 선화는 부모에게 보내는 편지를 썼다.

'……소녀는 서동이란 자와 백제에 있는데, 서동은 다름 아닌 현 백제왕의 장자이니 제 배필로도 부족함이 없습니다. 부모님을 기쁘게 해드리기 위해 금을 보내옵니다. 이로써 앞으로 신라와 백제가 화평하게 지낸다면 금상첨화라 할 것입니다……. 어마마마, 소녀는 매우 행복하니 걱정 마십시오.'

서동이 공주의 편지와 금을 실은 수레를 사자사 앞에 갖다 놓았다. 그러자 법사는 신통한 힘으로 하룻밤 동안에 신라에 당도했다. 다음 날 아침, 법사가 금을 실은 수레를 끌고 신라 궁중에 들어가 진평왕 앞에 나가자, 왕은 그 일을 무척 신기하게 생각했다. 왕은 서동의 힘을 신비롭게 여겨 존경하게 되었고, 사위로 인정하고 그 후 항상 편지를 보내 안부를 물었다.

백제 성안으로 들어가 왕자 자리를 찾은 서동은 신라의 공주를 아내로 삼았기에 한층 더 왕자의 위엄을 갖출 수가 있던 셈이었다. 그리고 아버지 혜왕이 즉위한 지 일 년 만에 병사했으므로 곧 왕의 자리에 올랐다.

그가 백제의 제 30대 왕 무왕으로 젊은 나이에 즉위해서 41년간 치세한다. 그러나 무왕은 즉위하기 바쁘게 범의 발톱을 드러내고 신라를 공격하기 시작했다. 그는 냉정한 전략가며 믿을 수 없는 책략가였다. 그가 낙동강 방면의 진출에 성공하여 신라에 압박을 주면서, 사위와 장인의 나라는 끊임없는 전쟁에 부딪혔다. 다시 신라 선덕 여왕 대까지 살육과 유혈로 이루어진 무자비한 대결은 이어진다.

무왕이 늘 신라를 침범하는 것에 골몰하였으므로, 자신의 모국과 친하게 지낼 수 없음을 괴롭게 여긴 선화가 남편에게 말했다.

"백제와 신라는 이제 인척국이니 화평하게 지냈으면 하는 바람입니다. 당신이 저와 혼인함으로써 두 나라의 전쟁에 시달린 가련한 백성들은 이제 평화롭지 않을까 많은 기대를 했을 것입니다. 두 나라는 예전처럼 동맹을 맺어 친하게 지낼 수도 있을 터인데, 왜 자꾸 먼저 신라에 싸움을 거십니까?"

그러자 무왕이 대답했다.

"잘 생각해 보시오, 우리와 예전에 맺은 동맹관계를 먼저 깨트린 쪽은 신라 진흥왕이었소. 그 때 선대 왕 성왕께서 전사하시지 않았던가? 신라는 믿을 수 없는 나라요. 그래서 우리 땅 한강 유역을 전부 빼앗아갔던 쪽은 바로 신라 아닌가? 이제 왕후는 백제 사람이니 신라에 연연하지 마시오."

그럼에도 무왕과 왕후 선화의 부부 금슬은 여전히 좋았다.

무왕 3년 8월,

왜병의 증원을 받은 왕이 군사를 내어 신라의 아막산성을 포위하게 했다. 무왕의 4만 명 출병은 백제 사상 처음 보는 대규모로, 이 전쟁에는 일본 추고 여왕조의 병력이 반 이상 보태졌다. 그러자 노한 진평왕이 정기병 수천 명을 아막산성으로 보냈다. 아막산성을 포위하고 있던 백제군은 원정 온 신라왕의 정예 군사와 맞부딪자 전세가 불리해져 도망갔다. 백제의 위협을 받은 진평왕은 곧 명했다.

"소타, 외석, 천산, 옹잠에 당장 성을 쌓고 군사를 주둔시켜라."

성을 급히 쌓은 후 신라 군사는 보복하는 뜻으로 당장 백제 국경을 침범하여 쳐들어갔다.

무왕은 노해서 소리쳤다.

"참 한심하구나. 아막산성을 치러 보냈더니 져서 돌아오고 도리어 공격을 당한단 말인가?"

무왕은 좌평 해수에게 백제 총 군사 보병, 기병, 4만 명을 거느려 신라가 쌓은 네 성을 공격하게 하였다. 그러자 진평왕은 장군으로 건품, 무리굴, 급간으로는 무은, 비리야 등으로 군사를 거느리고 막게 하였다. 이때 귀산과 추항도 함께 소감직으로 전선에 나갔다.

귀산의 아버지가 무은인데, 귀산은 어릴 때부터 추항과 절친한 친구였다. 그들은 젊은 화랑들로 서로 그림자처럼 붙어 다니며 놀고, 함께 다니지 않은 명산이 없을 정도였다. 그들은 한 날 한 시에 같이 죽을 것을 언약할 만큼 아끼고 사랑했다. 아름답고 용맹한 두 청년이 서로 이르기를, "우리들은 꼭 사군자와 더불어 놀아야 한다. 먼저 마음을 바르게 하고 몸을 수련해야 하지 않겠는가? 그렇지 않으면 욕을 면하지 못할 지도 모르겠다. 우리 함께 어진 이 곁에 나가서 올바른 도를 묻지 아니하려는가?"

이 때 원광법사가 수나라에 들어가 유학하고 돌아와서 가실사에 있었는데, 사람들이 어진 이로 높이 예우하였다.

그 문하로 들어간 귀산과 추항이 어느 날 공손히 말했다

"저희들이 어리석고 몽매하여 아는 바가 없사옵니다. 그러니 평생토록 계명을 삼을 말씀을 주시기 바라나이다."

그러자 원광법사가 말했다.

"불계에는 보살계가 있는데 그 종목이 열 가지다. 너희들이 남의

신자(臣子)로서는 아마 감당할 수 없을 것이다. 지금 세속오계가 있으니 첫째는 임금 섬기기를 충으로써 하고(事君以忠), 둘째는 어버이 섬기기를 효로써 하고(事親以孝), 셋째는 친구 사귀기를 신의로써 하고(交友以信), 넷째는 전쟁에 임하여 물러서지 않고(臨戰無退), 다섯째는 생명 있는 것을 죽이되 가려서 한다(殺生有澤)는 것이다. 너희들은 실행에 옮겨 소홀히 하지 말라."

귀산이 물었다.

"다른 것은 말씀대로 하겠는데 다만 살생유택만은 잘 알지 못 하겠습니다."

법사가 말하기를, "6재일과 봄, 여름철에는 살생치 아니한다는 것이니 이것은 때를 택하는 것이다. 또 사람이 부리는 가축을 죽이지 않는 것이니 말, 소, 닭, 개와 같은 유를 말한 것이다. 또 너무 작은 것을 죽이지 않는 것이니, 고기가 한 점도 되지 못하는 것을 말함이다. 이것들은 물건을 택하는 것이다. 이렇게 하여 오직 그 소용되는 것에 있어 많이 죽이지 아니할 것이니, 이것이 가히 세속의 선계라고 할 것이다."

귀산과 추항이 고개를 숙였다.

"지금부터 받들어 행하며 감히 실수하는 일이 없도록 하겠습니다."

쳐들어 온 해수의 백제 군사를 신라 장군 건품과 무은이 무리를 이끌고 교전하던 중이었다. 백제군이 불리해지자 해수는 군사를 천산의 못 가로 물러가 복병시켰다. 해수는 신라군이 오기를 기다리라고 명했다. 그러자 무은은 승승장구하는 기분으로 갑졸 천 명

63

을 거느리고 못으로 쫓아왔다. 못 가에 복병하고 있던 백제군이 갑자기 일어나자 신라군은 우왕좌왕 어수선해졌다. 제일 선두에 있던 무은은 기습에 당황하여 말에서 떨어졌고 말은 도망쳤다. 장군이 쓰러지자 신라 군사는 오합지졸이 된 채 어쩔 줄 몰랐다.

그 때 무은의 아들 귀산이 창을 휘두르며 크게 소리쳤다.

"내가 일찍이 스승에게 가르침 받기를 군사는 전쟁에서 물러서지 않는다고 하였다. 어찌 감히 도망쳐 스승의 가르침을 저버릴 것인가."

호전적인 모습으로 떡 버티고 선 그의 모습은 보기만 해도 서슬이 퍼랬다. 그는 그 자리에서 수십 명의 적을 격살하기 시작했다. 적의 갑옷과 투구를 뚫는 그의 창끝에서 빨간 불꽃이 튀었다. 적들의 피가 그가 탄 말안장 위로 비처럼 쏟아졌다. 그가 창으로 적의 투구를 뚫으면, 그 투구는 깨어지면서 핏줄기가 솟아올랐다. 그는 헤아릴 수 없는 분노와 전투욕에 사로 잡혀 있었다. 그의 말과 갑옷, 그 젊고 아름답던 얼굴은 적의 피로 마치 목욕을 한 듯 처절했다.

전투가 격렬해지면서 귀산을 비롯한 주변의 병사들은 말에서 내렸다. 말에서 내려 서로를 백병전으로 공격했다. 잠시 숨을 돌린 귀산이 자신의 말에 아버지 무은을 태워 안전한 곳으로 보냈다. 추항은 귀산 곁에서 함께 창을 휘두르며 적을 공격하는 한편 친구를 방어하고 있었다. 그들이 힘껏 싸우는 모습을 본 신라 군사들은 나서서 분격하기 시작했다. 모두 죽기를 각오하고 싸우기 시작했다.

적이나 아군이나 할 것 없이 머리와 몸들이 따로 흩어진 시체들이 들판에 가득했다. 자욱한 핏빛으로 물든 석양의 지평선으로부터 피 냄새를 맡은 까마귀 무리가 몰려오는 것이 보였다. 적들에게 에워싸인 귀산과 추항은 창을 든 한 팔의 힘이 남아 있을 때까지 싸우다 장렬히 죽었다.

이 전쟁에서 백제 군사는 대패하여, 해수는 겨우 죽음을 면한 채 말 한 필로 돌아왔다.

무왕은 자신이 왕이 되어 일으킨 신라와의 큰 전쟁이 대패로 끝나자, 전열을 수습하여 수비에 전념하도록 명했다. 이제 신라가 언제 보복 전쟁을 일으킬 지 알 수 없는 노릇이었다. 그는 발톱을 감춘 채 잠잠히 군사력을 보강하기 시작했다.

승리 보고를 들은 진평왕은 친히 여러 신하들과 함께 아나 들판에 나가 돌아오는 병사들을 맞았다. 승리하고 돌아오는 병사들을 맞아도 왕의 마음은 무겁고 비감하기만 했다. 그 역시 많은 군사들을 잃어 군력의 손실이 컸던 것이다. 왕은 장군 무은을 힘껏 껴안고 위로하며 열심히 싸운 군사들을 칭찬하였다. 왕은 귀산과 추항의 시체 앞에 나가 큰 소리로 통곡했다. 그들의 시체 위로 뜨거운 눈물을 뿌리던 왕이 좌우를 보며 말했다.

"이들이야말로 진정한 영웅이라 할 수 있다. 나라를 위해 피 흘리는 것을 두려워하지 않는 이들이 있기에, 신라의 미래는 밝을 것이다."

왕은 그들을 예로 장례하게 하였다. 귀산에게는 관품 내마를, 추항에게는 대사라는 직위를 주었다.

연못의 연꽃을 물 속에 들어가 꺾듯이

진평왕 25년 8월,

왕의 건장한 풍채와 사람을 위압시키는 분위기는 여전했다. 황금 빛 투구와 갑주로 무장한 그는 허리에 찬 보검을 꺼내 공중에 한 번 무지개를 그어 보았다. 아직 녹슬지는 않았군, 그는 흐뭇한 표정으로 보검을 다시 칼집에 넣었다. 그 짙은 눈썹 아래 형형한 빛을 뿜는 두 눈, 우뚝한 코, 확고한 의지를 담은 턱은 한 치의 흔들림이 없었다.

그의 뒤에는 신라왕의 깃발들이 무수히 나부끼고 있었다. 일만 명의 정예 군사 앞에 선두로 선 채 백마에 올라 있는 왕의 모습은 흡사 신인 듯 권능과 힘을 겸비한 모습이었다. 어릴 때 아버지의 그런 모습을 보면 덕만은 세상에 두려운 것이 없었다. 왕인 아버지는 영원불멸할 신이며 그 누구도 꿈쩍하게 할 수 없는 거대한 산 같았다. 세상 최고의 남성으로 보였던 아버지에게 모든 이들이 무릎을 꿇고 떨면서 복종했다. 어린 덕만이 움직일 수도 없었던 큰 칼을 아버지는 마음껏 휘둘렀고 그가 쏘는 화살은 나는 새를 맞추었다.

그런 왕이 자신을 무엇보다 가장 사랑하고 아꼈다. 산 같은 아버지가 어린 자신을 번쩍 들어 올리면 세상 아래의 모든 것은 한참 아래에 있었다. 아버지가 곁에 있는 한 세상은 그녀의 것이었다.

이제 그녀가 다 자란 19세가 되어서 바라보는 왕은 좀 달랐다. 아버지는 여전히 최고의 남성, 위엄이 넘치는 왕이며 딸에게는 다정하기 그지없었다. 하지만 그도 한 인간에 지나지 않는다는 사실을 문득 덕만은 알게 되었다. 그도 늙어가고 있었고 가끔 심장의 통증으로 괴로워했으며 언젠가는 죽을 운명이라는 것을, 게다가 그는 백제, 고구려, 일본과의 잦은 전쟁 때문에 고통받고 있었다.

그는 죽은 충신의 무덤과 젊은 화랑들 시체 앞에서 큰 소리로 통곡하며 눈물을 흘리던 왕이었다. 이기든 지든, 전쟁이 끝난 자리는 황폐화되어 있었고 비참하게 죽은 군사들, 남편과 자식을 잃은 여인들의 원성이 남아 있었다. 자신의 땅이 전쟁터로 화하는 것은 가슴 아픈 일이었다. 수많은 전쟁에 지쳐 가는 동안 그의 가슴도 폐허가 되어 있었고 어느덧 부쩍 늙어버린 듯 했다.

그다지 젊지도 않은 45세의 왕이 몸소 전쟁터로 나가는 것을 본 덕만의 가슴은 측은함과 답답함이 교차하였다. 자신이 왕자였다면 더 가까이서 아버지를 보필하고 호위할 수 있을 텐데, 더 잘 이해하고 더 만족시킬 수 있었을 텐데…….

왕의 옆에는 함께 출정하는 용춘이 있었다. 용춘의 표정은 사위라기보다는 아들처럼 더 당당해 보였다. 어째서 아버지 옆에 나 대신 용춘이 있는 걸까. 아버님은 사냥이나 산성 쌓는 데는 나를 데려가지만 전쟁터에는 데려가지 않는다. 그렇지만 아버님을 보필할 수 있는 용춘이 옆에 있으니 그나마 다행이지 않은가. 그녀는 부왕을 부탁하는 듯 용춘에게 미소를 보였다. 용춘도 말없이 고개를 숙여 보였다.

왕이 이렇게 친히 군사를 이끌고 출병함은 그만큼 사태가 긴박하다는 것을 의미한다. 그 이마에 쓴 황금빛 투구를 눈부신 듯 올려다보던 덕만이 미소 지었다. 왕의 머리 위로 아련하게 어른거리는 후광, 그 빛은 왕의 운세가 좋음을 의미하는 것이었다.

"아바마마, 옥체 보존하십시오. 하늘은 아바마마 편에 있으니 적이 피해서 도망가게 될 것입니다."

덕만의 손을 잡은 왕이 한바탕 호쾌하게 웃었다. 그는 좌우의 장군들과 군사들을 둘러보며 말했다.

"모두들 잘 들었는가? 덕만이 승리를 예언했으니 틀림없다."

그러자 왕을 둘러싼 장군, 군사들의 표정에도 큰 기쁨이 피었고 금방 이길 것처럼 사기가 올랐다. 오직 딸에게만 보이는 부드러운 표정으로 왕은 지그시 그녀를 보고 있었다.

"너는 갈수록 더 아름다워지는구나. 이번 전쟁에서 돌아오면 신라 최고의 남자를 골라 봐야겠다. 그런데 너는 전쟁터까지 따라 오려는 것이냐? 이만 들어가 보아라."

왕은 도성 밖까지 따라 나온 딸을 돌려보냈다. 별 일이 없을 것 같은 예감에 덕만은 홀가분하게 말을 달려 궁으로 돌아왔다. 그리고 왕은 한강을 건너 북한산성으로 향했다.

고구려 장군 고승은 신라 북한산성을 에워싼 채 공격하고 있었다. 진평왕은 일만 명의 군사를 이끌고 북한산성을 구원하기 위해

68

왔다. 고구려 병은 용맹한데다 싸움을 잘했고 북한산성은 신라의 군사상 중요 입지에 속했다. 자주 싸우며 서로 뺏고 빼앗던 백제와는 다른 더 큰 위협을 주던 고구려였다. 문제가 큰 만큼 진평왕이 직접 나서서 한강을 건너온 것이었다.

공격이 아닌 수비가 목적이었다. 왕은 성문을 굳게 닫고 보호하라 명하고 고구려 병이 스스로 물러갈 계책을 짰다. 북한산성 안의 신라 군사들은 곧 북을 두드리고 큰 소리로 떠들어 그 시끄러운 소리가 성 밖으로 나가게 했다. 그러자 고구려 군사도 산성을 마주한 채 북을 치고 소리치며 대치하였다.

고승은 북한산성 위에서 수없이 나부끼는 신라왕의 깃발을 보고 기가 죽었다. 왕이 직접 일만의 군사를 거느리고 왔으니 정면으로 붙어 봤자 승산이 없기는 마찬가지였다. 그래도 여기까지 왔는데 한번 붙어 보기나 하면 속이 후련하련만, 굳건히 닫힌 북한산성을 노려보니 지루했고 신라군의 떠드는 소리가 월등 컸다. 마침내 말 머리를 돌린 고승이 퇴군을 명령했다.

아무 일 없이 돌아온 왕은 그 승리가 마치 덕만 때문이었다는 듯 자주 칭찬했다. 그 무렵 그도 맏딸의 남편감에 대해서 고심하고 있던 차였다.

"네게 어울릴 낭이 있을지 모르겠다. 당연히 신라 최고의 남자라야 할 터."

"신라 최고의 남자라면 당연히 아바마마이십니다."

"하하…… 내가 죽지 않고 영원히 산다면 너를 혼인시키지도 않을 것이다. 하지만 나는 언젠가 죽게 될 것이고 남은 너를 지키고 보필해줄 남편이 있어야 한다. 네 남편은 너를 사랑하고 너를 지키고, 너에게 충성하는 자라야 한다. 누가 마땅할까? 너와 어울리는 화랑 무리 중에 마음에 드는 이가 있거든 말해 보아라. 내 그들 중에서 네 마음에 드는 이로 네 남편을 삼게 할 것이니."

덕만은 아무 대답을 하지 않았다. 그녀는 사냥터나 귀족의 연회에 초대되어 자신을 떠받드는 화랑의 무리와 자주 어울리곤 하였다. 그들과 친구처럼 어울렸지만 남편감으로 염두에 둔 자는 없었다. 화랑은 왕과 중앙 정부에 의해서 선발했지만 그 중 몇몇은 덕만이 임명할 정도로 그녀는 왕의 딸로서 막강한 권력을 행사했다. 그런 탓인 지 모두들 그녀를 왕의 딸로 우러러보았다. 왕은 딸이 직접 선발한 화랑들과 함께 어울리며 친하게 지내기를 바랐다.

그들은 모두 신라 최고 귀족들의 자제였고 앞으로 나라의 중요 인재가 될 젊은이들이었다. 즉 그들은 다음 세대인 딸의 정치 의논 상대며 장군이 될 미래의 중심인물인 것이다. 그렇게 함께 어울리다가 그들 중 인간됨이 가장 뛰어난 자를 부마로 삼는다면 일석이조일 것이라는 왕의 생각이었다. 몇 년 동안 함께 어울려 온 공주를 중심으로 한 그 집단은 문무가 뛰어난데다 우정이 깊었으므로 왕의 마음을 흐뭇하게 했다. 하지만 딸의 마음을 끄는 이나 용기 있게 다가서는 자가 없는 것이 왕은 서운했다.

덕만은 왕의 생각과는 전혀 다른 자의 얼굴을 떠올리고 있었다. 비형랑, 그는 지금 어디 있는 걸까? 어느 날부턴가 그의 푸른빛이 돌던 깊은 눈동자가 잊혀진 날이 없었다. 하지만 그의 이름을 왕 앞에서 발설할 수는 없었다.

4년 전에 그녀가 왕에게 비형랑을 화랑으로 임명하자고 청하자

왕은 듣지 않았다.

"아바마마, 비형랑은 형인 용춘과 함께 낭도를 모으고 이끌어 이미 화랑이나 마찬가지입니다. 재주도 많으니 화랑으로 임명하십시오."

"비형은 선대왕의 혼이 낳은 아들이다. 그런 만큼 비형을 사람으로 생각하기에 어려운 점이 있다. 매우 재주 많은 인물이기는 하나 선대왕을 닮아 노는 것을 너무 좋아하고, 존재가 신출귀몰해서 믿을 수가 없구나."

"그러하나 그는 거짓이 없어 누구보다 믿을 수 있습니다."

"믿을 수는 있으나 세상 누구보다 부리기가 힘들어 다스릴 수는 없을 것이다. 지금도 어디에서 어떤 귀신들과 놀고 있는 지 알 수 없는 자이니라."

비형랑은 아버지가 분명치 않았으므로 누군가의 사생아일 가능성이 컸다. 그렇지만 그의 용모는 선대 진지왕의 얼굴을 그대로 옮긴 데다 미녀 도화랑의 모습이 합쳐져 있었다. 그의 새까만 머리카락은 검다 못해 파르스름한 광채가 났고 깊고 커다란 눈동자 역시 어둠 속에 있을 때면 푸르스름한 인광을 뿜었으므로, 한편 무서우면서도 매우 신비스럽게 보였다. 그는 키가 크면서도 가볍고 날렵했는데, 날아다니는 것 같은 빠른 동작에 야생 동물처럼 살그머니 나타나 사람들은 종종 그가 있어도 못 알아차릴 때가 많았다. 그러다 문득 그가 옆에 있는 것을 보고 놀라 소리를 질렀으니 그야 말로 귀신같은 면모를 지닌 자였다.

진지왕은 주색을 즐겨 정사를 멀리 했는데, 어느 날 미모로 소문난 민가의 여자 하나를 궁중으로 불러 들였다. 그 여자의 고운 용모 때문에 사람들은 도화랑이라 불렀는데, 왕이 한 눈에 흔들릴 만큼 미색이었다. 왕이 그녀를 곁에 두기를 원하자 현명한 도화랑은 잠시 생각에 잠겼다. 왕은 왕이라는 신분이 아니라 해도 충분히 여자의 마음을 혹하게 할 만큼 매력적인 남자였다. 그렇지만 왕의 곁에는 천 명의 여자가 있다 해도 좋을 정도였고, 며칠만 지나면 자신은 갖고 놀던 장난감처럼 버려질 것이 뻔했다. 그런 후에는 자신의 남편조차 그녀를 받아 주지 않을 것이었다. 이런 어리석은 결과가 눈에 보이는 데 지조 높은 여인이 되어 남편 곁으로 돌아가는 것만이 지혜로운 선택이었다. 도화랑이 말했다.

"여자가 지켜야 하는 것은 두 남편을 섬기지 않는 일입니다. 그런데 남편이 있는데도 남에게 시집가는 일은 비록 천자의 위엄을 가지고도 맘대로 하지는 못할 것입니다."

왕이 말했다.

"너를 죽인다면 어찌 하겠느냐?"

여인이 단호하게 대답했다. 왕의 말이라 하나 그녀의 오기를 건드렸다.

"차라리 거리에서 베임을 당하더라도 저를 마음대로 하시지는 못할 것입니다."

왕은 그녀가 귀여워 희롱으로 말했다.

"남편이 없으면 되겠느냐?"

"되겠습니다."

더 이상 추근거릴 왕은 아니었다. 왕은 그녀를 놓아 보냈다. 하지만 왕의 마음에 도화랑의 미모와 오기는 깊은 인상으로 새겨졌다.

그녀는 자기가 마음먹었음에도 불구하고 가질 수 없었던 유일한 여인이었던 것이다.

그 해에 왕은 폐위되고 죽었는데, 몇 년 후 도화랑의 남편도 죽었다.

남편이 죽고 열흘이 지난 날, 밤중에 갑자기 누군가 도화랑의 방문을 열었다. 왕이었다. 왕은 평시와 같은 자주 색 비단 용포와 금관을 쓴 모습이었는데 깊은 우수를 머금고 있었다. 방에 들어 온 왕이 여인에게 말했다.

"네가 옛날에 허락한 말이 있지 않느냐? 내 지하에서도 오랫동안 너를 잊지 못했다. 지금은 네 남편이 없으니 되지 않겠느냐?"

왕의 귀신을 대한 여인은 놀라 어쩔 줄 모르며 다시 변명했다.

"이제 제 부모님께 여쭤 봐야겠습니다."

도화랑이 부모에게 가서 고하자 부모가 말했다.

"돌아가셨다 하나 왕의 말씀인데 어떻게 피할 수 있겠느냐? 너도 생전의 왕께 약속드린 일이 아니냐?"

하고 딸을 왕이 있는 방에 들어가게 했다.

왕은 도화랑의 방에 7일 동안 머물렀는데, 그 동안 오색구름이 집을 덮었고 향기가 방안에 가득했다. 7일 뒤에 왕은 갑자기 사라졌다. 이내 여인에게는 태기가 있었다. 달이 차서 해산하려할 때 밖에서는 천지가 진동하는 천둥소리가 들렸다. 천둥소리와 함께 사내아이를 낳았는데 이름은 비형이라 했다.

진평왕은 그 이상한 소문을 듣고 아이를 궁중에 데려오게 하여 길렀다. 왕은 비형이 15세가 되자 집사라는 벼슬을 주었다. 그러나 비형은 밤마다 멀리 도망가서 놀곤 하였다. 그의 행동이 묘하고 수

상쩍어 왕은 용사 오십 명을 시켜서 지키도록 했지만, 그는 언제나 월성을 날아 넘어가서 서쪽 황천 언덕 위에 있는 귀신들을 데리고 노는 것이었다.

용사들은 숲 속에 엎드려서 엿보았다. 절에서 새벽 종소리가 들려 귀신들이 각각 흩어져 가버리면 비형랑 또한 궁중으로 돌아오는 것이었다. 용사들은 이 사실을 왕에게 보고했다. 왕은 비형을 불러서 말했다.

"네가 귀신들을 데리고 논다니 그게 사실이냐?"

"그렇습니다."

"그렇다면 너는 그 귀신의 무리들을 데리고 신원사 북쪽 개천에 다리를 놓도록 해라."

비형은 명을 받아 귀신 무리들을 시켜서 하룻밤 사이에 큰 다리를 놓았다. 그래서 그 다리의 이름을 귀교(鬼橋)라 붙였다. 왕은 또 물었다.

"그들 귀신들 중에 사람으로 출현해서 조정 정사를 도울만한 자가 있느냐?"

"길달이란 자가 있사온데 가히 정사를 도울 만합니다."

"데리고 오도록 하라."

다음 날 비형이 길달을 데리고 와서 왕께 뵈니 왕은 집사 벼슬을 주었다. 길달은 과연 충성스럽고 정직하기가 비할 데 없었다. 이때 각간 임종이 아들이 없었으므로 왕은 명령하여 길달을 그의 아들로 삼게 했다. 임종은 길달을 시켜 흥륜사 남쪽에 문루를 세우게 했다. 그리고 밤마다 그 문루 위에 가서 자도록 했다. 그 문루는 길달문이라고 했다. 길달은 곧 따분한 인간 세상이 권태로워졌고 자유롭던 귀신 시절이 그리워졌다. 마침내 길달은 여우로 변해서 도 망가 버렸다.

이에 화가 난 비형은 귀신 무리를 시켜서 길달을 잡아 죽였다. 이 때문에 귀신의 무리조차 비형의 이름만 들어도 두려워서 달아났다 고 한다. 당시 사람들은 비형에 대해 글을 지어 노래 불렀다.

임금님 혼이 와서 낳으신 아들,
비형랑의 집이 바로 그 곳일세.
날고뛰는 모든 귀신의 무리,
이곳에는 아예 머물지 말라.

이제 그의 나이 21세, 비형 역시 길달처럼 자유로움을 추구했으 므로 방랑벽이 있어 몇 년간 사라졌다가 돌아온 지 얼마 안 되었 다. 왕은 전부터 비형이 지닌 신통한 능력을 국사에 써보려 하였 으나, 막상 필요할 때면 비형은 사라져 종적이 묘연했다. 아무 때 나 사라졌다 아무 때나 나타났으므로 가장 믿을 수 없는 유였다. 비형은 홀로 오만하고 도전적으로 법과 관습을 무시한 채 자신이 내키는 길로 갔다. 하지만 확실한 것은 다시 그가 나타난다는 것 이었다.

그 때 비형은 술집에서 기녀 벽화와 술을 마시고 있었다. 그는 나 른하게 벽에 기댄 채 비파를 뜯는 벽화의 아리따운 모습과 연주를 감상하고 있었다. 그렇듯 풍류를 음미하고 있으니 눈과 귀가 즐겁 고 입맛 또한 좋았다. 나른한 쾌락에 도취된 그의 귀를 깨우듯 말 발굽 소리가 들려왔다. 말울음 소리와 함께 누군가 안으로 후다닥 뛰어드는 기색이 있었다. 비파를 멈춘 벽화가 문을 열자, 문밖에는 뺨이 발그스름하게 상기된 젊은 귀공자가 서 있었다. 운정이었다.

"비형랑, 그대가 여기 있을 줄 알았네. 좋은 일이 생겼거든."

"무슨 좋은 일? 자네 얼굴 봐서 내가 더 좋으니 술이나 같이 하세."

"하긴 그대와 술 마시며 이야기 나누는 것도 역시 좋은 일이네."

운정은 술이 차려진 탁자를 비형과 마주 하고 앉았다. 그 중간에 있던 벽화가 운정의 잔에 술을 따랐다. 다소곳이 술을 따르며 고개를 숙이고 있는 벽화의 옆모습을 운정은 착잡한 듯 잠시 응시하였다. 이미 술 두어 잔을 했는지 벽화의 하얀 얼굴은 복숭아 꽃 빛으로 물들어 있었다. 벽화는 감히 운정의 시선을 바로 쳐다보지도 못했다. 마주 앉은 두 남자 사이에 벽화는 중간에 있었지만 몸은 절로 비형 쪽으로 기울어가고 있었다.

처음에 벽화에게 마음을 뺏겨 술집을 자주 찾은 이는 운정이었다. 운정은 벽화와 술을 마시며 이야기를 하고 그녀가 뜯는 비파 소리를 듣는 것이 좋았다. 그는 그저 벽화가 좋았다. 또 벽화의 마음을 기쁘게 하기 위해 패물이나 비단 같은 갖은 선물을 하였지만 다른 청은 하지 못했다. 그저 얼굴을 붉히며 벽화의 손을 잡는 것이 고작이었다. 그러다 갑자기 불쑥 나타난 비형이 반가워 어쩔 줄 모른 운정은 벽화가 있는 술집에 와서 친구를 대접했다. 운정이 벽화의 청순한 미모를 자랑하자 비형도 맞장구쳤다.

"참 예쁘고 비파도 잘 타는군."

비형 역시 벽화가 마음에 드는 지 그녀의 자태에서 눈을 떼지 못했다. 그의 눈빛은 아주 독특해서 여자들이 마주 쳐다보면 마법에라도 걸린 듯 금방 빠져들었다. 그에게 넘어가고 싶지 않은 여자라면 그 눈을 바라보아서는 안 되었다. 예의바른 도련님만 상대하던 벽화는 거침없이 타는 듯 쏘아보는 비형의 눈과 마주치자 가슴이 덜컥 내려 앉았다. 당황한 그녀는 손가락이 떨려 자신이 뜯던 음악을 두어 소절 틀리기까지 했다.

다음 날, 혼자 벽화를 찾은 비형은 그날 밤 그녀와 잠자리를 함께 했다. 그 후 그는 자신이 내킬 때면 언제든 그녀와 어울렸고, 밖으로 데리고 나와서 놀기도 했다. 그는 여자들에게 두려우면서도 경탄을 불러일으키는 남자였다. 곁에 있으면 위험하고 오싹한 소름을 돋게 하면서 신비스러운 쾌감을 높여주는 그를 여자들은 정열적으로 사랑했다. 게다가 그는 궁정의 예법과 높은 교양마저 갖췄으므로 어떤 여자라 해도 도저히 저항할 힘이 없었다. 하지만 정작 그 자신은 필요에 의해서 잠시 여자를 가까이 할 뿐, 진심으로 여자들을 대하지는 않았다. 어떤 여자에게도 운정처럼 정신이 팔려 넋을 잃은 적은 한 번도 없었다.

눈치 없는 운정도 그제야 비형과 벽화의 관계를 알게 되어 한동안 풀이 죽어지냈다. 운정은 미천한 기녀인 벽화를 깨지기라도 할 듯 건드리지 못한 채 소중하게 다루며, 그녀가 자신의 연인임을 의심한 적이 없었다. 더구나 비형은 어릴 때부터 그가 좋아하며 따르던 한 살 연상의 형이며 친구였다. 고작 한 살 차이였지만 비형은 무척 어른스럽고 세상의 무서움을 모르는 듯 행동했다. 비형에게는 친구가 없었기에 오직 운정 혼자만이 그의 가까운 친구가 될 수 있었다. 다른 이들은 신비롭고 위험해 보이는 비형과 함께 있는 것이 편안하지 않은 모양이었다. 운정은 오히려 그러한 비형에게 강하게 이끌려 접근했다.

사람에 대한 붙임성이 그다지 없던 비형은 자신을 따르는 운정과 친하게 어울렸다. 어딘가 사라졌다가도 가장 먼저 운정 앞에 나타나는 것이었다. 그래서 운정 역시 비형이 세상에서 가장 좋아하는 존재는 자기 일 것이라 굳게 믿었던 것이다.

3년 전쯤, 운정은 비형 앞에서 자기 손가락을 깨물어 피를 내며 맹세한 적이 있었다.

"나는 그대를 나의 최고 친구로 생각하고 있네. 그대가 위험에 처해 있다면 나는 그대를 위해서 죽음도 불사하고 뛰어들 것이야. 내가 이토록 그대를 사랑하니 우리가 한 날 한 시에 태어나지는 못했으나 한 날 한 시에 죽기는 쉬울 것이야."

그러자 비형도 손가락을 깨물어 피를 내며 맹세하기는 했다. 하지만 그의 맹세는 운정의 절반밖에 되지 않아 약간 서운한 감이 없지 않았던 것이다. 비형은 조롱하는 듯 빈정거리는 말투였다.

"나 역시 그대를 나의 유일한 친구로 생각하고 있다네. 하지만 자네가 기대하는 만큼은 아니야. 또 그대가 위험에 처해 있다면 내 모른 척 않겠다고 맹세하리라. 그러나 죽음까지 불사할 지는 자신이 없네. 그리고 우리가 한 날 한 시에 죽기는, 한 날 한 시에 태어나지 못 한만큼 어려울 것이야."

어찌 되었든 그들 서로가 서로에게 가장 친한 친구라는 사실은 변함없었다. 그런데 비형은 몇 년 만에 나타나서는 그가 초대한 술자리에서 벽화를 유혹했고, 다음 날 몰래 찾아가서 그녀와 함께 자 버렸다. 그렇게하고도 태연한 행동이 더 뻔뻔스러웠다. 한동안 운정은 울적했다. 자신을 아무렇지도 않게 배신한 벽화와 세상에서 가장 믿고 따랐던 비형, 그 두 사람이 한꺼번에 자신을 실망시킬 줄은 몰랐던 것이다. 상실감에 운정이 식음을 전폐하고 있자 비형이 찾아왔다. 비형이 그를 달랬다.

"우리가 고작 여자 하나 때문에 갈라질 사이였단 말인가? 난 자네가 벽화를 좋아하는 것이 사실 못 마땅했어. 자네가 나보다 더 벽화를 좋아하는 기색이어서 참을 수 없었단 말야. 그래서 내가 벽화를 뺏어버린 것이네."

비형의 달콤한 사과에 녹은 운정은 곧 마음을 풀었다. 그런 후에도 걸핏하면 비형은 벽화를 찾아가는 것이었다. 운정이 진실을 알면 실망하겠지만 비형은 벽화가 훨씬 좋았다. 이제 셋이 모인 이 술자리에서 비형은 여전히 뻔뻔할만큼 태연했고 벽화는 어색해서 몸 둘 바를 몰랐으며, 운정은 다시 화가 치밀었는데 이미 그의 안중에 벽화는 없었다. 모든 일을 친구인 그 자신과 어울리는 것을 우선으로 했던 비형이 여자에게 빠져서 기방에 처박혀 있는 사실에 분개하는 것이었다. 자신에게 절친한 비형을 뺏어간 쪽은 오히려 벽화였다. 그는 냉랭한 목소리로 벽화에게 일렀다.

"우리들끼리 중요한 이야기가 있으니 잠시 물러가라."

벽화는 절을 한 번 하고 물러갔다.

"언제부턴가 그대 곁에 잠시라도 여자가 없는 걸 본 적이 없는 것 같아. 대체 그대는 배를 타고 창해를 건너면서, 그 막막한 바다에서 여자 없이 적적해 어찌 살았는가?"

"바다에서 낚시를 하다 여자 시체를 하나 건졌지. 뼈에 살과 피를 붙여 주고 품고 살았다네."

운정은 그의 말을 믿지 않았으나 그렇다고 전혀 믿지 않는 것은 아니었다.

"왕께서 임해전 넓은 전각에 젊은 귀족 자제들을 불러 들여 연회를 베푸신다고 하네. 즐겁지 않은가? 그대도 나와 함께 참석해야지. 또 덕만 공주와 사촌 자매 승만을 비롯해서 왕실의 아름다운 여인들도 다 모일 걸세. 알천과 나, 을제, 보동들은 공주들과 아주 친하다네. 덕만 공주는 우리 신라의 자랑이고 긍지라 할 만 하지. 난 그 공주를 위해서 목숨을 바쳐 죽는 게 꿈이 되었다네."

"전에는 나와 함께 죽자더니 이제 꿈이 바뀌었군 그래. 공주는 그대가 자신을 위해 죽는 것보다는 아마 자신을 위해 살아 주는 걸 더 고마워 할 걸세."

두 청년은 말을 하다 말고 큰 소리로 웃었다. 비형은 더 성숙해진 덕만의 모습이 어떨까, 잠시 상상해 보았다. 사람에게 유난히 냉정한 비형에게도 그녀의 모습은 자주 떠올랐다. 궁에서 함께 자라 어렸을 때부터 자주 그녀의 모습을 보았다. 그러나 가까이 할 입장은 아니었으므로 먼 거리에서 쳐다보기만 한 것이었다. 그러다 흥미가 생겨 그녀 몰래 몇 번 그 뒤를 따라다닌 적이 있었다. 궁에서 아무렇게나 키워지는 그의 입장과 공주는 달랐다. 어린 소녀 옆에는 항상 시녀들이 따라 다녔고 높거나 나이 많은 남자 할 것 없이 다 고개를 숙였다. 그 호랑이 같은 진평왕도 딸 앞에서는 시종 벙글거렸다. 태양처럼 환하게 모든 이들의 떠받음을 받는 공주였다. 어둠 속 황천 언덕을 귀신들과 뛰어노는 그가 어울릴 수는 없었다.

3년 전, 덕만이 16세, 그가 18세였을 때였다. 그 무렵 낮이면 항상 궁궐 숲나무들 틈에 숨어 비형은 잠을 자곤 했다. 야생 동물처럼 잠귀가 밝은 그의 귀에 인기척이 느껴졌다. 아무도 없는 숲에 덕만 혼자 있었다. 그는 멀리서만 보던 공주를 오늘은 가까이서 마음껏 봐야지, 하는 기대에 차 있었다. 그런데 자세히 보니 그녀 앞에 긴 뱀 한 마리가 똬리를 틀고 있는 것이었다. 덕만은 호기심이 지나쳐 겁도 없는 지 자신을 향해 혀를 날름거리고 있는 뱀을 빤히 보고 있었다. 기가 막힌 비형이 아무도 알아차리지 못하는 날쌘 동작으로 공주 옆에 가 섰다. 공주는 비단뱀에게 무슨 말을 하듯 속삭이고 있었고, 뱀은 대답하듯 몸을 한번 푸르르 뒤틀었다.

뱀은 허물을 벗고 있는 중이었다. 서로 마주 보는 공주와 뱀은 평화로웠다. 공포나 어떤 적대감도 없었지만 빳빳이 치켜든 뱀을 믿을 수 없었으므로, 그는 여차하면 단도를 날려 뱀의 머리를 자를 셈이었다.

"가만있어요, 비형랑."

그녀는 자신을 쳐다보지 않고도 이미 알고 있었다. 그 둘은 서로 정식으로 만나 인사한 적은 없었지만 서로 잘 알고 있었다. 그녀는 금방 비에 씻은 해처럼 말갛고 환한 얼굴로 그를 돌아보았다. 허물을 다 벗어 놓은 뱀이 난 너희들에게 별 볼일이 없다는 듯 힐끔 보았다. 뱀은 매끈하고 반짝거리는 새 피부를 뽐내며 거만한 동작으로 풀 속으로 기어 들어갔다.

"뱀이란 종족은 참 신기하지? 어쩌면 저렇게 묵은 허물을 싹 벗어 놓을 수 있는 걸까? 그 깨끗해진, 반짝거리던 새 몸뚱이 봤지? 사람도 그럴 수 있으면 좋을 텐데."

그녀는 징그러운 것도 모르는 지 뱀이 벗어 놓은 껍질을 살짝 건드려 보았다. 비형이 그 껍질을 집어 들자 그제야 약간 떨어졌다. 알록달록하며 붉은 빛이 도는 비단 뱀의 껍질은 고우면서도 매우 징그러웠다. 그녀는 호기심은 동했지만 차마 건드려볼 엄두는 안 났다.

"그대가 비형랑이지요?"

그녀는 새삼스럽게 물으며 신기한 듯 그를 보았다.

"그대는 늘 혼자 있고 그렇지 않으면 밤에 나가서 귀신들하고나 어울린다는데 그게 정말인가요? 나도 언제 데리고 나가서 함께 놀 순 없나요?"

그녀는 여러 가지를 한꺼번에 물었고 그는 그 물음에 한 가지도 만족스런 대답을 해주지 못했다. 갑자기 벙어리라도 된 듯 말이 나오지 않았다. 대신 바삭거리는 뱀의 허물을 만지작거리고 비비꼬다가 허리끈 대신 허리에 묶었다. 그녀가 두어 걸음 그에게 가까이 다가왔다. 그와 얼굴이 닿을만큼 가까워진 거리였다. 머쓱해진 비형이 두어 걸음 물러나다 돌아섰다. 비형이 도망갈까 두려워진 공주가 재빨리 그 손을 잡았다.

"가지 말아요, 비형랑. 그대와 나는 친척간이라 하니 친하게 지내고 싶어요."

그의 손목을 잡고 이끈 그녀는 혼자서 쉴새없이 종알거리며 숲 깊은 곳으로 들어갔다. 그가 아무 말을 하지 않아도 그녀는 무척 즐거워 보였다.

"비형랑, 난 그대의 마음을 알아요. 사람들이 나와 단 둘이 있는 걸 보고 뭐라 할까 봐 겁나는 거지? 여기라면 아무도 보는 사람이 없고 우리를 방해하지도 않을 테니 염려 말아요."

그 때 하얀 새 한 마리가 나무 꼭대기에서 무수한 잎들의 파문을 일으키며 푸드득 날아올랐다. 떠들어대던 그녀는 넋을 잃고 새가 나르는 광경을 쳐다보았다.

"정말 아름다운 새야, 저렇게 아름다운 새를 한 마리 가질 수 있었으면. 내 들으니 그대의 동작이 매우 날렵하다 하는데 둥지에 있는 새 새끼 한 마리를 가져다 줄 수 있겠는가?"

그러자 그는 얼굴을 찌푸렸다. 명령하는 듯한 그녀의 말투가 못마땅했던 것이다. 역시 건방진 여자야, 그렇지만 한편 그녀를 위해서 뭔가 해줄 수 있다는 사실이 기쁘기도 했다. 가볍게 나무 위로 올라간 그는 땅 위를 뛰어가듯 나무 꼭대기에 다다라 둥지에서 그 중 예쁜 새끼 한 마리를 골랐다. 내려온 그가 아주 기쁜 마음으로 자신의 손바닥에 올려놓은 새를 바쳤다.

"새를 키울 만한 조롱도 곧 만들어 드리겠습니다."

그러자 공주는 방글거리며 말했다.

"아니 됐어요. 이렇듯 작은 새를 어미에게서 떼어놓고 조롱에 가둬 기른다면 너무 잔인할 것 같군요. 내 그대의 비범한 행동을 직접 한번 보고 싶었던 것 뿐이니, 이제 다시 그 새를 둥지에 넣어 주도록 하시오."

그는 속으로 진짜 화가 났다. 건방진데다 변덕스런 여자 아닌가. 그는 다시 나무 꼭대기로 올라가 새끼를 둥지 속에 넣어 주고 내려왔다. 그는 고개를 숙이고 그녀에게 물러간다는 뜻의 인사를 했다.

"신, 이만 할 일이 있어 물러갈까 합니다."

그가 물러서자 다시 그녀가 그의 옷소매를 잡았다. 그를 붙잡은 그녀가 빤히 쳐다보았다. 그녀는 자신의 두 손을 그의 양 볼에 대고 그의 얼굴을 자신의 얼굴 쪽으로 끌어 당겼다. 놀란 그는 너무도 긴장해서 숨조차 제대로 쉴 수 없었다. 그의 눈 속으로 궁금함이 가득 차있는 듯한 소녀의 맑은 두 눈이 들어왔다. 그녀는 다시 종알거리고 있었다.

"시녀들이 말하는데 비형랑의 눈을 가까이서 보면 안 된다고 말했거든. 정말 검푸른 밤 호수처럼 아름다운 눈이네. 그대 눈을 보면 마법에 걸려 병이 든다면서, 절대 비형랑의 눈을 똑바로 보지 말라고 했는데⋯⋯."

그 소녀의 달콤한 향기와 숨결이 불꽃처럼 자신의 얼굴에 닿자 정작 마법에 걸린 쪽은 비형 같았다. 그는 그만 자신의 얼굴을 그녀의 어깨에 묻고 말았다. 자신도 모르게 그녀 목덜미의 뽀얀 솜털이 올라 있는 살갗과 명주실 같은 머리카락, 그 살갗처럼 매끄러운 비단옷의 감촉을 탐닉하고 있었다.

그가 숲 속에서 낮잠을 자고 있을 때 그녀는 몰래 그 곳을 찾아오곤 했다. 풀에 스치는 비단 소리로 그녀가 오는 것을 알았지만 그는 모른 척 잠을 잤다. 소녀는 비형의 이름을 부르며 안타깝게 깨웠다. 소녀는 그가 죽은 듯 자는 것을 확인하면 별안간 매우 대담해지는 것이었다. 그녀는 손가락으로 그의 이마와 머리카락을 쓸고 그의 입술에 자신의 입술을 갖다 댔다. 그녀는 그의 옷자락을 풀어헤치고 그 가슴에 귀를 대어 그의 심장이 뛰는 소리를 들었고 손가락으로 악기를 타듯 그의 갈비뼈 수를 헤아렸다. 자는 척 하며 그녀의 그 모든 애무와 대담한 행동을 지켜보는 것은 두려우면서도 황홀했다.

하지만 그는 언제까지 숲 속에서 그녀와의 아기자기한 애정행각에 만족할 수는 없었다. 어차피 그녀와는 맺어질 수 없음을 그 자신이 누구보다 잘 알고 있었다. 맺어질 수 없을 바에야 차라리 포기하는 것이 나았다.

모든 것을 버리는 수행자의 마음으로 그는 길을 떠났다. 말 한 필도 없이 명산들을 두루 다니다 조각배 위에서 바다를 떠다녔다. 낚시를 하며 살 수 있었으므로 강과 바다에서 오래 살았다. 바다에서 물고기대신 건져 올린 여자 뼈를 도로 물에 던질까 하다 원망하는 듯 하여 배에 두고 함께 지냈다. 뭍에 올랐을 때는 양지바른 곳에 묻어 주었다. 사람들은 그가 귀신의 아들이므로 혼의 세계에서 살기 위해 사라지는 것이라 했다. 하지만 그가 떠다니는 곳은 지상의 산들과 황야, 물의 세계였다.

그녀는 향을 푼 목욕물 속에 푹 잠겨 있었다. 유모는 그 긴 머리를 따로 목욕통 밖으로 분리하여 감기고 있었다. 유모는 공주를 어릴 때부터 키워온 시녀였으므로 그녀는 왕후보다 유모가 더 어머니인 것처럼 편했다. 그녀는 장녀인 탓인 지 어머니인 왕후 앞에 나서면 왕후보다 더 어른스러웠다. 맏딸인데다 동생이 둘이나 있고 부모들의 기대가 커 부모 앞에서는 아이 때부터 아이다운 기질을 드러낼 수 없었다. 그녀는 부모를 부모가 아닌 왕과 왕후로 대했고, 응석 하나 부리지 못한 채 줄곧 어른의 행동을 해야 했다.

그렇지만 어릴 때부터 자신의 온갖 응석을 받아주고 발가벗은 몸을 씻겨주던 유모는 달랐다. 그녀는 다른 누구보다 유모를 좋아했고 아무에게도 하지 않던 속 깊은 말도 서슴없이 털어놓았다. 그녀는 잔뜩 들떠 있어서 욕탕 속에서 잠시도 가만있지 않았다. 정성들여 오랫동안 머리를 감기던 유모는 그녀가 튀긴 물방울을 얼굴에 덮어씌웠다. 유모가 투덜거렸다.

"좀 가만있으라니까요. 오늘 저녁 연회가 이렇게 공주님을 흥분시키다니, 한번 솔직히 털어내 보시지요. 오늘 연회에 오는 젊은 이들 중 이렇게 공주님 마음을 설레게 하는 자가 분명 있는 거겠지요?"

"차라리 내가 공주가 아니라면 좋을 텐데……. 아, 내가 공주가 아니라면 사랑하는 이를 마음껏 사랑할 수 있을 텐데……."

"정말 사랑하는 이가 있단 말이지요?"

"난 이렇게 말하고 싶어. 내 님이여, 그대에게 바치겠나이다. 이 뜨겁고 향기로운 물 속에서 금방 나온 나의 꽃 같은 몸뚱이를 송두리째 바치고 싶습니다."

유모는 웃음을 터뜨렸다.

"마마의 그님이 누군지 모르겠지만 저도 덩달아 기분이 좋아지는 군요."

"오늘 그가 연회에 참석한단 말야. 난 오래 전부터 그에게 고백하고 싶었어. 나는 깊고 넓은 물속에서 피어난 연꽃, 부디 위험을 무릅쓰고 들어와 나를 꺾어 주소서. 오, 님이여, 그대에게 기꺼이 모두 바치고 싶습니다. 나는 그대에게 꺾이기 위해 피어났으니 나를 꺾으신다면 그대는 나의 은인, 이는 부처님의 뜻입니다. 그대는 나를 왕의 딸이 아닌 한 여자로서 선택해 주셨으니 고맙습니다."

"좀 그만 떠들고 얌전히 있어요."

그녀는 쉴새없이 떠들고 키득거리며 웃어댔다. 헤엄까지 쳐댔기 때문에 유모는 이제 물을 온 몸에 흠뻑 뒤집어썼다. 공주의 머리를 간신히 다 감기고 물에서 건져낸 유모는 그녀에게 속옷을 입힌 후

경대 앞에 앉혔다.

"우리 마마는 남들 앞에서만 의젓한 척 하시지, 이렇게 철없는 어린앤 줄 알면 아마 대왕께서는 기절하실 걸요. 마마는 자신이 공주라는 게 싫은가요?"

그녀의 머리카락을 수건으로 닦고 빗으로 빗기면서 유모가 물었다.

"남자들은 내가 공주니까 잘해 주는 거란 말야. 나와 결혼하는 건 왕이 되고 싶어서라니까. 또 모두 나를 공주로서 떠받들려고만 하니까 오히려 마음이 편치 않아. 후우~ 나중에 내가 왕이 된다면 무엇을 어떻게 해야 하나 싶어. 아버님이 괴로워하시는 모습을 너무도 많이 봐 왔거든. 왕이기 때문에 가장 고독하고 많이 괴로워하셨어. 내가 딸이니까 자신을 더 이해 받고 고독을 나누기를 기대조차 않으신 듯 했어. 나도 그렇듯 홀로 그 분이 고심하는 것을 보고만 있었으니까. 정말이지 내가 왕이 된다면 적어도 전쟁을 막고 내 백성들을 편안하게 해주고 싶어."

"앞으로 대왕이 되실 마마의 미래에 꿈과 희망을 건 좋은 사람들이 너무도 많아요. 마마는 좋은 대왕이 되실 겁니다. 자, 긍지를 가지세요. 자신감과 위엄에 가득 찬 여왕 주위에는 사람들이 모이기 마련입니다."

거울 속에서 연분을 펴 바른 그녀의 얼굴이 박꽃처럼 하얗게 피어났다. 원래 하얗던 얼굴이 달빛 아래 박꽃처럼 창백하면서도 빛이 났다. 연지를 덧바르자 다시 화사한 빛이 살아났다. 그녀의 가슴은 갑자기 뛰기 시작했다.

"유모, 오늘 알천, 운정, 을제, 보동 같은 이들이 모두 모인단 말야. 사실은 비형도 나타날 것이란 소릴 들었어. 3년 동안 행방불명이던 비형이 말야. 몇 년 만에 모처럼 만나는데 아름답게 변했다는 느낌을 주고 싶어. 모든 이들이 내가 아주 특별하기를 기대해. 연회에 모이는 그 모든 이들이 내가 아주 아름다우면서도 현명하고 또 아주 특별한 능력을 보이길 원해. 유모, 솔직히 말해 봐. 사실 난 별로 예쁘지 않지?"

"공주님, 남을 너무 의식하지 마세요. 목욕도 했고 화장도 곱게 묻었고 날씨도 좋잖아요. 공주다운 긍지를 가지세요."

"사람들은 우선 모두 겉모습만 본단 말야. 그러니까 오늘은 특별히 예뻐야 하는데, 나를 보고 실망하는 이가 있음 어떡하지? 그 사람 앞에서 난 가장 아름다워야만 해."

"도대체 누구한테 그렇게 예쁘게 보이고 싶으신지, 그 속마음을 이 늙은이에게 좀 털어놓으면 안 되겠습니까? 사람들이, 특히 남자가 여자의 겉모습만 보고 현혹되는 건 할 수 없는 노릇이죠. 백제 왕도 선화 공주님의 겉모습만 한번보고 홀딱 반했으니까요. 정말 선화 공주님은 예쁘셨죠. 그 분보다 더 예쁜 분은 앞으로 백 년 후에도 태어날까 말까예요."

그러자 거울 속 덕만의 얼굴이 시무룩해졌다. 그 표정을 보고 킬킬거리며 유모는 큰 소리로 달래듯 떠들어댔다.

"현명하신 우리 마마가 오늘 따라 왜 기가 죽고 그러실까? 공주님은 너무 기가 세서 좀 죽일 필요가 있다니까요. 그렇다고 금세 풀이 죽으면 제가 미안하지 않습니까? 남자들이 여자들의 겉모습에 구애받는다 해도 마마는 신경 쓸 필요가 없어요. 마마는 충분히 예쁘니까 그저 예쁜 척만 하고 있어도 됩니다."

88

"내가 예쁘지 않은 건 잘 아니까 아부 할 필요 없어. 사람들이 나보고 예쁘다고 한 건 왠지 알아? 그렇게 말하지 않으면 내 아버지인 왕에게 혼이 나기 때문이야."

"공주님은 매사에 너무 겸손하십니다."

"그이가 나보다 더 아름다우니 고민하는 거야."

"말 안 하셔도 그 자가 누군지 짐작은 갑니다만, 그 자는 귀신의 아들이니까 마음 접어 두세요. 사람은 사람과 어울려야 합니다. 다른 이들도 참 멋진 미남자들 아닙니까? 그 분들과 더 잘 사귀어 보세요."

연회장 전각으로 가는 공주의 뒤로 특별히 화려하게 치장한 십여 명의 궁녀들이 따랐다. 젊은 궁녀들 역시 봄날 왕이 베푸는 연회에 마음이 설레었고, 자신들의 곱게 단장한 모습을 남자들 앞에 마음껏 자랑하고 싶었다. 그녀들 중 가장 화려한 차림새에 갖가지 금과 비취, 옥 같은 패물로 단장한 공주의 모습이 단연 돋보였다.

그녀는 걸어가면서도 생각했다. 모든 이들 앞에 드러나는 그녀의 인상은 중요한 것이었다. 그런 인상은 자신의 연기력에도 달려 있다고 생각했다. 그리고 자신 또래의 젊은 귀족들에게는 그녀 자신의 매력과 실력을 머리속에 각인 시켜야만 좋을 것이었다.

왕인 아버지에게서 배운 특유의 근엄함과 위엄을 백 번 활용해서 남자들 위에 한껏 군림한 후, 여성스런 우아함으로 부드럽게 달래주는 것도 필요하리라. 그녀는 기도했다.

'부처님, 바라옵건대 부디 비형랑이 저만 바라보고 있게 해 주옵소서.'

매년 춘삼월이면 왕은 임해전 넓은 전각에서 연회를 열었다. 궁궐 뜰에 있는 꽃핀 나무들과 온갖 봄꽃들의 향기가 부드러운 바람을 타고 전각을 흘러 다녔고, 곱게 단장한 귀부인들과 미소년들이 뿌리는 향취는 오히려 꽃보다 더 짙었다. 신하는 물론 그 자제나 부인도 참석했고 왕실 사람들도 눈부실 정도로 단장하고 나타났다. 그 잔치에는 남녀가 동석하여 함께 즐겼다. 그 날의 연회는 왕이 자신의 딸을 기쁘게 해 줄 목적이 컸으므로, 특별히 귀족 집안의 화랑 출신 젊은이들은 다 모이라 일렀다. 그리하여 20세 안팎의 청년들은 화려한 복식에 곱게 화장한 얼굴, 큼직한 금귀고리를 달고 저마다 미모와 위엄을 자랑하듯 나타났다. 남자들 역시 모두 정성스럽게 분을 바르고 눈썹을 그렸고 연지를 발라 화장했으므로 어느 때 보다 어여뻐 보였다.

이미 전각에는 그녀가 알 만한 귀족들과 젊은이들, 귀부인들이 모여 왕족 일가를 기다리고 있었다. 그녀의 숙부 곁에는 사촌 자매 승만도 있었다. 승만은 15세인데도 키가 보통 남자들보다 더 컸고 팔이 길어서 늘어트리면 무릎까지 닿을 정도였다. 남자로 태어나야 할 것을 실수라도 했는지 승만은 성격이 씩씩했고 말도 잘 탔으며 활도 능했다.

덕만의 시선은 재빨리 사람들 사이를 훑으며 비형의 모습을 찾고 있었다. 남자답고 언제나 대장 같은 알천, 그 옆에 있는 부드러운 귀공자 운정, 운정을 마주 보느라 뒷모습밖에 보이지 않는 자가 어쩐지 비형 같았다. 그녀는 그들이 있는 쪽으로 걸음을 옮겼다. 항상 그랬지만 그렇게 걸어가면서도 그녀는 자신이 모두의 주목을 받고 있는 완벽한 주인공임을 느꼈다. 그녀가 걷자 사람들은 한 편으로 비켜서면서 예의를 표했고 그 동작을 주시했다. 그녀의 친구라 할 만한 화랑 출신의 청년들, 알천과 을제, 운정, 보동이 먼저 그녀 앞에 나서서 절을 하며 예를 표했다. 그녀는 미소를 가득 띤 채 답하면서 운정 옆에 서있는 비형을 쳐다보고 있었다.

몇 년 동안 방랑하느라 검어진 피부 탓에 언뜻 본 그의 얼굴은 많이 달라 보였다. 거칠고 까무잡잡한 그의 모습은 주변의 하얗게 분바른 귀공자들과 대비되어 오히려 두드러져 보였다. 그는 아무렇지도 않은 듯 무심하게 그녀를 보고 있었다. 그 무심한 눈빛을 보자 그녀는 슬퍼졌다. 그 눈에서 시선을 돌려 운정을 보며, 그의 다정한 표정에 답하기 위해 그녀는 미소를 지었다. 운정을 보며 그녀는 비형의 눈을 똑바로 보면 마법에 걸려 병이 든다고 말했던 시녀의 말을 상기했다. 그 눈을 다시 뚫어지게 바라보고 싶었다. 그녀가 고개를 돌리자, 빛을 뿜는 비형의 두 눈이 흡사 예리한 칼처럼 날카롭게 부딪혀 왔다.

그녀는 갑자기 행복해졌다. 진심으로 그녀는 자신을 둘러싼 남자들을 향해 만족에 넘친 우아한 웃음을 아낌없이 뿌렸다. 그녀는 그 모든 남자들을 정말 거느릴 기분이 났다. 오랜만이거나 처음 공주를 대한 모든 남자가 그녀에게 호의를 가질만큼 미소는 시원했고 인사말을 하는 목소리는 온화했다. 미모와 위엄, 흘러넘치는 매력을 가진 공주가 연신 방긋방긋 웃자, 주변의 사람들에게도 그 행복감은 전염되었다.

왕과 왕후가 나타나자 덕만이 그 옆에 가 앉고 모두들 직위에 맞는 자리를 찾아 앉았다. 저녁이 되자 곳곳에 밝혀진 횃불들이 한결 무르익은 연회의 분위기를 돋우었다. 왕은 신하들과 술을 주고받았고 청년들은 공주와 왕실의 여인들에게 술을 권하기도 했다. 금대접에 담긴 음식들과 향기로운 과일들을 모두 포만감 있게 먹었고, 그들의 손에 쥐어 있는 금 술잔은 술이 비워지기 바쁘게 채워졌다.

왕이 거문고를 뜯으며 즐거워하자 몇몇 신하가 일어나서 춤을 추기 시작했다. 더 흥겨워진 왕이 문득 거문고를 멈추고 명했다.

"그 한 구석에 숨어 있는 듯 하면 내 모를 줄 알았더냐? 천하에 노는 것 좋아하기라면 비형을 따를 자 없을 것이니, 오랜만에 왔으니 춤이나 신명나게 추어 좌우의 흥을 돋우도록 하라."

왕명을 받은 비형이 나가 왕이 뜯는 거문고에 맞춰 춤추기 시작했다. 그러자 운정은 나가 북을 치기 시작했다. 비형의 춤이 흥겨워졌다. 그저 흥이 난 춤이 아니었다. 붉은 혓바닥을 넘실거리듯 타오르는 횃불 아래 그의 유연한 몸은 그림자와 함께 광란에 겨워 뛰어 놀고 있었다. 그 표정은 처연했고 격정적인 동작은 섬뜩하기조차 했다.

"과연 귀신이 도망간다는 비형랑이군."

누군가 말하는 소리가 들렸다.

비형의 춤이 더욱 정열적으로 고조되자 다른 청년들의 피도 끓어올랐다. 알천과 보동을 비롯한 청년 몇이 일어나 함께 춤추기 시작했다. 화랑, 그들은 죽음을 두려워하지 않으면서도 삶을 감각적으로 사랑하는 젊은이들이었다. 힘과 아름다움, 용기와 풍류가 있는 화랑, 그들은 전쟁 시에는 갑옷을 입고 창을 든 채 죽음을 불사하며 적들 속에 돌진했고, 평시에는 귀족다운 우아함으로 풍류를 즐겼다. 그들은 강함과 섬세함을 겸비했고 예의가 있었으며 전투 능력과 예술적 소양을 겸비한 이들이었다.

덕만은 비형의 춤을 정신없이 보고 있었다. 왕의 거문고나 북소리는 들리지 않았다. 오직 그가 춤추는 모습, 그 날개처럼 너울거리는 그림자만 가득 눈에 들어 올 뿐이었다. 그 모습을 봄으로써 시간은 멈추고 영원해진 것 같았다. 춤추던 비형이 한순간 그녀를 돌아보았다. 먹이를 노리는 야생 맹수처럼 그의 눈에서 푸른 인광이 번쩍 빛났다.

밤이 늦자 왕과 왕후를 비롯한 가신들이 물러가고 공주와 그녀를 둘러싼 추종자들이 남아 못다 한 담소를 나누었다. 그녀는 비형과 운정 사이에 앉았다. 운정은 항상 그녀에게 다정다감한 눈길을 보내는 추종자였고 옆에 있는 것만으로도 편한 느낌이었다.

덕만은 비형이 옆에 있다는 사실이 못내 믿어지지 않을 정도로 기분이 좋았다. 그리고 이번 연회는 모두에게 좋은 인상을 준 날이기도 했다. 그런 생각에 기분이 좋아진 그녀는 거듭 비형에게 술을 권했다.

"나를 모른 체 한 벌주이니 받으시오."

그가 술잔을 비우자 그녀가 다시 그의 잔을 채웠다. 연거푸 벌주를 받은 그가 묵묵히 그녀의 눈을 들여다보았다. 마치 싸움이라도 거는 것처럼 피하지 않고 그 눈을 되쏘아 보던 그녀는 생각했다. 비형이 쳐다 볼 때 같이 보면 안 된다고 했지. 하지만 지금껏 어떤 이에게도 고개를 떨구거나 눈길을 피해본 적이 없던 그녀였다. 어떤 이들도 감히 이런 식으로 그녀를 바라본 자는 없었다. 왕녀다운 오기에 그녀는 고개를 빳빳이 들고 그를 쏘아보았다. 다른 이들에

93

게는 두 사람 다 뭔가 화가 나서 싸우는 것처럼 보일 정도였다.

비형 역시 지지 않을 듯 그 시선을 거두지 않았다. 오랫동안 노린 먹이를 바라보는 듯한 맹수의 파란 눈, 그녀는 오싹 소름이 끼쳤다. 입술을 꼭 다물고 다짐했다. 그대와 나, 누가 이길지 이건 승부다. 난 그대에게 처음부터 지고 싶지는 않거든.

다른 이들 모두 그 두 사람을 조용히 숨죽인 채 응시하고 있었다. 그들 눈에는 궁금증이 가득 담겨 있었다. 운정은 비형에게 잔뜩 화가 났다. 오랜 동안 옆에 있어 본 경험으로 비형이 여자를 유혹할 때 어떤가 알고 있었다. 그렇지만 그는 비형이 그토록 한 여자를 진지하게 유혹하는 눈초리를 본 적은 없었다.

비형이 고개를 떨어트렸다. 그들을 주시하던 좌우의 사람들이 안도의 한숨을 쉬는 듯 했다. 그녀는 기뻤다. 내가 이겼다. 긴장이 풀린 그녀의 상체가 맥없이 휘청 흔들거렸다. 앞으로 넘어질 뻔한 그녀의 어깨를 비형이 껴안듯 받쳐 주었다. 그의 몸에서는 더운 열기가 뿜어 났고 짙은 술 냄새가 풍겼다. 기력이 빠져나간 그녀의 몸은 떨리고 있었다. 그런 그녀를 바라보는 그의 눈길은 무심한 듯 잠잠했다. 이긴 건 그였다, 라고 그녀는 생각했다.

그날 밤, 새벽이 가깝도록 그녀는 뒤척이고만 있었다. 덧옷을 겹쳐 입은 그녀는 침실을 나와 뜰 앞에 섰다. 뜰의 나무들 사이에서 그림자 하나가 일렁이는가 하더니 누군가 그녀 앞에 와 섰다. 기척도 없이 별안간 나타난 비형을 보고 그녀는 얕은 비명을 질렀다. 그는 무슨 할 말이 있는 것처럼 보였고 그녀는 그가 먼저 말하기를 기다렸다. 그 때 안에서 기척이 나며 유모가 문을 열고 나왔다. 그녀의 비명 소리를 들은 것 같았다. 그러자 비형은 나는 듯 수풀 사이로 사라져버렸다. 마치 그 자리에 잠깐 서서 꿈을 꾼 것 같았다.

산중턱에 걸린 구름 속에서 한 무리의 산새 떼가 날아올랐다.

그들은 비탈진 산길로 들어서고 있었다. 주위는 울창한 활엽수림이 빽빽이 우거져 있었다. 숲길은 들어갈수록 바다 속처럼 시원하고 깊었다. 나무들이 향기롭게 뿜어내는 숨결, 풀 냄새는 그녀의 머리속까지 청량하게 씻어내 주는 듯 했다.

그녀는 심호흡을 하며 천천히 말을 몰아갔다. 그녀 곁에는 비형과 운정이 앞서거니 뒤서거니 하면서 나란히 했고, 알천은 항상 보이지 않을 정도로 앞장 서 있었다. 알천은 빨리 앞장 선 채 숲에서 뭐가 나타나지 않나 두리번거리곤 했다. 사냥개의 후각이나 가진 것처럼 그는 자주 코를 킁킁거렸는데, 짐승들도 그 위용을 아는 지 숨어서 꼼짝하지 않았다.

공주와 운정, 비형은 돌아가며 매를 날렸다. 그녀는 매가 자신의 팔에서 날아오르는 순간이 너무 좋았다. 매는 깃털을 부풀려 몸이 더 커졌고 매의 심장고동이 빨라지는 것이 느껴졌다.

"나도 매처럼 훨훨 날아가고 싶어…….."

그녀는 눈부신 듯 매를 보며 그렇게 중얼거렸다. 그녀 뒤로는 승만을 비롯한 일행들이 따르고 있었다. 그들 남자 중 승만을 여자로 보는 이는 아무도 없는 것 같았다. 승만 또한 자신을 여자로 생각해 본 적은 없는 듯 그들은 남자 형제들처럼 스스럼없이 잘 어울렸다. 담소를 나누며 시시덕거리는 그들은 정작 사냥에는 아무 관심이 없었다. 오로지 알천만이 사냥에 집요한 관심을 가진 채 산을 헤매고 다녔다.

가끔 그녀는 남자들이 부러웠다. 남자라면 숲에서 잠도 자고 온 나라의 명산을 이들과 다 돌아다닐 텐데. 해가 지면 궁으로 돌아가기가 바쁘니 못내 아쉬웠다. 비형이 3년 동안 어느 곳을 방랑하며 살다 왔는지도 퍽 궁금했다. 언제 입을 뗄 지 모를 그의 무거운 입술을 보던 그녀가 물었다.

"비형랑은 대체 지금까지 어딜 돌아다니다 온 거죠? 정말 귀신들이 있는 황천 너머 지하 세계에서 온 건가요?"

"저도 혼과 육체를 가진 사람인데 그럴 리 있겠습니까? 이 좁은 땅 신라 우물 속에 있던 것을 한탄하다 저 창해와 중원 땅을 돌아다니다 온 것입니다."

"그댄 다니면서 대체 뭘 먹고 살았지? 잠은 어떻게 자고? 비나 눈이 올 땐 어떻게 했어?"

그녀의 한꺼번에 쏟아놓는 질문이 시작되었다. 그런 때 정작 그는 한 가지도 제대로 대답해 준 것이 없었다. 그 대답을 기다리다 지친 그녀가 먼저 말을 쏟았다.

"하긴 사냥도 하고 물고기도 잡아먹었을 테지. 또 동굴 같은데서 산짐승과 같이 자도 되고, 그대를 재워 주는 친절한 사람들도 있었을 거야. 한데 난 그대가 밤마다 궁밖에 나가 뭘 하는 지 궁금해 견딜 수가 없어. 내가 그대를 몰래 따라 다닐 수 없을만큼 몸이 자유롭지 못한 게 유감이에요."

그러자 운정이 불쑥 끼어들었다. 그는 공주가 비형에게만 관심을 보이므로 심통이 나 있었다.

"마마, 저는 밤에 비형이 뭘 하는 지 잘 압니다. 비형이 돌아다닐 때 먹고 잠자는 것은 아무 걱정 않으셔도 될 것입니다. 여자들이 음식도 주고 술도 주고 재워도 줍니다. 그리고 자신의 몸까지 서슴 없이 줍니다."

놀란 그녀가 좌우로 두 사람을 돌아보자 비형이 웃음을 터뜨렸다. 얼굴을 붉힌 운정이 소리쳤다.

"공주께서도 그대에 관한 진실을 알 권리가 있어. 그대가 공주께는 모두 숨기면서 밖에서는 마음대로 행동하는 걸 난 봐 넘길 수가 없다고. 난 몰래 일러바치는 짓 따위는 하지 않는 다네. 오히려 그대와 마마가 옆에 있기에 이런 말이 쉽게 나오는 것이야."

"자네를 신의 없는 친구로 만들지 않기 위해 다음 말은 내가 하지. 그런 다음 제가 그녀들 곁을 떠나도 여자들은 아무도 저를 원망하지 않습니다. 모두들 제게 고마워합니다. 황송하오나 저만큼 그 여자들을 기쁘게 해 준 자가 없었기 때문입니다. 전 그래서 여자들을 아주 좋아합니다."

그러고보면 그는 궁중에서 궁녀들과도 그런 행각을 저질렀는지 모른다. 궁녀들은 모두 비형을 조심하라 수군거리면서도 그를 보면 흥분하는 눈치였다. 그렇지만 그대는 나만의 것이야, 앞으로는 결코 용서 안 해. 그녀는 말 대신 힐책하듯 그를 한번 매섭게 쏘아보고 앞장 서 말을 달렸다. 공주와 떨어지자 운정이 친구에게 물었다.

"비형, 혹시 그대가 공주에게 딴 마음 먹고 있는 거 아닌가? 공주는 우리 군주의 장녀이고 앞으로 우리 군주가 될 지도 모른다네. 설마 공주를 지금껏 자네가 다뤘던 여자로 보는 건 아니겠지?"

"공주는 여자가 아니고 뭔가?"

"우리들 중 아무도 공주를 여자로 보는 자는 없어. 저 승만 조차 아무도 여자로 생각 안 한다고."

"승만은 내게도 남자처럼 보여. 하지만 승만과 공주는 다르지 않은가?"

"비형, 내 그대를 생각해서 하는 말인데, 공주께는 그대가 평소 다른 여자들에게 하던 것처럼 행동해선 절대 안 되네. 실수라도 하면 왕이 살려 두지 않을 걸세."

그 마음을 읽는 듯 비형은 의미심장한 빛으로 운정을 보았다.

"알았어, 자네 마음을. 자넨 지금 잔뜩 겁먹고 있군. 내가 왕에게 죽을까 봐 염려하는 게 아니라, 내가 공주를 다른 여자들처럼 범하기라도 할까 봐 겁내는 거야, 안 그런가?"

운정은 얼굴을 붉히며 말을 더듬었다.

"공주는 우리가 지키고 충성해야 할 우리들의 군주란 말이네. 또 공주는 우리 모두를 위한 존재이지 어느 한 사람에게 속해서는 안 돼. 공주는 관음보살처럼 곁에 있기만 해도 우리 모두를 정화시켜 주는 것 같네. 나는 그녀를 보필하고 평생 충성할 각오를 했어. 난 전부터 비형 그대를 세상 누구보다 좋아했지만, 자네가 비열한 행동을 하면 용서하지 않을 거야."

"자네, 공주를 좋아하는 군. 그렇지? 그렇다면 나나 다른 이에게 뺏기기 전에 빨리 청혼이라도 해보게. 대왕께서 아주 기뻐할 걸세."

운정의 상기되었던 얼굴은 자주 빛으로 짙어졌다. 자신이 그토록 좋아하며 따르던 비형 아니었던가. 그는 조금도 진지한 면이 없는 듯 했고 입가에는 여전히 빈정거리는 웃음이 비열할 정도로 따라다니고 있었다. 왜 저런 자를 좋아 했는지 스스로 원망스러울 정도였다. 운정이 그에게서 고개를 돌리기도 전에, 비형이 먼저 옆의 숲길로 새어 모습을 감추어 버렸다.

　말을 타고 오를 수 없는 가파른 오르막길이었다. 그들은 말에서 내려 암자가 보이는 계곡 꼭대기를 향해 걸어갔다. 몇 그루의 고목이 솟아 있는 낭떠러지 위로 웅크린 듯 작은 암자가 그들의 목적지인 듯 말없이 그 곳을 향해 걸어갔다. 잡초가 돋아난 암자의 지붕 위로는 흰 구름이 나직이 떠 있었다. 막상 암자 앞에 서자 더 갈 데가 없어 한동안 그들은 멍하니 서 있었다.

　"여기서 돌아서지 않고 한없이 하늘을 향해 걸을 수는 없을까?"

　"마마, 그런 길은 없습니다."

　아무 대꾸 않던 그녀가 발걸음을 돌렸다. 그녀는 앞서 올라 왔던 방향과는 다른 길로 내려가고 있었고 운정도 말없이 그 뒤를 따랐다. 곧 졸졸거리며 물이 흐르는 작은 계곡이 보였다. 그 계곡의 커다란 바위들 사이를 징검다리 건너듯 그들은 뛰어다녔다. 다시 수풀 사이의 길로 접어들자 그들의 다리 사이로 다람쥐 한 마리가 후다닥 지나갔다. 발목에 스친 다람쥐 꼬리의 감촉에 그녀는 아이 같은 미소를 지었다. 나무 가지 사이로 숨어 있는 사슴의 긴 뿔이 보였다. 운정이 활에 손을 대자, 그녀가 그 팔을 막았다.

　"그냥 둬요. 그대와 나, 둘만의 한가로운 시간을 짐승의 비명으로 깨트리긴 싫으니까."

　운정은 함께 있으면 마음이 편해지는 친구 같았다. 이렇게 걷다가도 문득 뒤돌아 볼 때, 그가 묵묵히 자신을 따라오고 있는 것을 보면 마음이 놓였다. 그녀는 그를 좋아했고 완전히 신임해도 좋을 사람이라는 것을 알고 있었다.

그녀를 한번 더 만날 때마다 그 순수한 청년의 찬미는 더 부풀려지고 있었다. 공주야말로 그가 꿈꾸던 완벽한 찬미와 애정의 대상으로 나무람이 없었다. 이 신라에 그녀와 비교될 만한 여자는 아무도 없었다. 이렇게 함께 있는 순간이 그에게도 역시 더없이 행복했다.

다시 계곡이 나타났다. 이번에는 제법 물살이 세고 넓었다. 말이 물을 먹는 동안 그녀는 가죽신을 벗고 맨발을 찬 물 속에 담갔다. 보랏빛 야생화가 물을 타고 흘러오는 것이 보였다.

'저 꽃을 건져야지', 라고 생각하기도 전에 그녀의 몸은 이미 물 한가운데 들어가 있었다. 그 손에 곧 잡힐 듯 하던 꽃이 옆의 물살에 휩쓸렸다. 꽃을 따라가던 그녀의 몸은 갑자기 아래로 가라앉으며 허리까지 물에 잠겼다. 놀란 운정이 내처 물로 뛰어 들었다. 그녀 팔을 이끌고 운정은 미끈거리는 바위로 올라갔다.

두 사람의 옷과 머리카락은 잔뜩 젖어 있었다. 가쁜 숨을 고르는 그녀의 손에는 꽃잎이 반쯤 흩어져나간 보랏빛 야생화가 꼭 쥐어져 있었다. 그녀의 옷은 젖어 피부에 찰싹 달라붙은 채 살색이 훤히 내비쳤다. 동그랗게 솟은 가슴선의 윤곽, 투명한 연분홍 빛 살색. 그 모습에 당황한 운정은 황급히 자신의 겉옷을 벗어 그녀에게 입혀 주었다. 비형이 본다면 큰일이라는 생각이 들었던 것이다. 그녀는 말괄량이처럼 웃었다.

"그대 옷도 어차피 다 젖었는데, 내게 입혀 줘 봤자 무겁기만 한 걸."

대답 없이 얼굴이 붉어져 있는 운정을 보던 그녀는 막상 자신의 모습을 훑어보자 무안해졌다. 그래서 그녀는 그를 힘껏 개울로 밀어버렸다.

　비형과 뱀은 서로 노려보고 있었다. 바위 옆에서 해바라기를 하며 나른한 오수를 즐기던 비단뱀은 침입자가 나타나자 요염하게 몸을 뒤틀며 혀를 날름거렸다. 그는 냉정한 눈길로 뱀의 현란한 무늬를 훑었다. 선명하고 화려한 색상이었다. 그의 허리띠는 너무 낡았다. 곧장 팔을 뻗은 그는 뱀의 목을 손에 움켜쥐었다.

　그가 바위 위에 몸을 뻗고 누운 채 뱀 껍질이 마르는 것을 기다리고 있을 때, 말을 몰고 내려가는 공주와 운정의 모습이 보였다. 그들은 옷이 물에 젖어 있었지만 즐거워 보였다. 오누이처럼 닮아 보이는 그들은 잘 어울리는 연인 같기도 했다. 환한 태양 빛 아래 당당하고 찬란해 보일 정도로 잘 어울리는 두 사람. 그들을 응시하는 비형의 눈에 푸른 그늘이 짙어졌다.

　운정은 이찬의 아들로 귀족들 중 부마감으로 자주 오르내리곤 했다. 그러나 비형랑 그는 아니었다. 그의 위치는 소문으로는 죽은 왕의 아들이었고 형식적으로는 사생아였다. 신라처럼 능력과는 상관없이 골품제도에 따라서 벼슬을 얻게 되는 체제에서 자신의 존재에 대한 대접은 특이했다.

　왕의 특명에 따라 15세에 집사라는 벼슬을 얻었지만 그 이상의 길은 막혀 있었다. 이 나라에서 그는 자신의 뜻을 펼칠 수 없었고 부마가 되는 일은 불가능했다. 절망과 질투 사이를 오가는 그의 가슴은 무거웠다. 그는 중얼거렸다.

　"잘못하면 공주 모습만 쫓다가 한 평생 가겠군."

　그런 쓸쓸한 사랑을 하고 싶지는 않았다. 그는 조만간 다시 떠나리라는 결심을 했다.

"비형…… 비형랑."

그녀는 잠든 연인을 깨우는 것처럼 조심스럽게 그를 부르고 있었다. 궁궐 내 호젓한 숲길을 이 곳 저 곳 기웃거리면서 그녀는 그의 이름을 부르고 있었다. 이 울창한 나무 어느 쪽엔가 그가 숨어 있는 것이 분명할 텐데. 이 숲에서 그가 곧잘 낮잠을 자곤 하는 것을 그녀는 잘 알고 있었다. 하지만 어제도, 그저께도, 날마다 산책하듯 숲 속을 돌아다녀 봐도 그는 없었다. 궁 안에서 어쩌다 부딪히면 그는 머리를 숙여 예를 표할 뿐, 쳐다보지도 않고 무시하듯 지나쳐버리곤 했다. 적어도 그녀가 그런 식으로 그에게 무시당할 이유는 없었다. 그 이유를 알기 위해서라도 그와 꼭 만나야 했다.

주위는 고요하고 적막하여 벌레 소리 하나 들리지 않았다. 실망한 그녀는 풀썩 바위 위에 주저앉았다. 그 때 그녀 머리 위 나무에서 비형랑이 풀쩍 뛰어 내렸다. 그는 싱긋 웃고 있었다.

"나무 위에서 당신이 날 찾는 걸 지켜보고 있었지. 내가 여기에 없을 줄 알고 실망으로 죽을 것 같은 얼굴이던데."

"비형랑, 그대는 그런 식으로 여자의 마음을 애태우고 유혹하나요?"

"공주님, 제 말이 틀렸습니까? 저도 공주님 마음을 알 수 없습니다. 공주님이 정말 절 좋아서 찾는 건지, 제가 신기한 별종이니 관심을 가지신 건지, 아니면 제게 냉대 받는 게 지금까지 경험 못 했던 일이라 재미있으신지."

"비형랑, 내게 화난 일 있었나요?"

그녀의 말투는 겸손했고 표정은 상냥했다. 그 진심을 안 그가 그녀 앞에 바짝 다가섰다.

"당신이 공주든 성골이든 내가 알 바 아니라는 생각이 들었던 거요. 공주, 당신도 알다시피 난 당신을 좋아하오. 나도 정열이 있는 남자요. 당신이 나 때문에 괴로운 것보다는 내가 당신 때문에 훨씬 괴로울 거요."

하지만 그녀는 괴로운 듯 쓸쓸하게 고백하는 그의 말이 기뻤다. 가슴을 두근거리며 잠자코 그의 다음 말을 기다렸다.

"당신이 왕의 딸이라는 지위를 버리고 나와 중국으로 간다면……."

그는 자신의 마음을 솔직히 말했다. 하지만 그건 왕의 딸에게 부모와 자신의 나라, 왕 자리까지 버리는 것을 의미했다. 그녀에게 그보다 중요한 건 없었다.

"왜 그대는 다른 사람처럼 이 나라와 대왕에게 충성하려는 생각은 하지 않지? 왜 늘 멀리 떠날 생각만 하는 거야? 왜 나의 반려자나 신하가 될 생각은 할 수 없는 거지?"

그녀가 한꺼번에 여러 질문을 퍼붓자, 그는 여느 때와는 다르게 하나씩 진지하게 대답에 임했다.

"그건 당신도 잘 알고 있을 겁니다. 대왕은 결코 나를 당신의 남편으로 허락하지 않을 겁니다. 나 또한 당신을 다른 남자 품에 안겨준 후, 그 밑에서 신하 노릇을 하며 날마다 어슬렁거릴 아량은 없으니까. 그러니까 당신과 내가 둘이서 다른 나라로 떠나든지, 나 혼자 가는 수밖에 없든지 둘 중의 하나를 선택할 수밖에 없다는 것입니다."

그는 떨리는 두 손으로 그녀의 손을 잡았다. 그의 눈은 슬픔을 가득 담은 채 그녀를 보고 있었다. 그런 그의 모습은 그녀를 아주 불안하게 했다. 아주 오래 전부터, 때때로, 그는 그녀를 불안하게 했다. 그들은 떨리는 손을 꼭 쥔 채 숲의 산책길을 걸었다. 그 숲 속에는 오솔길이 세 갈래로 갈라져 있었다. 그는 그 길들에 이름을 붙였다.

"이 왼편 길은 왕의 길, 가운데 길은 영원으로 가는 길, 오른 편 길은 뭐라 이름 붙일까요?"

그가 묻자 그녀가 대답했다.

"그대와 내가 함께 갈 길, 사랑의 길이지요."

"그는 그녀의 어깨를 껴안으며 부드럽게 말했다.

"나는 당신과 이 길을 함께 가고 싶소."

그녀가 기뻐하며 그의 목을 껴안자 그녀 팔을 뿌리친 그가 비감한 어투로 말했다.

"그러나 그건 불가능한 일이오."

벌떡 일어선 그는 누구도 따라잡을 수 없는 날랜 걸음으로 자신이 이름 붙인 '영원으로 가는 길'을 가고 있었다. 실망한 그녀는 뛰어가며 소리쳤다.

"왜 그대는 자꾸 가려고만 하는 거지? 왜 나를 둔 채 도망가는 거야?"

비형랑과 공주의 묘하고 정열적인 우정은 일 년 더 지속되었다. 밖에서 들려오는 그의 소문은 방탕했다. 기녀 벽화와의 관계까지 파다하게 번져 그녀의 귀로도 전해졌다. 다른 여자와의 소문은 자부심 강하고 정열적인 공주의 가슴에 상처를 입혔다.

어느 날 밤, 그녀는 자신의 처소로 비형을 불러 들였다. 그녀는 자신의 내실을 온갖 꽃으로 치장하고 탁자에 술과 음식을 차려 놓게 했다. 비형은 그녀가 권하는 대로 술을 연거푸 마셨고, 그녀를 위해 애잔하고 서글픈 가락의 대금 한 소절을 불러 주었다. 대금을 불던 그는 스스로의 환락에 도취되어 춤을 추었다. 춤을 마친 그가 멍한 얼굴로 그녀를 보았다. 갑자기 그가 힘껏 그녀를 껴안았다. 그러더니 스스로 물러서서 허리를 굽히며 인사하는 것이었다.

"이제 그만 가 봐야겠습니다."

그녀는 더 잡지 않았다. 그는 휭하니 그녀를 남겨 둔 채 돌아가고 말았다. 향기 짙은 꽃들과 남아 있는 술과 음식들, 그리고 혼자 남은 쓰라린 가슴, 아무도 보는 이가 없었기에 그녀는 마음 놓고 소리 내어 울었다.

천둥 같은 말발굽 소리와 개 짖는 소리가 땅을 진동하듯 울렸다. 그들은 무리를 지어 몰려다니며 사슴 사냥을 하고 있었다. 다시 돌아온 봄이었다. 온 산야에 노랗고 붉은 봄꽃이 만발했다. 그들이 몰며 쫓는 사슴은 언덕을 향해 달리고 있었다. 사냥개들 역시 있는 힘을 다해 쫓았고 하늘에는 매들이 떠 있었다. 공주는 어느 누구 못지않게 빨리 말을 달렸으므로 그녀가 사냥을 지휘하는 것처럼 보였다. 사슴이 검은 벼랑 사이의 좁은 골짜기 속으로 그녀를 인도했다.

골짜기에 들어선 순간 갑자기 그녀는 다른 차원의 세계에라도 뚝 떨어진 듯 혼자가 되고 말았다. 낯선 길이었다. 어찌나 빨리 달렸던지 아무도 그녀를 따라온 이가 없었다. 아니면 그녀 혼자서 사슴을 잡아 전과를 올리게끔 그냥 뒀는지도 모른다. 바로 앞에 있던 사슴도 온데 간데 없었다. 다행히 그녀 머리 위에는 여전히 그녀를 따르는 매 한 마리가 보호하듯 원을 그리고 있었다. 가까운 거리라면 매를 알아보고서라도 그들은 그녀를 찾을 것이었다.

산 속의 밤은 빨리 찾아 들었다. 이길 저길 기웃거리는 동안 이미 어둑어둑해져 있었다. 멀리서 울부짖는 늑대 울음소리에 오싹 소름이 돋았다. 컴컴한 나무 틈에서 뭔가 노려보고 있는 듯한 맹수의 눈이 번쩍 파란빛을 뿜었다. 그녀보다 말이 먼저 놀랐다. 온 몸을 부르르 떨던 말이 뒷다리로 우뚝 서더니 주인을 내던져 떨어트렸다. 말은 그녀 앞에서 사라져버렸다. 땅에 떨어진 그녀는 일어서 허리에 찬 칼을 빼들고 덤벼들지 모르는 짐승의 공격에 대비했다. 그 때 다시 말발굽 소리가 울렸다. 자신의 말이 다시 돌아오는가, 그녀는 반갑게 돌아보았다.

"여기 계셨습니까? 얼마나 찾았든지. 마마, 저 승만입니다."

말 위에서 반가움에 울먹거리는 사람은 뜻밖에도 승만이었다. 말에서 훌쩍 뛰어내린 승만이 소리쳤다.

"알천, 비형. 빨리 이곳으로 오시오. 공주께서 여기 계십니다."

한 무리의 말발굽이 땅을 진동시키듯 오고 있었다. 금방 비형과 운정의 얼굴이 나타났다. 사냥꾼들이 한꺼번에 몰려들자 맹수는 어디로 갔는지 흔적조차 없었다. 애초에 아무 것도 없었는데 그녀 혼자 잔뜩 겁먹었던 것처럼.

슬쩍 옆에 선 비형이 그녀를 나무랐다.

"당신은 매우 훌륭하오. 아주 말을 잘 달려서 모두를 잘 따돌려

놓으셨소. 난 당신이 위험에 처해지기를 바란 적은 없었소. 그런데 당신은 이 충성스런 사람들, 전쟁 같은 위험을 무릅쓰는 일에 훈련이 된 이들 앞에 꼭 뭔가를 보여주고야 말겠다는 거요? 어쨌든 오늘 당신이 조금이라도 잘못 됐다면 다 우리 책임인 겁니다."

그녀는 기가 죽어 그들과는 뚝 떨어진 채 승만과 함께 하산했다. 공주를 찾느라 정신없었기에 그 누구도 목표한 사슴을 잡지 못했다. 빈손으로 돌아가는 그들의 표정에는 서운한 기색이 역력했던 것이다. 승만이 물었다.

"마마께서는 요즘 근심하는 일이라도 있으십니까? 전과는 달리 안색이 어두워 보이십니다. 말을 달릴 때조차 모든 걸 잊으시려는 듯 너무 빨라 그 누구도 따라갈 수가 없을 정도입니다."

"승만아, 너도 이제 열다섯이니 남녀 간의 정분에 대해서도 생각해 본 일이 있을 듯 하구나. 내 너에게 묻고 싶으니, 혹 마음에 두고 있는 낭이라도 있느냐?"

"마마께서는 왜 하필 제게 남자에 관한 이야기를 하십니까? 남자들은 저를 여자로 보지도 않아요. 저도 남자들에게 특별히 느껴지는 것도 없고, 내게 시집가라는 말을 하면 차라리 머리를 깎고 절에 들어가 버릴 겁니다."

"그렇게 거세게 반발하지 마라. 네가 아직 어려서 남자에 대한 거부감이 있는 모양인데, 그렇다 해도 넌 남자들과 아주 잘 어울리지 않느냐? 네 매력이 독특해서 너를 사모할 낭도 분명히 있을 것이다."

"남자들과 친구처럼 어울리는 것과 사랑하는 것은 차이가 있습니다. 저는 남편도 갖지 않고 아이도 낳지 않을 것입니다. 그런 인연을 만드는 것은 속세에서의 업보를 두텁게 하는 것이고 그만큼 많은 괴로움이 따릅니다."

승만의 말을 듣자 그녀는 십여 세 남짓할 무렵, 왕후에게 비구니가 되겠다고 말했던 자신이 생각나서 웃음을 흘렸다. 그 기억은 왕후의 말처럼 까맣게 잊은 채 사랑에 빠져 있었다.

"그렇지만 그걸 두려워하면 사랑을 모르는 불행한 사람이 된다. 네가 이 세상에서 언젠가 여자로서 큰 행복을 얻으려 한다면, 그건 한 남자의 사랑을 통해서 가능할 것이야. 만약 부처님이 진정으로 훌륭한 낭을 너의 배필로 인연 지어 주신다면 그 때 너는 여자로서 더욱 아름다워질 것이다."

"마마, 제발 제게 그런 이야기는 그만 하시고 마마의 얼굴에 드리운 수심이나 거두십시오. 저는 마마의 마음을 알고 있습니다. 소녀 어리다 하나 많은 여자들에게 기쁨이 되는 남녀 간의 정분이 결국에는 고통으로 보상받는 것을 자주 봤습니다. 저는 그런 경우를 피하고 싶습니다. 제게는 그런 불길한 일이 결코 일어날 수 없도록 말입니다."

실제로 승만은 남녀 간의 애정에 대해서는 관심이 없었다. 주변의 남자들은 다 동료며 친구로 보일 뿐이었다. 그 고결한 소녀는 오랫동안 사랑할 남자를 찾지 못한 채 살았다. 그녀는 결혼도 하지 않고 아이도 낳지 않았다.

어느덧 하늘에는 둥근 달이 솟아 세상을 환히 비쳐 주고 있었다. 거의 다 하산한 그들은 사찰 근처의 연못을 지나는 중이었다. 말에서 내린 비형이 목마른 말을 끌고 연못가로 갔다. 그녀도 말에서 내려 비형의 옆으로 갔다.

그의 얼굴을 들여다보았다. 달빛이 드리운 그의 얼굴은 차갑고 무심했다. 그 무심한 얼굴에서 그녀도 고개를 돌렸다. 그녀는 조그만 돌멩이를 하나 주워 물속에 던졌다. 그 고요함을 연못의 파문으로 깨뜨리기나 하듯이. 다시 돌멩이 하나를 더 던졌다. 첨벙~ 크고 작은 동그라미를 헤아릴 수 없이 만드는 연못. 그 동그라미들을 그녀는 하염없이 들여다보고 있었다.

다시 그는 사라졌다. 비형이 간 곳은 아무도 몰랐고 언제 올 지도 몰랐다. 그는 아무런 말도 남기지 않았고 이제 그 그림자조차 본 사람이 없었다. 그와 함께 사냥했던 봄이 저물고 어느새 여름이었다. 그는 중원으로 간 것일까, 하고 그녀는 생각했다. 바다를 건너 중원 대륙으로 떠났다면 언제 돌아올 것인가. 혼자 영원히 가버린 걸까. 밝고 화사하던 그녀의 모습은 울적했고 세상만사가 시들해졌다.

20세라는 활짝 핀 나이에 버림받은 여인의 외로움에 잠겨 있었다. 처음 느꼈던 사랑, 그 사랑에서 거절 받은 무안함. 그 씁쓸함을 잊기 위해서 온종일 책을 읽으며 보냈다. 책을 읽다가도 몇 시간이나 밖을 보며 가만히 그대로 있곤 했다. 딸이 온 종일 공부만 하는 줄 알고 왕과 왕후는 만족해서 신경 쓰지 않았다. 하지만 그 모든 이유를 유모는 잘 알고 있었다. 자신의 소중한 공주가 그렇듯 꼼짝 않고 책만 보고 있으면 유모는 측은해서 견딜 수 없었다. 공주는 유모에게만은 모두 털어놓았다.

"난 백발에 쭈그러진 주름이 질 때까지 그를 기다릴 거야. 그런데 정말 그때까지 그가 돌아오지 않으면 어떡하지?"

"마마, 정신 차리세요. 마마는 다른 누구도 아닌 대왕폐하의 장녀십니다. 남자들과 사귀고 신분에 맞는 상대와 결혼하는 거 다 좋지만, 남자에게 진짜 빠지는 것만은 안 됩니다. 남자에게 푹 빠져버린다면 이성을 혼란시키기 때문입니다. 그건 공주님처럼 군주가 될 분에겐 아주 위험합니다. 남자에게 빠져 정신없는, 이성을 잃은 군주라면 모든 걸 안 좋게 하는 위험이 넘치죠. 파멸의 위험이 따를 지도 모릅니다. 아, 하필, 마마가 그렇게 미천하고 예의도 모르는, 난폭한 자를 좋아하게 될 줄이야, 제발 그 자가 돌아오지 말아야 할 텐데……."

그러자 공주는 무척 화를 냈다.

"그는 나쁜 사람이 아냐. 미천한 신분도 아니란 말야. 그도 왕족이야."

"마마에게 세상에 나쁜 사람은 하나도 없잖아요. 나는 공주님이 누가 나쁘다고 말하는 걸 한번도 들은 적이 없어요. 나는 그 비형랑의 거만한 태도랑 사람을 빤히 쳐다보는 눈초리가 너무 싫답니다. 그는 귀신처럼 사람 마음속을 꿰뚫어 보거든요. 그는 무엄하게도 마마조차 존경하지 않고 다른 여인네들과 같이 취급하는 기색입니다. 그 거만한 작자는 마마도 다른 여자와 똑같이 자신의 덫에 걸린 먹이 감으로 보고 있는 게 분명해요."

"바로 그래서 좋아하는 거야. 모든 남자가 나를 왕의 딸로 높이 떠받들고만 있어. 남자들 앞에서 나는 그저 호랑이 같은 대왕의 장녀고 앞으로 미래의 왕이 될 지도 모를 그런 대단한 존재지. 한데 비형랑 만은 나를 그저 여자로 보고 있어. 그에겐 오히려 내가 가진 왕관이 불편하고 거슬리는 것이지. 난 그를 영원히 못 본다면 말라죽을 거야. 아, 이제 앞으로 무슨 낙으로 사나?"

"참 대단한 중병입니다."

"그도 날 좋아해. 그런데도 유독 내게만 거리감을 둔단 말야.'

"하긴 모든 여자들에게 친절한 비형랑이 마마에게만은 이상하게 냉정했어요. 그건 마마에게 역시 특별한 뭔가 있다는 뜻이겠죠. 그렇지만 마마에겐 미래의 신라가 있다는 걸 잊으면 안 됩니다. 그런 자에겐 잠시 마음을 뺏기고 잊으시는 걸로 끝내야 합니다. 마마께는 운정랑이 천상배필입니다. 그처럼 잘생기고 예의 바르고 마마를 고분고분 따르는 자를 왜 염두에 두지 않는 거죠? 운정이 너무 일편단심으로 마마를 생각하니까 항상 그 자리에 있을 것 같고, 당연한 듯 생각되시겠죠. 마마도 참 심술궂다니까요. 운정이라면 앞으로도 마마의 그늘이 되고 햇빛이 되어 보필해주실 것입니다."

"운정은 누구보다 나를 왕녀로 강하게 인식시켜 주는 자야. 그는 왕에게 충성하고 그 왕의 딸에게 대를 이어 충성할 각오가 되어 있거든."

그녀 역시 운정이 싫지 않았다. 싫다기보다는 오히려 좋았다. 그렇지만 비형에게 마음이 기운만큼 그에게 갈 마음의 여분이 적었던 것이다. 이제 그녀는 비형랑에게 자신이 없어졌다. 그는 너무 떠돌기를 좋아했고 여자도 많이 따르는 듯 했다. 만약 그녀가 다른 남자를 사랑했다면 그 남자들이 보이는 열정과 충성은 대단했을 것이다.

저녁에 유모가 환한 얼굴로 들어 왔다. 유모의 표정이 잔뜩 들떠서 그녀는 혹시, 하는 생각에 덩달아 마음이 설레었다.

"마마, 운정랑 이야기를 아침에 했더니 오셨습니다. 마마께 드릴 말씀이 있다고 하십니다."

"들라 해라."

운정은 화려하게 성장한 차림에 꽃피운 난초를 한 아름 품고 나타났다. 그와 난초는 한 무더기인 듯 잘 어울렸다. 그가 그녀의 내실에 나타나자, 실내는 난초 향기로 은은하게 채워졌다. 오랫동안 방에서 혼자 지내던 젊은 공주는 아름답고 향기로운 미모의 남자를 보자 생기가 살아났다. 그가 허리를 깊숙이 숙였다.

"공주께서 요즘 통 외출을 않으시니 편찮으신가 하여 들렀습니다."

그들이 탁자를 마주 하고 앉자 시녀가 얼음 넣은 화채를 들고 왔다. 얼음 넣은 화채는 여름 철 궁중에서 귀한 이에게 접대하는 것이었다.

"오늘 오랜만에 낭과 술을 마실 것이니 준비하여라."

공주가 명하자 시녀가 그 뜻에 따랐다. 술상이 차려지자 공주가 손수 그의 잔에 술을 채워 주었다. 그 역시 그녀에게 술을 권했다. 필요할 때는 위로도 해주고 힘들 때 곁에 있을 수 있는 사람, 그런 사람이라면 바로 운정이라 할 수 있었다. 그녀의 시선은 그윽하고 다정했다. 머뭇거리는 듯 하던 운정은 그녀의 태도에 용기를 냈다.

"공주께서도 짐작하고 계신지 모르겠지만, 제가 감히 청혼할 생각이 있사온데, 마마의 의향이 어떠신지 알고 싶었습니다."

그녀는 대답할 수 없었다. 결혼을 한다면 다른 누구도 아닌 운정 밖에 없을 것이다. 그런데 그의 얼굴을 보는 순간 비형의 얼굴이 떠오르기부터 했다. 운정과 비형은 형제처럼 어울린 사이가 아니었던가. 그녀의 어두워진 안색을 본 그는 당황했다.

"황송합니다. 제 생각이 모자랐습니다."

"낭은 나와 비형을 보아서 잘 알지요? 나와 비형은 맺어질 수 없다 하나, 그 감정이 완전히 사라진 것은 아닙니다. 낭은 비형과 가장 가까운 사이니 그에 대해서 잘 아실 것입니다. 비형에 대해 아는 바를 허심탄회하게 이야기 해 주십시오."

"사실대로 아뢰자면 비형에게 저는 유일한 친구라 할 수 있습니다. 저 또한 신의로써, 우정으로 비형을 좋아했습니다. 그의 재주는 뛰어나고 신기합니다. 또한 그토록 제멋대로면서 자유로운 이는 세상에 없을 것입니다. 제게 없는 모든 것을 비형은 갖고 있습니다. 그리고 제가 원하는 건 비형이 먼저 뺏어갔습니다. 분명히 마마께 말씀드리고 싶은 것은, 비형이 마마께 품고 있는 감정은 가질 수 없는 여인에 대한 동경 그 이상은 아니라는 것입니다. 마마께 대한 비형의 태도는 오만불손하고 위험합니다. 이만 잊으십시오."

"그대는 자신의 친구를 참 좋게도 말하는군요. 그리 말하는 그대는 나를 진정으로 생각하는 지 밤새도록 술을 들며 이야기 해 봅시다."

그녀는 운정에게 자꾸 술을 권했다. 술에 취하게 하여 말을 시키고 행동을 보며 시험해보고 싶었던 것이다. 그는 얼굴이 붉어진데다 말을 더듬을 만큼 취해 있었다. 정작 그녀는 술을 마시지 않고 권하기만 해 정신이 말짱했다.

그녀는 자신이 더 취한 척 유혹하는 태도로 그의 어깨에 머리를 기댔다. 그러자 덜덜 떨던 그는 정신이 번쩍 든 것 같았다.

"마마께서는 취하신 것 같습니다."

"그렇군요, 너무 취해서 일어 설 수도 없을 것 같군요. 내 그대에게 이야기 한 가지를 하리다. 어느 떡 파는 노파가 수행중인 젊은 승려를 위해 암자를 지어 주고 십 년 동안 봉양했습니다. 노파의 소원은 승려가 깨달음을 얻어 자신을 구원해 주기를 바랄 뿐이었지요. 그런데 한 처녀가 그 젊은 승려를 사모하자, 노파가 처녀를 단장시켜 암자에 들여보냈습니다. 십 년 수행의 도를 시험해 보고 싶었던 거지요. 그런데 처녀가 좌선중인 승려에게 다가가 사랑을 고백해도 승려는 흔들림이 없었지요. 승려가 차갑게 거절하자 처녀는 울며 나왔습니다. 자, 그대가 그 젊은 승려고 내가 그 처녀라서 그대를 유혹한다면 그대는 어찌하겠습니까? 그대가 이 시험에서 나를 이긴다면 내 그대의 청혼에 응하리다. 대신 진다면 그대의 목숨을 내놓을 수 있겠습니까? 내 몸이 피로하니 우선 나를 침상으로 좀 데려다주겠어요?"

그러자 운정은 더럭 겁이 났다. 그는 그녀의 의도를 알 수 없었기에 그녀가 유혹하는 듯하자 다리가 얼어붙는 듯 떨렸다. 그는 비틀거리면서 공주를 부축해 침상까지 데려갔다. 꼬리를 내린 짐승처럼 그가 물러나려는데 그녀가 그 손을 잡고 놓지 않았다.

"답답하고 더우니 옷도 좀 벗겨 주시오."

그러자 그는 떨면서 시키는 대로 그녀의 겉옷과 큰 치마를 벗겨 주었다. 그녀는 장난기 어린 동작으로 그를 덥썩 안았다. 얼떨결에 그 품에 묻은 그의 머리를 어루만지며 그녀는 흡사 귀여운 짐승을 안고 있는 기분이었다.

그의 가슴은 마구 쿵쾅거렸고 젊은 피는 불안하면서도 황홀한 기쁨으로 들끓고 있었다. 그 품에 안겨 있던 운정이 한순간 깜짝 놀라며 일어섰다. 그는 침상 아래 무릎을 꿇고 앉았다. 그는 그녀의 발 아래 머리를 조아리며 울먹이고 있었다.

"이런 무례를 부디 용서하소서. 내가 죄를 지으려 하고 있다니, 당신은 순수한 그대로 있어야 합니다. 어서 옷을 입으십시오."

그는 떨어져 있던 겉옷을 황급히 그녀에게 걸쳐 주었다. 그리고 다시 꿇어앉아 그녀가 깜짝 놀랄만큼 격렬하게 자신을 나무랐다.

"이 죄를 어찌하면 좋겠습니까? 마마, 제 실수를, 저를 죽이고 싶다면 칼로 제 목을 치십시오. 순수한 마마를 더럽히려 한 제 죄를……."

그녀는 그에게 물었다.

"대체 그대가 무슨 죄를 지었지요? 아까 내가 하다만 이야기를 마저 할까요? 처녀의 말을 들은 노파는 십 년 공양이 도로 아미타불이라며, 그 길로 승려를 내쫓고는 울면서 암자를 불태워 버렸다 합니다. 그대가 나를 연인으로 여긴다면 차라리 자신의 감정에, 욕망에 더 솔직한 것이 좋았을 겁니다."

그녀의 말을 제대로 알아듣지도 못한 채 그는 서둘러 나갔다. 곧 유모가 안으로 들어왔다. 유모의 눈에 급하게 뛰어 나가는 운정이나 공주의 모습이 다 심상찮아 보였다.

"마마, 어떻게 된 일입니까?"

"장난을 좀 치려 했는데, 좀 심했나? 어쨌든 그는 나를 가질 만한 위인이 못 되는 것 같아."

한밤중 그녀는 뜰 앞에 나와 혼자 서 있곤 하였다. 하늘을 보며 별자리의 운행을 관찰했고 봉오리를 맺은 꽃들을 쓰다듬었다. 그녀가 애정이 깃든 뜨거운 손길로 꽃봉오리를 어루만지면, 꽃들은 화답하듯 활짝 꽃잎을 펼쳤다. 늦여름의 풍성하고 만발한 꽃들이 뿜는 향기는 머리가 아플 정도로 짙었다. 바람이 불지 않는 탓인지 꽃향기는 안개처럼 뜰에 고여 공기 중 가득 분가루가 떠있는 느낌이었다. 달빛 아래 분가루가 떠있는 듯한 꽃나무들을 헤치며 누군가 오고 있었다. 환하게 만개한 꽃들 위로 짙은 그림자를 일렁이며 그가 오고 있었다.

비형은 오래 자신을 기다리고 있던 공주를 향해 허리를 숙였다. 그녀가 그 손을 잡자, 그는 공주의 손을 잡은 채 뛰기 시작했다. 그는 나는 듯 궁궐 담을 뛰어 올랐다. 그와 함께 담을 뛰어 오르니, 그녀의 몸도 흡사 새처럼 가벼워진 것 같았다. 그녀는 그의 손에 가벼운 명주 천처럼 사뿐 끌려 다녔다. 그들 앞에 검은 말 한 필이 기다리고 있었다. 그는 그녀를 번쩍 들어 앞에 태운 다음, 자신이 그 뒤에 앉았다. 그는 말을 채찍질했다.

늦여름 밤의 덥고 향기로운 대기 속으로 말은 세찬 바람처럼 달려 나갔다. 말이 달려가는 황야는 야생화들이 하늘의 별처럼 하얗게 무늬진 채 반짝였다. 그가 말을 세우고 뛰어내리자 그녀도 따라 뛰어내렸다. 그가 땀이 밴 끈끈한 손으로 그녀 손을 잡았다. 그가 끄는 대로 따라가자 그녀는 불길한 예감이 들었다. 진흙 밭이 기다리고 있을 뿐이라는 예감. 그녀처럼 왕녀로 태어난 사람이 사랑을 하게 되면 완전한 희생과 헌신을 뜻한다. 그렇지만 발을 멈추고 싶지는 않았다.

"어디로 가요?"

"내 집으로 가는 거요."

"그대에게도 집이 있었던가?"

그녀는 웃음을 터뜨렸다. 그와 있으니 불안해 심장이 뛰면서도 모든 것이 신기하고 재미있었다.

"나는 항상 당신과 늑대처럼 이 숲에서 단 둘이 사는 걸 꿈꿔 왔소. 늑대처럼 달빛 속에서 함께 짖고, 우리가 낳은 새끼들을 핥아 주고……."

"또 늑대처럼 용감하게 사냥하면서?"

"늑대라는 녀석은 진실하고 애정이 아주 깊다오. 한번 사랑하면 죽음이 둘을 갈라놓을 때까지 함께 있거든. 다음 생에는 차라리 당신과 한 쌍의 늑대로 태어나고 싶소."

그는 두 손을 입가에 모으더니 우우~ 하고 늑대 울부짖는 소리를 냈다.

사냥꾼들이 임시로 만들어 둔 듯한 작은 통나무 집 앞에서 그가 멈췄다. 오두막 문을 열자 컴컴한 동굴 속 같았다. 그는 벽에 걸린 등잔에 불을 밝혔다. 오두막 안은 사람 사는 온기가 배어 있었다. 그가 드러누울 수 있는 침상과 탁자, 나무 의자들까지 갖춰져 있었다. 물 항아리와 소나무 찬장도 있고 바닥에는 나무로 깎아 만든 관음상과 여인들의 조각상도 서 있었다. 꿩고기를 구운 듯한 냄새도 풍겼다. 그 모든 것이 신기해서 그녀는 돌아다니며 만지작거렸다.

"내 은둔처요."

"그대가 여기서 살 줄은 몰랐어요. 중원에 간 줄 알았는데."

"한동안 세상과 인연을 끊고 멀리 가고 싶었는데, 당신 때문에 불가능했소. 당신을 두고 너무 멀리 가고 싶지 않았거든."

"이걸 만들고 있었나요?"

그녀는 그가 깎은 나무 관음상을 쓰다듬고 있었다. 조각은 선이 부드럽고 우아했다. 그 옆에 있는 여인상은 절반쯤 깎다 만 미완성 작이었다. 여인은 표현하려는 옷차림으로 보아 귀족 같았다. 그는 수줍은 듯 웃었다. 그 붉은 입술 사이로 하얀 이빨이 반짝였다.

"당신을 만들려고 하는데, 아직 반도 못 만들었소. 뭘 좀 먹지 않겠소?"

그가 구운 꿩고기와 산딸기를 그녀 앞에 내밀었다.

"이건 완성해서 보여주고 싶었는데."

그는 단도로 미완성된 여인의 몸을 깎기 시작했다. 그녀는 나무를 깎는 그의 손놀림을 지켜보았고, 그는 칼로 끌질하면서 그녀를 쳐다보고 있었다. 그 조각에 담고 싶었던 여인의 모습이 바로 앞에 있었던 것이다. 그는 나무를 깎는 것 보다 그녀를 보는데 더 열중해 있었다. 미소를 띤 채 똑바로 바라보는 눈망울을. 빛이 뿜어나는 그의 눈 속에는 예술가의 정열과 사랑의 호소가 담겨 있었다. 순간 슬쩍 빗나간 칼이 나무 대신 그의 왼쪽 손목을 스쳐갔다. 피가 분수 줄기처럼 위로 솟구쳐 올랐다. 그보다 그녀의 안색이 더 창백해졌다. 재빨리 자신의 허리띠를 푼 그녀가 그 팔목을 움켜잡고 소리 질렀다.

"여기를 꼭 눌러요."

그녀는 허겁지겁 피가 뿜어나는 손목의 상처를 동여맸다. 비단 허리띠는 금방 피로 적셔졌다. 피는 허리띠 위로 퐁퐁 방울지듯 올라왔다. 자신의 옷소매를 찢은 그가 부탁했다.

"아주 세게 꽁꽁 묶어야 하오."

피는 겹겹으로 묶은 천 위로 금방 배어났다. 다시 천 위로 솟아나 방울방울지며 떨어지는 핏방울을 보며 겁에 질린 그녀는 마냥 암담하게 보고만 있었다. 그녀의 손과 옷도 피투성이였다. 피가 지혈되기를 기다린 그는 항아리에 담긴 물로 그녀의 손을 씻어 주었다. 그는 오랫동안 꼼꼼히 그녀의 옷을 물로 닦으면서 이야기했다.

"만일 당신이 이미 죽었다고 가정한다면? 그래서 그 시체를 관에 넣고 장례식을 다 준비해놓고 있는 거요. 이미 그렇듯 죽어서 장례를 준비했는데도, 당신은 평상시와 다름없는 생활을 하고 있다고 믿는 것이오. 그런 생각이 든 적은 없소?"

벌써 손목의 상처를 잊은 그는 가까이 그녀를 들여다보는데 여념 없었다.

"왜 내게 그런 말을 하지요?"

"당신이나 나나 결국 우리들은 그렇게 살고 있는 것이오. 나는 궁중에서 크느라 어머니와 떨어져 자랐소. 어머니가 돌아가신 것도 몰랐지. 한 때 미색으로 유명했던 어머니였소. 어머니가 못 견디게 그리워서 무덤 속까지 들어갔습니다. 가장 행복한 순간이면, 나는 그 무덤 속의 어머니 얼굴을 떠올리곤 하오. 당신과 이렇게 함께 있으니 무덤 속의 어머니 얼굴이 떠오르오. 난 지금 못 견디게 행복하고 괴롭소. 당신 아버지가 당신에게 준 부와 사치, 영광, 당신은 그 모든 것을 얻었지만 보다 더 큰 것을 잃었다는 것 또한 알 날이 올 거요."

그의 얼굴에는 짙은 어둠이 드리워져 있고 눈에는 눈물이 맺혀 있었다. 아득한 기억을 돌이켜 보면, 그의 가장 깊은 곳에는 늘 슬픔이 고여 있었다. 어쩐지 가여워 보여 그녀는 양팔로 그의 어깨를 힘껏 안아 주었다. 그들의 뺨과 뺨이 절로 마주 닿았다. 그는 울먹거리면서 그녀 귀에 속삭이고 있었다.

"이 순간도 결국 타버려 흔적조차 없을 거요. 우리가 사랑했고 앞으로 사랑할 모든 것은 이미 사라지고 없는 것이오. 결국 아무것도 존재하는 것은 없소. 그러기에 더 당신을 사랑합니다."

그는 그녀의 숱 많은 머리카락에 몰래 눈물을 묻었다. 그의 손은 사각거리는 비단 옷 아래 그녀의 부드러운 살을 더듬었다. 그 손바닥에 그녀 심장의 힘찬 고동이 느껴졌다. 그는 그녀를 번쩍 들어 침상에 눕혔다. 아무런 장식 없이 흐트러져 있던 그녀의 머리카락이 무수한 검은 실뱀들처럼 가닥가닥 온 침상에 펼쳐졌다. 그는 부드럽게 그녀 옷을 헤쳐 나갔다.

"전부터 당신을 안고 싶어서 견딜 수가 없었소. 당신을 보면 온몸이 끓어오르는 듯 하여 힘들었소. 그러니까 더 곁에 있기가 힘들었소."

"이제 다시 어디로 간다는 말만은 하지 말아요."

그녀는 그의 목을 조일 듯 힘껏 안았다. 다시 가버리기나 할까 두려운 듯이. 그녀의 피와 살갗, 모든 것이 오직 그를 기다리고 있었다. 그녀의 사랑에 감사하듯 그가 속삭였다.

"당신은 가장 아름다운 꽃이오. 하늘이 나를 정말 사랑하여 당신을 내 품에 안게 해 준 것이오."

그의 품에서 그녀는 마냥 달콤함과 열정을 맛보며 환희에 취해 있었다. 그녀는 복잡한 생각은 않으려 했고 그 행복을 더 오래 붙잡고만 싶었다. 정열적이다 못해 미친 것처럼 그의 행동은 격렬해졌다. 그는 알고 있었다. 지금 활짝 핀 꽃이 내일이면 시들어 버린다는 것을. 이 사랑도 조만간 죽어 버린다는 것을. 그러면서도 사랑해야만 하는 연인들, 그 미칠 것 같은 공허함을 채우기 위해서라도 지금은 몸과 마음을 불태워야만 했다.

　모두들 공주가 잠들었을 거라고 믿었던 까만 한밤중, 침상에 누워 있던 그녀는 살며시 걸음 소리를 죽이고 뜰로 걸어 나갔다. 그러면 비형이 나타나서 그녀 손을 잡는 것이었다. 그들은 나는 듯 궁궐 담을 타넘었다. 그들은 밤보다 더 새까만 흑마 위에 올라 월성 광장을 달려갔다. 바람처럼 달리는 흑마 위로 검은 우단 같은 하늘이 끝없을 듯 펼쳐져 있고, 그 하늘이 무너져 내려앉는 듯 별과 별똥별들은 많았다. 그들 머리 위로 날아다니던 별들이 소리 없이 떨어졌다.

　그가 말을 세우고 두 사람은 말에서 내렸다. 비형이 하늘 한가운데를 손짓했다.

　"저 별이 바로 당신이오. 창해 한가운데 있어도, 중원에 있어도 항상 저 별은 볼 수 있었소. 저 별이 있는 한 난 바다 한가운데나 지옥에 빠져도 당신에게 돌아올 수 있을 거요. 저 별은 나의 길잡이이니까. 아마 저 하늘의 별들은 온 세상의 모래보다 더 많을 테지. 하지만 난 당신을 찾아낼 수 있어. 저 별들의 뒤에도 별이 있고 그 뒤에도 별이 있고 다시 그 뒤에도……."

　다시 그들은 말을 달려 수풀 속 오두막집으로 달려갔다. 서로를 껴안은 채 누워 있던 그들은 새벽이 오기 전에 황급히 서로의 머리카락을 털며 일어나야만 했다. 그녀의 머리카락과 그의 머리카락은 늘 함께 엉켜 있어 떼어내려면 힘들었다. 그럴 때마다 그녀는 그들의 엉킨 머리카락을 영원히 떼지 말았으면, 하는 생각을 하곤 했다.

청량한 가을답게 하늘은 짙푸르고 바람은 상쾌했다. 그들은 궁궐 내 숲 속 오솔길, 그녀가 '사랑의 길'이라 이름 붙였던 길을 걷고 있었다. 그녀는 항상 자신이 이름 붙인 그 길을 걷고 싶어 했다. 나무들 아래 풀들 사이로는 하얀 은방울꽃들과 보랏빛 쑥부쟁이들이 빽빽이 만개해 있었다. 밝고 맑은 한 낮의 햇살 아래서 보는 그의 얼굴은 생기가 없고 유난히 그늘져 보였다. 걱정이 된 그녀가 물었다.

"어제 한 숨도 못 잔 건가요? 낮잠을 좀 자야 하지 않을까?"

"우리를 의심하는 무리가 생겼소. 비밀이라는 것은 오래 가지 않는 법이오. 내가 염려하는 것은 바로 당신이오. 나라면 멀리 가버리면 그만이지만, 당신에게는 모든 것이 걸려 있단 말이오. 선화공주의 경우를 봐서도 알다시피, 당신은 모든 걸 잃고 궁을 쫓겨날 지도 모르오."

"그 때문에 그대는 불행해 보인 거군요. 그렇다면 내가 부왕께 그대와 혼인하겠다고 고하겠어요. 아바마마는 내 청을 들어주실 지도 몰라요."

"당신은 아직 대왕의 성격을 잘 모르는 군. 아마 대왕께 늘 귀여움만 받아서 잘 모를 테지. 하긴 왕이 그 말을 듣는다면 당신은 손끝 하나 안 다치게 하고, 나를 자루에 넣어 바다에 던지라 명할 거요. 난 그런 꼴을 당하긴 싫소. 자, 이제 당신이 결정해야 하오. 궁에서 쫓겨나기 전에 나와 함께 수나라로 갑시다. 당신이 원한다면 내 그곳에서 부지런히 일할 것이오. 그 곳은 신라와 달리 능력별로 일할 수 있으니 남자의 뜻을 펼치기도 좋소."

뜻밖에도 그를 바라보는 그녀의 표정은 냉랭했다.

"비형랑, 나도 이전부터 그 문제를 생각했어요. 나는 수나라로 갈 순 없어요. 내게는 이 나라와 이 나라의 백성, 풀 한 포기, 돌멩이 하나 모든 것이 중요해요. 나의 아버지와 이 나라를 두고 갈 수는 없습니다."

그러자 그는 그녀를 껴안고 애원조로 말했다.

"나는 당신을 나의 하늘로 만들고, 당신 이외에는 다른 어떤 것도 생각지 않았소. 그 대가로 내가 얼마나 괴로운지, 벌을 받고 있는 지 정녕 하늘만은 아실 거요."

"그렇지만 비형랑, 나는 신라의 왕녀예요. 이 세상엔 우리 둘만 살고 있는 것이 아니라, 우리는 각자 의무를 지닌 채 묶여 있다는 것을 알아야 해요."

그는 자신과 열정에 빠졌던 연인과는 전혀 다른, 명예와 의무에 집착하는 싸늘한 여자의 옆모습을 보고 있었다. 처음부터 비형은 그녀가 걸어갈 길을 알고 있었다. 그가 더 애원해 봤자 소용없음을 알았다. 궁궐 숲에 이 세 가지 오솔길이 나 있듯, 그가 이 길들에 이름을 붙였듯, 이제 각자 따로 갈 길이 있음을 알았다. 이것이 마지막이다, 라는 생각을 하며 그는 손가락으로 자신이 사랑한 여자의 코와 입술을 어루만졌다. 맑고 이지적인 눈, 오뚝한 콧날, 도톰한 입술, 통통하면서도 갸름한 양볼. 다시 볼 수 없을 지도 모르는 연인의 사랑스럽고 섬세한 윤곽. 그의 손끝은 떨렸다.

"당신, 이런 말을 들었소? 마등녀가 아난존자의 미모에 매혹되어, 부처에게 찾아와 자기의 사랑이 이루어지게 해달라고 애원을 한 거요. 그러니까 부처가 말씀하기를, '만일 아난존자의 얼굴에서 눈과 코와 입을 떼어버린다면?' 하고 물은 거요."

"해골이 되겠지요."

"그렇소. 바로 그렇게 대답한 거요. '미모도 시시각각으로 변해가는 시체며 해골이다. 그래도 사랑할 수 있겠는가?' 그러자 마등녀가 대답하기를 '소녀의 어리석음이었습니다. 저도 출가하여 부처님을 따르게 해 주십시오' 라고. 어떠시오? 공주도 마등녀와 다를 바 없으시겠지요?"

그녀는 대답을 못했다. 가끔 그가 묻는 말에는 금방 무슨 말을 해야 할지 몰랐다. 새삼 그녀는 자신을 들여다보고 있는 그 눈동자의 짙푸름에 감탄할 뿐이었다. 이렇듯 아름답고 신비한 빛을 뿜는 눈동자도 죽으면 썩을까, 그런 생각이 드는 것이었다. 그 눈으로 흡사 가슴을 꿰뚫어보듯 그가 말했다.

"당신의 이 고귀한 얼굴, 영원히 잊지 못할 것이오. 나는 당신의 이 아름다운 눈이 썩고 코가 떨어져나간 시체라 해도, 하얀 백골만 남았다 해도 사랑할 것이니 부처님더러 웃기는 말씀 말라고 하고 싶소."

그는 자신이 이름 붙였던 길, 영원의 길로 훌쩍 몸을 날렸다. 그 동작이 너무 빨라 어느덧 멀어져 버렸으므로 붙잡을 수도 없었다. 갑자기 저렇게 멀어져 버리다니, 저렇게 영원히 가버린다면. 두려움에 휩싸인 온 몸에 오싹 소름이 돋아났다. 그녀는 떨면서 소리쳤다.

"왜 그대는 항상 날 떠나 가는 거지? 그대에겐 날 지킬 의무가 있어. 왜?"

비형은 기방에 틀어박힌 채 벽화와 술을 마시고 있었다. 모처럼 들른 그가 말없이 술만 들이켜 벽화는 조바심이 났다. 그 울적한 심기를 풀까 하여 벽화는 비파를 뜯고 갖은 아양을 떨어 보았지만, 그의 멍한 눈은 초점이 없었다.

"심상찮으십니다. 안 좋은 일이라도 있으신지."

"이제 오랫동안 네 비파 소리를 못 들을 걸 생각하니 울적해서 그런다."

그러자 깜짝 놀란 벽화의 눈에 금세 그렁그렁한 눈물이 맺혔다.

"또 어디 멀리 가신단 말입니까? 낭께서 어딘가 가신다는 소릴 할 때마다, 소녀 가슴은 벌렁벌렁 거리며 뛰곤 했나이다. 가지 마소서. 이제 가신다면 낭은 소녀 따윈 영원히 잊어버릴 것입니다."

그의 입가에 야릇한 미소가 감돌았다. 여자들은 그가 떠난다 할 때마다 울며 매달리곤 했다. 어떤 여자는 그가 여행을 한다 하자 더럭 겁부터 집어먹었다. 그건 왕의 딸도 마찬가지였다. 하지만 여자들은 그가 떠남과 동시에 그를 잊었고 금방 자신의 현실로 돌아와서 잘 살았다. 그 여자들을 오랫동안 그리워하며 더 못 잊는 쪽은 오히려 항상 그였다.

"그렇다면 너는 나와 함께 떠날 수 있느냐? 나와 함께 중원으로 가서 살자구나. 중원으로 가는 길은 무척 멀고 험하다. 고생은 각오해야 한다. 목욕도 할 수 없고 그 비단 옷도 금방 헤질 것이다. 발도 부르트고 오랫동안 굶어야 할 때도 있다. 배를 타면 풍랑을 만나 배가 뒤집어질 지도 모르니 그 모든 걸 각오해야만 나설 수 있다. 후회하지 않을 자신 있느냐?”

벽화의 양 볼에 눈물이 주르르 흘렀다.

“그 만 가지 고생이 있다 해도 다 감당할 자신은 있나이다. 미천한 소녀, 비단 옷을 입었다 하나 이 기녀 생활에 무슨 미련이 남아 낭을 따라 나서지 않겠습니까? 소녀 비록 거지가 된다 해도 낭께서 취해만 주신다면 중원 아니라 지옥까지라도 따라 갈 것입니다. 그러나 소녀 늙은 부모를 봉양해야 하니, 부모가 뻔히 굶어 죽을 걸 알면서 낭을 따라 나설 수는 없습니다.”

벽화는 효성이 지극했다. 모두 훌쩍 떠나버리기에는 무거운 짐을 지고 있었다. 늙은 부모가 있거나 남편, 자식이 있고, 공주 역시 마찬가지였다. 결국은 그 혼자 가야 했다. 먼데서 말발굽 소리가 들렸다. 잠시 있으니 누군가 기척을 하며 문을 열었다. 운정이었다. 숨 가쁘게 달려온 듯 운정은 두 뺨이 발그스름하게 상기되어 있었다.

“그대가 나를 급히 찾는다기에 만사 제쳐놓고 달려 왔네.”

“역시 내 진정한 친구는 자네밖에 없군.”

운정은 울고 있던 벽화를 물끄러미 보고 있었다. 그 모습을 보니 분노가 치솟았다. 자기가 좋아한 여자를 가로채서는 저렇듯 울리고 있다니, 저 뻔뻔한 친구가 이제 저 여자를 버릴 것이라는 감이 잡히는 것이었다.

“또 여자를 울리는가? 그건 그대가 지닌 최악의 버릇이야.”

“소녀, 이만 물러가겠습니다. 두 낭끼리 긴한 얘기 나누소서.”

벽화가 물러가자 그들은 묵묵히 서로의 빈 잔을 채워주며 술을

126

권했다. 운정이 술잔 비우기를 기다린 비형이 먼저 말문을 텄다.

"자네를 꼭 한 번 만나고 싶었네. 이제 이 나라를 영 떠날 참이네. 그대와 나의 해후가 십 년 후가 될 지 백발이 성성할 때인 지는 잘 모르겠네. 자네 집은 부유하니 벽화를 좀 도와 줘도 괜찮을 걸세. 벽화는 잡초 같은 아이니 그냥 둬도 제 앞가림은 잘 할 거네. 내가 정작 자네에게 하고 싶은 말은 공주에 대한 부탁이네. 내 부탁하니 그대가 공주와 맺어지면, 내 짐이 홀가분해질 것이네. 본디부터 공주에게 어울리는 자는 자네였네. 현명한 자네는 그녀를 사랑하는 것이 또한 나라에 충성하는 길임을 잘 알고 있을 테지?"

"물론이지. 난 공주를 좋아하고 그녀를 위해서라면 당장 목숨이라도 버릴 수 있어. 하지만 공주의 마음은 비형, 그대에게 기울어 있다네."

"내가 멀리 간 걸 완전히 이해하면 공주는 자네를 선택할 테니 염려 말게. 공주는 영리하고 현실파악에 능한 여자니까."

비형이 품속에서 진주 빛을 뿜는 구슬 하나를 내놓았다. 그 구슬은 그가 바닷가에서 혼자 지낼 때 그를 따르던 거북이 준 것이었다. 바다 속에서 올라온 거북은 그의 주위를 맴돌았고 그가 먹을 것을 주었다. 그렇게 한동안 같이 지내다가 그가 거북에게 떠난다며 작별을 고하자, 거북이 입에서 구슬을 토해 선물로 주었다. 비형은 그 구슬을 친구에게 주며 일렀다.

"이 구슬은 주술처럼 사람을 미혹시키는 힘이 있다네. 이 구슬을 허리에 차고 있으면 공주도 그대를 연모하지 않고는 견딜 수 없을 테니……."

그런 말이 오가자 운정은 친구를 보내는 것이 섭섭하면서 홀가

분하기도 했다. 둘은 이별을 아쉬워하며 코가 비뚤어지도록 술을
마셨다.

　그녀는 식음을 끊은 채 침상에 누워 있었다. 가을인데도 몸은 얼
어붙는 듯 떨렸다. 불을 삼킨 것처럼 혀만 뜨겁게 달아있는 느낌이
었다. 모든 것을 잃은 것 같은 상실감이 뼈에 사무치는 것 같았다.
한밤중 갑자기 미친 것처럼 힘이 솟아나 말을 달려 그가 있던 오두
막으로 가보기도 했다. 그 곳은 이제 불빛 한 점 없이 싸늘하고 어
두웠다. 멀리서는 늑대 울음소리가 음산하게 들려 왔고 추녀 끝에
는 박쥐들이 매달려 있었다. 집 안 곳곳 이미 거미줄이 쳐지기 시
작한 그 곳은 마치 무덤 속 같았다.
　그녀는 무덤 속 관 위에 눕듯 그와 함께 누웠던 침상에 홀로 누워
눈을 감았다. 그러자 유령들의 세계 속을 돌아다니는 듯한 비형의
모습이 어른거렸다. 그는 꿈이고 그녀 자신은 꿈의 그림자 같았다.
둘은 아무 말 없이 서로 보고만 있는 것이었다. 눈물이 나면서 그
저 슬플 뿐이었다.
　그렇듯 마음이 아프니 자연 몸까지 아팠다. 잠이 들어도 누가 목
을 조이는 것 같고 숨이 가빠서 질식할 것 같았다. 그래서 한숨을
길게 내쉬면 뱃속이 텅 비어버린 듯 했다. 그가 떠난다니, 더 이상
그가 옆에 있을 수 없다니, 영원히 떠났다니. 그 눈을 바라보고, 그
눈이 듬뿍 애정에 젖은 채 자신을 바라보는 일도 더 이상 없다니,
그 아름다운 입술에 다시 입 맞출 수 없다니, 그 가슴에 안기는 기
쁨이 영원히 사라졌다니……
　그가 영원히 가버렸다. 그 텅 빈 오두막과 그와 사랑을 나누던 침

대, 그가 깎아준 자신의 조각상. 그 모든 것들이 떠오를 때마다 온 몸에서 힘이 빠져나가 실신할 것 같았다. 이제 그의 따뜻하고도 열 정적인 팔이 감싸주어야만 소생할 것 같았다.

그녀는 유모에게 자신을 가만히 두라고 부탁한 후, 문과 창문을 꼭꼭 닫아걸었다. 그녀는 두 손을 가슴에 모은 채 침상에 반드시 누웠다. 그녀는 비형을 향한 주문을 계속해서 되풀이했다.

"비형랑, 빨리 내게 오세요. 나는 죽어가요……. 그대가 오지 않 으면 나는 죽을 것이오……."

그녀는 애타게 그의 이름을 불렀다. 이튿날 새벽이 되자 비가 부 슬부슬 뿌리고 있었다. 그녀의 방문이 스르르 열리더니 안절부절 못하는 창백한 비형이 나타났다. 비에 흠뻑 젖은 그는 그녀의 침상 앞에 꿇어앉아 울기 시작했다.

"나 때문에 당신이 아프다니, 나 때문에 당신이 죽어 가다니."

"비형……."

그녀는 그 이름을 부르며 힘없이 고개를 돌렸다.

"난 당신이 죽은 줄 알았소. 숨소리도 하나 내지 않고 있는 거요?"

그녀는 물었다.

"비형, 내가 부르는 소릴 들었어요?"

"내가 말을 세워 놓고 나무 아래 기대고 누웠을 때, 당신이 안개 처럼 희미하게 나타나서 말했소. 빨리 오라고, 나는 죽어 간다고, 계속 당신은 나를 부르고 있었소."

그녀는 힘껏 그를 껴안았다. 갑자기 어디서 그런 힘이 솟았는지 몰랐다. 그는 자신의 목을 감은 그녀 팔을 스스로는 결코 풀 수 없을 것 같았다.

"비형, 가지 마세요. 그대는 내 곁에 있어야 해요. 내 곁에서 나를 지켜 줘야만 해요."

"당신을 지켜줄 사람은 많소. 당신이 무사한 걸 알았으니 이만 가야 하오."

하지만 그녀는 그의 목을 껴안은 양팔을 놓아 주지 않았다.

"약속을 해야 해요, 곧 돌아온다고."

"다시 돌아오리다. 당신이 보고 싶어서라도 오래 못 견딜 거요."

그제야 그녀는 그를 놓아주었다. 비형은 그림자처럼 그녀 방을 빠져나갔다. 그가 들어온 걸 본 사람은 없었고 나간 걸 본 사람도 없었다. 또 그가 어디로 갔는지 아는 사람도 없었다.

그녀는 자리를 떨치고 일어났다. 문제는 마음이었다. 남자를 사랑하느라 주위가 보이지 않았던 것이다. 스스로에게 상처 주면서 모든 것을 너무 쉽게 포기했다. 여전히 가슴은 텅 빈 듯 했지만 부쩍 성장해버린 마음이었다. 이제 더 넉넉한 마음으로, 다른 방법으로 사람을 사랑할 수 있을 것 같았다. 그녀는 평시와 다름없이 생활했다. 건강하고 밝은 성격을 되찾았지만 뭔가 골똘하게 생각에 잠기는 버릇은 여전했다.

다시 그녀를 방문하러 온 운정과 공주는 차를 마시며 담소했다. 그녀는 그와 비형 이야기를 하는 것이 좋았다. 비형은 그녀의 연인이며 운정의 친구로 두 사람에게는 공통의 추억을 지닌 자였다. 그렇듯 두 사람은 함께 비형을 그리워하며 한나절 동안 담소하고 있었다. 그런 동안 그녀는 운정이 걷잡을 수 없을 정도로 사랑스러워졌다.

그녀는 자신의 마음을 알고 내심 당황스러웠다. 그가 떠난 지 얼마 되지도 않았는데, 내 마음이 이리 변덕스럽다니. 그러면서도 그녀의 눈길은 운정에게 이미 넋을 잃었고 입술은 절로 미소 짓고 있었다. 공주가 자신을 좋아하는 기색이자 운정은 용기를 내서 말했다.

"일전에 제가 청혼했을 때 공주께서는 알 수 없는 시험을 하셨습니다. 저는 지금까지도 그 시험에 어떻게 응해야 할 지 알 수 없습니다. 저는 지금 약속을 지키기 위해 온 것입니다. 그 때 제가 졌다면 공주께서는 제 목숨을 가지셔야만 합니다."

"그대는 왜 내가 농담으로 말한 것에 목숨을 걸겠다고 합니까?"

가뜩이나 운정에 대한 사랑으로 마음이 가득 찬 공주는 부드럽기 그지없는 음성으로 말했다.

그러자 더욱 용기백배한 운정이 말했다.

"그렇지만 우리는 서로간의 약속을 지켜야만 합니다. 저는 당신을 제 영혼처럼, 생명보다 사랑합니다. 그러므로 제 아내는 오직 당신밖에 생각할 수 없습니다. 공주께서는 저와 혼인을 하시든지, 제 목숨을 앗아가든지 둘 중 하나를 선택하셔야만 합니다. 그렇지 않으면 저 스스로라도 목숨을 끊고 말 것입니다."

운정이 그렇듯 굳은 태도로 나오자 그를 흠뻑 사랑하게 된 공주는 거절할 수가 없었다. 그 순간, 그가 무엇을 요구한다 해도 그녀는 자신이 가진 것이라면 뭐든 다 주었을 것이다.

곧 그녀는 스스로 부왕에게 가서 말했다. 운정이 저와 혼인하기를 원하는데, 남편감으로 적합한 듯합니다. 그러자 왕은 기뻐하며 혼인을 서둘라 했다. 왕은 운정의 손을 잡고 그를 귀하게 대접하며 말했다.

"지금 좋은 때 길일에 구례를 좇아 나의 장녀로써 그대의 배필로 삼으려 한다. 서로 심의를 돈독히 하여 종사를 받들고 자손을 성히 하여 길이 반석을 크게 하면, 이 어찌 아름다운 일이 아니겠는가?"

왕은 운정을 데릴사위로 삼아 길월 좋은 때 궁으로 들어오게 했다. 식을 성대하게 올렸고 의식은 하루 종일 치러졌다. 월성의 모든 귀족들과 높은 승려들이 하례를 올리기 위해 모였고, 연회에는 그 부인과 자제들까지 모여 즐겁게 놀았다. 예를 올린 후 신부와 신랑은 성대한 행렬에 둘러싸인 채 영흥사로 인도되었다. 영흥사를 비롯한 모든 절들은 입구부터 연등을 밝혀 두고 그들과 신라의 앞날을 기원했다. 다시 궁중으로 돌아온 신부와 신랑은 머리의 무거운 금관을 벗고 가벼운 차림으로 저녁의 연회에 참석했다. 온갖 종류의 사치스런 금, 은, 자기류의 식기들이 식탁 위에 놓였고 그 그릇들에는 풍성한 음식과 술이 넘칠 듯 훌륭한 격식을 차린 채 갖춰져 있었다. 그 밤 내내 악사들은 악기를 연주했고 다음 날은 활쏘기와 검술 시합, 사냥이 벌어졌다. 귀족과 백성이 함께 들뜬 채 사흘을 명절처럼 즐겁게 보냈다.

공주와 운정은 궁중에서 화목한 덕을 이루었고 아름다운 배필로 사람들의 칭송을 받았다. 그러나 얼마 후 공주는 자신을 그렇게 급격히 사로잡은 운정의 매력에 의심하기 시작했다. 남편의 모습만 보여도 여전히 애정이 솟았지만 그의 주변에 어리는 아련한 주술의 기를 알아차리지 못할 그녀가 아니었다. 그녀가 남편에게 말했다.

"그대의 몸 주변에 심상찮은 영기가 어립니다. 그러한 영기는 오래 지니면 해로우니 이제 그것을 내놓으시지요."

운정은 순순히 허리춤에 찼던 구슬을 내놓았다. 구슬을 손바닥에 올려놓은 그녀가 한참을 들여다보았다.

"이제 이것을 돌려보내야겠습니다."

구슬을 우물 속에 던지려던 그녀가 망설였다. 언젠가 쓸 일이 있을 지도 모른다. 구슬을 몇 겹 천으로 싼 그녀는 창고 깊숙한 곳에 감춰두었다. 그 후로도 그녀는 다정다감하고 부드러운 남편과 오누이처럼 다정하게 지냈다. 그녀 가슴 한 편은 비형랑을 위해 비워두었지만 결코 내색하지는 않았다. 그 무렵이 그녀에게는 가장 편안하면서 따스한 행복감이 충만하던 시절이었다. 그녀가 행복했던 만큼 신라도 전쟁이 없이 평화로웠다.

황무지의 누런 먼지 속에 검은 말과 시커먼 남자의 모습이 나타났다. 그는 지친 말을 토닥이며 천천히 걸어가고 있었다. 작은 배에 몸을 실은 채 바람과 해류에 몇 달을 떠다녔었다. 다시 중원의 도성을 향해 사막과 황무지를 한 달 동안 횡단하던 중이었다. 그의 윤기 나던 피부와 머리칼은 짠 바닷물과 황토 빛 바람에 거칠어져 버석거렸고, 턱에는 더부룩한 수염이 자라났다. 사원 근처 연못에서 그는 잠시 쉬었다. 사원 추녀에 걸린 목어들이 바람에 부딪는 소리를 들으며 그는 작은 평화를 얻었다. 지옥의 중생들을 잠시나마 편안하게 해준다는 목어 소리는 그의 심신을 쉬게 해주는 듯 했다.

그 앞에는 연못이 중원의 못답게 드넓게 펼쳐진 채 자색 수련이 가득 피어나 있었다. 수련들을 보자 그의 마음속에는 오랫동안 잊었던 그 무언가가 떠오르면서 착잡해졌다.

사람은 왜 혼인하고 자식을 낳고, 명예를 추구하고 지위를 높이며 살아야 하나. 향락, 권세, 부를 욕망하는 그 무엇에도 얽매임이 없이 오로지 자기 이상을 위해 살아갈 수는 없는 걸까. 역사에 잊혀지고 버림받은 채, 그녀와 함께 먼지 같은 삶을 사랑하며 살아갈 수는 없었던 걸까.

일몰 직전이었다. 하늘 중천에서 미끄러지던 뿌연 태양이 유황빛을 띠어갔다. 그 빛은 앞으로도 먼 길을 가야하는 그의 심상에 어리는 지옥 같은 색채감 같았다. 그는 항상 밝은 길보다는 어두운 길을, 가까운 길보다는 먼 길을 걸어오곤 했다. 그가 떠나온 나라, 아득한 그 곳을 바라보면 망망하고 허허로웠다. 하지만 그의 가슴은 아직 뜨겁고 몸은 언제든지 불타오를 정도로 젊었다. 연정, 애욕은 그에게 영원한 고뇌였다. 하지만 그 모든 것을 이제 떨쳐내고 싶었다.

그 피부에 맺혔던 땀은 이제 하얀 소금처럼 말라붙어 따끔거렸다. 단내가 풀풀 피어오르는 몸뚱이를 식히기 위해 그는 연못으로 들어갔다. 그는 연못 가장 깊은 곳, 한가운데까지 헤엄쳐갔다. 수많은 자색 연꽃들 중 연못 한가운데 도도히 홀로 여왕처럼 피어난 하얀 수련이 그의 눈을 끌었다. 그는 줄기를 비틀어 그 목을 꺾듯이 수련을 뚝 끊었다. 그는 차가운 물 깊숙한 곳으로 잠수한 후 한참을 그대로 있었다. 서늘한 물속에서 머리와 체온을 식힌 그는 천천히 헤엄쳐 나왔다.

- 연못에 핀 연꽃을 물속에 들어가 꺾듯이, 애욕을 말끔히 끊어 버린 수행자는 이 세상도 저 세상도 다 버린다. 마치 뱀이 묵은 허물을 벗어버리듯이 -

풍운

다시 바람은 불고

진평왕 30년,

2월에 고구려가 북경을 침략하여 8천 명을 사로잡아 가다.

4월, 고구려가 신라 우면산성을 쳐 빼앗다.

왕은 고구려가 자주 신라의 강역을 침범함을 불쾌히 여겼다. 그는 덕만과 술을 마시며 비분한 심정을 토로했다. 딸에게는 누구에게보다 심중을 솔직히 털어 놓을 수 있었고, 또한 딸의 말을 존중해서 들었다. 그는 딸에게 정치적 감각과 정확한 안목이 있음을 알고 있었다. 술이 들어가자 왕의 눈은 금세 붉게 젖어 들었다. 그는 수염을 푸르르 떨며 소리쳤다.

"아느냐? 자신의 나라를 타국에 짓밟힌 이 심정을! 너만은 이 애비 심정을 이해하겠지? 그걸 되갚을 힘이 없는 이 분통함을! 약자의 서러움을!"

왕이 쥐고 있는 은합이 그의 손바닥 안에서 찌그러지고 있었다.

"아바마마, 고구려를 그냥 두고 보아서는 안 될 것입니다. 그냥 두니 고구려는 재미를 붙인 것 같습니다. 앞으로도 고구려는 우리

성을 계속 침범하고 우리 백성을 살육할 것입니다."

그러자 왕의 얼굴은 더욱 침통해졌다.

"그렇다고 우리가 무슨 힘이 있느냐? 아, 성이 무너지는 소리가, 백성의 비명소리가 귓가에 들리는 듯하구나. 저 큰 적 고구려를 대체 어찌해야 좋단 말이냐?"

"피는 피로써, 칼은 칼로써 갚아야 할 때도 있습니다. 수나라에게 청해서라도 군사를 빌어야만 합니다. 수나라는 금방 일어나서 막강한 군사력을 자랑하고 있는 터, 그 힘을 쓸 만한 데가 없어 오히려 고민일 것입니다. 오만방자한 고구려가 수의 황제 눈에도 역겨울 터인데 고구려에 싸움을 걸 구실을 만들어 주는 것입니다. 고구려가 수와 전쟁을 치르는 동안 절로 우리는 쉴 수가 있습니다. 또 막상 전쟁이 끝난다 해도 고구려는 군사적 손실이 막대할 것이니 우리를 침범할 힘이 남아있지는 못할 것입니다."

평소에는 온화했지만 덕만의 말투는 단호하고 거침없었다. 여자의 몸에 대장군의 심장을 지닌 딸이었다. 그 순간 왕의 눈에는 어느 누구보다 딸이 믿음직스럽게 보였다.

"그렇다면 수에 국서를 써서 먼저 보내야 할 터."

"국서를 쓸 자로는 원광법사가 적당합니다. 법사는 오랫동안 중국에 유학해서 수나라의 사정을 잘 아는데다 수 황제가 인정하는 인물입니다. 또 법사의 뛰어난 문장은 가히 천하를 움직일 수 있을 정도입니다. 법사를 부르소서."

원광법사가 들자, 왕은 걸사표(군사를 청하는 글월)를 지으라 명하였다. 그러자 원광이 말하기를, "자기가 살려고 남을 멸하는 것은 승려가 할 짓이 아니옵니다. 하지만 빈도가 대왕의 나라에서 대왕의 수초를 먹으면서, 어찌 감히 명령을 따르지 아니하오리까.” 하고 곧 글을 지어 바쳤다.

진평왕 33년,

왕이 수나라에 사신을 보내어 원광의 글월로써 출사를 청했다. 그러자 수의 양제는 이를 허락하고 조서를 내려 고구려를 치기로 하였다.

수나라는 대군을 두 패로 나누었다. 좌군 12대는 누방, 장잠, 명해, 개마, 건안, 남소, 요동, 현도, 부여, 조선, 옥저, 낙랑으로 향했다. 우군 12대는 점선, 함자, 혼미, 임둔, 후성, 제해, 답돈, 숙신, 갈석, 동이, 대방, 양평으로 향했다. 그 좌군과 우군을 고구려 평양에 총집합하라 하였다. 군사 수는 113만 3천 8백 명인데, 늘여서 200만이라고도 하였다. 또 군량 운송자의 수는 군사의 2배가 되었다. 행렬의 처음과 끝이 서로 이어지고 북과 뿔피리 소리가 천지를 뒤흔들었다. 그 군사가 960리에 뻗쳤다.

2월, 양제가 통솔한 군사가 요하에 다다랐다. 여러 군대가 황제에게 총집하여 물(水)에 임하게 되었다.

고구려 군사는 물을 격하여 굳게 지켰다.

그러자 양제가 우문개에게 명했다.

“요수 서안에서 수상(水上)에 배를 연결하게 하라. 그 위에 큰 판교 3도를 만들어 다리를 이끌어 닿을 수 있게 하면 되지 않겠느냐?”

그렇게 물 위의 다리를 만들었으나 한 장 남짓 짧아서 닿지 못했다. 그 다리를 본 고구려 군사들이 막으러 몰려들었다. 그러자 수나라 병사 중 날쌔고 용감한 자들이 물로 뛰어 들었다. 두 나라 병사들의 접전이 시작되었다. 곧 물은 피바다를 이루었다. 아군, 적군 할 것 없이 시체들이 쌓여 물 위의 섬을 만들었다. 고구려 군사가 높은 곳에 의지하여 적을 치자, 수나라 병은 언덕에 채 오르기도 전에 대다수 죽었다. 그 때 수나라의 장군 맥철장은 언덕에 뛰어 올라가다가 전사웅, 맹차 등과 함께 전사하였다. 수나라 군의 사기는 땅 끝에 떨어진 듯 했다. 이에 수나라 군은 할 수 없이 군사를 거두어 다리를 이끌고 다시 서안으로 돌아왔다.

그렇지만 수나라는 엄청난 노동력과 끈기를 동반한 군대였다. 분노한 양제가 다리를 연장케 하라 명하자, 이틀 만에 이루었다. 다리가 생기자 수나라 군이 공격하기가 유리해졌다. 그리하여 두 나라 군사가 동안에서 크게 싸웠다. 고구려가 대패하여 죽은 자가 만 명 가량이었다.

승세를 탄 수나라 군은 곧 요동성을 에워쌌다. 요동성의 고구려 군사는 자주 나와 싸웠으나 승산이 없으므로 성을 굳게 수비하는 입장이었다.

6월이 되자, 양제는 직접 요동성 남쪽에 행차했다.

고구려의 여러 성은 굳게 수비하며 여전히 항복하지 않았다.

수나라의 좌익 위대장군 내호아는 강진의 수군(水軍)을 거느리고 수 백리 바다를 급히 와서 패수(대동강)로 들어갔다. 내호아의 수나라 군은 평양을 60리 앞둔 곳에서 고구려 군사와 서로 부딪혔다. 수나라 군사가 고구려 군을 크게 부수었다. 내호아는 그 승세를 타서 평양으로 가려 하였다. 그러자 부총관 주법상이 말렸다.

"요동에 있는 육군이 오면 함께 진격하여야 합니다. 고구려인은 병법에 능하니 육군과 힘을 합치는 것이 승산 있습니다."

주법상이 청했으나 내호아는 듣지 않았다. 그는 정예병 수만 명을 선택하여 성 아래로 직행하였다.

한편 고구려 장군 고건무는, 계략을 써서 평양 바깥 성의 빈 절속에 군사를 숨겨 두었다. 그리고 따로 군사를 내서 내호아와 싸우다가 거짓 패하는 척 했다. 승리에 도취된 내호아가 신나게 그 뒤를 쫓아 성에 들어갔다. 그 군사들은 양민을 사로잡고 약탈하느라 정신없었다. 그 군사들이 노획물에 정신없을 때, 고구려 복병이 나와서 공격했다. 내호아는 대패하여 겨우 몸만 빠져 나왔고 살아 돌아온 자는 불과 수천 명이었다.

고구려군은 적을 쫓아 수나라 군이 선박을 대기한 곳까지 이르렀다. 하지만 수나라 군 부총관 주법상이 진을 정돈하여 대기하고 있었으므로 고구려군은 물러갔다.

좌익 위대장군 우문술은 부여도로 향하고, 우익 위대장군 우중문은 낙랑도로 향했다. 형원항은 요동도로, 설세웅은 옥저도로, 신세웅은 현도도로, 그 외 여러 장군들을 합한 9군이 모두 압록수(압록강)서쪽에 모였다.

앞서 우문술 등 9군의 병이 오면서 각 인마(人馬)에 백일 양식을 주고 또 갑주, 창, 의류, 무기, 화막(텐트)까지 주었다. 그 무게가 각각의 사람 앞에 3석 이상의 부담이므로 무거워서 가지고 갈 수 없을 정도였다. 그러자 장수들은 버리고 가는 자는 목을 벤다고 군중에 엄한 영을 내렸다. 그렇지만 사졸들은 군막 밑에 구덩이를 파고 묻어 버렸다. 그리하여 중간쯤 오는 도중 이미 양식이 떨어지려는 중이었다.

이 때 고구려 영양왕은 대신 을지문덕을 시켜 수나라의 진영에 가서 거짓 항복하라 하였다. 그 실상은 적의 허실을 정탐해보려 함이었다.

이에 앞서 수나라의 양제는 우문술과 우중문에게 밀지를 보낸 바 있었다.

"고구려의 왕이나 문덕을 만나거든 잡도록 하라."

우중문이 문덕을 잡아 놓으려하자 위무사 유사룡이 말렸다.

"항복을 청하러 온 자를 구류하는 것은 대국의 체면이 깎이는 일입니다."

그랬으므로 중문은 문덕을 보냈다. 문덕이 가자 얼마 안 되어 후회한 중문은 다시 사람을 보냈다. 밀사는 문덕을 속여 말했다.

"장군께서 또 의논할 일이 있으니 다시 오라 합니다."

그러나 문덕은 돌아보지도 않고 압록수를 건너갔다.

문덕을 놓친 우중문과 우문술은 둘 다 속으로 불안했다. 우문술이 먼저 핑계를 댔다.

"양식이 떨어졌으니 군사를 돌려야겠소."

슬쩍 돌아가려하는 우문술에게 우중문이 나서며 말했다.

"정예 부대로써 문덕을 쫓아가면 공을 이룰 것이오."

"문덕이 무슨 수를 쓰는 지 알 수 없지 않은가? 감이 좋지 않소."

우문술이 굳이 말리자, 노한 우중문이 소리쳤다.

"장군은 퍽 소심도 하오. 10만의 무리를 가지고 이 작은 적을 능히 깨트리지 못한단 말인가? 그럼 대체 무슨 면목으로 황제를 뵐 것인가?"

이 전에 양제가, 우중문은 계략이 뛰어나다 하여 여러 군대의 지휘를 맡게 했다. 그러므로 우문술은 우중문의 말을 따를 수밖에 없었다. 마지못해 따라 나선 우문술 등이 압록수를 건너 고구려 군을 추격하기 시작했다. 문덕은 이미 수나라의 군사에게 굶주린 빛이 있음을 정탐했던 터였다. 그러므로 더 피로하게 하려고 싸울 때마다 달아났다.

우문술은 하루 동안에 일곱 번 싸워 다 이겼다. 그는 의외의 승리에 자신을 갖게 되어 동진하기 시작했다. 그들은 살수를 건너 평양성에서 30리 되는 곳에 산을 의지하여 진영을 풀었다.

그러자 문덕이 우중문에게 시를 지어 보냈다.

그대들의 신책(神策)은 천문(天文)을 궁구했고
묘산(妙算)은 지리(地理)를 다했도다.
싸움마다 이겨 공(功) 이미 높으니,
족한 줄 알고 그만 둠이 어떠리.

이에 우중문은 기뻐하며 답서를 보냈다.

문덕이 또 사자를 보내 거짓 항복을 하며 우문술에게 청했다.

"장군들이 군사를 돌이키면, 우리 왕을 모시고 황제 처소로 가서 조견하겠습니다."

우문술은 군사들이 피곤하여 다시 싸울 수 없고, 평양성이 험하고 높으므로 함락시키기 어려움도 알았다. 그러므로 그 거짓 항복에 속아 돌아가면서 방진(方陳:네모나게 친 진)을 만들어 후퇴하였다.

우문술 또한 뛰어난 장군이므로 적의 공격에 대비하여 친 진이었다. 그러자 뒤따라온 문덕은 군사를 출동하여 방진의 사면으로 공격하였다. 우문술은 한편으론 싸우며 또 한편으로는 후퇴하였다. 수나라의 군사가 반쯤 건넜을 때, 문덕의 군사가 그들 후군을 맹격하기 시작했다. 이 때 우둔위 장군 신세웅이 전사했다. 그러자 수나라의 군사들은 모두 놀라 흩어져 오합지졸이 되었다.

9군의 장군들이 모두 놀라 달아나기 시작했다. 하루 낮 하루 밤 동안에 압록수에 도달할 정도로 빨랐다. 하루 동안 450리를 도망간 것이다. 처음 9군이 요동에 왔을 때 군사 수는 30만 5천 명이었는데, 패전 후 요동성에 다시 돌아 왔을 때는 오직 2,700명의 군사만 남았다.

대노한 수양제는 우문술 등을 철쇄로 붙들어 매고 7월 25일에 돌아갔다.

전쟁이 일어나기 전 해, 백제 왕 장(무왕)도 사신을 수나라에 보내 고구려 정벌을 청했다. 이에 양제는 백제를 시켜 고구려의 동정을 엿보게 한 바 있었다. 이 때 무왕은 안으로는 고구려와 몰래 통하고 있는 중이었다. 수나라 군이 요수를 건너올 때 수나라를 원조한다 성언하였으나, 실상은 양단을 쥐고 있었다.

고구려에 참패한 양제는 이제 복수를 하지 않으면 잠을 이룰 수 없었다. 고구려만 생각하면 분통이 치밀어 화병에 걸릴 정도였다. 다음 해 정월, 양제는 조서로 천하의 병사를 징발하여 택군에 모았다. 그는 요동고성을 수리하여 군량을 비축케 하였다.

2월, 양제가 신하들에게 고구려를 다시 칠 것을 의논하였다.

4월, 양제의 수레가 요수를 건넜다. 양제는 우문술과 양의신을 평양으로 보내고 왕인공을 부여도로 향하게 하였다. 그 군사가 신성에 이르자, 고구려 군사 수만 명이 항전하였다. 왕인공이 정기병 천 명을 이끌고 고구려 군을 격파했다. 그러자 고구려군은 성안에 들어가 굳게 지켰다.

요동성은 끝내 함락되지 않았다. 답답한 양제는 포낭 백만 개를 만들게 하고 흙을 가득 채우라 명했다. 그것을 쌓아 올려 큰 길을 만들되 너비는 30보, 높이는 성과 가지런하게 하였다. 그 위에 전사가 올라가 싸우게 하였다. 또 성보다 높은 팔륜누거를 만들어 어량도를 중간에 끼고 성 안을 내려다보며 쏘게 하였다. 고구려 성내에서는 심각하게 위험을 느낄 찰나였다.

이 때 마침 수나라의 양현감이 모반하였다는 기별이 왔다.

"주상이 무도하여 백성을 사랑치 않고 천하를 소란케 하는 구나. 요동에서 죽은 자가 무수하지 않은가? 이제 그대들과 군사를 일으켜 수조 백성을 구제하려 한다."

양현감이 군사를 끌고 낙양으로 향하자, 그 부대는 싸움마다 승리했다.

이 소식을 듣자 양제는 크게 두려워하였다. 양제는 밤에 비밀히 장군들을 불러 군을 돌아가게 했다. 그러자 군자와 기계, 공구는 산처럼 쌓인 채 내버려져 있었다. 고구려군은 즉시 이를 알았지만, 감히 나오지는 못하고 성내에서 북을 치고 떠들었다. 그러다 이튿날 오시에야 밖에 나오기 시작했다. 그러고도 오히려 수나라 군이 속이는 줄로 의심하여 이틀이 더 지나서야 성문을 열었다. 마침내 문을 열고 수천 명의 군사를 내어 적의 뒤를 쫓기 시작했다. 하지만 적의 수가 많음을 꺼려 감히 접근치는 못하고 항상 8, 90리의 거리를 두었다. 요수에 이르러 수양제의 친영군이 다 건너간 것을 알고 그제야 후군 부대에 다달았다. 그 후군만 해도 수만 명이었다. 따라간 고구려군은 그들을 초격하여 수천 명을 살략하였다.

수나라와 고구려가 전쟁을 함으로써 신라는 고구려의 침략에서 벗어날 수 있었다. 그 전쟁으로 쇠약해진 수는 4년 후 멸망하고 당으로 교체된다. 고구려가 국운을 건 채 수나라의 대군과 싸우는 동안 신라는 백제의 공격을 받았다. 오랫동안 웅크리고 있던 백제가 일어나 싸움을 걸었다.

진평왕 33년 10월,

한편으로 수나라와 고구려가 여전히 접전을 벌이던 시기였다.

크게 군사를 일으킨 백제가 신라 가잠성을 내공한 지 어언 백여 일이나 되었다. 진평왕이 장수를 명하여 상주, 하주, 신주의 군사를 거느리고 구원케 했다. 그 군대는 백제와 싸웠지만, 이기지 못하고 돌아왔다.

가잠성의 성주 찬덕은 용감함과 절개가 있어 한 때 이름이 높던 이였다. 구원하러 온 3주의 장수와 군사들이 이기지 못하고 도망가자, 성주 찬덕은 분하고 한이 맺혀 피눈물을 뿌렸다. 그가 남아 있는 군사들에게 일렀다.

"3주의 군수가 적의 강함을 보고 우리 성이 위태함에도 구원하지 아니하였다. 이것은 의리가 없는 것이다. 의리 없이 사는 것은 의리있게 죽는 것만 못하다."

가잠성 내의 군사들은 서로 격려하고 사기를 북돋우었다. 그들은 목숨걸고 싸웠지만 서서히 지쳐갔다. 백일 동안 적에게 포위되어 있었으므로 양식은 이미 동이 났고 물조차 바닥났다. 그들은 시체를 뜯어 먹고 소변을 받아 마시며 적과 싸웠다.

진평왕 34년 정월,

가잠성 안 사람들은 이미 지칠 대로 지쳤다. 백제의 공격도 여전히 끈질겼다. 금방이라도 함락될 것 같은 성의 형세는 도저히 회복할 수 없었다. 거의 정신이 나간 찬덕이 하늘을 우러러 크게 외쳤다.

"우리 왕이 내게 한 성을 맡겼는데, 능히 보전치 못하고 적에게 패하게 되었다. 죽어서라도 큰 악귀가 되어 돌아오게 해 주소서. 내 백제 사람들을 다 물어 죽이고 이 성을 수복하고야 말 테니!"

찬덕은 성문을 활짝 열었다. 눈을 부릅뜬 그는 창을 휘두르며 달려 나갔다. 그는 자신에게 부딪혀오는 백제 군사들을 닥치는 대로 찔렀다. 그러다 몸이 벌집이 되어 죽었다. 곧 가잠성은 함락되고 살아남은 군사들은 모두 항복하였다.

진평왕은 가잠성의 함락과 찬덕의 죽음을 안타까워했다. 왕은 찬덕의 아들, 해론을 대내마로 삼았다.

진평왕 40년,

왕은 다시 해론에게 군사를 일으켜 잃었던 가잠성을 공격케 하였다. 백제 무왕도 이 소리를 듣고 원정군을 보냈다. 백제 원정군이 가잠성을 공격하던 해론의 군을 도로 에워쌌다. 이에 해론은 성으로부터 등을 돌리고 원정 온 백제군과 서로 싸우기 시작했다. 해론이 여러 장수들 앞에서 비분한 어조로 소리쳤다.

"전에 우리 아버지가 여기서 세상을 떠났는데, 나도 지금 백제인과 여기서 싸우게 되었다. 이 날은 내가 죽는 날이다."

곧 적진으로 달려간 해론은 여러 적을 죽이고 자신도 죽었다. 그를 보고 분발한 군사들이 죽기를 각오하고 싸워 백제군을 이겼다. 이로써 신라는 7년 만에 가잠성을 회복한 것이다.

왕이 그 소식을 듣고 눈물을 흘렸다. 왕은 자신의 장수가 장렬하게 전사할 때마다 비통하게 울며 눈물을 뿌렸다.

"전에 그 아비가 죽더니 자식도 그 장소에서 죽었구나. 어찌 슬프지 않을 소냐."

왕은 그 가족들에게 후히 물품을 내리고 잘 보살피라 일렀다. 사람들 모두 그 부자를 애도하지 않은 이가 없었고, 그를 위하여 장가를 지어 조위하기도 하였다.

진평왕 43년 7월,

왕이 당나라에 사신을 보내 방물을 조공했다. 당 고조가 친히 먼 길을 온 사신을 위로하였다. 당은 유문소를 보내 조서와 그림 병풍, 비단 삼백 필을 신라왕에게 주었다.

고구려는 영류왕 대에 이르자, 당에 꼬박꼬박 사신을 보내 조공했다.

이 전에 수나라와 고구려 사이에 양단을 걸치고 전쟁을 구경하던 백제 역시 당에 열심히 조공하였다.

죽은 자들의 계곡을 지나

오랫동안 그는 악몽 같은 풍경 속을 비틀거리며 걸어왔다.

그 많은 밤마다 그가 걸어 왔던 그 길들. 피가 빗물처럼 괴어 있던 땅, 동강난 채 널려 있던 시체들, 그 시체 냄새가 어찌나 고약했던지 그의 후각은 이미 마비된 지 오래였다. 톱날처럼 삐죽이 솟은 산봉우리, 그 사이로 파여진 골짜기를 이미 몇굽이째 돌아오는 중이었다. 골짜기에는 아직도 천둥소리 같은 말발굽들과 뿔피리 소리, 단말마의 울부짖음 같은 여운이 남아 있었다. 달빛에 하얗게 부서지는 바위들은 흡사 해골 같았다.

갑자기 까마귀 떼가 음산한 소리로 짖으며 날아올랐다. 흠칫 놀란 그가 뒤돌아보았다. 귀신들은 자신이 적을 쫓고 있는 지, 쫓기고 있는 지도 모르고 혼란했다. 그 눈들은 핏발 선데다 적개심으로 가득 차 있었다. 하지만 그는 귀신들을 전혀 두려워하지 않았다. 그에게 감히 덤벼들거나 가까이 오는 귀신은 없었다. 모두 멀찌감치 떨어진 채 그를 보고 이를 갈며 저주를 퍼붓고 있었다. 죽은 자들은 저 깊은 곳에서 홀로 잠들고 싶어 하지 않는 것 같았다.

너, 또한 멸망하리라……. 그들은 저주하고 또 저주했다.

그 옆으로 말을 탄 무사 하나가 지나갔다. 투구와 갑주로 무장한 무사의 가슴에는 창과 무수한 화살이 꽂혀 있었다. 휘익 지나쳐가던 무사가 그를 돌아보았다.

"어디로 가는가?"

그가 묻자 무사가 말했다.

"우리 장군이 나를 부르시오."

무사가 그에게 물었다.

"한데 그대는 산 자인가, 죽은 자인가?"

그가 대답했다.

"나는 이 지상과 황천에 발을 반씩 디디고 있소."

무사가 물었다.

"그런데 그대는 지금 황천으로 가고 있는가?"

"아니다……."

그러자 무사가 대답했다.

"그대는 이 골짜기를 넘어오는 동안 무수한 원령들의 저주를 받았소. 이미 이 지상에서의 밝은 삶은 누리기 힘들 것이오. 그대의 남은 삶은 어차피 죽어 있는 것과 마찬가지오. 그러하니 내 길벗이 되어 나와 함께 가지 않겠는가?"

그가 고개를 흔들자 무사는 바람처럼 사라졌다. 죽은 자는 언제나 자기들을 밀어 넣은 자들을 부르고 있었다.

"이제 그만 떠돌아라. 편히 잠들라. 나무 관세음보살……."

귀신들이 시끄럽게 원성을 높이면 그는 목탁을 두들기고 염불하여 잠잠히 가라앉혔다. 때때로 그는 나그네였다가 중이 되었고 전사가 되어 싸우기도 했다.

몇 개의 산과 강을 건너오는 동안 계절이 바뀌었다. 선뜻 다가왔던 가을도 이미 저물어가는 중이었다. 파랗고 드높던 하늘은 구름으로 뒤덮였고 선선한 바람은 낙엽을 날리며 을씨년스럽게 몰아쳤다. 그의 발밑으로 낙엽들이 바스락거리며 밟혔다. 그 낙엽들처럼 바람에 날리듯 방랑한 지 어언 15년이었다. 세월은 무정했다. 산꼭대기에 올라 먼 궁궐을 바라보자 회포가 서러웠다. 돌아오는 길은 모두 전장이었고 시체들이 나뒹굴고 있었다.

그는 세월과 방랑을 거치는 동안 단단하고 거칠어졌다. 그 전의 섬세한 부드러움이나 어여쁜 소년티는 완전히 사라져버렸다. 턱의 수염은 가슴에서 휘날렸고 여전히 검푸른 빛이 짙은 긴 머리카락이 허리에서 물결치고 있었다. 어느덧 그의 풍모는 중후해져 어깨는 탄탄하면서도 넓었고 구리 빛 근육은 쇠처럼 무겁고 단단했다. 그러면서도 허리는 날씬했고 물속의 물고기 같은 유연성은 여전했다.

그가 바다에 떠있을 때나 중원의 평원을 말달릴 때도 월성 광장에서 바라보았던 공주의 별은 하늘에서 빛나고 있었다. 밤마다 그는 그 막막한 하늘, 모래알 같은 별들 틈에서 그녀의 별을 찾곤 했다. 이제 그녀와는 저 별처럼 멀리 떨어져 있다.

그 거친 방랑과 고독 속에서 그의 영혼은 그녀와 더 가까이 있기를 소망했다. 잠을 자면 지난 날 함께 했던 사랑의 밤을 꿈꾸었다. 오랜 세월 그의 가슴은 잃어버린 사람에 대한 꺼지지 않는 그리움으로 가득 차 있었다.

'그대는 내 곁에 있어야만 해요, 내 곁에서 나를 지켜야 해⋯⋯.' 그녀는 여전히 그를 부르고 있었고 들리는 듯 그 음성이 귓가에 쩡했다.

10여 년이 흐르는 동안 그녀의 별은 왕운이 더 뚜렷해지는 듯 밝아졌다. 하지만 그 별이 빛을 뿜을수록 주변 성운에 드리우는 암운 또한 짙어졌다. 그는 고뇌에 차서 하늘을 지켜보았다. 그녀의 운명은 대체 어찌될 것인가.

그가 근심에 잠겨 있던 눈을 감으면, 푸르스름한 새벽의 미명 속에서 흰 옷자락을 끌며 걸어가는 그녀 모습이 보였다. 발아래 산재해있는 흰 해골들을 사뿐사뿐 밟으며, 저만치 서있던 그녀가 그를 보고 있었다. 그녀는 무슨 말을 하는 듯 입술을 달싹거렸다. 그 순간 그는 눈을 떴다. 그 창백한 얼굴이 떠오르자, 꿈속에서는 느끼지 못했던 불길함과 공포가 엄습했다.

할 수만 있다면 그녀와 그녀의 나라를 위해서 몸을 던지고 싶었다. 돌아가서 그녀를 지키고 싶었다. 앞으로 왕이 될 그녀, 전쟁이 잦은 나라, 철로 무장한 주먹을 가진 정력적이고 확고부동한 남자, 그 진평왕도 오랫동안 국가의 평화를 유지할 수는 없었다. 그런데 그녀 같은 부드러운 여자가…… 물론 그는 왕을 닮은 그녀의 쇠 같은 의지력 또한 알고 있었다.

그 자신에게는 다정하고 정열적인 연인이었지만, 그녀에게는 냉철한 이성과 앞날을 내다보는 안목이 있었다. 그럼에도 불구하고 그녀는 여전히 아름다운 여성이었으며, 이 나라는 구실만 생기면 모반과 내전을 일으킬 귀족들이 들끓었다. 또 전쟁을 좋아하는 이웃나라 왕들이 기회를 호시탐탐 엿보고 있지 않은가?

그녀에게 돌아가리라는 약속을 했었다. 돌아간다면 이제는 순수하게 그녀를 위해 우정과 충성을 바칠 것이라 다짐했다. 만약 그리 될 수 없다면, 모든 것을 떨치고 다시 떠나야 할 것이다.

그 숲의 활엽수들은 거의 잎을 다 떨군 채 잔가지들만 몸을 떨고 있었다. 하늘은 금방이라도 무너질 듯 무거운 구름이 빽빽했다. 음산하고 우울한 풍경이었다. 며칠 전 비바람에 다 떨어진 낙엽들이 끈끈한 습기를 머금은 채 그녀의 발바닥에 달라붙었다. 작은 회오리바람이 불었다. 그러자 황금 빛, 붉은 빛 나는 몇 개의 나뭇잎이 공중에서 춤추듯 펄럭거렸다.

낙엽들은 그와 함께 걷던 오솔길을 모두 지운 채 이미 썩어가는 중이었다. 영원으로 가는 길, 왕으로 가는 길, 사랑으로 가는 길, 그렇게 이름 붙이고 그와 함께 걷던 나날들은 항상 눈부시고 청명하던 기억밖에 없었다. 그런데 그가 떠나자 이 숲도 마치 죽어가는 듯 변한 것 같았다. 그가 뒷모습을 보이며 사라지던 저 길. 탄식하듯 서서 그녀는 옷깃을 날리며 그 길의 저편을 바라보고 있었다.

그 영원의 길 끝에서 어렴풋한 한 남자의 모습이 나타났다. 풀어 헤친 긴 머리카락, 시커먼 얼굴, 턱 끝에서 휘날리는 긴 수염, 무거운 걸음걸이. 그는 흡사 사바세계의 수미산을 지키는 사천왕처럼 무섭게 보였다. 무거운 잿빛 하늘을 배경으로 천천히 걸어오는 그 모습은 낯설었다.

바로 그녀 앞까지 걸어온 그 남자가 걸음을 멈추고 그녀를 바라보았다. 뚫어질 듯 바라보는 깊고 컴컴한 눈동자. 순간 그녀는 화가 났다. 감히 나를 이렇듯 무엄하게 쳐다보다니. 마주 노려보던 그녀의 눈에 금세 눈물이 맺혔다.

"아아…… 비형랑, 그대일 줄이야. 어쩌면 이렇게 변해서……."

채 말을 맺지 못한 그녀가 그의 손을 꼭 잡았다.

"알아보시니 고맙습니다. 공주께서는 예전 모습 그대로군요."

"그대답지 않게 아부를 다 하네. 나도 많이 늙었어요. 하지만 내가 백발로 변하기 전에 그대가 돌아오니 참말로 반갑군요. 난 항상 내가 백발의 노인으로 관 속에 누워 있을 때에 그대가 나타날 거라는 생각을 했거든. 아, 하지만 아직 나와 그대는 살아 있고…… 아직은 내게 아름다움이 좀 남아 있나요? 어쨌든 이 기쁜 날 잔치라도 열어야겠군요. 한데 그대는 어쩌면 그리도 변해서…… 꼭 다른 이를 보는 것 같군요. 그 때는 어여쁘기 그지없던 소년 같았는데, 그 눈빛이 아니었다면 영영 그대를 못 알아 볼 뻔 하지 않았나요? 하지만 하늘은 여전히 그대를 사랑하는 것 같아요. 예전보다 더 많은 여자들이 그대를 흠모할 것 같군요. 비형, 내 말이 틀렸나요?"

"당신도 여전히 아름답습니다. 마마를 흠모하는 이들도 많을 것입니다."

그 날 저녁, 그녀는 몇몇 사람들을 불러 조촐한 자리를 마련했다. 운정과 알천, 그외 그를 알던 지기들이 그를 환영하며 둘러앉았다. 나란히 한 공주와 운정은 오누이라고 할 만치 닮아 보였다.

모두 우애로 비형을 반겼다. 천하장사인 알천은 나이가 들자 몸이 불어 더욱 중후한 위엄이 넘쳐흘렀다. 그렇듯 덩치 큰 알천은 비형을 보자, 곰처럼 넓은 품에 그를 푹 껴안으며 울음을 터뜨렸다.

"비형, 살아 있었군. 꼭 죽은 친구가 무덤에서 돌아온 것 같네."

운정 역시 예전의 떨떠름한 기억은 말짱 잊고 진심으로 비형을 반겼다. 그는 막상 비형이 안 보이자 한동안 그를 그리워했다. 한 때 그토록 좋아하며 의지했던 친구를 잊을 수 없었던 것이다.

운정이 물었다.

"이제 그대도 이 땅에 정착해야 하지 않겠나? 대왕께 말씀 드리면 무척 기뻐할 것이네."

"자네가 바란다면 나도 그리 하고 싶네. 그대와 공주를 위해서라면, 개나 말처럼 정성으로 일할 각오가 되어 있네."

그러자 알천이 호탕하게 웃었다.

"세월이 과연 사람을 바꾸는 군. 예전에는 대왕께서 그대에게 벼슬을 주며 그토록 일하라 일러도 늘 낮에는 잠자고 밤에는 놀러 다니느라 바쁘지 않았나? 대왕께서 그 재주를 노는데 썩힌다고 퍽 아까워 하셨지."

공주가 말했다.

"근래 들어 백제의 침입이 잦습니다. 우리에겐 그대 같은 장수가 절실히 필요 합니다."

"내 자네가 머물 집을 하나 봐 주지. 참한 여자를 골라 혼인도 시켜 주겠네."

알천이 시원하게 말했다.

"내 막내 여동생이 미색인데."

그러자 운정이 힐끗 공주를 보았다. 남편과 시선이 부딪자 그녀는 무심한 듯 웃었다.

"이주 말이지요? 한 번 봤는데 고운 아이더군요."

오랜만에 만난 반가운 친구들은 비형에게 거듭 술을 권했다. 여흥이 오르자 비형은 대금을 불었다. 슬프면서도 청아한 가락이 하늘로 올라가는 듯 했다. 그 소리가 하늘로 퍼지자 구름 속의 달을 부른 듯 숨어 있던 달이 환한 자태를 드러냈다. 달 아래 모여든 새 몇 마리가 그 곡조에 맞추듯 날개를 너울거렸다.

봄이 되자, 공주는 몇몇 호위병과 시녀들을 거느리고 영흥사를 자주 출입했다. 불공을 드린 후면 그녀는 근처 숲과 들에서 시녀들과 꽃놀이하는 것을 즐겼다. 그녀를 따라 나선 호위병과 시녀들 모두 가벼운 차림이었다. 그들은 공주가 궁 밖으로 외출하는 것을 반겼고, 자신들의 본분도 잊은 채 꽃을 따고 남녀가 어울려 놀며 즐거운 때를 보냈다.

봄이 되어 공주의 외출이 잦아지자 그 거동을 주시하는 귀족들이 있었다. 그들은 아찬급의 칠숙과 석품인데 쑥덕거리며 기회를 호시탐탐 노렸다. 그들 역시 왕족이었고 왕위 계승 서열상 높은 위치였다. 야심을 품은 그들의 눈에 공주는 방해물이었다. 공주라 하나 아버지인 왕에게 왕태녀 대접을 받는 위치라, 명실상 왕의 후계자나 마찬가지였다. 석품은 오랫동안 그 문제로 고심해왔다. 그는 자객을 시켜 공주를 죽일 것인지 납치를 해서 가둘 것인지 궁리했다. 여러 번 속으로 궁리를 했지만 쉽게 손을 댈 수 없는 일이라 차일피일 미루고 있었다.

공주를 관찰하던 석품은 호위병의 숫자가 얼마 되지 않는다는 점과 거의 무방비 상태로 돌아다닌다는 것을 알았다. 그러므로 그는 자신 소유의 무사를 비밀리에 동원해서 공주를 납치하는 것쯤은 쉽다는 결론을 내렸다.

공주가 영흥사로 나오던 날, 그는 무장한 군사 오십 명과 스무 명의 사수를 숲에 대기시켰다. 영흥사를 나온 공주 일행이 숲에서 놀 때였다. 복면을 쓴 오십 명의 무장 군사들이 나타나 느닷없이 공격하기 시작했다. 열 명이 채 안 되는 공주의 호위병들이 칼을 빼들고 방어했지만, 예상 못한 공격인데다 중과부적이어서 매우 불리했다. 게다가 숨어 있던 스무 명의 사수가 화살을 쏘아 호위병들을 맞췄다. 공주는 자신이 아끼는 자들이 싸우다 죽어 가고, 시녀들이 비명을 지르며 화살을 맞자 모두 죽게 될 것이라는 걸 알고 소리쳤다.

"너희들은 누구냐? 이들을 더 죽이지 마라. 내 시녀들을 살려 주고 더 피를 흘리게 하지 않으면 나는 너희들이 시키는 대로 할 것이다."

그러자 그중 우두머리인 듯한 자가 말했다.

"공주, 당신이 저희를 순순히 따라 나서면 됩니다. 저 마차를 타시지요."

"그리하겠다. 모두 싸움을 그쳐라!"

그러자 그녀 옆에서 피를 흘리며 지키고 있던 호위병이 말했다.

"마마, 마마의 분부를 따르겠지만 저희는 그렇게까지 해서 살고 싶지는 않습니다."

이미 죽은 자들은 두고 부상당한 자들과 시녀들도 마차에 실었다. 그녀는 죽은 자신의 신하들과 피를 흘리며 말에 묶인 채 오른 호위병들을 보자 가슴이 찢어지듯 했다. 그녀는 마차에 갇힌 채 어딘가로 끌려가기 시작했다. 가는 도중 공주는 몸이 날랜 한 시녀를 불러 몰래 지시했다. 그녀는 금귀고리 한 짝을 떼 주며 일렀다.

"틈을 봐서 빠져 나가 비형랑에게 이걸 전해라. 비형이라면 내가 땅 속이나 물속에 있다 해도 찾아낼 것이다."

시녀는 재빨리 도망쳤다. 추격자가 나섰지만 시녀는 날쌔게 몸을 숨겼다. 공주 일행은 마침내 어느 바다 기슭에 닿아서 배를 타고 무인도까지 끌려갔다. 그들은 무인도의 통나무 집에 공주와 시녀들을 가두고 부상당한 남자들은 바다에 던져 버렸다. 군사 열 명은 남아 그 주변을 지키고 나머지는 모두 섬을 떠났다.

한편, 도망친 시녀는 비형을 찾아 공주의 소식을 전했다. 싸우던 호위병들이 모두 쓰러지고 공주께서 부상당한 자를 살리기 위해 싸움을 말렸다는 이야기를 했다. 그러자 비형의 눈에서 번쩍 푸른

빛이 튀었다.

"내가 공주를 구하지 못한다면 차라리 지옥의 불 속으로 뛰어들 것이다."

비형은 황급히 칼을 허리에 꿰어 차고 말 위로 올랐다. 그녀가 없어진지 이미 하루가 지났고 어디에 있는 지도 몰랐다. 그렇지만 그는 자신의 본능이 시키는 대로 급히 말을 몰았다. 그러다 말을 멈추고 그녀의 귀걸이를 꺼냈다. 아기자기한 무늬가 섬세하게 세공된 구슬 모양의 귀걸이 아래는 추가 달려 있고, 그 추를 둘러싼 나뭇잎 모양의 장식들이 찰랑거리며 흔들렸다.

그가 움직이지 않으면 곧 귀걸이 추의 나뭇잎들도 멈췄다. 그러다 잠시 후 추는 어느 방향을 향해 가리키듯 흔들거렸다. 그는 귀걸이가 흔들거리는 방향으로 정신없이 달려갔다. 마침내 날이 밝아서야 바다 기슭에 이르렀다. 맞은편에 짙은 안개로 감싸여 있는 작은 섬에 공주가 있다는 것을 그는 직감으로 알았다.

그는 말과 함께 바다를 헤엄쳐가기 시작했다. 기진맥진한 말을 기슭에 매어 두고 그는 그녀가 갇혀 있는 숲의 통나무 집까지 이르렀다. 물귀신처럼 흠뻑 젖은 그가 부릅뜬 눈으로 나타나자, 지키고 있던 무사들이 모두 경계의 빛으로 바라보았다. 그가 몇 발자국 옮기기 바쁘게 모두가 한꺼번에 달려들었다. 그는 굶주린 이리처럼 미친 듯 칼을 휘둘러댔다.

피를 잔뜩 뒤집어쓴 채 그는 비틀거리며 통나무 집 문을 부수었다. 문이 열리자 그녀는 놀란 눈으로 그를 바라보았다. 비틀거리던 그가 그녀의 발아래 털썩 쓰러지자 시녀들이 비명을 질렀다. 그녀는 황급히 그의 머리를 받치며 자신의 품에 껴안았다.

"아, 웬 피를 이렇게……."

"걱정하실 것 없소. 다른 자들의 피가 튄 것이니."

그러자 한숨 놓은 그녀가 그의 머리를 쓸며 중얼거렸다.

"비형, 그대가 올 줄 알았어요. 하지만 내 곁에서 내게 충성하던 젊은이들이 죽었어요. 모두…… 모두 죽었어."

그 사건의 여파는 컸다. 궁중의 근위대는 더 강화되었고 비형은 그 일의 공로자로 인정받아 항상 공주 옆에 있을 수 있었다. 그는 어디를 가나 자연스럽게 그녀의 곁에 있을 수 있었다.

석품은 한 번의 실패 후 다시 칠숙을 만나 계획을 꾸미려 했지만 항상 공주 옆에 있는 비형이 문제였다. 무사 백 명쯤은 거뜬히 상대할 것 같은 그의 빼어난 검 솜씨와 야생동물처럼 날카로운 후각에 두려움을 느꼈기 때문이다. 그래서 석품은 공주가 비형과 함께 있는 것을 불시에 습격하여 함정에 빠트릴 음모를 꾸몄다. 그는 다시 칠숙과 만나 쑥덕거렸다.

"떠도는 말도 있고 보아하니 공주와 비형의 관계가 예사롭지 않소. 이제는 그 둘의 관계를 오히려 이용하는 거요. 전 선화 공주의 일을 봐서도 알다시피 소문을 이용하면 공주를 내쫓을 수도 있소. 그런데 소문이 아니라 둘의 사이에선 진짜 냄새가 풍긴단 말이오."

"하지만 왕에게 그 둘의 일을 고하는 건 위험하지 않겠소? 확실한 근거 없이 고하다간 오히려 우리가 왕의 노함을 받을 것이오. 그러니 남편인 운정에게 먼저 말하는 편이 순서라 할 것이오."

곧 석품은 운정을 찾아가 말했다.

"공주와 비형에 대한 말이 궁중에 떠돌고 있습니다. 그 일은 공주와 친구인 비형이 당신을 우롱하고 모욕하는 처사입니다."

운정은 울적했지만 고개를 흔들었다.

"다치고 싶지 않으면 공은 입조심하길 바라오. 난 그 두 사람을 절대로 믿고 있소이다. 또 나는 비형이 공주를 지켜 주기에 늘 감사하는 마음이라오."

석품이 물러갔다. 운정은 그 전부터 고민해오고 있었다. 그럼에도 그는 비형을 여전히 존경했고 우정을 느꼈으며 공주도 사랑했다. 자신에게는 그 둘을 갈라놓을 권리가 없는 것 같았다.

때로 운정은 공주의 행동을 몰래 미행하였다. 육감이 예민한 공주도 그가 자신을 지켜보는 것을 알아차리지 못했다. 사랑에 빠져 흥분한 상태였으므로 그녀의 정신은 오로지 연인에게만 쏠려 있던 것이다. 낮에도 비형과 공주는 스스럼없이 함께 있는 사이였지만, 밤에 그녀가 사냥복을 입고 몰래 궁을 빠져나가는 것을 여러 번 보았다. 그는 그녀가 가는 길을 따라가기도 했지만, 자신의 행동이 비겁하게 느껴져 중도에서 멈추곤 했다. 그녀가 향하는 방향이 숲 속에 있는 비형의 은둔처임을 알고 있었다.

어느 날 밤, 그는 그녀를 끝까지 따라가 보았다. 자신의 눈으로 꼭 확인해 보고 싶었던 것이다. 그녀가 이미 모습을 감춘 그 달빛 깔린 길을 그는 천천히 말을 몰아갔다. 그 길은 잘 알고 있었다. 환상적인 은빛으로 길을 비추는 환한 달이 있어 밤은 아주 밝았다.

말에서 내린 그는 나무에 말을 묶어 두고 조용히 걸어갔다. 달이 사방의 숲을 환히 밝혔고 바람이 풀과 나뭇잎을 흔들었다. 한순간 그는 자신이 걸어도, 걸어도 아무데도 닿지 않을 것 같은 느낌이 들었다. 달빛을 받은 그는 몽유병자 같은 꿈꾸는 표정으로 걸어갔다.

그는 오두막 문을 조금 열어 보았다. 침상 위에서 그들은 잠들어 있었다. 그녀는 머리카락을 연인의 가슴에 온통 흐트러트린 채 자고 있었다. 희미한 달빛 아래 그들의 육체는 하얀 꽃처럼 활짝 피어나 있었다.

그는 그들의 모습을 보고 몸을 떨었다. 다른 남자의 가슴팍에서 잠든 그녀 모습이 더할 나위 없이 아름다워 보였다. 마치 영원히 손에 닿지 않을 천 길 낭떠러지 위에서 달빛을 받고 활짝 핀 꽃 같았다.

그녀가 자신의 품에서 잠들었을 때도 저토록 아름다웠던가, 하고 그는 생각했다. 역시 그 자신이 생각했던 만큼 두 사람의 관계는 심각했다. 그들의 모습은 오랫동안 서로를 안 연인들 특유의 거리낌 없음이 담겨 있었다. 그저 한여름 밤에 만나 밀회를 나눈 연인들이 아닌, 영혼과 육체가 함께 결합된 모습이었다. 그들은 단순히 육체적 욕망을 충족시키기 위해 만나는 것이 아니라, 사랑하는 사람과 하나가 되기 위해서였다.

그는 오두막 문을 밀고 돌아섰다. 두 다리가 공중에 떠있는 느낌이었다. 말을 묶어 둔 곳까지 걸어오며 그는 이 상황을 어떻게 할까 궁리했다. 그가 당황하고 질투한 것은 그들의 영혼의 결합이었다. 그날 밤 부터 사흘 동안 그는 자리에 누운 채 앓았다.

공주는 그 병의 원인을 알고 있었으므로, 자리를 뜨지 않고 손수 간호했다. 그녀의 다정한 보살핌에 감동한 그는 그녀가 사랑을 반이라도 나눠 주기를 바랐다. 그 반의 사랑을 받기 위해서라도 그 일은 모른 체 두어야겠다고 마음먹었다. 그는 친구와 아내, 둘 중 어느 누구도 잃고 싶지 않았다.

궁중의 여러 사람들 역시 두 사람의 일에 모른 척 하고 있었다. 정작 공주는 가책을 느끼지도 않았고 굳이 감추려고 하지도 않았다. 오히려 자신에게 떳떳했다. 그녀는 자신이 그를 사랑하는 만큼, 자신 역시 열렬히 사랑받고 있다는 사실을 확인하고 싶었다.

하지만 비형은 그녀처럼 떳떳할 수 없었다. 운정을 볼 때마다 더 심한 양심의 가책을 느꼈다. 또 자신의 고귀한 연인이 받게 될 비난, 잃어버릴지 모를 명예 때문에 두려워했다.

십수 년 만에 돌아오면서 다졌던 각오, 그녀에게 순수하게 우정과 충성을 바칠 것이라던 그 다짐은 말짱 헛것이 되고 말았다. 그녀가 자신에게 순수한 우정, 충성 그것만을 원했다면 가능했을 것인가, 아니었다. 함께 있으면 그는 더 가까이 그녀의 숨결을 느끼고 싶었다. 어느덧 그의 손은 그녀의 손을 잡고 시선은 그녀의 모습에 고정되어 있었다.

세 사람의 미묘한 관계를 눈치 챈 알천이 자신의 집에 비형을 초대했다. 그 자리에는 알천의 여동생 이주가 아름답게 치장한 모습으로 참석했다. 알천이 비형에게 거푸 술을 권하며 말했다.

"이만하면 미색 아닌가? 자네도 이제 아내를 맞는 것이 좋을 것 같네."

비형은 대답 없이 웃기만 했다. 그 자리에서 낯선 비형을 처음 대할 때부터 깊은 인상을 받은 이주는 그가 웃자 자신에게 호의를 보이는 것이라 생각했다. 여러 여자들이 그의 매력에 쉽게 홀렸던 것처럼 이주 역시 만찬이 끝나기도 전에 반해 버렸다. 그녀의 안색을 본 비형이 알천에게 말했다. 물론 이주도 들으라고 한 소리였다.

"나는 오랫동안 수행자 생활을 했던 터라, 결혼하고 가족을 꾸리는 세속적인 삶에는 관심이 없다네. 나는 오직 한 분에게만 충성할 것이고 그 분을 위해 살 것이니."

술자리는 밤늦도록 계속되었다. 돌아가려는 비형을 잡고 알천이 묵을 곳을 마련해 주었다. 그가 침상에 들었을 때 누군가 문을 열고 들어섰다. 이주였다. 그녀가 고개를 숙여 인사하더니 말했다.

"비형랑, 당신은 선대왕의 자제이시며 어느 장군 못지 않은 훌륭한 신기를 지닌 분입니다. 그리고 세상의 단 한 분을 제하고는 누구도 당신의 사랑을 받을 수 없다는 것도 잘 알고 있습니다. 그 분이 바로 덕만 공주라는 것도. 하지만 이대로라면 오히려 당신은 그 분을 영원히 잃게 될 것입니다. 차라리 저를 택하신다면 그 분과 명예를 잃지 않고 행복도 얻을 것이에요."

매우 입장이 곤란해진 비형은 솔직하게 말했다.

"내가 이 나라에 돌아온 것은 그녀를 지키기 위해서요. 옳건, 그르건 나는 오직 그녀를 위해 살 것입니다. 다른 이들에게 비난을 받는다 해도 그녀를 위해 살고, 그녀의 사랑을 받는다면 부족할 것이 없소. 나의 죄와 비열함이 큰 불행을 초래한다 해도 이젠 어쩔 수 없습니다. 내가 한때 추구했던 속된 모험과 쾌락, 그런 거라면 어느 때라도 추구할 수 있지만 그런 것에도 이젠 지쳤소."

이주는 그를 붙들기 위해 설득도 하고 눈물도 흘렸다. 하지만 비형은 자리를 털고 떠나버렸다. 그렇지만 그 후에도 알천은 자주 집으로 비형을 데리고 갔고 그들의 자리에는 항상 이주가 동석하였다. 비형도 그녀에게 전혀 마음이 움직이지 않은 바는 아니었지만, 지위 높은 귀족의 딸이라 냉정할 수도 없고 함부로 할 수도 없어

162

난처했다.

그가 발길을 끊자 상사병이 든 이주의 건강은 점점 쇠약해졌다. 그녀는 결코 그를 단념할 수 없었고, 다른 남자와 산다는 것은 더욱 더 생각할 수도 없었다. 마침내 이주는 집을 나와 어느 사찰로 들어가 비구니가 되어 버렸다. 그 가련한 처녀의 이야기는 공주의 귀까지 흘러들었다. 두 사람 사이에 무슨 일이 있었을 거라고 짐작한 공주는 비형을 불러 책망했다. 두 사람은 그 일로 심하게 다투었다.

"여자들을 울리고 그 신세를 망쳐 놓는 버릇은 여전하군. 그대의 그런 행동이 나를 모욕하는 것이라는 걸 모르는가? 그대는 더 내 곁에 있을 자격이 없어."

"천하의 당신도 사람의 질투심에서 비롯되는 어리석음만은 할 수 없군."

그녀의 현명함으로 자신의 마음을 알아주기를 바랐던 그는 질투 때문에 제대로 앞뒤를 분간하지도 않고 화를 내는 그녀의 행동에 실망했다. 그도 그녀 곁을 박차고 뛰어나와 버렸다. 곧 그의 거처를 아는 사람은 아무도 없었다. 다시 산천을 방랑하기 시작한 그는 그녀에 대해서는 다시 생각을 않기로 결심했다. 일정한 방향도 없이 떠돌던 그는 깊은 숲 암자에서 고승을 만났다. 고승이 물었다.

"그대는 뭔가를 간절히 원하는 것 같은데, 소원이 뭔가?"

"이 세상에서 떠나기를 원할 때는 어느 때고 떠나는 것입니다."

"그대가 육신의 죽음을 원한다면 그것은 이루어 질 것이네. 또 그대의 혼은 다시 생명을 찾게 되리니."

그러자 비형은 무릎을 꿇고 자신의 일생과 공주와의 관계에 대해 털어 놓았다. 또 그는 덧붙였다.

"그녀를 사랑할 수밖에 없는 제가 죄인입니다. 그래도 저의 진실만은 그녀가 알아주기를 바랐습니다."

"그 진실은 그녀도 알고 있을 것이네. 그렇지만 이제 그대는 더이상 공주를 만나지 않아야 할 것이오, 그리 맹세를 않는다면 모두에게 파멸이 닥쳐올 것이오. 또 공주에게는 왕운이 따르나 그대가 있음으로 해서 깊은 불운이 드리워질 지도 모르니……."

비형은 그녀와의 관계를 일체 끊어버리겠다고 고승 앞에서 굳게 다짐하였다. 고승이 말했다.

"그대의 마음과 행동이 일치하도록 항상 유념하여야 하네."

그렇지만 시간이 지날수록 그의 화는 가라앉았고 연인이 그리워지기 시작했다. 고승에게 한 맹세는 까맣게 잊은 채 그는 연인과 화해하고 싶었다. 또한 공주 역시 사사로운 다툼을 뉘우치며 그를 간절히 생각했다. 그들의 마음은 서로를 부르며 전해졌다. 비형의 발길은 어느새 궁을 향해 돌려졌다. 발길을 돌리기 바쁘게 그는 급히 말을 채찍질하여 바람처럼 달려가기 시작했다.

진평왕 46년, 10월.

백제(무왕)가 크게 군사를 일으켜 침입하였다. 백제군은 군사를 나누어 신라의 속함, 앵잠, 기잠, 봉잠, 기현, 혈책의 6성을 포위하고 공격했다. 진평왕이 상주, 하주와 귀당, 법당, 서당의 5군을 명하여 구원케 하였다. 대왕의 사위인 운정도 군을 지휘하러 나섰다. 그 전장에는 운정을 따라 비형도 참가하게 되어 있었다.

전장에 나가기 전 날 밤, 공주가 비형을 불렀다. 그녀는 비단 보

164

자기에 싸인 갑주를 그에게 주었다. 그녀의 얼굴은 창백하고 불안해 보였다. 그의 손을 잡은 그녀의 손은 떨리고 있었다. 그녀는 그 손을 놓지 않고 말했다.

"나는 그대를 피비린내 나는 싸움터 한가운데 보내고 싶지 않아요. 뭔가 아주 불길한 기분이 들어요. 가끔 내 좋은 예감이 들어맞았듯 나쁜 예감도 맞을 수가 있는 겁니다. 너무 암담합니다. 그 무자비하고 처참한 살육터 한가운데 그대들을 내보내야 하다니…… 적의 말발굽 아래 그대가 짓밟히는 것을 볼 순 없어요."

"당신답지 않습니다. 신라의 신하가 전쟁에 나가는 것은 당연합니다. 대왕이 명을 주었는데 죽을까봐 두려워 전장에 나가지 않는 자는 이제껏 본 적이 없습니다. 적어도 겁쟁이 소리는 듣지 않을 것입니다."

그러자 그녀는 빈정거리는 듯 묘한 웃음을 지었다.

"그대가 전장에서 죽을 사람이 아니란 건 내가 더 잘 알아요. 그대는 어차피 사람들에게도, 전쟁의 승패에도 관심이 없는 자 아니었던가요? 그렇지만 전장이란 곳은 알 수 없는 곳이니 꼭 살아서 돌아오도록 하시오."

"당신이 이 전장에서 죽으라고 한다면 내 기꺼이 죽으리다. 여태껏 누군가를 위해서 죽어야겠다고 생각한 적은 없었지만, 당신의 뜻이라면 기꺼이 그럴 수 있을 것이오. 나 자신의 죽음이 두렵지는 않소. 오래 전부터 나는 죽음을 두려워하지는 않게 되었소. 너무 많은 죽음을 봤기 때문입니다. 내가 죽음이 두려운 것은 바로 당신 때문이오. 난 전쟁터에 나가기 위해 돌아 온 것이 아니라, 당신 옆에 있기 위해 돌아온 것이오. 그러니 전장의 시체가 된 꼴을 당신에게 보이는 일은 결코 없을 겁니다. 당신의 뜻이라면 악착같이 살아남겠소."

"살아오겠다고 맹세해야 하오."

"맹세하리다."

그녀는 그의 목을 껴안고 그 가슴에 얼굴을 묻었다.

"하지만 인간의 의지가 운명을 이기지 못할 때도 있지요. 비형, 부탁이 있어요."

"당신의 부탁이라면 뭐든 지 다하리다."

"운정을 부탁해요. 그는 그대와 달리 영리하지 못해요. 그는 아주 단순해요. 그는 결코 물러나는 법을 모르고 죽을 때까지 싸워야 한다고 믿고 있어요. 그는 패해서 살아 돌아오는 자신의 모습을 상상도 못해요. 그가 무모한 죽음을 당하지 않도록 그대가 설득해 줘요. 그이는 바로 당신의 절친한 친구이기도 하니까."

"마마, 소신은 적을 베는 것 보다는 당신 남편의 안부에 신경을 쓸 것이니 심려 거두십시오. 마마의 명을 지키지 못 한다면 저 역시 죽을 것입니다."

그의 말은 진심이었지만 한편 빈정거리는 투였다. 자신의 품에 안긴 채 불안에 떠는 그녀가 애처로우면서도, 운정의 안위를 걱정하는 모습이 못 마땅하기도 했다. 그는 그녀에게 운정을 사랑하는 지 묻고 싶었다. 이 순간 진정 그는 그녀가 누구의 안위를 더 걱정하는 지 궁금하였다. 하지만 그녀의 동공은 뭔가 두려운 것을 보는 듯 커다랗게 열려 있었고, 입술은 보랏빛으로 질려 있었다. 그 모습을 보자 오히려 그는 자신의 마음이 좁음에 죄책감을 느꼈다.

그녀가 그토록 두려워하는 것을 본 것은 처음이었다. 자신이 떠나려할 때도 두려운 듯 떨었었지만 이 정도는 아니었다. 그녀는 예감이나 예시로 앞날을 잘 짚어낼 때가 있었다. 그렇다면 좋지 못한 일이 그들 앞을 기다리고 있는 것은 분명했다. 더군다나 전장으로 떠나는 길에 불운이라면, 이 암운을 헤쳐 나오는 것이 우선 자신의 임무이리라.

"어떤 전쟁이든, 어떤 이유든 전쟁터는 사람을 죽이고 죽으러 가는 곳이에요. 그대들이 그런 곳으로 떠나는데 내가 마음이 편할 리 없지 않아요? 또 운정은 늘 내 손을 잡아 줬고 한 번도 날 두고 떠난 적이 없는 사람이에요."

무릎을 꿇은 그가 자신의 여 군주에게 충심으로 맹세했다.

"마마, 운정을 잘 보살피겠습니다. 운정을 데리고 함께 무사히 귀환하겠으니 심려 거두십시오. 내 충성도, 당신의 아름다움도 영원할 것이니."

그녀는 칼을 들어 자신의 머리칼 한 타래를 잘랐다. 머리카락을 명주실로 묶은 그녀는 그것을 비단 주머니에 넣어 그에게 주었다. 그는 변하지 않는 그녀 몸의 일부를 몸 깊숙한 곳에 소중이 간직했다.

진평왕의 명을 받든 5군이 속함에 도착했다. 5군 모두 펄럭이는 대 신라의 깃발을 높이 들었다. 장수와 군사들은 번쩍이게 닦은 방패와 창을 앞세우고, 백제군을 섬멸하겠다는 용감한 기백으로 달려왔다. 그러나 와서 본즉, 백제군은 신라군을 능가할 정도로 수가 압도적이었고 군진 또한 당당했다. 한 치의 흐트러짐 없이 잘 정렬된 빽빽한 백제 군사들은 사기가 대단했다. 막상 백제와 마주 보고 대치하자, 신라군은 달려올 때의 우렁찬 기세가 꺾였다. 신라 장수들은 서성대기만 할 뿐, 아무도 감히 먼저 나아가지 못했다.

한 장수가 의견을 내었다.

"대왕께서 5군을 여러 장수들에게 맡겼으니, 나라의 존망이 오늘이 싸움에 있소. 병가의 말에 '가능한 것을 볼 때는 나아가고, 어려움을 알 때는 물러선다'고 하지 않았는가? 지금 강적이 앞에 있다. 그런데 좋은 묘책도 없이 앞에 나갔다가 만의 하나라도 여의치 못한 일이 있다면, 뉘우쳐도 아무 소용없을 것이오."

다른 장군들도 모두 그의 의견이 맞다며 고개를 끄덕였다.

다른 장수가 말했다.

"장군의 말도 옳소. 하지만 이왕에 왕명을 받아 군사를 출동하였는데 돌아갈 수는 없는 노릇 아니겠소."

그들의 말을 듣고 운정은 속에 불이 치밀었다.

"신하가 되어서는 충성이 제일 아닌가? 위태로움을 당하자 변명하며 왕의 뜻을 어기는가? 싸워 보지도 않고 뒤로 물러선다는 것은 말이 되지 않소."

비형 또한 운정의 말을 옳게 여겼다. 백제군의 세력이 수적으로 우세한데다 당당했다. 싸움의 승산이 없음을 그는 한 눈에 알아보았다. 그렇다고 한번 싸워 보지도 않고 물러설 기회를 찾는 장수들의 안이한 태도에는 짙은 혐오감을 느꼈다.

"운정의 말이 옳소이다."

그 둘이 확고부동한 자세를 취하자, 다른 장수들은 더 이상 다른 의견을 말하지 못했다. 자신들의 막사로 돌아오는 도중 운정이 말했다.

"그대도 알다시피, 우리는 적들과 싸우다 장렬히 전사하여 그 이름을 찬란히 남기고 있는 귀산과 추항, 찬덕과 해론 부자의 이야기를 알고 있지 않은가? 대왕은 통곡하며 그들을 추모했고 모든 이가 애도했다네. 나 또한 눈물을 흘리며 그들의 영웅적인 행적을 흠모해 왔네. 난 이 전쟁에서 기필코 장렬히 싸워 이름을 얻고야 말겠네. 나는 패배하여 살아서 부끄럽게 돌아가느니 차라리 용맹이 싸우다 죽어 후세에 이름을 남길 거네. 난 진정 부끄러운 삶보다는 명예로운 죽음을 택하겠네."

운정, 그가 적진에 들어간다면 죽기 전에는 결코 나오지 않을 것처럼 보였다. 비형은 죽음의 그림자를 등에 진 운정의 모습을 보았다. 그가 곧 자신의 군사만으로 적진에 뛰어갈 기세를 보이자, 비형이 누그러뜨리려 달랬다.

"지금의 여러 장수들이 어찌 다 살려고만 하고 죽기를 두려워하는 무리들이겠나? 장차 적의 틈을 보아 유리함을 얻고자 함이니, 함께 힘을 도모하여야 하네. 그대만 혼자서 뛰어나간다면 불가능하지 않겠나?"

그러자 운정이 대꾸했다.

"전쟁에서 나아감이 있고 물러섬이 없는 것은 일찍이 말씀하신 원광법사의 도요, 장부가 일을 당하면 스스로 결정할 것이니, 어찌 여러 사람이 하는 대로 따를까?"

하고 그가 자신의 무리를 끌고 적진으로 나갔으므로 비형도 따라갔다. 운정은 죽는 것을 겁내지 않았으므로 용감하게 돌진해갔다. 창을 휘두르며 달려가는 곳에 길이 만들어졌다. 돌진하며 창을 휘두를 때마다 낫으로 곡식을 베듯 적병들이 무너졌다.

적들은 그들에게 잠시 길을 내주었다. 운정은 매우 용맹했다. 그렇지만 그가 마음 놓고 싸우면서도 죽지 않았던 것은 비형의 덕이었다. 운정에게 다가오거나 공격하려는 적은 먼저 비형이 처리했기 때문이었다. 비형은 겹겹이 밀려드는 적들 틈에서 운정을 보호하느라 금방 심신이 피로해졌다. 소수의 군사로 밀려드는 대군을 감당할 수는 없었다.

그들을 따라온 군사는 이미 죽거나 도망간 이가 태반이었다. 날아온 화살들이 그들의 투구를 맞고 떨어졌다. 화살이 투구에 맞자 마치 쇠망치로 치는 것 같은 소리가 울렸다. 골이 흔들리자 몸도 중심을 잃었다. 그 순간 적의 창이 재빨리 운정의 어깨를 찔렀다. 자신의 피가 눈 속으로 튀었는지 운정은 손등으로 눈을 닦았다. 비형은 긴 칼을 휘두르며 중심을 잃은 운정을 보호했다. 그는 친구를 끌고 적진에서 사력을 다해 도주하기 시작했다. 앞을 막는 적들을 닥치는 대로 베었다. 타고난 날램을 도망에 주력한 그는 간신히 운정을 데리고 사지에서 빠져 나올 수 있었다.

밤 하늘은 어슴푸레한 별빛 한 점 없이 캄캄했다. 군사들에게 청승까지 보태 주려 비까지 부슬부슬 뿌리기 시작했다. 무수한 깃발과 그 깃발의 그림자들이 비에 젖으며 을씨년스럽게 떨고 있었다. 그 깃발들 위로는 오직 저 막막한 검은 하늘이 있고 주위에는 적들이 에워싸고 있을 따름이었다.

아군, 적군 할 것 없이 휴식하는 지 낌새는 고요했다. 하지만 비형은 좀처럼 잠을 이룰 수 없었다. 검은 밤, 소리 없는 비, 그 고요한 어두움은 마치 폭풍 전 고요한 호수를 보는 듯 괴이한 불안함을 주었다. 그리고 차츰 그의 귀에는 들리기 시작했다. 고요한 어둠 속에서 죽은 자들이 산 자를 목말라하며 부르는 그 음산한 외침들을. '너도 곧 우리처럼 영원한 어둠의 일부가 될 것이다⋯⋯. 친구여, 너희의 운명은 삶보다는 그렇듯 죽음에 가까이 있으니⋯⋯.'

누군가 음울하게 그들의 앞날을 예고하고 있었다.

비형과 운정은 투구를 벗고 갑옷은 입은 채 성벽 쪽을 바라보며 앉아 있었다. 그들의 산발한 머리는 바람에 절로 빗질하도록 두었고 몸은 비에 목욕하는 듯 보였다. 낮의 부상으로 운정은 피를 많이 흘렸고 기력이 빠져 있었다. 그는 매우 낙심해 있었다.

"몸이 무거워 보이는데 갑옷을 벗고 좀 쉬게나."

"그대 눈엔 그렇게 보이는가? 전장에서 싸우는 이가 갑옷이 무거워지면 끝장이지. 난 갑옷을 벗지 않겠네. 우리 군이 약한데다 다른 장수들은 여전히 비협조적이지. 그게 문제란 말이야. 두렵네, 비형. 우리가 이대로 패해서 돌아간다면 무슨 낯으로 대왕과 공주를 뵌단 말인가?"

"운정, 그대 혼자 짐을 다 지려 하지 말게. 공주께서는 다른 누구보다 그대가 무사히 귀환하기를 바라시네. 그대 같은 귀한 이가 단지 적 몇 명을 더 죽이기 위해 몸을 던진다면 나라의 큰 손실이며 또 왕실의 슬픔 아닌가? 부디 귀한 몸을 아껴야 하네."

"비형, 그대 역시 명예가 소중하지 않은가?"

"난 모른다네. 난 한 번도 그대처럼 부귀나 명예에 집착한 적도 없고 신의를 중요하게 여긴 적도 없으니까. 하지만 나를 위해서 나의 소중한 이들을 지킬 힘은 키우고 싶었지. 내가 이 승산 없는 싸움에서 피를 흘리는 건 오로지 공주께서 자네를 내게 부탁했기 때문이네."

"내 그대에게 미리 말하겠네. 내가 목숨을 잃는다 해도 그건 내가 원한 일이니 그대가 울 필요는 없네. 나는 내가 서있을 힘이 있는 동안 내가 할 수 있는 최선을 다하겠네. 나에게 창을 휘두를 힘이 있는 동안 전력을 다해 싸울 것이네."

비형은 낮의 싸움이 너무 피곤하여 잠깐 졸았다. 그가 졸자 운정도 따라 졸기 시작했다. 벌써 새벽인지 희뿌연 안개 같은 여명이 어리는 듯 하였다. 성루에 고양이처럼 기척도 없는 군사들이 어른거리고 있었다.

비형이 번쩍 눈을 떴다. 산야에서 홀로 자며 짐승과 새의 날갯짓에도 민감하게 훈련된 탓이었다. 백제군은 캄캄한 밤을 타서 몰래 부복하여 오다가, 성루에 구름사다리를 걸치고 올라 온 것이었다.

비형이 운정을 흔들어 깨웠다. 그들이 신호를 주며 성안 군사들을 깨웠다. 하지만 신라 군사는 크게 놀라 엎어지고 자빠지며 정신을 차리지 못했다. 틈을 봐서 물러갈 생각만 하던 장수들도 마찬가지였다. 성으로 올라오던 백제 군사들은 그 혼란을 틈타 덤벼들었다. 백제군의 공격은 마치 격류가 밀려들어오는 듯 했다.

운정과 비형은 말 위로 뛰어 올랐다. 비형이 그와 함께 말 위로 오른 것은 우선 위기를 모면하기 위함이었다. 그런데 운정은 그게 아니었다. 비형을 따라 달리던 운정은 갑자기 말머리를 돌렸다. 피하기는커녕 오는 적을 향해 공격하러 가는 것이 아닌가. 어두워 이편 저 편도 확실하지 않은 상황이었다. 그 속에서 서로 죽고 죽이며 비명이 난무하는, 그야말로 지옥 같은 아비규환이 벌어지고 있었다. 비형이 운정을 막으며 말했다.

"지금 적이 어둠 속에서 설치고 있으니 서로 지척을 분간할 수 없다. 그대가 죽는다 해도 아무도 알 사람이 없지 않은가? 더구나 그대는 대왕의 사위 아닌가? 적의 손에 죽는다면 백제의 자랑거리니 우리에겐 수치스런 일이 될 것이다."

운정은 몸을 곧게 세우고 피할 기색이 없었다.

"난 이미 나라에 몸을 바쳤다. 알 사람이 없다 해도 상관없네. 내가 죽는 것은 명예 때문이 아니다."

그러자 마침내 비형도 칼을 빼들며 외쳤다.

"이제 그대에게도, 내게도 죽는 것밖엔 남지 않았다."

죽고 죽이는 쪽 모두 온 몸의 피가 끓어올랐다. 서로를 죽이는 잔인함을 비형은 즐기기 시작했다. 그 역시 자신이 본질적으로 야만적이고 잔학성을 지닌 인간임을 알고 있었다. 수십여 명의 적이 그들을 에워싸며 덤볐다. 운정과 비형이 싸워 여러 명을 죽여도 적의 수는 끊임없이 불어나고 있었다. 말들 역시 화살과 창에 찔려 넘어지며 요란한 비명을 질러댔다.

날아다니던 화살 한 대가 우연히 고개를 돌리던 비형의 오른쪽 눈에 박혔다. 이를 악문 그가 눈알 채 화살을 뽑아서 공중에 내던졌다. 그렇듯 그는 자신의 불타오르는 고통마저 즐겼다. 움푹 팬 눈구멍에서 피가 콸콸거리듯 흘러나오고 있었다. 고개를 숙인 그가 옷소매로 얼굴을 닦았다. 그 순간, 적의 창 하나가 재빨리 운정의 가슴을 꿰뚫었다. 창은 그 갑옷을 뚫고 갈비뼈 틈 사이를 지나 등 밖으로 튀어 나갔다.

운정은 자신의 말 목을 껴안고 무너지듯 엎어졌다. 그러자 비형이 몸을 날려 운정의 말 위로 뛰어 올랐다. 비형은 자신이 직접 말고삐를 잡고 칼로 적들을 위협하며 빠져나가기 시작했다. 그리고 그는 중얼거리고 있었다.

"하늘이시여, 제발 부탁입니다. 제 목숨 따위는 어찌되든 상관없습니다. 부디 운정을 무사하게 해 주십시오……."

얼마나 달렸는지 몰랐다.

뿌옇게 밝아오는 대기 속으로 푸른 숲이 가볍게 떠오르고 있었다. 비형과 말, 둘 다 몹시 피로했다. 몸은 물먹은 솜처럼 무거웠고, 상처 입은 눈과 머리는 불타는 듯 화끈거렸다. 말의 피로를 덜어 주기 위해 그가 먼저 말에서 내렸다. 그는 비틀거리면서 정신을 잃지 않으려 안간힘을 썼다. 송림이 우거진 구릉으로 그는 말을 끌고 올라갔다. 가물거리는 한 쪽 눈 안으로도 구릉 아래 넘실거리는 바닷물이 보였다. 그 모든 것이 빗속에서 악몽을 꾸며 파도 소리를 듣고 있는 듯 환각적으로 느껴졌다. 이 밤이 새면 동이 트고 길이 트이듯, 어렴풋이 밝아오는 전망 그 어디쯤에 구원의 손길이 뻗쳐 올 것인가.

그는 운정을 끌어내렸다. 정신을 잃은 그는 숨이 넘어가기 직전인 듯 그르릉거리는 거친 숨을 내뿜고 있었다. 비형은 그의 뺨을 쳐서 정신이 들게 했다.

"운정, 정신 차려! 죽으면 안 된단 말야!"

정신을 차린 운정은 눈을 가느다랗게 뜬 채 그를 보았다.

"고맙네, 난 그대를 진정으로…… 좋아했어……."

그가 말을 할 때마다 입과 코에서는 피가 울컥거리며 튀어나왔다.

"부탁이니 날 위해서 제발 살아다오. 내 피를 얼마든 지 줄 테니 죽지 마. 네가 살아날 수만 있다면 내 팔, 다리라도 다 잘라 주겠다."

칼로 자신의 팔을 그은 비형은 흐르는 피를 그의 입 속에 떨어트렸다. 감기던 눈을 애써 뜨던 운정은 뭐라고 들리지 않는 말을 웅얼거렸다. 그러다 다시 정신을 잃었다. 고개를 푹 옆으로 꺾은 그는 다시 눈을 뜰 것 같지 않았다. 그 가슴에 엎드린 비형이 오열하며 소리 질렀다.

"죽으려면 같이 죽자."

눈물로 앞이 흐려졌다. 그 역시 금방이라도 정신을 잃을 것 같았다. 그는 남은 힘을 모아 친구의 가슴에 박힌 창을 뽑았다. 운정의 갑옷 속에는 피가 흥건히 고여 있었다. 비형 역시 마찬가지였다. 그의 몸에도 사냥꾼들에게 몰린 짐승처럼 여러 개의 화살이 꽂혀 있었다. 그는 자신의 갑옷에 꽂혀 있던 화살을 하나씩 뽑아 던져 버렸다. 그리고 친구의 몸에 엎드린 채 까마득한 심연 속으로 떨어졌다.

가만히 앉아 있어도 슬픔이 걷잡을 수 없어서 눈물이 흘러 나왔다. 오장육부가 통증으로 떨렸다. 누군가 가까운 이들이 죽어갈 때마다 느껴지던 고통이었다. 바람이 불 때마다, 꽃잎이 흩어져 날릴 때마다 그녀의 통증은 심해졌다.

사랑하는 이를 전장에 보낸 여자들 마음은 모두 이럴까. 이 나라의 모든 여인들은 이 고통을 어떻게 참고 견딜까. 그녀는 시녀들에게 명했다.

"매우 피로하구나, 깊이 잠들 것이니…… 아무도 나를 깨워서는 안 된다……."

그녀는 오랜 시간 깊은 잠 속으로 빠져 들어갔다. 죽음 같은 깊은 잠과 꿈. 그 꿈속을 부유하던 그녀의 넋이 스르르 그녀 몸을 빠져 나갔다. 넋이 어두운 대기 속으로 날아올랐다.

그녀는 군사들이 서로를 살육하다 처참하게 나동그라진 전장 한 가운데서 서성거리고 있었다. 그녀가 흰 옷자락을 끌며 지나는 길은 낭자한 선혈이 괴어 있고 병사들의 사지와 내장이 흐트러져 있었다.

그녀는 누워 있거나 엎어진 군사들의 얼굴을 하나, 하나씩 바라보며 지나갔다. 그들은 모두 눈을 크게 뜬 채 일그러진 모습으로 그녀를 노려보았다. 모두 죽은 채 어둠 속에 고요히 묻혀 있었고 산 자는 아무도 없었다. 성루에 있던 고양이 한 마리가 그녀를 보고 가늘게 울었다.

그는 혼수상태에서 신음하고 비명을 질렀다. 쇠갈퀴에 할퀸 듯 뜯겨나가고 만신창이가 된 몸은 혼절 상태에서도 아픈 감각만은 잃지 않았다. 소나무 아래 습기 찬 풀밭에 누워 있던 그는 한기에 떨다 한 쪽 눈을 떴다. 눈을 뜨자 그 발치에 뿌옇게 서있는 여인의 모습이 보였다. 그는 자신이 꿈을 꾸거나 고통에 미쳐 환영을 보고 있는 것 같았다.

"우리의 인연이 이것으로 끝인가요? 아직 더 사랑해야 하는 것 아닌가요?"

그를 보는 그녀의 얼굴은 슬픔에 젖어 있었다. 처연한 그 모습이 어둠 속에서 홀로 빛을 발하는 백의관음 같았다. 금세 그녀의 형체가 엷어져 갔다. 그 모습이 완전히 사라지자 그는 다시 정신을 잃었다.

다시 정신을 차렸을 때는 소나기가 주룩주룩 쏟아지고 있었다. 그는 옆에 누운 운정의 시체를 껴안았다. 빗속에 싸늘하게 식은 그 시신을 그는 어깨에 들쳐 맸다. 주변을 서성거리던 말이 비형이 부르자 달려왔다. 말 위에 운정을 얹은 그가 끈으로 묶었다. 그런 다음, 그는 채찍을 휘둘러 말이 달리도록 했다.

퍼붓는 비가 그의 상처와 뱃가죽을 훑었다. 바다의 파도 소리가 무겁고 음산했다. 흡사 원한 맺힌 귀신들의 울부짖음 같았다. 저편 구렁에서 죽음의 사자가 언뜻 모습을 나타냈다. 사자는 냉랭한 표정으로 그를 향해 넓은 옷소매를 치켜들었다. 천 년, 만 년토록 변치 않을 것만 같은 푸름을 지닌 솔가지들이 그의 머리 위로 축축 늘어져 닿았다. 그가 사자에게 외쳤다.

"오! 내 그대를 환영하노라! 어서 오라, 차라리 행복을 가져다 줄 그대, 어서 이 비통함을 치유하고 진정시켜 다오. 그대 죽음이여!"

헛손질을 하던 그가 소나무 둥치를 껴안은 채 비스듬히 쓰러졌다. 그는 몽롱한 의식 속으로 잠자듯 가라앉으며 허둥거렸다.

한편, 백제는 그 성들을 공격하는데 더욱 빠르게 밀어붙였다. 속함, 기잠, 용책의 세 성이 순식간에 패멸되거나 항복하였다. 5군의 장수는 말에 실려 온 운정의 시체를 들고 돌아가 버렸다.

나머지 세 성, 즉 앵잠, 봉잠, 기현을 굳게 지키고 있던 눌최는 5군이 구원하지도 않고 돌아갔다는 말을 듣고 비분강개하여 눈물을 흘렸다.

눌최가 군사들에게 일렀다.

"화사한 봄날에는 초목이 다 빛나지만, 한겨울이 되어서는 송백이 홀로 남아 있다가 나중에 퇴색하는 것이다. 지금 외로운 성이 구원은 없고 날마다 위급해지는 구나. 이제 지사와 의기남아가 절개를 다하여 이름을 날릴 때다. 너희들은 어찌할 것인가?"

군사들도 눈물을 뿌리며 그의 뜻을 따랐다.

"감히 목숨을 아끼지 않고, 오직 명령대로 따르겠습니다."

성이 장차 함락되려할 때 군사들은 거의 다 죽고 몇 사람 밖에 남지 않았다. 생존자 모두 결사적으로 싸웠고 구차스럽게 죽음을 면하려는 마음이 없었다. 눌최에게 한 명의 종이 있었는데 힘이 세고 활을 잘 쏘았다.

누가 일찍이 눌최에게 말하기를, "소인(小人)으로서 특이한 재주가 있는 자는 해되지 아니함이 드물다 하니, 이 종을 멀리 하여야 하오." 하였다.

그 때 눌최는 듣지 않았다. 그는 종을 아꼈고, 종 또한 자신을 알아주는 주인을 위해서라면 목숨을 버릴 각오가 되어 있었다. 이제 성이 함락되고 적이 들어오자, 그 종이 화살을 멘 채 활을 뻗치고 눌최 앞에서 쏘기 시작했다. 그 화살이 빗나가는 것이 없었으므로 적이 두려워하여 앞으로 다가오지 못했다. 그러자 한 적이 뒤로 돌아와서 도끼로 눌최를 쳐서 엎어뜨렸다. 주인을 보호하며 싸우던 종도 마침내 함께 죽었다. 진평왕은 후에 이 소식을 듣고 비통해하며 눌최에게 급찬 벼슬을 추증하였다. 이로써 그 6성은 모두 백제에게 빼앗기고 말았다.

"이 지상에서 그대의 운명은 다했고 해는 이미 저물었습니다……. 더 이상 탄식도 후회도 하지 않겠습니다. 지상에서의 생명은 눈 깜짝할 사이에 사라지는 법, 평화로운 곳에서 우린 다시 만나게 될 것입니다……. 그대 영혼이 도솔천으로 올라가 천손들과 함께 만나기를 기원 드리나이다……."

공주는 운정의 장례 때 새의 깃털을 함께 묻어 주었다. 그녀는 운정과 매를 하늘에 날리던 일을 떠올렸다. 그 영혼이 하늘로 날아가기를 바라며 무덤 속에도 천상의 세계를 조각해 주었다.

운정의 장례를 치른 후 그녀는 오랫동안 자리에 누워 있었다. 그녀는 남편이며 진실한 벗을 잃었고 장차 나라의 큰일을 상의할 신하를 잃었다. 기력이 쇠잔해졌고 쓸쓸하여 거동하기가 힘들었다. 간간이 기운이 회복될 때면 그녀는 영흥사로 가서 그들을 위한 제를 올렸다.

49제가 끝나고 기운도 어느 정도 회복되자 그녀는 의아한 마음이 들었다. 비형은 이 세상에 있는 것일까. 그녀는 오래도록 감을 잡기 위해 명상했다. 알 수 없었다. 이 세상이나 저 세상 어디에고 그의 소리는 들려오지 않았다. 그녀는 커다란 종이를 펼쳐 두고 붓으로 여러 지역의 지도를 그려 넣었다. 이 어느 곳에 그가 있을까, 아니면 그의 해골이라도 누워 있을까. 그녀는 뚫어져라 지도를 바라보며 감응이 오기를 기다렸지만 실패했다.

다음 날, 그녀는 남자 옷을 입고 시종 한 명만을 대동한 채 그를 찾아다니기 시작했다. 그녀는 자신의 본능을 믿었다. 자신의 예감이 연인에게로 인도해주기를 기대하며 헤매었지만 짙은 안개가 낀 길은 갈수록 막막했다. 그녀는 마음으로 그를 부르고 밤이 되자,

혼을 불러 그의 행방을 물었지만 소용없었다. 산 자도, 죽은 자도 아무도 그의 자취를 본 자가 없었다. 그렇지만 그녀 마음의 탐색은 결국 그녀를, 언젠가 비형이 만났던 고승의 암자까지 안내했다.

그녀를 알아본 고승이 말했다.

"더 찾지 마시오. 그는 당신을 만날 수 없습니다. 이미 이생에서 당신과 그의 연은 끝났으니 미련을 끊으시오. 운명은 제 갈 길을 가는 법이오."

그런 연유 때문에 틀림없이 찾을 수 있을 텐데 자신의 방법이 모두 통하지 않았다는 것을 깨달았다. 그녀의 가슴은 미어지는 듯 했다. 한줄기 찬바람이 얼굴을 스치자 그녀는 다시 정신을 차렸다. 허탈하게 말고삐를 돌린 그녀가 중얼거렸다.

"그래, 나 역시 이미 그대와의 인연이 끝났음을 알았으면서…… 미련을 끊지 못해서…… 무엇보다 그대가 나를 만나기를 원치 않으니 찾을 수 없지 않은가……. 난 할 일이 많아. 난 이 나라 백성들의 책임자야. 그러니 난 책임감이 있어야 해. 고구려 왕이 내 나라를 짓밟으러 오기 전에 나 역시 만반의 준비를 해야만 하거든……."

진평왕 47년 11월,

당에 사신을 보내 조공하고 호소했다. 고구려가 신라에서 당으로 통하는 길을 막고 또 자주 신라에 침입한다고 하였다.

백제 역시 사신을 당에 보내 명광개(광채 나는 금빛 갑옷)를 전하고, 고구려가 길을 막고 당에 내조하는 것을 허락하지 않는다고 호소

180

하였다.

이에 당 태종은 산기시랑 주자사를 시켜 조서를 가지고 고구려에 가서 서로 화해하도록 달랬다. 고구려 영류왕이 사과하는 글월을 보내며 두 나라와 화평하기를 청하였다.

진평왕 48년 8월,
백제가 주재성을 치니, 성주 동소가 거전하다가 죽었다.
진평왕 49년 7월,
백제 장군 사걸이 서변의 두 성을 빼앗고 남녀 300여 명을 사로잡아갔다. 무왕은 이 전에 신라가 빼앗은 토지를 회복하려고 군사를 크게 일으켜 웅진에 주둔하였다. 진평왕이 이를 듣고 사신을 당에 보내 위급을 고하자, 무왕이 듣고 그만 두었다.
그 해 8월, 무왕이 조카 복신을 당에 보내 조공하니 당의 태종이 말했다.
"백제는 왜 신라와 대대로 원수가 되어 서로 침범하는 거요?"
당 태종이 무왕에게 조서를 보냈다.
"거리가 멀고 험난하건만 그대의 충성이 지극하여 조공이 잇달고, 더욱이 그대의 지략을 생각하니 심히 기쁘오. 짐은 모두 승평무사 하도록 기대하고 있는 것이오. 신라 왕 김진평은 짐의 번신인데 그대가 군사를 내어 쉴새없이 친다고 들었소. 군사를 믿고 잔인한 일을 행하는 것은 짐이 바라는 바에 매우 어긋나는 일이오. 짐은 이미 왕의 조카 복신과 고구려와 신라의 사신에게 모두 다 화목할 것을 일러두었소. 그러니 왕은 반드시 그 전의 원망을 잊도록 하시오. 짐의 본뜻을 알아서, 가까운 나라끼리 정을 두터이하고 즉시 싸움을 그치도록 하시오."

무왕은 이에 사신을 보내 글월로써 사례하였다. 비록 겉으로는 당 태종의 명에 순종한다고 하였지만, 속으로는 서로 원수짐이 옛날과 마찬가지였다. 무왕은 결코 전쟁을 단념할 생각은 없었다.

그는 주먹을 쥐고 다시 다짐하는 것이었다.

"신라를 정복하는 것이야 말로 내가 해야 할 사명 아닌가."

김유신

김유신은 경주 사람인데, 그 12대조 수로는 금관가야의 시조였다. 그 수로왕의 자손이 금관가야를 계승하다가 9대 손 구해에 이르렀을 때였다. 법흥왕 19년, 금관가야 왕 김구해는 왕비와 세 아들 노종, 무덕, 무력과 함께 국고의 보물을 가지고 신라에 항복해 왔다. 법흥왕은 이들을 예로 대접하고 상등의 직위를 주고, 그 본국으로 식읍을 삼게 했다. 유신의 조부인 무력은 진흥왕 대에 이르러 큰 활약을 한 인물이었다. 백제 성왕이 대가야와 더불어 관산성을 공격했을 때, 김무력이 군사를 끌고 와서 교전함에 이르러 백제 성왕을 죽였다.

아버지 서현은 벼슬이 소판 대량주도독 안무대량주제군사에 이르렀다.

서현은 길에서 본 신라 왕족의 딸 만명에게 첫눈에 반했다. 서현이 시종에게 물었다.

"저 아씨가 누군지 아느냐?"

"갈문왕 입종의 아들인 숙흘종의 딸 만명 아씨옵니다."

그 말을 들은 서현은 만명이 더욱 탐났다. 서현은 가야 왕족이었으므로 신라 왕족과는 근본이 달랐다. 서현은 신라에서의 입지를 높이고 싶었는데, 신라 왕족은 성골, 진골 핏줄을 따져 자기들 혈족끼리만 근친결혼을 하며 가야 왕족은 거들떠보지도 않았다. 서현은 그 날 하루 종일 만명을 따라다니며 눈짓을 보냈다.

그러자 만명은 그의 모습이 보이지 않으면 고개를 두리번거리며 찾았다. 서현은 자신이 보이지 않으면 만명이 궁금해 한다는 것을 알았다. 그는 계속 만명을 따라가다가 어느 한 순간 모습을 감추었다. 잔뜩 궁금하고 한편 실망한 만명은 이리저리 길을 기웃거리고 다녔다.

한 골목 안을 들여다보자, 서현이 손을 흔들며 빨리 오라는 신호를 보냈다. 이제 숨바꼭질은 끝났다. 자신에게 달려온 만명을 품에 안은 서현은 말 위에 대뜸 태우고 달리기 시작했다. 서현은 만명을 자기 집으로 데려갔다. 그는 술과 음식을 차린 상으로 그녀를 대접했고 그들은 앞날을 기약했다. 그런데 서현이 만노군(충북 진천) 태수로 발령받자, 만명에게 의논했다.

"만노군으로 떠나야 하니 당신도 나와 같이 갑시다."

"그렇다면 저도 낭을 따라 갈 것이니, 준비를 해야겠습니다. 아무래도 부모님께 말씀드려야겠어요. 낭과 저는 이미 부부의 혼약을 맺고 한 몸이 되었으니 아버님도 더 이상 만류하지 못할 것입니다."

"나는 일정한 주소 없이 인연을 따라 행동하는데, 이름은 난승이라 한다."

유신이 그 말을 듣고 그가 비상한 사람인 것을 알고 절했다.

"저는 신라 사람입니다. 나라의 원수를 보니 마음이 아프고 근심되어, 여기 와서 하늘의 도움을 줄 이를 만나기를 바라고 있었습니다. 바라옵건대 어른께서는 저의 정성을 애달피 여기시어 방술을 가르쳐 주시옵소서."

노인은 그저 잠잠하게 그를 볼 뿐 말이 없었다. 유신은 눈물을 흘리며 간청했다. 그래도 노인은 꿈쩍 않았고, 유신은 그의 발아래 눈물을 흘리며 여섯, 일곱 차례 간청하였다. 그제야 노인이 입을 떼었다.

"그대는 아직 어린 데 삼국을 병합할 마음을 가졌으니 장한 일이 아닌가?"

노인은 비법을 전하며 일렀다.

"조심해서 함부로 전하지 말라. 천기를 일러 주는 것이니, 만일 불의한 일에 쓴다면 도리어 재앙을 받을 것이다."

말을 마치고 작별한 노인이 2리쯤 갔다. 유신이 문득 쫓아가 바라보니 보이지 않고, 그가 사라진 산 위에 오색찬란한 빛이 나타나 있을 뿐이었다.

유신의 나이 18세, 그가 화랑으로 있는 단체에 백석이란 낭도가 그를 유난히 따랐다. 백석은 어디서 왔는지 알 수 없었지만, 여러 해 동안 낭도의 무리에 속해 있으면서 유신을 따랐다. 이 때 유신은 고구려와 백제의 두 나라를 치려고 밤낮으로 깊은 고민을 하고 있었는데, 백석이 와서 고했다.

"낭이 저와 함께 먼저 적국에 가서 그들의 실정을 정탐해보는 것이 필요합니다. 적을 알고 일을 도모하는 것이 어떻겠습니까?"

유신은 기뻐하며 백석을 데리고 밤에 떠났다. 고개 위에서 쉬고 있는데 두 여인이 그를 따라왔다. 여자들이 먼저 접근했다.

"저희들끼리 여행하기가 적적한데, 두 낭과 동행이 된다면 기쁘겠습니다."

"우리 역시 아름다운 여인들과 동행한다면 즐거울 것이오."

여인들이 따라오는데 남자들이 싫을 리 없었다. 그들도 둘인데 여인들도 둘이니 짝을 이루어 더 좋았다. 그들은 금방 화기애애하게 잘 어울렸고 몸까지 뜨거워졌다. 의기투합이 된 그들은 골화천에 이르면, 각자 짝들과 자기로 약속하였다. 골화천(경북 영주)에 이르자 잘 곳을 찾았는데, 또 한 여자가 길에서 갑자기 나타났다. 유신은 잠깐 고민했다. 이리 되면 한 여자가 남게 되는 거 아닌가? 곧 그는 쉽게 생각했다. 두 여자를 그가 차지하면 되는 것이니까. 한창 나이라 두 여자 아닌, 세 여자 모두라도 그는 감당하고 남을 자신이 있었다. 여인들은 모두 비슷비슷하게 닮았으며 나긋나긋한 애교가 있었다.

세 여인은 백석을 슬슬 따돌리며 유신만 싸고돌았다. 그렇듯 세 여자들에게 둘러싸인 유신이 마냥 즐거워하자, 한 여인이 물었다.

"낭께서는 무슨 일로 어디로 떠나시는 길입니까?"

"그건 비밀이라 아무에게나 발설할 수 없소."

그러자 여인들은 맛있는 과자를 그에게 주었다. 유신이 과자를 먹자 마음으로 여인들을 믿게 되어 자기의 비밀을 말하였다. 여인들이 말했다.

"낭의 말씀은 알겠습니다. 원컨대 낭께서는 백석을 떼어 놓고 우리들과 함께 저 숲속으로 들어가시지요. 그러면 사실을 다시 말씀 드리겠습니다."

백석은 따돌림 받은 채 혼자 짐을 지켰다. 유신은 세 여인들의 감미로움에 취하여 숲 속으로 함께 들어갔다. 여인들은 그의 손을 잡고 숲 깊은 곳으로 끌어갔다. 갑자기 여인들이 문득 여신으로 변하더니 말했다.

"우리들은 나림, 혈례, 골화, 세 곳의 호국신이오. 지금 적국 사람이 낭을 유인해 가는데 낭은 알지 못하고 따라가고 있소. 우리는 낭을 말리려고 여기까지 온 것이었소."

여신들은 말을 마치고 자취를 감추었다. 너무 놀란 나머지 유신은 쓰러졌다. 곧 정신을 차린 그는 두 번 절하고 숲을 나왔다. 골화관이라는 주막을 발견하자, 유신은 백석에게 묵으러 가자고 제의했다. 골화관에서 잠시 묵으면서 그는 백석에게 말했다.

"나는 지금 다른 나라에 가면서 중요한 문서를 잊고 왔다. 너와 함께 집으로 돌아가 가지고 오도록 하자."

드디어 함께 집에 돌아오자, 유신은 백석을 결박해 놓고 그 사실을 물었다. 마침내 백석이 실토했다.

"나는 본래 고구려 사람이오. 우리나라 여러 신하들이 말하기를, 신라의 유신은 우리나라 점쟁이 추남이었는데, 국경 지방에 역류수가 있어서 그에게 점을 치게 했었습니다. 이에 추남이 '대왕의 부인이 음양의 도를 역행한 때문에 이러한 표징으로 나타난 것입니다' 하고 왕에게 아뢰었소. 이에 왕은 놀라 괴이하게 여기고 왕비는 몹시 노했습니다. 이것은 필시 요망한 여우의 말이라 하여,

왕비는 왕에게 다른 일을 가지고 시험해서 물어 보아 맞지 않으면 중형에 처하라고 한 것입니다. 이리하여 쥐 한 마리를 함 속에 감춰 두고 '이것이 뭐냐?' 물었더니 그 사람은 '이것은 반드시 쥐일 것인데 그 수가 여덟입니다' 했소. 이에 왕이 그의 말이 맞지 않다고 죽이려하자 추남이 맹세하기를, '내가 죽은 뒤에는 꼭 대장으로 다시 태어날 것이다. 반드시 고구려를 멸망시켜 이 원한을 갚을 것이다.' 그런 마지막 말을 남겼소. 왕은 그를 죽인 후 쥐의 배를 갈라 보니 새끼 일곱 마리가 있었습니다. 그제야 왕은 추남의 말이 맞는 것을 알았지요. 그 날 밤, 대왕의 꿈에 추남이 신라 서현 공 부인의 품속으로 들어가는 것을 보고, 여러 신하들에게 물었지요. 그러자 신하들이 모두 '추남이 맹세하고 죽더니 과연 맞았습니다' 하는 것이었소. 그런 이유 때문에 고구려에서는 나를 보내서 낭을 유인하게 한 것입니다."

유신은 곧 백석을 죽이고 음식을 갖추었다. 그가 나림, 혈례, 골화의 세 여신에게 감사의 제사를 지내자, 이들이 모두 나타났다. 여신들은 기뻐하며 바친 제물을 흠향했다.

그 후, 이웃의 적병들이 점점 박두하자 유신의 마음은 더욱 비장해졌다. 그는 혼자서 보검을 들고 인박산(경주 부근) 깊은 골짜기 속으로 들어갔다. 향을 피우며 기원하기를 중악의 석굴에서 맹세하듯이 빌었다. 그러자 천관신이 빛을 내려 보검에 영기를 주었다. 그가 꿇어 앉아 기원하던 사흘 째 되는 밤, 하늘의 두 별에서 뻗친 별이 환하게 내려 비추었다. 그 빛을 받은 검이 소리를 내며 부르르 떨었다.

진평왕 51년 8월,

유신의 나이 35세였다.

왕이 대장군 용춘, 서현과 부장군 유신 등을 보내 고구려의 낭비성을 침공케 했다. 고구려 장수는 성 위에서 신라군이 쳐들어오는 것을 보고 매우 가소롭게 생각했다. 그는 군사들을 끌고 성 밖으로 나와 진을 벌였다. 그 군세가 매우 왕성한 것을 보고 이미 신라군은 기가 죽었다. 쳐들어 온 쪽 보다 고구려 군이 먼저 공격했다. 삽시간에 신라군은 사상자가 많이 생겼고 사기도 꺾였다. 역시 고구려는 너무 강해서 침공하기에는 불리한 상대였다. 군사들은 고구려 군을 매우 두려워하여 아무도 싸울 마음을 먹지 않았다. 대장군 용춘과 서현 역시 슬금슬금 물러갈 계획을 세우고 있었다. 그러자 유신이 아버지 서현 앞에 나아가 투구를 벗고 고했다.

"내 들으니 옷깃을 떨쳐야 옷이 반듯하고 벼리를 들어야 그물이 펴진다 했습니다. 제가 그 벼리와 옷깃이 될 것입니다."

그는 모든 이들에게 희생적으로 본보기를 보일 결심을 한 참이었다. 말에 오른 유신은 보검을 빼어 들고 적진으로 곧장 달려갔다. 그 동작이 질풍노도 같고 검은 번개 같은 빛을 뿜었다. 감히 어느 적도 그의 행동을 제어할 수 없었다. 그는 적진에 세 번 들어갔다가 세 번 모두 나왔다. 들어갈 때마다 적장을 베고 적기를 빼앗아 오는 그를 보자, 군사들은 열광해서 팔을 흔들고 발을 굴리며 소리 질렀다. 그는 응답하듯 적장의 목과 적기를 양팔에 높이 쳐들었다. 유신이 소리쳤다.

"그대들 모두 나를 따르라! 하늘은 우리 편이니!"

신라 군사가 크게 소리 지르며 흥분하자 고구려 군사는 상대적

190

으로 풀이 죽었다. 신라군은 더욱 신이 나서 북을 치고 고함을 지르며 진격했다. 적 오천 명을 베어 죽이자 낭비성이 항복하였다.

영원으로 가는 길

제왕의 길

진평왕 53년 정월,

왕은 오랫동안 영흥사에 거주하고 있던 덕만을 궁중으로 불러들였다. 그녀는 현세와 육(肉)과는 동떨어진 사색적이고 영적인 생활에 빠져 지냈다. 궁을 떠나 비구니나 마찬가지로 절에서 기거하고, 채식만 하며 오랜 시간을 명상으로 보냈다. 그런 시간을 제하면 그녀의 곁에는 승려들과 기우제를 드리는 주술사 같은 이들이 함께 있었고, 또한 점성술사나 천문학을 연구하는 과학자 같은 이들과 교류하였다.

진평왕은 여전히 딸을 지극히 사랑하여 딸이 불교와 초자연적인 현상에 심취하여 지내는 것을 반대하지 않았다. 왕은 오랜 동안 딸이 자유롭게 지내도록 두었다. 그렇지만 왕은 언젠가는 그 신비스런 세계로 도피해있는 딸을 전쟁과 귀족들의 음모가 들끓는 현실로 불러낼 작정이었다.

그는 자신의 왕좌를 자신의 직계 핏줄인 장녀에게 물려주고 싶었다. 그러므로 그는 약화된 건강을 핑계 삼아 늘 곁에 딸이 머물러 있도록 명했다.

그해 2월,

흰 개가 대궐 담 위에 올랐다. 그 불길한 징조를 사람들은 수군거렸고 덕만 역시 심기가 불안했다. 그녀가 오래 자리를 비운 궁은 어수선했고 금방 무슨 일이 터질 것처럼 불길한 기운이 감돌았다. 그녀는 좋지 못한 영향을 미칠 만한 일은 무엇이든지 주의 깊게 살폈다. 나쁜 징조는 많았고 궁에서는 악취가 솟아오르고 있었다. 악취는 꼭 쓰레기더미에서만 나는 것이 아니었다.

그녀는 부왕을 뵙고 말했다.

"이것은 뭔가 믿었던 자에게서 배신 받을 것을 경고한 것입니다. 개가 대궐 담 위에 오른 것은 신하가 왕에게 기어오른다는 것을 의미하는 바입니다. 모반이 있을 지도 모르니 조심하십시오. 우선 가까이 있는 자를 경계하여 살피셔야 할 것입니다."

백발이 성성한 왕은 기력이 노쇠했고 심장에 잦은 통증을 느꼈다. 딸이 궁에서 기거하게 되자 마음이 좀 안정되기는 했지만, 불시에 낡은 심장이 그만 멈춰버리지는 않을까 늘 불안했다. 그는 잠자리에 들 때마다 편안하게 해달라고 부처께 빌었다. 행여 악몽을 꾸다가 심장이 멈추지나 않을까 겁이 났던 것이다. 꿈속에서 자주 그는 전장 한가운데 있었고 군사들의 고함소리, 비명 소리가 시끄러웠다. 그는 항상 적장을 쫓고 있었는데, 한 순간 돌아보면 자기 자신이 무수한 적들에게 에워싸여 있는 것이었다. 그가 사랑하는 장군들을 목 메이도록 부르면 그들은 모두 비참한 모습으로 달려와서 왕 앞에 엎드린 채 죽었다. 그 곁엔 아무도 없고 오직 쫓아오는 한 무리의 적들뿐이었다. 그토록 숨 가쁜 혼자만의 고독한 질주…… 그의 뒤를 노리는 번뜩이는 칼과 창들.

꿈은 현실보다 오히려 두려움이 더 생생해서 깰 때마다 그는 왼쪽 가슴에 찌르는 듯한 통증을 느꼈다. 아직 죽음에 대해 완벽한 대책을 세우지 못했다. 그리고 확실하게 후계자를 승계해 놓지 않은 일 때문에 더욱 마음이 조급해졌다.

그래서 왕은 대신들을 모아놓고 덕만이 신라의 다음 왕이라고 선포를 했다. 그들은 그 사실을 당연하게 받아 들였는데, 화백들의 만장일치는 어떨 지 왕으로서도 확신이 서지 않았다.

왕은 흰 수염을 부르르 떨며 중얼거렸다.

"왕인 내가 내 딸을 왕으로 잇겠다는데 감히 누가 반대 할 것인가."

그는 대신들을 모두 소집해서 확실한 다짐을 받을 결심이었다. 곰곰이 생각하니, 그가 죽은 후 왕위를 물려주는 것보다는 심장이 뛰고 있을 때 왕위를 물려주어 든든히 해두는 것이 나을 듯 했다.

왕이 딸과 대신들을 모은 자리에서 국새를 덕만에게 전하며 말했다.

"과인의 장녀, 덕만은 일찍부터 현덕을 쌓아 왕재로서 부족함이 없소. 내가 오랜 세월 권좌에 있는 동안 덕만은 내 의논 상대가 되어 정사를 도와 왔으니, 이미 충분히 왕업을 닦아온 셈이오. 덕만은 조만간 백관들 앞에서 왕위를 계승할 것이니, 재상과 여러 관원에 이르기까지 섬기는 예를 갖추도록 하시오."

그러자 서로 쳐다보던 이찬 칠숙과 아찬 석품이 반대했다.

"아직 공주께서 왕 위에 오른 예는 선대와 인접국의 경우를 봐도 없었습니다. 대신들이 모여 회의를 한 후 만장일치로 결정해야 할 것입니다."

그러자 왕의 노기 띤 얼굴이 붉으락푸르락해졌다. 그는 귀족들과 대화로 많은 것을 결정했고 신랄한 말도 귀 기울여 들었다. 하지만 단 한 가지 왕인 자신의 권력을 의심하는 자만은 용서할 수 없었다.

"회의라니? 이 이상 무슨 회의가 더 필요한가? 과인의 장녀가 왕위를 계승하는 것은 백번 당연한 일인데, 덕만 말고 누가 더 왕에 적합하단 말인가? 내 이미 그대들 앞에서 덕만에게 국새를 주었거늘! 그대들이 감히 나의 왕권에 정면도전을 하겠다는 것인가? 이제 이 나라에서 가장 신성한 핏줄은 내 딸 덕만 밖에 없지 않은가?"

왕이 노하자 더 반대하며 감히 앞으로 나서는 자가 없었다. 귀족들 중 몇몇은 속으로 반대했지만 대부분은 왕의 뜻을 따라, 앞으로 여왕을 받들 준비가 되어 있었다.

"덕만 공주는 봉황의 자태와 태양의 위용을 지니고 있습니다. 지혜롭고 총명하시니 굳이 골품이 낮은 남자를 왕으로 세울 이유가 없습니다. 또 일찍이 왕태녀의 수업을 받고 행동하셨으므로 왕재의 자질로 부족함이 없사옵니다."

그럼에도 한 무리는 왕의 뜻에 불만을 가진 채 저희들끼리 쑥덕거리고 있었다. 칠숙과 석품이었다.

"왕이라고 해서 화백회의를 통하지도 않고 자기 마음대로 국사의 중요한 일을 결정하다니 그게 어디 될 일인가? 그전부터 왕이 우리말을 그저 흘려버린 게 어디 한두 번인가? 이제 왕은 노망했소. 걸핏하면 소리나 질러 댄단 말이오. 고구려, 백제, 뭍에 기어오르는 일본까지 이 신라를 넘보지 못해 안달인데, 여왕을 세웠다간

만만한 코웃음거리가 될 것이오. 늙어 힘도 없으면서 소리나 질러 대는 왕부터 갈아 치웁시다."

5월, 칠숙과 석품은 만나서 모반을 논했고 몰래 군사를 대기시 켰다.

궁궐 지붕 위로 장미 빛 석양이 드리워졌다. 하늘은 순식간에 자 줏빛으로 어두워져 칼을 휘두르면 피라도 뚝뚝 떨어질 것처럼 음 산했다. 궁 안의 벽과 문에는 다 귀가 붙어 있는 것 같았고 아무리 깊은 곳이라 해도 안전하거나 비밀스러운 장소는 없었다. 풀과 곤 충들까지 음모의 기운을 감지한 듯 조심스런 움직임을 보이고 있 었다.

'드디어 터질 때가 왔구나. 가차 없이 처리해야 하리라.'

덕만은 조용히 군사들을 대기시킨 후 기다리고 있었다. 그녀는 이미 정탐꾼을 보내 칠숙과 석품의 움직임을 살피는 중이었다. 그 런데 난데없이 숨을 헐떡거리며 나타난 염장이 덕만 앞에 무릎을 꿇었다.

"전하, 제가 어쩌다가 칠숙과 석품의 무리 속에 함께 있었는데, 그들이 모반을 논하고 군사를 대기시켰습니다. 놀라서 급히 전하 께 여쭈러 왔습니다."

"나도 진작부터 그 움직임을 감지하고 미리 군사를 대기시켜 놓 았소. 그 장소는? 시간은? 다른 동조 인물들은?"

그녀는 여러 가지를 물었다. 곧 군사들이 모반자가 있는 곳을 덮 쳤으므로 반란사건은 쉽게 처리되었다. 일이 그렇듯 신속하게 해 결된 것은 몰래 염탐해온 염장 덕분이었다. 염장은 덕만 공주의 추 천으로 18세에 화랑이 되었는데, 용기와 힘이 있어 능히 무리를 복종시킬 수 있는데다 지략을 쓸 줄 알았다. 염장을 지켜본 공주가 부왕에게 청했다.

"염장은 범의 위용과 여우의 지혜를 함께 갖고 있습니다. 조정에 범이나 여우는 있지만 범과 여우를 합한 이는 드뭅니다. 염장을 키워 놓으면 긴히 쓸 수 있으니 화랑으로 임명하십시오."

그러자 왕은 염장이 장차 자기 딸의 신하로서도 쓸모가 있음을 알고 화랑에 명했다. 염장은 그 은덕을 잊지 않았는데, 더 힘 있는 정통 후계자에 붙는 편이 여러모로 유리하다는 판단도 있었다. 염장은 그 공으로 덕만이 즉위하자, 기대한 대로 조정에 들어가 조부(재무부)의 영(장관)이 된다.

그녀는 고민에 빠졌다. 이 반란사건을 병중의 부왕 몰래 해결하고 싶었지만, 아마 벌써 부왕은 알고 계실지 모른다. 꼭 시체 몇 구를 밟아야만 왕 자리에 올라 설 수 있는 걸까? 이 사건으로 사람은 몇 명이나 죽게 될까? 모반자를 처벌하지 않을 수는 없다. 하지만 최대한 사형을 줄임으로써 사건을 축소시켜야만 한다. 되도록 사회의 동요를 피하고 혼란해지는 것을 막아야만 했다.

그녀가 부왕의 침실로 들어서자, 왕은 아픈 가슴을 부여잡고 이미 소리를 고래고래 지르고 있는 중이었다.

"칠숙과 석품을 잡아 그 자리서 당장 목 베고 그 구족을 없애라! 극악한 역적은 하늘과 땅도 용납 못 할지니!"

왕은 자신에게 반대하면 과연 어떻게 되는 지, 모든 대신들에게 본보기를 보여 줄 작정이었다.

"아바마마, 그 가족은 잠시 살려 두십시오. 되도록 일을 조용히 마무리 짓고 싶습니다."

"무슨 소리냐? 내가 죽기 전에 아주 깔끔하게 이 일을 정리할 작정이다. 역적들은 살려 둘 수 없다. 또 반란 사건을 쉽게 처리하면 중신들이 너를 우습게 본다."

곧 시종이 와서 아뢰었다.

"칠숙을 동시에서 목 베고 그 구족도 함께 처형했나이다. 아찬 석품은 백제 쪽으로 도망하였는데 군사를 풀었습니다."

그러자 왕이 명했다.

"그러면 석품의 처자는 죽이지 말고 인질로 두도록 해라."

"아바마마, 그러하면 칠숙과 석품에게 동조한 이는 일단 모른 척 덮어 두겠습니다. 염장처럼 우연히 그 자리에 있던 자들도 있으니 후회하고 있을 것입니다. 되도록이면 피를 적게 흘리고 사태가 커지지 않도록 하겠습니다."

석품은 재빠르게 말을 달려 백제 국경까지 가 있었다. 한 나라의 최고 귀족으로서 온갖 부귀영화를 누리다가 사랑하는 처자까지 둔 채 백제로 들어가려는 석품의 마음은 착잡하였다. 백제 쪽으로 한발 한발 내디딜 때마다 그의 고통은 배로 늘었다. 그는 쓰디쓴 눈물을 흘리며 망명자의 회한에 젖어 있었다. 자신의 처자식이 어떻게 되었는지, 살아나 있는지 그 안위가 걱정되어 견딜 수 없었다. 그 모두가 죽고 자신 혼자 백제로 가서 살아본들 무슨 낙이 있겠는가.

그는 백제로 향하던 무거운 발길을 돌렸다. 낮에는 숨고 밤에는 걸어 돌아오다 한 나무꾼을 만났다. 그는 옷을 벗어 나무꾼의 헤진 옷과 바꿔 입고 나무를 진 채 몰래 집으로 들어갔다. 그러다 그만 잡혀 사형에 처해졌다.

대신들이 모반을 일으킨 그 날, 화병에 걸린 왕의 증세는 심각해 졌다. 그는 침상에서 일어나지 못했고 그토록 고통스럽게 펄떡거 리던 심장은 어느 한 순간 멈춰 버렸다.

그 날, 흰 무지개가 대궐 우물 속에 들어가고 토성이 달을 범 했다.

진평왕 54년 정월,

왕이 숨을 거두니 시호를 진평이라 하고 한지에 장사하였다. 당 나라 태종이 조서를 보내 진평왕에게 좌광록대부를 추증하고 비 단 2백 필을 내렸다.

그 해 정월(서기 634년), 국인이 진평왕의 장녀 덕만을 왕으로 세워 성조황고(聖祖皇姑)라는 호를 올렸다.

그 원년 2월, 여왕은 대신 을제로써 국정을 총리케 하였다.

여왕은 염장을 조부(재무부)의 영(장관)으로 임명하고 개인적으로 면담했다.

"그대는 지략이 좋고 눈이 밝으니 재물을 잘 다스릴 것이다. 그 대에게 나라의 국고를 맡기니 돈이 나가고 들어오는 것을 잘 관리 하도록 하시오. 그리고 이건 내 개인적인 부탁인데 공이 유신과 춘 추에게 재물을 공급해 주시오. 유신과 춘추는 도통 금전에 대한 감 각이 어두워 답답할 지경이오. 그들은 나라의 동량들인데 재물이 부족하면 군사를 유지하고 힘을 키우는데 힘이 들 테지. 공이 유신 과 춘추에게 사적으로도 치부를 잘 해 주시오."

"신, 제 분에 넘치는 과업이나 폐하와 나라를 위해서 국고를 잘 관리하겠습니다. 유신 공과 춘추 공의 일은 심려 마십시오."

염장은 만족하여 입이 귀에 걸린 채 물러났다. 그 모습을 본 승만이 여왕에게 말했다.

"염장은 탐욕스런 면이 있는 자 같습니다. 그런 자에게 나라 재정을 맡기시다니 뭔가 개운치 않습니다."

"돈을 좋아해야 돈에 관심이 있고 잘 관리하지. 춘추의 아버지 용춘 공을 봐라, 얼마나 답답한지. 충성스런 자기 부하가 전 재산을 다 털어 군사 유지비로 써도 그것조차 알아채지 못하는 자 아니냐? 그렇게 깨끗한 용춘 공이 국고를 관리하면 누가 다 가져가든 아무 관심이 없을 게다. 그 아비에 그 아들이라고 춘추도 마찬가지지. 그 집안 재물은 염장에게 관리를 맡겨야 해. 염장은 범 같은 덩치에 사슴처럼 귀가 밝고 여우처럼 꾀가 있으며 돼지처럼 탐욕스런 면도 있다. 그래서 아주 큰일은 맡길 수 없지만 여러 가지로 쓸모가 많아. 정치는 분명 추한 면이 있다. 온갖 교활한 재주와 지혜를 총동원하는 술책이기도 하지. 승만아, 난 사람들을 저마다 적재적소에 써야 한다. 하늘이 나에게 이 직위를 주었으니, 나는 끝까지 무슨 수를 써서라도 이 나라를 지켜내고 내 의무를 다할 것이다."

염장은 여왕의 명대로 춘추와 유신에게 재물을 공급하고 사적인 치부도 해주었다. 그때 사람들이 염장 공의 집을 가리켜 수망택(首望宅)이라 하였다. 금이 들어가는 것을 보면 홍수와 같다 해서 말한 것이다.

5월에 씨 뿌리기를 마쳤는데 날이 가물었다. 가뭄이 오래 걷히지 않았으므로 여왕은 잠을 이루지 못했다. 천체와 날씨, 모든 자연현상을 통제하는 것은 통치자의 큰 책임이었다. 왕족이 조심하지 않아서 신들의 노여움을 사게 된다면 신들은 가뭄이나 우박으로 백성의 농사를 망치게 하는 것이다. 그런 탓에 비를 기다리는 여왕의 입술도 마른 논밭처럼 바짝바짝 타들어갔다.

"천상제를 지내야겠다."

그녀는 제사 준비를 시켰다. 친히 주술사들과 월성 못가에 나가 재물을 쌓아 놓고 비오기를 빌었다.

"오, 바람 신, 구름 신, 비신이시여! 저 신라왕 김덕만이 당신들을 애타게 부릅니다……. 우리들의 들판에 은총을 내려 주십시오. 이 땅의 곡식을 영글게 하고 들의 나무를 자라게 하고 가축이 번성토록 도와주소서……. 하늘의 뜻에 따라 올바르게 살 테니 나라의 모든 일이 잘 되도록 도와주소서……. 용이여 모습을 나타내소서!"

무녀들과 모인 사람들이 춤추고 노래하며 신과 조우하기를 기원했다. 떼를 지어 춤을 추면서 손과 발로 서로 장단을 맞추었다.

그렇게 한참 용을 부르며 비오기를 기원하자, 못의 물이 솟구쳐 오르며 용의 형상을 띠었다. 곧 하늘에 먹구름이 몰려오더니 열흘 동안 비가 쏟아졌다.

여왕의 손가락은 지도 위 여러 산성들을 정확히 짚어 나가고 있었다. 주요 성들이 그녀의 손가락 아래 놓였다. 도성 주변과 고구려, 백제 국경에 근접한 여러 성들이었다. 여왕은 우선 도성 주변의 성부터 돌아보며 점검하는 중이었다. 알천과 함께 월성의 언덕을 말로 돌아서 남산의 산성을 둘러보았다.

"내가 어릴 때 이 남산성을 쌓았는데, 아버님이 나를 데리고 다니며 보여 주셨지. 아버님은 남산성 때문에 도성이 한결 든든해졌다며 참 흐뭇해 하셨소. 그렇지만 백성들의 원성 또한 자자했다지?
전국에 동원령을 내려 이 일을 급히 서두르셨던 기억이 나오. 여름
농사철에 일꾼을 동원해서 농부들은 농사를 못 짓는다며 부왕을
원망했소. 연개소문이 천리장성을 쌓는 것처럼, 우리 백성들도 먹
거리를 싸들고 모여 4년 동안 힘들게 부역하지 않았던가?"

그러자 알천이 대답했다.

"폐하, 큰일을 위해 작은 일을 희생해야만 하는 것이 통치자의
괴로움입니다. 선왕께서 백성들을 불쌍히 여겨 성 축조를 미루었
다면, 백성들은 적군에 죽고 농사지은 것도 다 불탔을 것입니다.
왕은 어차피 백성들의 원망을 듣게 되어 있으니 작은 일들에 너무
연연하지 마십시오."

여왕은 각 구역마다 돌비가 세워져 있는 것을 보고 소리 내어 웃
었다.

"이 돌비에 책임자 이름이 적혀 있구나. 3년 안에 무너지거나 흠
이 생기면 엄한 벌을 받는다는 내용이군요. 아버님도 참 꼼꼼하시
지. 그래, 3년 안에 흠이 생긴 데가 있었나요?"

알천도 여왕을 따라 웃었다.

"10년까지 흠이 생긴 데가 없었습니다. 지금도 아주 건재하지
않습니까? 선왕께서 호랑이처럼 무서우신 것이 무척 득이 됐습
니다."

이어서 두 사람은 월성의 동쪽 언덕에 있는 명활산성으로 갔다.

"이 성은 바다로 들어오는 왜구의 침입에 대비한 것입니다. 이
명활산성에 이어서 서쪽으로 선도산에도 성을 쌓아 놓았습니다.
그 성은 백제의 공격로를 차단하기 위한 것이지요."

"요즘도 왜구의 침입이 있는가?"

"다소 뜸한 편이지만 해적 규모의 왜병은 출몰하곤 합니다."

그러자 여왕의 얼굴은 어두워졌다.

"왜구가 침입하여 포위하고 공격하면 특별한 대책도 없이 성 안에서 버티기만 한 시절도 있었지. 도성 안까지 왜병이 바글바글하게 침입하고…… 결국 왕자 미사흔이 볼모로 잡혀가고 박제상이 왕자를 빼내다 불타 죽은 일이…… 우리 신라 왕실의 수치며 굴욕이었지……. 왜인들은 우리 신라가 금은이 많은 나라라고 침을 흘린다며?"

"왜국보다는 금이 훨씬 많고 우리 신라인은 또 금을 마음대로 다룹니다. 요즘은 잠잠한 편이지만 왜병이 백제와 연합이라도 하면 가공할 위협이 될 것입니다."

"고구려와 백제에 또 왜국까지, 그야말로 사면초가군요. 고구려와 백제는 우리와는 참으로 다른 이질적인 나라들이오. 고구려는 문명국이면서 동시에 야만적이고, 백제는 온 바다에 선단을 띄워 놓고 왜국을 자기 집 드나들 듯 하고 있소. 고구려는 수나라의 100만 군대에도 끄떡하지 않았지. 우리 신라는 그저 작은 나라, 그런 강국들에 끼인 힘없는 나라에 지나지 않아. 하지만 난 신라가 최고라고 생각해. 고구려와 백제…… 이들은 자신들의 영광의 그늘 속에 묻혀 있을 뿐만 아니라 이미 기력을 다 했어. 하지만 우리 신라 앞에는 아직 모든 역사와 미래가 놓여 있어……. "

여왕은 그렇게 중얼거렸지만 얼굴은 점점 더 어두워졌다.

"알천, 그대가 보기에 이 명활산성은 안전해 보이는가? 빈틈이 많지 않은가?"

"예, 폐하. 보수를 좀 해야 할 것 같습니다."

"내가 보기엔 보수 정도가 아니라 대대적인 개축을 해야 할 것 같소. 우선 급한 대로 도성이라도 완벽하게 방어하기 위해 노력해야 하오. 돌로 아주 단단한 석성을 쌓으라 하시오!"

여왕의 명대로 명활산성이 대대적으로 개축되었다. 신라는 경주 주변을 방어하기 위해 보다 많은 노력을 기울이기 시작했다.

여왕은 대장군 용춘과 함께 군사훈련을 겸한 군대 사열에 참석했다. 사열은 심한 바람이 부는 가운데 진행되었다. 휘몰아치는 모래바람 속에 태양조차 흐리고 누런빛을 띠었다. 깃발에 그려진 용들은 사납게 부는 바람에 마치 살아 있는 듯 펄럭였다. 기마병들이 늠름하고 용맹하게 앞으로 나섰다. 선두에는 활을 든 궁수가 섰고 궁수 뒤에는 장창을 든 보병들이 정열해 있었다. 그 뒤는 도끼와 칼을 든 병사들이 백병전을 준비하는 차례로 제각기 자기 자리에서 전투 대열을 유지하고 있었다.

"대왕 폐하 만세! 대왕 폐하 만세!"

북소리가 울려 퍼지고 병사들의 목에서 울려나오는 환호성이 우렁차게 바람 소리를 누르고 연대 위로 날아올랐다. 장수들과 병사들은 기백을 뽐내며 저마다 여왕과 대장군에게 최상의 모습을 보이려 노력했다. 하지만 여왕의 눈에는 언제나 부족한 점이 먼저 들어왔다.

"용춘 공, 우리나라의 기병이 너무 빈약한 것 아니오? 공도 아시다시피 고구려인들은 기마를 아주 잘 하오. 기병이 절대적인 힘을 가진 고구려를 상대하기엔 우리 기병 부대가 수적으로 매우 열세

204

인 것 같소. 기병을 더 양성하기 위해서는 먼저 말을 많이 키워야겠군요."

"예에, 하오나 폐하, 물론 우리도 기병을 주력 부대로 삼으면 좋습니다. 군 조직도 보병에서 기병으로 전환하고, 기병 양성에 주력하면 좋지만 그게 한꺼번에 되는 일은 아닙니다."

"재정 문제군요? 우선 조부의 염장에게 군비를 달라고 하시오. 금이 있으면 고구려나 백제에서도 말을 사 올 수 있을 겁니다. 전투에서 보병과 기병의 차이가 얼마나 큰 지는 공이 누구보다 더 잘 아시지 않소?"

"그렇습니다. 무엇보다 기병은 빠르고 전력이 훨씬 막강합니다. 제 말이 죽어 넘어져 잠깐 보병으로 싸운 적이 있었는데, 그때 신을 향해 달려드는 기병의 위협은 가공스러울 정도였습니다. 평지에서는 기병 하나와 보병 8명이 가히 맞먹을 정도입니다. 그렇지만 우리 부대도 기병이 약한 대신, 그 기병을 방어할 비장의 부대는 준비되어 있습니다."

용춘이 유신을 불러 여왕에게 육진병법을 선보이라 명했다. 그러자 보병들이 긴 창을 높이 세워 들고 나와 빽빽하게 붙어 서서 밀집대형을 만들었다. 긴 창으로 인간방어벽을 만들어 고슴도치 같은 대열이 되자 무시무시하고 위력적으로 보였다. 용춘이 창을 들어 여왕에게 쥐어 보게 했다. 창의 길이는 어른 키의 세 배 정도 되는 길이었으므로 그녀는 쥐고 돌리기도 힘들었다.

"너무 길어서 균형을 잡기 힘들군요. 이렇게 길어서야 정교한 무술을 펼치기는 힘들겠소."

"그렇습니다. 이 장창은 무술용이 아니라 고구려 기병대의 돌격을 저지하는 용도로 쓰입니다."

용춘의 말에 유신이 창을 들어 시범을 보였다. 그는 창의 뒷부분을 땅에 박고 그 날이 위로 향하도록 각도를 잡았다.

"이 날로 돌격해오는 기병을 찌릅니다. 이 창이 겨누는 것은 말 위에 탄 사람이 아니라 말의 가슴이나 목입니다."

"하긴 장수보다 장수의 말을 먼저 찌르는 것이 병법 중 하나지요. 아주 그럴듯하군요."

여왕이 흡족해하자 용춘과 유신의 표정도 밝아졌다. 용춘은 더신이 나서 설명했다.

"이 장창에 걸려서 첫 대열이 낙마하면 자연히 뒤에 오는 대열이 밀리게 되면서 적의 기마병 부대는 아수라장이 됩니다. 그때 우리 보병이 그들을 포위해서 돌격하는 말들을 마구 찔러대는 것이지요. 그러면 말의 시체가 산을 이루고 말 무덤을 따로 만들어야 할 지경이 됩니다."

"우리 신라 보병들의 활약이 아주 신기하고 용감하군요. 수비는 그렇다 치면 공격은 어떻게 하오?"

"폐하도 잘 아시다시피 우리 신라의 가장 우수한 무기는 활입니다. 우리나라 '쇠뇌' 는 적의 갑옷과 투구도 거뜬히 뚫습니다."

여왕의 얼굴은 더 밝아졌다.

"그렇군, 우리나라 화살은 먼 거리를 아주 강하게 날아가지요. 그 '쇠뇌' 라면 어떤 갑옷이라 해도 구멍을 뚫고도 남음이 있지. 바로 그런, 우리 신라만의 특별한 것이 필요하오. 고구려, 백제를 제어하기 위해서는 우리만의 특별한 부대가 필요합니다. 오랜 시간을 들여서라도 치밀하고 끈질긴 준비를 해야 하오. 우리가 자랑하는 최강의 무기를 더 발전시키고 개발하시오. 내 염장에게 일러 군비를 마련하라 하겠소."

그해 9월, 백제의 무왕이 대규모의 군대를 보내 낭주성을 침범하였다. 여왕은 자신이 왕이 되고 처음 맞는 큰 전쟁이었으므로 바짝 긴장이 되었다. 여왕인 자신을 우습게 보고 싸움을 건 느낌도 들었으므로, 혼쭐을 내줘야겠다는 생각부터 들었다. 상황이 다급한 만큼 김유신을 불렀다.

"그대는 이 시대의 가장 용맹하고 지략이 뛰어난 장수요. 내가 공에게 그 용기를 발휘할 기회를 많이 주겠소. 이건 다소 위험한 호의이기도 하오. 그대에게 먼저 부처님의 가호가 있기를……. 그대는 결코 정복당하지 않는 장수가 될 것이오"

그녀는 새삼스럽게 유신의 관상을 보았고 손을 내밀라 하여 손금까지 보았다.

"공은 아주 명이 길군요. 그대가 명이 긴 것은 신라를 위한 부처님의 가호요. 그대는 여기 있는 그 누구보다 오래 살겠소. 명이 무척 기니까 마음 놓고 싸우시오."

그러자 유신이 말했다.

"폐하, 언제든지 명령만 내리십시오. 폐하와 나라를 위해서라면 삶을 위해서건, 죽음을 위해서건 따르겠습니다."

"삶을 위해, 유신 공, 죽음에 대해선 말하지 마시오. 언젠가는 우리 모두 죽게 되겠지만, 아직 그대에게 남아 있는 일은 너무 막중하고 많다."

여왕은 언성을 높였지만 유신은 지지 않고 말했다.

"신은 항상 죽음을 받아들일 자세를 갖추고 있습니다. 죽음 앞에서 인간은 비로소 그 가치를 보여주는 법입니다. 신과 우리 부대의 군사들은 조국에 부끄러운 짓은 결코 하지 않을 것입니다. 임무를 완성하기 위해서라면 제 피의 마지막 한 방울이 다할 때까지 싸우겠습니다."

"명령이니 결코 죽지는 마시오. 잃은 땅은 추후에 다시 찾을 수도 있지만 그대는 다시 찾을 수가 없지 않은가? 그대의 검은 앞으로 더욱 원대한 목적이 있지 않은가? 반드시 삼한을 제패해야 하지 않겠는가?"

"성 하나를 못 지키고서는 삼한 재패를 논할 수 없습니다. 싸우면 반드시 이겨서 공을 취하도록 하겠나이다."

유신은 출정하기 위해 물러갔다.

제단 앞에 놓인 향로 속에서 향 연기가 피어올랐다. 신에게 제를 올리는 여왕의 뒤로는 무녀들이 꿇어앉아 있었다. 제단 앞에서 그녀는 마냥 불길한 환영에 사로잡혀 있었다. 눈을 감으면 병사들의 아우성과 칼과 창이 부딪는 소리가 들렸다. 눈을 뜨자 피가 흘러 산과 들에 강처럼 괴어 있는 광경이 보였다. 그 핏물 위로 병사들의 투구와 신발이 둥둥 떠 흘러가고 있다. 달려가는 말들의 굽에서 먼지 구름이 일어 눈앞이 흐려졌다. 다시 눈을 감자 북과 뿔피리 소리가 한층 확대되어 소름끼치게 귀에 울렸다.

전쟁은 운이 크게 작용하는 법, 다시 그 운을 점쳐 보려 하였으나 보이는 것은 오직 먼지 구름이었고 들리는 것은 호각과 북소리였다.

그녀는 소리 내어 기도를 했다.

"오늘 장군 김유신이 나섭니다. 신이시여 그를 축복하소서. 유신에게 힘을 주소서……. 이는 곧 우리를 강하게 하는 것입니다. 유신에게 영광을 주소서. 이는 곧 우리 신라를 영광스럽게 하는 것입니다……. "

유신이 도착했을 때 낭주성은 이미 백제에 함락된 후였다. 유신은 매우 난감했다. 성을 점령해서 더 굳건해진 백제 대군을 몰아내기는 힘들고 시간이 많이 걸릴 것이었다. 신라군이 진을 치기 바쁘게 백제군이 선제공격을 가해왔다. 적군이 달려오자 먼지구름이 일어 하늘이 어두워질 지경이었다. 유신의 눈에 그 움직임이 훤히 들어왔다. 속임수나 계략 같은 것은 피차 통할 리 없었다. 그야말로 힘과 힘의 대결만이 남았다. 유신의 신호를 시작으로 먼저 기병들이 적을 맞으러 달려갔다. 유신은 그중 우두머리로 보이는 장수에게 달려가 그를 맡았다. 적장이 창을 떨어뜨리고 유신의 창은 부러졌다. 재빨리 검을 빼든 유신이 적장의 이마에서부터 가슴까지 베었다. 그 광경을 본 아군의 사기는 치솟았다. 그러나 서로 누가 승자라고 할 수 없을 정도로 전투는 치열했다.

유신은 종횡무진하며 적병의 목을 베었다. 유신이 앞으로 나아가자 앞에 있던 군중들이 길을 열어 주었다. 신라인은 그가 마음대로 칼을 휘두르도록, 백제군은 그것을 피하려고 흩어졌다. 적들이 뒤로 밀리기 시작했다.

깃발들이 찢겨 땅에 떨어져 있고 무기와 화살들이 땅을 뒤덮고 있었다. 목 없는 시체들 사이에 넘어진 부상자들은 비명을 질렀고 화살 맞은 말들도 요란한 단말마를 부르짖었다. 시체와 부상자는 아군과 적, 양쪽 병사의 말발굽 아래 사정없이 짓밟혔다. 흩어진 적들이 퇴각 명을 받아 달아나고 있었다. 유신을 따라 병사들은 적을 쫓으며 돌진했다. 도망가는 적의 속도는 더 빨랐다. 백제군이 성 안으로 들어가자 성문은 견고하게 닫혔다. 양편 군대에 휴식이 주어졌지만 신라군은 긴장을 늦추지 않았다. 성안의 백제군이 언제 다시 전열을 수습하고 나올지 몰랐다.

다음 날 아침이 되자 유신은 큰 돌을 모으게 했다. 돌들이 작은 산처럼 쌓이자 성에 대한 공격이 시작되었다. 성을 포위한 채 돌을 날리는 무기로 성벽을 공격했다. 성 위에서는 화살이 비오듯 쏟아졌고 성에 근접한 용감한 군사들은 화살 세례를 받았다. 유신은 병사들 사이를 쉴새없이 뛰어다니며 싸움을 지휘하고 격려했다.

갑자기 신라군의 뒤에서 무왕이 직접 통솔한 백제 원군이 들이닥쳤다. 홀연히, 극히 짧은 시간에 북과 피리 소리가 갑자기 들렸다. 놀란 유신의 군대도 돌아서서 북을 치며 대응하였다. 백제 무왕 역시 이 싸움을 확실하게 결단내고 싶었던 것이다. 먼저 신라 여왕에게 싸움을 건 그는 이 기회에 어떻게든 그 김유신이라는 장수부터 없애서 여왕의 날개를 꺾고 싶었다.

무왕은 측근의 젊은 용사와 장수에게 일렀다.

"김유신이 싸울 때 뒤에서 몰래 접근하여 그의 목을 쳐라. 만약 실패하면 목숨을 걸고 싸워라. 그러다 만약 죽으면 다시 장군이 유신을 상대하시오. 유신은 여러 번 싸우느라 힘이 빠졌으니 그대가 없애기 쉬울 것이다."

신라군의 반 이상이 방향을 바꿔 백제 원군과 교전하기 시작했다. 무왕의 명령을 받은 정예 군사 10여 명이 한꺼번에 유신에게 달려들었다. 그러자 유신과 그 비장들이 백제군을 상대하며 싸웠다. 이때 무왕의 밀명을 받았던 백제 용사가 뒤에서 유신을 향해 달려들었다. 말과 함께 몸을 급회전한 유신이 그보다 빨리 창으로 백제 용사를 찔렀다. 백제 용사가 말에서 떨어지자 유신도 말에서 내려 그의 목을 베었다. 유신은 그의 머리를 창끝에 꽂아 들고 군사들에게 보였다. 신라군의 환성이 천지를 흔들었다.

백제 장수는 유신이 쉴 틈을 주지 않기 위해 달려들었다. 유신이 미소를 지으며 말했다.

"내 일격이 더 효과적이라는 걸 보여 주겠다."

그가 창으로 적장의 가슴을 세차게 찔렀다. 그 타격이 어찌나 격렬했던지 창은 적장의 갑옷을 꿰뚫고 등 뒤에 넓은 구멍을 만들었다. 적장은 피를 분수처럼 뿜으며 맥없이 쓰러졌다. 유신이 전진하는 것을 본 백제군은 공포에 사로잡혔다. 제방으로 인해 막혔던 물이 제방이 무너지면 사방으로 퍼지듯, 장수가 쓰러지자 백제군은 더 이상 전투대열을 유지하지 못하고 뿔뿔이 흩어졌다.

전투를 지켜보던 무왕이 뒤로 한 발 물러설 것을 명했다. 대신 그는 성 안의 군대가 나와서 신라군을 덮쳐 함께 협공할 것을 명했다.

무왕의 명을 받은 성의 백제군이 물밀 듯 다시 쏟아져 나왔다. 신라군이 용감하다 해도 수적으로 훨씬 열세인데다, 앞뒤의 백제군에게 둘러싸여 싸우는 상황이었다. 칼과 도끼로 싸우는 백병전이 쓰러져 죽어가는 병사들의 몸뚱이 위에서 벌어졌다. 병사들은 점점 더 잔인해졌다. 그들은 얼굴을 맞댄 채 도끼를 휘둘렀다. 이제 적군이냐, 아군이냐의 구별조차 없었다. 단말마의 신음과 도끼날

부딪히는 소리가 땅과 먼 하늘로 메아리쳤다.

한편, 유신이 함락된 성을 되찾기 위해 분전하고 있으며 무왕이 직접 나선 백제 원군까지 가세했다는 소식이 여왕에게 전해졌다.

"백제군은 성을 점령한데다 군사 수도 훨씬 많다고 들었소. 백제 군이 성에서, 그 원군은 뒤에서 우리 군은 독안에 든 쥐가 된 것 같소. 장기전이 될 텐데, 그리되면 병사는 무뎌지고 날카로움이 꺾일 테니 장차 앞으로 더 큰 문제인 것 같소."

여왕이 걱정하자 알천이 말했다.

"그렇습니다. 재빨리 결말을 지어야 했는데, 승세를 잡았다하나 오래 끌어 성공하기는 힘듭니다. 백제왕까지 가세했으니 유신이라 해도 힘들 것 같습니다."

"그렇다면 공의 생각은 어떠한가?"

"우리도 원군과 보급품을 보내지 않으면 이기기 힘듭니다. 그러하오나 그 성 하나를 위해 많은 지출을 하면 다른 곳이 흔들립니다. 이기든 지고 돌아오든 그곳은 유신에게 맡기심이 나을 듯합니다."

"백제왕이 직접 나섰다니 나도 직접 원군을 거느리고 가보겠소. 백제왕에게 김유신을 죽게 할 수는 없소. 규방에서 이렇듯 그대와 토론만 하는 것은 약소국의 왕으로서 안이하고 게으른 처사요. 아버님이 위급한 상황이면 직접 전선으로 나가셨듯 나 역시 그러할 것이오."

"폐하, 폐하가 가시면 적군들이 신라는 군신이 없어 여왕이 왔냐며 비웃을 지도 모릅니다. 싸울 장수는 많습니다. 전쟁은 군신에게

212

맡겨 두시지요."

"그러지. 앞으로 전쟁은 군신에게 맡겨둘 생각이다. 그렇지만 이
번만은 전장에서 직접 그 상황이 돌아가는 것을 한번 지켜볼 생각
이오. 내가 없는 동안 그대가 도성을 잘 지키시오."

여왕은 5천 명의 정예군을 소집하고 시녀에게 자신의 무장을 돕
도록 했다. 은제 갑옷을 입고 바짓단은 긴 가죽 장화 아래 집어넣
었다. 그녀는 은색 투구를 직접 쓰고 양 허리에 두 자루의 검을 찼
다. 또 등에는 활통을 메고 팔뚝에는 활팔찌를 착용했다. 무용을
할 줄 아는 스무 명의 시녀가 그녀를 따라 무장을 했다. 여왕이 탈
말의 머리에도 투구가 씌었고 안장 아래로는 갑주가 늘어져 있었
다. 그녀는 힘차게 땅을 밟고 말 위로 뛰어 올랐다.

여왕이 도착했을 때 군대는 이미 한 차례의 전투를 치르고 휴식
중이었다. 병사들은 여왕이 직접 지원군과 함께 보급품을 가져오
자 크게 기뻐하며 환호성을 질렀고 사기가 하늘을 찌를 듯 충천하
였다.

유신은 여왕이 직접 오자 당황했다. 어수선하고 난장판이 된 전
장을 여왕에게 보여 주고 싶지는 않았던 것이다. 실제로 전쟁터의
참상과 혹독한 피비린내를 맡은 여왕은 가슴이 아팠다. 이미 상당
수의 병사가 죽고 팔다리를 잃은 부상자도 많았다. 피범벅이 된 어
린 병사는 어머니를 부르며 마지막 숨을 내쉬었고, 멀쩡한 병사들
역시 자신들이 벌여 놓은 무시무시한 살육 현장에 넋을 잃었다. 대
지는 죽은 병사들의 피를 흠뻑 빨아들여 풀들이 더욱 푸르고 싱싱
하게 보였으며, 하늘에는 까마귀 떼가 즐거운 듯 맴 돌고 있었다.

피와 땀, 먼지를 흠뻑 뒤집어 쓴 유신이 지친 표정으로 여왕을 맞

았다. 그도 평소에 여왕을 알현하던 모습은 아니었다. 검은 핏자국이 가득한 갑옷에 헝클어진 머리, 퀭한 눈에서 살기가 번뜩거렸다. 피에 굶주린 야수 그 자체로 완전히 다른 사람이 되어 있었다.

"당장 부상자들부터 치료하고 죽은 자들은 장례를 치러 주어라!"

여왕이 와서 먼저 한 일은 전사자들의 시신을 수습하고 그들을 위로하는 염불을 외우는 일이었다. 그녀는 자신의 병사들이 검은 연기로 화해 하늘을 가득 메우는 것을 지켜보았다.

신라의 돌 하나하나, 나무 하나하나까지 다 사랑하는데, 내 백성들을 직접 태워 검은 연기가 된 것을 지켜보아야만 하다니. 그녀는 목이 메었지만 내색을 않으려고 애썼다. 다른 시녀들 역시 마찬가지였다. 시녀들은 옷이 피투성이가 된 채 입술을 꼭 다물고 괴로움에 몸부림치는 부상자들을 조용히 간호하고 있었다. 얼마나 처참한 싸움이 벌어졌는지 가히 짐작이 가는 상황이었다.

"유신 공, 고생이 많소. 그런데 그대도 참 잔혹한 무장이오. 죽은 이들이 널브러져 있고 저렇듯 아픔을 호소하는 부상병들이 이리도 많은데…… 어찌 성을 공격하는 데만 정신을 집중할 수 있는가?"

"병사들의 생명에 연연해서 어떻게 이기는 것이 가능하겠습니까? 평소에는 자식처럼 애정을 갖고 지극정성으로 보살펴 주지만 전쟁터에서는 냉정하고 엄해야 합니다. 그래야 싸울 수 있습니다."

유신의 말에 여왕은 주변의 군사들 표정을 살펴보았다. 전장의 병사들은 항상 지휘관의 얼굴에서 눈을 떼지 않는 법이었다. 그리고 장군의 그 표정에 조금이라도 나약한 기색이 엿보이면 절대로 그 지시에 따르려고 하지 않는다. 반대로 냉정하고 대담해 보이면 죽음도 두려워하지 않는다.

유신이 나타나 여느 때와 다름없는 늠름한 모습을 보이면, 병사들의 공포는 거짓말처럼 사라졌다. 유신은 그저 그 자리에 있다는 것만으로도 피를 끓게 하고, 그가 명하면 죽음이라도 기꺼이 나설 만큼 병사들은 광기를 발휘하였다. 이런 장수는 천하에 둘은 보기 힘들지. 그렇지만 이미 병사들이 너무 많이 죽지 않았나. 조금만 늦었더라면 이긴다 한들 병사들은 다 죽고 없을 것 같았다.

"유신 공, 내가 이 힘든 싸움을 두고 병사를 덜 죽이라느니, 그대에게 칼날에 피를 적시지 않고도 이기라는 말은 하지 않겠다. 하지만 그대가 그 손을 어떻게 움직이느냐, 그 지략을 어떻게 쓰느냐에 나라의 운명이 달려 있소. 또 그대의 한순간 판단에 따라 수많은 병사가 죽고, 그 수만큼 과부가 생기며 또 수천 명의 고아가 생기는 것이오. 부디 그대의 그 좋은 머리로 한번 두번 더 생각하고, 그대를 부모처럼 따르는 저 병사들을 연민의 가슴으로 대하시오."

"신, 폐하의 말씀을 명심하고 앞으로 한번 두번 더 깊이 생각하겠나이다."

유신은 여왕의 아픈 마음을 충분히 이해했다. 그는 겉으로는 냉혹해 보였지만 속은 그렇지 않았다. 하지만 다른 장수의 아들이나 남의 자식들을 늘 죽음으로 내몰아야하는 위치에 있었다. 여왕 역시 그러한 장수의 입장을 알고 있었으므로 더 긴 말은 하고 싶지 않았다.

여왕은 진영의 막사 하나하나를 말을 타고 돌며 장수들 개개인을 격려하고 병사들에게 술과 고기를 주라고 했다. 또 단호한 명령을 내렸다.

"처첩의 일을 생각하면 적에게 진다. 적이 강하다고 하여 굴하지 말라. 또 스스로 항복해오는 자는 죽이지 말라. 싸움에 이기면 반드시 상을 준다. 도주하는 자는 당연히 죄가 될 것이니 항상 전투 위치를 잘 지켜라. 나는 그대들과 침식을 함께 할 것이다."

여왕은 유신과 의논했다.

"백제왕도 원군으로 왔고 나도 직접 이곳까지 왔소. 백제왕은 그대에게 이미 참패를 당한 채 뒷전을 지고 있으니, 심적으로는 우리 군이 더 사기가 올라 있소. 피차 대등한 군세니 대등하게 싸워 봤자 남는 게 없을 것이오. 그러니 심리전이 중요한 것 같소. 신라왕이 대군을 몰고 온 것처럼 한껏 위세를 떨쳐 백제 군사의 공포심을 조장하도록 합시다. 이곳은 원래 우리 땅이니 겁이 나면 자기 집으로 돌아가고 싶을 것 아닌가?"

밤이 되자 신라군은 진을 단단히 만들어 둔 후 사방으로 기병이 뛰어다니도록 했다. 또 모습이 험한 군사에게는 짐승 가죽을 덮어 씌웠고 인상이 약한 군사들에게는 무시무시한 가면들을 쓰게 했다. 그들은 이리저리 춤을 추듯 뛰어다니며 무기와 깃발을 흔들어 댔다. 전투부대라기보다는 요란한 행렬처럼 보였다. 피리를 밤새도록 불고 북은 북 가죽이 찢어지도록 두들겼다. 그 열광된 분위기는 이미 승리의 축제를 알리는 것 같았다. 아니나 다를까 그 기세에 적병들은 한껏 움츠러든 듯 고요했다.

신이 난 신라인들은 서로 껴안고 자축하면서 소리쳤다.

"창을 들고 달려가 우리 성을 되찾자! 백제인들이 두려움에 떨면서 도망갈 것이다. 백제에게 복수하자! 나라를 위해, 우리 대왕 폐하를 위해 승리의 깃발을 올리자."

마치 화약통에 빠진 듯이 신라군들의 눈빛에 불꽃들이 튀었다.

216

은빛 갑옷을 입은 여왕이 유신과 함께 앞장서서 직접 병사들을 독려했다. 그녀는 칼을 빼들고 휘두르면서 진군을 명했다. 성벽이 가장 낮은 지점을 노렸다.

"성벽을 빨리 오르는 자에게 은상을 줄 것이다!"

여왕의 격려에 신라군은 재빨리 사다리를 세웠고 사다리 위를 뛰어 올라갔다. 여왕과 함께 그 뒤에 선 궁수들은 성을 오르는 군사들을 보호하기 위해 성루의 백제군을 겨누었다. 그녀가 신중히 겨누어서 활을 당길 때마다 백제군이 새처럼 떨어졌다. 그 화살이 빗나가는 것이 없었으므로 유신이 감탄해서 말했다.

"폐하, 가히 무인으로서 첫째가는 자질을 갖추셨습니다."

"아버님을 따라 십여 년간 사냥을 다니며 익힌 솜씨지. 그대는 검의 명인이지만 아마 활솜씨는 내가 공보다 나을 것이오."

그러자 유신은 싱긋 웃으며 여왕에게 지지 않으려 활을 기울였다. 신라가 자랑하는 가공할 무기 '쇠뇌'의 위력이 한껏 빛을 발했다. 여왕은 소집한 원군 중에 자신과 앞장 설 특수 궁수 부대 '노 부대'가 큰 전과를 올릴 것을 의심치 않았다. 그리고 여왕의 예상은 빗나가지 않았다. 보통 화살보다 몇 배 위력이 강하고 멀리 날아가는 화살은 백발백중 성 위에 있던 백제군들의 몸에 깊은 구멍을 냈다.

화살이 날아오는 소리를 듣자 백제군은 공포에 질려 우왕좌왕하며 몸을 피하느라, 성으로 올라오는 신라군을 떨어뜨리지 못했다. 일단 겁을 먹게 되면 순식간에 번지는 것이 전장 심리였다. 백제군은 이 공포스러운 상황에서 벗어나 그저 자기 집으로 빨리 돌아갔으면 하는 마음뿐이었다. 신라군이 성 위로 올라가자 성 안에서는 다시 피 묻은 창날들이 춤추기 시작했다. 이제 신라군과 백제군이 뒤엉켜 싸우고 있었으므로 화살을 날릴 단계는 아니었다. 신라군이 백제군의 칼에 맞아 다치는 것을 본 여왕은 자신이 맞은 듯 피부가 쓰라렸다.

여왕이 유신에게 말했다.

"유신 공, 어차피 대세는 우리가 잡았소. 빨리 싸움을 끝내는 편이 군사의 희생을 줄이는 것 아닌가?"

"그러합니다. 말씀대로 이제 신속히 밀어 붙여서 곧 싸움을 끝낼 것입니다."

유신은 여왕의 말귀를 알아듣지 못한 척 했다. 사실 유신은 앞으로 여왕이 전장마다 자신을 따라다니며 명령하거나 간섭할까봐 은근히 걱정이 되기도 했다. 아니나 다를까 여왕이 명했다.

"공은 내 말을 못 알아듣는가? 적에게 항복을 권유해서 희생을 줄이는 것이 상책 아닌가? 비록 적이라 해도 나는 싸울 마음이 없는 자라면 살려 주고 싶다."

"폐하, 백제왕에게 본때를 보여 주기 위해서라도 적을 몰살해야 합니다."

유신이 잠자코 서 있자 여왕이 유신을 떠밀며 소리쳤다.

"적을 몰살하려면 우리 병사의 희생도 크게 따른다. 난 이제 우리 군사가 피 흘리는 것이 지긋지긋하오. 그대가 소리쳐서 적에게 항복을 권하라. 적이 전의를 잃은 마당에 그대까지 나서면 항복할 것이 분명하지 않은가?"

그러자 왕명을 받은 유신이 하늘이 울릴 정도로 쩌렁쩌렁한 목소리로 소리쳤다.

218

"백제군은 이만 항복하라. 성문을 열고 나오면 이 김유신이 살려 줄 것을 약조한다!"

유신이 나서자 백제군은 더욱 동요하였다. 김유신이 살려 준다고 약조했으니 그저 빨리 집으로 돌아가고 싶은 마음뿐이었다. 전의를 완전 상실하다시피 한 백제군은 성 안에서 모습을 감추었고 이제 곧 성문이 열릴 차례였다. 그 순간 마지막 반항을 시도한 듯 백제 궁수 두어 명이 여왕과 유신을 향해 화살을 날렸다. 화살 몇 대가 바로 옆에 떨어졌지만 두 사람은 눈 하나 깜짝 하지 않았다. 놀란 것은 주변에 있던 군사들이었다. 그들은 자신들의 몸과 방패를 들어 적의 화살로부터 여왕과 장군을 보호했다.

유신이 말했다.

"이제 싸움이 끝났으니 폐하는 뒤로 물러서서 관전만 하십시오. 폐하께서 적의 눈에 몸을 드러내시면 안 됩니다."

하지만 아직 싸움이 끝난 것은 아니었다. 한발 물러서 있던 무왕은 신라왕이 급습해서 성이 다시 신라인에게 넘어갔다는 소식을 들었다. 그저 물러나기가 서운해진 무왕은 어떠한 방법으로라도 공격해 보리라 생각하며 조심스럽게 다가왔다.

"신라왕과 유신은 다 이긴 줄 알고 방심해 있을 것이다. 쥐죽은 듯 주변에 매복해 있다가 틈을 봐서 맹공을 퍼부을 것이다. 신라왕이나 유신만 죽여도 성과가 큰 것이니 그들을 노려라!"

하지만 무왕의 마음을 모를 여왕과 유신이 아니었다. 신라 군대는 숨어 있다가 백제 군이 매복한 그 뒤를 덮쳤다. 김유신은 숨바꼭질에 아주 능한 장수였다. 숨바꼭질이라면 그 누구도 김유신을 따라올 장수가 없었다. 숨바꼭질 놀이에서 진 무왕은 자신도 모르게 이미 포위당한 상태에 놓였고 백제군은 허겁지겁 좌우로 흩어졌다. 왕과 그를 호위한 군사들은 당황하여 어찌할 바를 몰랐다.

여왕은 멀리서 그 사태를 지켜보며 회심의 미소를 지었다.

"내 기어코 백제왕에게 본때를 보여 주고 말 것이다."

그녀가 가만히 활을 겨냥하자 옆의 시녀가 물었다.

"폐하, 거리가 너무 멀지 않습니까?"

"위협은 충분하지. 저 도적이 다시는 내 땅에 발을 디디지 못하게 할 것이다."

그녀가 쏜 화살이 포물선을 그리며 매처럼 날아와 투구를 쓴 무왕의 머리를 때렸다. 먼 거리였으므로 '쇠뇌'는 투구를 뚫지 못했지만 무왕의 머리는 천둥소리를 들은 것처럼 울렸다. 백제 군사들은 왕을 보호하며 한편으로는 탈출구를 찾았다. 그리하여 무왕과 여러 장수는 사잇길로 빠져 간신히 도망쳐 올 수가 있었다.

2년 정월에 여왕이 친히 신궁(神宮)에 제사하였다. 여왕은 죄수들을 풀어준 후 모든 주군(州郡)의 일 년동안의 조세를 면제해 주라고 명했다.

여왕은 가끔 변장을 하고 시종 몇을 거느린 채 도성 안을 돌아보았다. 백화가 만발한 화사한 날이면 남쪽 시냇가나 절이 있는 산에서 잔치가 벌어졌는데, 음식을 풍성히 쌓아 놓고 음악과 춤으로 놀았다. 외출하던 길에 여왕은 한 노파가 헐벗은 옷차림으로 굶주린 채 앉아 구걸하고 있는 모습을 보았다. 그녀는 탄식하며 시종에게 물었다.

"모두들 잔치를 열어 포식하며 즐겁게 노는 계절인데, 저 노파는 저러고 있구나. 저 노파에게는 부양해줄 가족도 없단 말이냐?"

"남편도, 자식도 없는 줄로 압니다. 그런 이는, 황송하오나 저 노파 혼자만이 아닙니다. 신라 어디에나 홀아비, 홀어미, 고아, 아들 없는 늙은이들은 많습니다."

"내가 부족한 몸으로 왕 위에 있으면서도, 능히 내 백성을 잘 돌볼 수 없으니 한이 된다. 노인들이 이런 지경에 있도록 방치하다니 이는 나의 죄로다."

여왕은 자신의 겉옷을 벗어 노파를 덮어 주고 음식을 먹여 주라 일렀다. 그녀는 그 자리에서 당장 명했다.

"사람을 파견하여 국내의 아픈 이들, 과부, 홀아비, 고아, 아들 없는 늙은이들을 찾아 부양토록 하라."

그렇게 명한 후에도 여왕의 안색은 어둡고 우울했다. 시종이 어쩔 줄 몰라 하자, 그녀는 한탄하듯 말했다.

"내가 왕이라 해도 고작 할 수 있는 일이 이 정도구나. 대체 내가 왕이라 해서 무엇을 더 할 수 있단 말이냐? 진정 왕은 이 땅에서 무엇을 위해서 존재하는 것일까? 난 전쟁을 막고 내 백성들을 편안하게 해주고 싶고, 그들이 다 배부르고 따뜻하게 살아가기를 원한다. 그런데 한 편에선 잔치를 열고 음식이 풍성히 남아돌며 풍악이 흐르는데, 한편에선 배고프고 힘없는 자들이 쓰러지고 있구나. 내가 왕이라 해서 신처럼 우월한 능력을 지닌 존재는 아니지 않은가? 난 오히려 죄책감을 가지고 있는 힘없는 여인과 다를 바 없다. 무슨 일이 생기면, 백제가 쳐들어오거나 날이 가물고 흉조가 나도 여자가 왕이기 때문이라고 하는, 불평이 터져 나온다는 것쯤은 알고 있다. 내가 충분히 왕답게 보이기 위해서는, 역대 다른 왕에게 없는 특별한 능력이 요구되지 않느냐?"

"하지만 폐하, 많은 이들이 폐하의 선정에 감사하고 있고 그 신기한 능력을 추앙하고 있습니다."

"내 신기한 능력이라고? 난 하늘과 별의 움직임을 보며 언제쯤 비가 올 것인가 미리 측정을 했다. 그래서 때를 맞춰 못가에 나가 기우제를 지냈던 것이다. 당연히 올 때가 되어서 내린 비를 보고 사람들은 내가 기적을 일으키는 왕이라며 떠받들더구나. 물론 내게는 보통의 무감각한 사람에겐 없는 예감이 있다. 하지만 그런 것 때문에 존경을 받는다면 허무한 것이지."

잔치가 벌어지는 시냇가까지 나온 여왕은 여전히 수심을 지우지 못한 표정이었다. 온갖 만발한 꽃들에서 향기가 흐르고 나무들 향취도 싱그러웠다. 그렇듯 화사하고 따스한 풍경을 배경으로, 좋은 옷을 차려입은 행복한 이들이 서로 음식과 술을 권하며 즐겁게 놀고 있었다. 졸졸 흐르는 맑은 시냇물 돌 틈 사이로는 송사리들이 매끄럽게 헤엄쳤고, 아이들이 맨발로 풍덩거리며 물고기를 따라다녔다. 그런 이들을 보는 그녀의 마음은 오히려 더 울적해져서 마치 늦가을 쓸쓸한 바람 속에 서 있는 것 같았다.

잠시 전 보았던 그 노파 탓만은 아니었다. 그녀 역시 왕이기 이전에 과부이기도 했다. 그렇다고 하나 새삼 그 이유 때문만은 아니었다. 가슴을 에는 듯 걷잡을 수 없는 이 슬픔, 심장에 구멍이 나서 온몸의 피가 다 빠져나가는 듯한 이 허탈감. 어째서 이렇게 절로 눈물이 흐르려하고 자꾸 슬퍼지는 것일까. 낯익은 누군가의 목소리가 그녀를 부르고 있는 것 같았다. 현기증이 일었다. 한 손으로 이마를 짚은 채 비틀거리는 그녀를 시녀가 황급히 받쳐 주었다.

소나무 뒤에 선 채 비형랑은 그녀의 모습을 지켜보고 있었다. 그는 그녀의 행적을 따라다니던 중이었다. 그는 머리에 커다란 삿갓을 쓰고 산발한 머리카락에 얼굴이 가려져 있었다. 옷차림은 남루한데다 때가 덕지덕지 묻어 영락없는 거지 몰골이었다. 잔치를 찾아 먹을 것을 구하러 온 거지, 그보다 그에게 잘 어울리는 역할은 없을 듯 했다. 하지만 그의 머리카락은 여전히 검었고, 머리카락 틈 사이에 숨어있던 한쪽 눈에서는 범상치 않은 빛이 번뜩였다.

언뜻 그녀의 시선이 멀리서 자신을 보고 있던 그에게로 향했다. 그녀의 시선에는 거지에 대한 연민이 담겨 있을 뿐, 그를 알아보는 기색은 없었다. 하긴 그가 그녀 앞을 가로막고 선다 해도 그녀는 그를 못 알아볼 것이다.

그녀는 여전히 아름다웠다. 평복으로 변장해서 수수하게 꾸며도 어딜 가나 연꽃처럼 환하게 주위를 밝혀 금방 표가 났다. 그 검고 윤기 흐르던 머리카락에 흰머리가 제법 섞이긴 했지만, 그것으로 그녀 특유의 우아함이 줄어든 것은 아니었다. 그 맑은 얼굴에 드리워진 짙은 수심을 대하자 그의 가슴도 아팠다. 그는 혼자서 웅얼거렸다.

"어째서 당신은 그토록 괴로워하고 있는 거요? 어쨌든 당신은 왕이 되어 당신의 운명을 이루지 않았는가? 그 슬픈 모습은 이제 거두시오. 하늘은 특별히 당신을 총애하고 있는 것 같으니, 예전의 아름다움이 전혀 바래지 않은 것이 바로 그 증거요……."

뒷모습을 보이며 천천히 걸어가던 그녀가 문득 고개를 돌리며 다시 그를 쳐다보았다. 그리고는 꼿꼿하고도 사뿐사뿐한 걸음걸이로 그에게서 멀어지기 시작했다. 다시는 뒤돌아보지 않았다.

그녀의 모습이 완전히 사라지고 나서도 그는 한참동안을 그 자리에 서 있었다. 그녀와 함께 보냈던 풍요로운 청춘의 나날, 그 욕망의 찬란한 불꽃, 천상의 별들 사이를 떠도는 듯한 그 행복감은 어제인 듯 남아 있는데. 그러나 이제 그녀는 물가를 스쳐가듯 그의 곁을 스쳐갔다. 길가의 돌을 밟고 가듯이 그를 무심히 밟고 가는 그녀, 이제 앞으로만 마냥 걸어가야 할 영광스런 여왕에게 과거 속에 묻혀있는 그 자신이 대체 무슨 소용이 된단 말인가.

그는 옷 속 허리춤에 차고 있던 비단 주머니를 꺼냈다. 그 주머니 속에 간직한 머리카락 한 타래를 끄집어낸 그는 가만히 자신의 얼굴에 갖다 댔다. 윤기 흐르는 검은 머리카락은 그녀의 체온이 묻어 있는 듯 따뜻하고 부드러웠다. 그가 가질 수 있는 그녀 몸의 유일한 일부분, 그 머리카락만이 그가 미칠 듯한 고통 속에서 계속 사랑하고 쓰다듬을 수 있던 모든 것이었다.

어디론가 그도 걸어가기 시작했다. 아직도 저녁마다 강은 그를 불렀고 밤마다 그는 황야를 걸어갔다. 그렇게 그는 가고 있었고 시간이, 모든 사건들이 그와는 무관하게 흘러갔다. 그 모든 것이 그를 버려둔 채 흘러가 버리는 듯도 했다. 그리하여 한 인간의 인생 역시 순식간에 지나가는 중이었다. 그렇지만 그는 알고 있었다. 언젠가 모든 것이 다 흘러 그 자신이 먼지로 사라져간다 해도, 그가 이 시대의 모든 이들과 같이 있었음을, 한 때 가장 아름답던 무렵의 그녀와 뜨거운 꽃처럼 사랑을 활짝 피웠음을. 그는 중얼거렸다.

'가시덩굴 속이라도 내 갈 길이 있나니, 안개가 지나가는 그 길이며, 바람이 스쳐가는 그 길이다……'

선덕 여왕 3년 정월,

연호를 인평(仁平)이라 고쳤다. 그 해 분황사가 준성 되었다. 3월에 밤만한 우박이 왔다.

선덕 여왕 4년에 당나라에서 지절사를 보내 왕을 책봉, 주국낙랑군공 신라왕이라 하여 부왕의 봉작을 승습케 하였다. 그 해 영묘사가 준성 되었다.

당 태종의 하사품 중에는 붉은빛, 자줏빛, 흰빛의 세 가지 빛으로 그린 모란과 그 씨 서되가 들어 있었다. 그림의 꽃을 유심히 살피던 여왕이 말했다.

"이 꽃은 필경 향기가 없을 것이다."

씨를 뜰에 심었는데, 모란꽃이 피어 떨어질 때까지 향기가 나지 않고 벌, 나비가 날아들지 않았다. 신하들이 여왕에게 물어 보았다.

"어떻게 해서 모란꽃에 향기가 없는 걸 아셨습니까?"

여왕이 대답했다.

"꽃을 그렸는데 나비가 없으므로 그 향기가 없는 것을 알 수 있었소. 나비 없는 모란꽃이니, 이는 당나라 임금이 나에게 짝이 없는 것을 희롱한 것이오. 꽃을 자주, 붉은 색, 흰색, 세 가지 색으로 그려 보낸 것도 무슨 의미가 있는 것이니, 이것은 신라에 장차 세 여왕을 암시하는 거라면, 당의 임금도 앞날을 짐작해 보는 지혜가 있는 것이겠지."

이에 여러 신하들은 여왕의 슬기로움에 탄복했다. 하지만 여왕은 심기가 퍽 불편했다. 당 태종 이세민은 여왕인 자신을 무시하거나 마음에 안 들어 함이 분명했다. 책봉을 미루어서 4년이나 지난 다음에 하는가 하면 모란을 보내서 희롱하는 것이 퍽 거슬렸다.

밤에 그녀는 잠을 자지 않은 적이 많았다. 그녀는 하늘이 어두워지는 것을 좋아했다. 어떤 별들은 너무나 크고 너무 가까워서 마치 손을 뻗으면 거기에 닿을 것만 같았다.

아버지 진평왕은 그녀에게 별을 보는 법을 가르쳐 주었다. 또 비형과 검은 말을 타고 달리며 월성의 별을 보았던 것도 생각났다. 그는 하늘에 저 별이 보이는 한, 바다 한가운데나 지옥에 빠져 있어도 그녀에게 돌아올 수 있다고 말했다. 그는 약속을 지켰고 다시 영원히 떠나갔다.

"하늘에 저 별이 있는 한 지옥에서도 별을 보고 찾아올 거라 했는데…… 이제 살아서는 결코 만날 수 없는 사람들……."

마냥 하늘의 별들과 구름 속에서 흘러가는 달의 움직임을 지켜보았다. 아득한 하늘에서 총총 빛나는 별들, 눈에 익숙한 별자리를 더듬곤 하는 것이 습관이었다.

별들은 광대한 하늘의 회전과 더불어 서서히 움직였다. 어지럽게 꼬리를 그으며 날아다니는 별똥별들을 보면 아름답기도 하면서 슬픈 마음이 들었다. 어느덧 아침이 되면 현기증이 돌았다. 그 많던 별들, 저 무수한 별들이 언제 다 자취를 감추었나. 하지만 그녀가 하늘의 별을 보는 습관은 단지 감상적인 차원은 아니었다.

그녀는 하늘의 모습과 별들의 움직임으로 날씨를 짚었고, 중국의 점성술 책을 읽으며 앞날을 점쳐 보기도 했다. 저 하늘과 그녀가 발을 딛고 선 이 땅, 그 사이의 인간들과 무수한 동식물들, 이제 저 하늘 아래 작은 땅 일부를 다스리는 제왕이 된 그녀, 저 하늘의 신비를 알아야 땅을 다스리기 편할 것이다.

또한 그녀는 그 하늘의 별들을 보며 그 다른 별들에 살고 있을 천인(天人)들의 존재에 대해 상상했다. 저 하늘 더 높은 곳에는 석가가 계신 도솔천이 있고 그 아래에는 도리천이 있다. 내 감히 도솔천까지는 못 가더라도 도리천까지는 오르고 싶구나.

그녀는 자신에게 어떤 예시를 알려 주는 존재가 저 하늘, 우주에 있는 존재가 아닐까 하고 생각했다. 그러므로 그녀는 저 우주, 즉 하늘의 존재와 교섭을 하기 위해서 신성한 제단이 필요하다고 생각했다.

그녀는 신하들을 불러 놓고 명했다.

"우리 조상님들은 하늘에서 비와 바람을 거느리고 내려 오셨다. 이 땅에서 농사를 짓는 백성들을 위해서는 하늘을 관측하고 연구하여, 가뭄과 홍수에 대비하여야 할 것이오. 그러기 위해서 천문대를 세워야 할 것이니 학자들에게 설계를 시키고, 당장 공사에 착수하도록 하라."

그리하여 월성 뒤 광장에 첨성대가 건립되기 시작했다. 여왕은 그 감독을 탈해왕의 16세손인 석오원에게 맡겼다.

어느 날은 혜공이라는 중이 영묘사에 들어갔다. 혜공은 풀로 새끼를 꼰 후 금당과 좌우에 있는 경루, 남문의 낭무를 묶어 놓고 일렀다.

"이 새끼줄을 사흘 후에 풀도록 하라."

그 말을 따라서 새끼를 그냥 두었는데, 과연 사흘 만에 여왕이 행차하여 절에 왔다. 그 때 여왕을 사모하던 젊은 낭도 지귀가 영묘사에 따라왔다. 지귀는 여왕을 사모한 나머지 나날이 얼굴이 야위어가고 있었다. 그가 여왕을 짝사랑한다는 소문은 온 성 안에 퍼져 있었으므로 여왕도 알고 있었다. 여왕은 여전히 자태가 아름다웠지만 오십이 넘은 나이였다. 그런데 지귀의 눈에는 이십대 여인처럼 젊고 화사해 보이는 것이었다. 그는 자신이 결코 이룰 수 없는 열렬한 짝사랑에 대한 대가로 입맛을 잃었고, 세상에 대한 희망 또한 일찌감치 잃은 채 젊음이 시들어가고 있었다.

여왕은 지귀의 타는 듯한 강렬한 시선이 늘 자신에게 못 박혀 있음을 알고 있었다. 그녀는 그의 젊음과 정열을 신선하게 느꼈다. 그녀는 그 사랑에 보답해 줄 수 없음이 한편 안타까웠다. 여왕은 누구보다 사랑의 뜨거움을 깊이 이해했다. 그녀는 생각했다. 그 역시 사랑과 육욕에 시달리는 중생, 차라리 내가 여염집 아낙네라면 그 소원을 들어줄 텐데. 그에게 사랑과 욕망을 알게 해주고, 그 욕망을 마음껏 불타오르게 할 텐데. 모든 욕망을 채움과 동시에 욕망의 근본이 되는 번뇌를 없애 줄 텐데.

영묘사로 불공을 드리러 가면서 그녀는 넌지시 지귀에게 따라오라고 일렀다. 절에 닿아 불당으로 들어가기 전에 그녀는 지귀에게 다시 일렀다.

"저기 보이는 탑 아래서 기다리고 있거라. 내 아무도 거느리지 않고 혼자 갈 테니."

그녀는 미소 지며 그들 둘만이 들을 수 있는 소리로 말했다. 여왕의 은밀한 약속을 받은 지귀의 가슴은 쿵쾅거리며 뛰기 시작했다.

본당 안에서 그녀는 손수 향불을 피워 올렸다. 연화좌대 위에는 둥근 얼굴의 보살상이 자비로운 미소 속에 잠겨 있었다. 늘 찰 듯 말 듯한 어렴풋한 미소. 언제나 활짝 웃으시려는가. 공중으로 너울

거리며 떠오르는 향 연기가 그녀 주변에 자욱해졌다. 시간이 가는 것도 잊은 채 그녀는 마냥 사념에 잠겨 있었다. 그윽한 눈빛으로 보살상을 올려 본 그녀는 다시 향을 향로의 불에 던져 넣었다. 그녀 마음을 실은 듯한 향불의 향기가 불당과 절 안에 그윽하게 배어났다.

"헌향하오니, 청정함과 지혜로움의 향기, 이 모든 향을 사른 뒤 사바의 어두운 마음을 향기롭게 하소서."

돌탑 뒤에서 기다리고 있던 지귀의 흥분된 가슴은 좀처럼 진정되지 않았다. 온 몸이 달아오른 듯 뜨거웠고 입에서는 단내가 풀풀 풍겼다. 그에게 사랑은 불안, 초조, 긴장의 연속이었던 것이다. 아무리 기다려도 여왕은 오지 않았다. 그녀가 오기만 하면 금방이라도 이루어질 것만 같은 사랑인데. 기다리다 지쳐 그는 매우 피로했다. 탑에 기댄 채 여왕이 불공을 드리고 있는 불당을 바라보던 그는 깜박 잠이 들었다.

분향이 끝난 뒤 여왕은 지귀와 약속한 돌탑 뒤로 걸어 나왔다. 하늘에는 달이 떠 있는데도 매우 흐렸다. 구름이 짙었다. 젊은 연인을 만나러 가면서도 그녀의 마음은 우울하기만 했다. 내 마음이 흡사 저 달과 같구나. 구름이 걷히면 달빛이 찬연해지듯이, 언젠가 내 마음도 활짝 열릴 때가 있다면. 그녀는 잠시 발길을 멈춘 채 탑 꼭대기를 우러러보고 있었다. 구름이 걷혀가며 탑 위의 광활한 허공이 점차 환한 빛으로 밝아오는 듯하였다.

그녀는 잠든 지귀의 얼굴을 보며 미소 지었다. 자애로움과 모성애가 가득 깃든 미소였다. 그녀는 손가락으로 그의 이마, 콧등, 입술, 야위어 움푹 들어간 볼을 어루만졌다. 구름을 헤치고 나온 달이 그의 창백한 얼굴을 환히 비추고 있었다. 침침하게 가라앉았던 영묘사와 산골짜기에 달빛이 출렁거렸다. 지귀는 여전히 꿈쩍도 않고 정신없이 잠에 취해 있었다. 여왕은 가락지를 벗어서 지귀의 가슴 위에 놓았다. 그리고 조용히 궁으로 돌아갔다.

잠에서 깨어난 지귀는 자신의 가슴에 놓여있는 여왕의 가락지를 발견했다. 여왕은 자신에게 왔다가 이미 가버린 것이다. 그토록 원하던 그 사랑이 오늘 밤 이루어질 뻔 했는데…….

그는 탑 아래서 뒹굴며 몸부림쳤다. 죽음과도 같은 열망 속에 육체는 불덩이가 되어 타오르기 시작했다. 답답하고 열이 치밀어 견딜 수 없었다. 그 광기를 억누를 수 없어 뛰어다니며 탑 주변을 돌았다. 그러다 제 풀에 지쳐 기절한 그의 몸에서 노란 불꽃이 솟아나 타오르기 시작했다. 그 불은 그의 몸과 탑을 태웠다. 불탄 탑 아래 그의 육신은 거무스름한 재로 변했다. 그 재 속에는 검게 타서 조그만 공 만하게 줄어든 두개골이 덩그러니 남아 있을 뿐이었다.

탑은 불탔지만, 혜공이라는 중이 새끼로 묶어 둔 곳만은 화재를 면할 수 있었으므로 영묘사의 중들은 과연, 하고 고개를 끄덕였다.

지귀가 불귀신이 되었다는 말을 들은 여왕은 술사에게 주문을 지어 그의 혼을 위로하게 했다.

지귀의 마음속에 불길이 일어
그 한 몸 불덩이가 되었거니
바다 밖에 멀리멀리 보내어
보지도 않고 사귀지도 않으리라.

여왕이 즉위하던 해 유신은 39세, 춘추는 7세 연하인 32세였다. 춘추는 진지왕의 손자로 아버지가 용춘이며 어머니는 여왕의 동생 천명 공주다. 그들의 장자인 춘추는 다음 왕권을 이어받을 제1후보라 할 혈통이었다. 또한 그는 매우 수려한 미남자로 말솜씨가 뛰어나 사람들을 제 편으로 잘 끌었다. 또한 천하를 평정하려는 큰 뜻을 품고 있던 김유신은, 다음 왕재인 귀공자 김춘추와 만나자 곧 의기투합하였다. 춘추가 왕이 되기 위해서는 유신과 같은 강한 무(武)의 힘이 필요했고, 가야 왕족과 신라 왕족의 피를 반씩 받은 유신 역시 뜻을 이루기 위해서는 정통 왕족의 후원이 필요했다. 진평왕의 외손이면서도 왕의 사랑을 받지 못해 소외되었던 춘추와 가야 왕손이기에 남보다 몇 배 힘이 들었던 유신. 비슷한 약점을 지닌 그들이기에 더 쉽게, 굳게 결합되었는지도 몰랐다.

김춘추, 즉 태종 무열왕. 그의 비는 문명 왕후 문희이니 김유신의 막내 여동생이다. 유신에게는 시집가지 않은 여동생 둘이 남아 있었다. 언니인 보희와 동생 문희였다.

어느 날, 보희가 꿈을 꾸었다. 꿈에 서악에 올라가서 오줌을 누는데 오줌이 서울 안에 가득 찼다. 이튿날 아침, 문희에게 꿈 이야기를 하자 문희가 이 말을 듣고 말했다.

"언니, 내가 그 꿈을 사겠어요."

"무슨 물건으로 사려 하느냐?"

언니가 묻자 문희가 대답했다.

"비단 치마를 주면 되겠지."

"그렇게 하자."

문희가 옷깃을 벌리고 꿈을 받으려는 시늉을 하자, 언니도 꿈을 주는 시늉을 하며 말했다.

"어젯밤 꿈을 네게 주노라."

문희도 꿈 값을 비단 치마로 치렀다. 그런 지 열흘이 지났다.

유신은 춘추와 함께 자기 집 앞에서 축국을 하느라 공을 찼다. 춘추는 딸 고타소랑을 둔 홀아비였고, 유신은 전부터 그와 여동생을 맺을 생각을 벼른 터였다. 이 때 유신은 일부러 춘추의 옷을 밟아서 옷끈을 떨어트리게 하고 말했다.

"이렇게 죄송할 데가…… 춘추 공, 내 집에 들어가서 옷끈을 달도록 합시다."

춘추는 그 말을 따랐다. 춘추 공이 집에 들었다는 말을 들은 문희는 얼른 몸단장을 곱게 했다. 술자리를 마련한 유신이 보희에게 명했다.

"네가 춘추 공의 옷을 꿰매 드려야겠다. 어서 방으로 들라."

그러자 보희가 대꾸했다.

"어찌 그런 사소한 일로 해서 가벼이 귀공자와 가까이 한단 말입니까?"

보희는 달거리 중이었으므로 몸이 안 좋았다. 그러자 유신은 문희를 불렀다. 곱게 단장한 문희가 기쁜 빛으로 들어서는 모습을 보자 유신은 흐뭇했다. 말하지 않아도 이미 오라비의 뜻을 잘 알고 있는 영리한 동생이었다.

"보희가 몸이 안 좋으니 네가 춘추 공 옷을 꿰매 드려라."

유신이 명하자 그 누이는 사뿐 춘추의 옆에 앉아 인사드렸다. 청초한 미모의 문희가 얌전하게 자신의 옷고름을 다는 것을 본 홀아비 춘추는 넋을 잃고 바라보았다. 그 두 사람의 모습이 잘 되어갈

232

것 같았으므로 유신은 슬쩍 자리를 피했다. 애교 있고 영리한 문희
는 금방 춘추를 사로잡았다. 다음 날부터 춘추는 문희가 보고 싶어
자주 그 집을 왕래 했고, 둘은 부부 같은 관계가 되어 버렸다.

하지만 춘추는 혼인을 하자고 청하지는 않았다. 유신이 보기에
우유부단하기만 한 춘추였다. 유신의 부친 서현 또한 만명과 결혼
하기가 얼마나 힘들었던가. 춘추 또한 고민이 깊었다. 신라 왕족은
왕족과 결혼해야만 명예가 지켜졌고 왕위 계승권이 있었다. 그가
문희와 결혼한다면 혈통이 떨어져 그만큼 왕 위를 계승하기가 힘
들어지는 것이다. 그의 아버지와 어머니는 모두 왕의 자식이었으
므로 그는 성골이라 할 수 있는데, 문희와 결혼하면 그 처족의 혈
통 때문에 진골로 격하되는 것이다.

유신이 답답해서 속이 끓는 참에 누이는 그 아이를 임신했다. 유
신은 속으로 옳다, 잘됐다, 쾌재를 부르며 누이를 꾸짖었다.

"너는 부모에게 알리지도 않고 아이를 배었으니 그게 무슨 일
이냐?"

누이는 오라버니의 뜻을 알고 있었으므로 낯색 하나 변하지 않
았다. 문희는 유신이 시키는 대로 고분고분 응했다.

다음 날부터 유신은 노기등등한 기세로 나다니며 춘추의 아이를
가진 누이동생을 불태워 죽인다고 말을 퍼뜨렸다. 여왕이 남산에
거동한 시간을 맞춰 유신은 마당 가운데 나무를 쌓아 놓고 불을 질
렀다.

여왕이 남산에 올라가 있을 때, 춘추를 비롯한 몇몇 가까운 신하
들이 옆에서 모시고 있었다. 그녀는 높은 곳에서 산책하며 자신의
나라를 두루두루 내려다보는 기쁨을 즐기고 있었다. 그 때 그녀의

기뻐하는 시선 속으로 검게 타오르는 연기가 보였다. 자신의 왕도 한 가운데서 심상치 않은 불길이 일어나는데, 여왕의 반응이 걱정스럽지 않을 수 없었다.

"이 성 안에 웬 불이냐? 내 나라 안에 검은 불이 일다니. 무슨 일이냐?"

여왕이 급히 묻자 그 소문을 들어 이미 알고 있는 신하들이 서로의 얼굴을 돌아보았다. 그들은 흘끔거리면서 춘추를 보았고 춘추의 안색은 변해 있었다.

"공들은 뭔가 알고 있는 것 같은데, 저게 누구의 집인가?"

그러자 그들 중 누군가 대답했다.

"저 집은 유신 공의 집인데, 유신이 그 누이를 벌하여 태워 죽인다며 놓은 불이라 합니다."

"유신이라고?"

여왕은 그 이름 때문에 더 놀랐다.

"유신이 무엇 때문에 그런 참혹한 벌로 누이를 죽인단 말인가?"

"그 누이가 부모 허락도 없이 아이를 가졌다고 합니다."

"그렇다고 태워 죽인다니, 이는 무슨 연유가 있는 것 같구나. 대체 그 누이의 뱃속 아비가 누구라고 하더냐?"

그러자 아무도 대답이 없었다. 그들은 서로 눈치를 살피며 머뭇거렸는데 분명 알고 있는 눈치였다.

"아비가 누구지? 왜 모두 입을 다물고 있는가?"

그녀의 예리한 시선이 재빨리 춘추에게 날아가 꽂혔다. 그 전부터 안절부절 하던 춘추는 이모인 여왕과 시선이 정면으로 부딪자 안색이 새파랗게 변했다. 춘추가 유신과 친해서 집에 자주 드나드는 것을 여왕도 잘 알고 있었다. 그녀는 기가 막힌 나머지 웃음을 흘렸다.

"바로 춘추 너구나."

춘추와 신하들 모두 여왕의 다음 말을 기다리기만 했다. 사랑하는 이들을 노엽게 바라보고 있는 듯한 여왕이 소리쳤다.

"대체 뭘 하는 거냐? 유신 공의 집으로 빨리 가거라. 사내가 여인을 좋아했으면 그 값도 치러야지. 어서 가서 살리고 혼례를 올리도록 해라."

여왕은 가차 없이 춘추에게 유신의 누이와 혼례를 올릴 것을 명령했다. 그토록 머뭇거렸던 춘추의 결혼은 이제 왕명으로 불가피해졌다. 그 명을 받은 춘추 역시 차라리 홀가분한 기분으로 말을 달려 유신의 집으로 갔다. 그는 연극을 하느라 나뭇단 위에서 옷을 약간 그슬린 문희를 안아 구해내며 왕명을 전했다. 그리고 곧 혼례를 올렸다. 그 때 문희의 뱃속에 있던 아이가 태자 법민으로 후에 문무왕이 된다.

여왕은 즉위한 지 5년 째 되던 해 병들었는데 의약과 기도도 효력이 없었다. 오랫동안 침상에 누워 있는 날들이 많아졌다. 그녀는 모두를 물리쳤으므로 시녀들조차 멀찌감치 여왕을 시중들었다. 말하는 것도 힘들었고 시중하는 이들이 곁에서 어른거려도 귀찮았다. 왕의 화려한 비단 옷과 장신구를 떼어내고 화장을 벗은 얼굴은 창백했다. 그 모든 화려함과 고귀한 겉모습이 벗겨지고 나면 가련하게 병든 늙은 여인이 남아 있을 뿐이었다. 누워 있는 그녀의 입에서는 가끔 얕은 신음이 흘렀다.

신하들 중 누군가 여왕을 병문안 와서 제의했다.

"불법의 힘으로 폐하의 병을 낫게 할 수 있을 것입니다. 황룡사에 승려를 모아 폐하의 병이 낫기를 기원 드리라 하겠습니다."

여왕은 고개를 끄덕이며 허락했다.

황룡사에서는 곧 백고좌를 베풀어 승려를 모아 놓고 왕을 위해 인왕경을 강독케 하였다. 승려 백여 명을 허락케 하는 대규모의 법회가 십 여일이상 이어졌으나, 여왕의 병은 아무 차도가 없었다.

그 해 5월, 여왕의 병은 여전했다. 내내 침상에 누워서만 지내던 그녀가 시녀들에게 물었다.

"마음이 몹시 뒤숭숭하구나. 바깥에 괴이한 소문이라도 있느냐?"

"개구리 떼가 대궐 서쪽 여근곡에 모여 울고 있다 합니다. 그 소리가 매우 시끄럽다 하니 심기가 편치 않으신가 합니다."

"장군 알천을 들라 하라."

일어날 기력조차 없어 보이던 그녀가 시녀에게 자신의 의관을 갖추도록 했다. 여전히 건장한 알천은 그녀의 초췌한 모습을 보고 눈물을 글썽였다. 그런 알천을 향해 미소 지며 그녀가 말했다.

"그 덩치로 곧장 눈물을 글썽이니 심히 우습군요. 내가 죽으려면 아직 멀었으니 심려 마오."

"깊은 병중에 신을 부르시다니 무슨 긴한 일이라도……."

"지금 바깥이 개구리 소리로 매우 시끄럽다 하는데, 개구리는 툭 불거진 눈이니 군사의 형상을 뜻함이 아닌가? 내 일찍이 서남변에도 또한 여근곡이라고 하는 곳이 있다고 들었소. 혹시 백제 병사가 그 곳에 잠입하여 있지나 않은 지 공이 직접 수탐하여 보시오."

이 때 무왕의 명을 받은 장군 우소는 병사 오백 명을 이끌고 신라의 독산성을 침습하던 중이었다. 우소가 여근곡에 이르자 해가 지므로 말들의 안장을 풀게 하였다. 그리하여 장군 알천과 필탄이 수탐했을 때, 백제 군사들이 잠복해 있었으므로 알천이 기습하여 무찔렀다. 우소는 큰 돌 위에 올라가서 활을 당기며 거전하다가, 화살이 다하자 사로잡혔다.

여근곡은 경주 부산 골짜기에 있는 작은 산으로 여자의 성기를 쑥 빼놓은 듯해서 붙여진 이름이었다. 멀리 정면에서 보면 여성 성기 구조와 비슷한 이 일대는 신라, 백제간 피비린내 나는 싸움이 잦았다.

여근곡에서 백제군을 치고 온 알천과 신하들이 여왕을 배알했을 때 물었다.

"어떻게 개구리 우는 것으로 변이 있다는 것을 아셨습니까?"

여왕이 대답했다.

"개구리가 성난 모양을 한 것은 병사의 형상이요, 여근이란 곧 여자의 음부이니. 여자는 음이고 그 빛은 흰데, 흰 빛은 서쪽을 뜻하므로 군사가 서쪽에 있는 것을 알았소. 또 남근이 여근에 들어가면 죽는 법이니 그래서 잡기가 쉽다는 것을 알 수 있었소."

다음 해 여왕은 알천을 배하여 대장군으로 삼았다.

선덕 여왕 7년 3월,

칠중성 남쪽에서 큰 돌이 저절로 35보 가량이나 옮겨갔다.

9월에 하늘에서 노란 꽃비가 쏟아졌다.

그 때까지도 여왕은 침상에 누워 지내는 날이 더 많았다. 어쩌다 몸이 좋으면 정사를 보았고, 그러다 다시 스름스름 앓아누워 지내야만 했다. 병중에서도 그녀는 늘 마음이 편치 않았으므로, 알천을 불러 국사에 관해 의논하였다.

"칠중성은 고구려 북변에 인접한 성 아닌가? 그 부근의 징조가 심상치 않은 것을 보면, 고구려 군의 움직임이 또한 그런 게 아닌가 하오. 공이 몸소 그 곳을 살펴서 백성을 편안케 하고 침입에 대비한 만반의 준비를 갖추도록 하시오."

그해 10월, 고구려가 칠중성을 침범하자, 백성들이 놀라 산골짜기 속으로 들어갔다. 알천은 백성을 안심하게 한 다음, 칠중성 밖으로 나가 고구려 군과 싸워 이겼다. 이 때 사로잡은 적의 수가 매우 많았다.

선덕 여왕 즉위 5년일 때, 자장법사가 중국으로 유학하였다. 자장은 변방 나라에 태어난 것을 스스로 탄식하고 중국으로 가서 불법을 구했다. 그의 꿈에 문수보살이 나타나서 말했다.

"너희 국왕은 바로 전생에 천축 찰리종의 왕으로 이미 불기를 받았기 때문에, 따로 인연이 있어 동이 야만의 종족과는 다른 것이다. 그러나 산천이 험한 탓으로 사람들 성질이 거칠고 사납고 간사한 말을 많이 믿는구나. 그래서 때때로 혹 천신이 화를 내리기도 하지만, 불법을 많이 아는 비구가 나라 안에 있기 때문에 군신이 편안하고 만 백성이 화평한 것이다."

어느 날은 법사가 중국 대화지라는 못을 지나는데, 그 못의 용이 사람으로 변해 나와 물었다.

"법사는 어찌하여 이 곳에 오셨소?"

자장이 대답했다.

"보리를 구하기 위해서입니다."

용은 그에게 절하고 나서 또 물었다.

"그대의 나라에 무슨 어려운 일이 있소?"

"우리나라는 북으로 말갈에 연하고 남으로는 왜국에 이어져 있으며, 고구려와 백제 두 나라가 번갈아 국경을 범하는 등 이웃 나라의 횡포가 자주 있사옵니다. 이것이 백성들의 걱정입니다."

용이 말했다.

"지금 그대의 나라는 여자를 왕으로 삼아 덕은 있어도 위엄이 없기 때문에, 이웃 나라에서 침략을 도모하는 것이다. 그대는 빨리 본국으로 돌아가시오."

자장이 물었다.

"고향에 돌아가면 무슨 유익한 일이 있겠습니까?"

"황룡사의 호법룡은 바로 나의 큰 아들이오. 범왕의 명령을 받아 그 절에 가서 보호하고 있으니, 본국에 돌아가거든 절 안에 구층탑을 세우시오. 그러면 이웃 나라들은 항복할 것이며 왕업이 길이 편안할 것이오. 탑을 세운 뒤에 팔관회를 열고 죄인을 용서하면 외적이 해치지 못할 것이오. 다시 나를 위해서 경기 남쪽 언덕에 절 한 채를 지어 함께 내 복을 빌어주시오. 그럼 나 또한 그 은덕을 보답하겠소."

용은 말을 하고 옥을 바친 후 이내 형체를 숨겼다.

자장이 당나라 도성에 들어가자 당 태종이 칙사를 보내 그를 위무하고 승광 별원에 거처하도록 했다. 당 태종의 은총과 내린 물건이 매우 많았으나, 자장은 그 번거로움을 꺼렸다. 그는 절벽 바위에 나무를 걸쳐 방을 만들고 3년을 살면서 수도했다.

여왕은 시간이 날 때면 산사에 가서 배를 올렸다. 절에서 산책을 하며 자연의 고요함 속에서 명상을 했다. 풍경소리나 종소리를 들을 때는 잔잔한 감동이 엄습했다. 부처의 미소 짓는 은은한 석상을 보고 석탑 주위를 도는 것만으로도 평화로운 행복감을 느낄 수 있었다. 그녀는 사정만 허락한다면 다시 불법에 귀의하고 싶을 정도였다.

여왕이 자신을 따라온 대신 을제에게 말했다.

"을제 공, 우리 백성에게는 종교가 필요하오. 불교는 귀족 중심의 종교지, 아직 백성에게는 널리 퍼지지 않았소. 난 우리 백성이 행복해지기 위해서는 종교가 필요하다고 생각하오. 백성들은 늘 뭔가 믿고 싶어 하지 않소? 하다못해 집에 있는 구렁이를 집 지키는 신이라며 믿을 정도요, 또 왕인 나를 여신으로 아는 사람들도 있소. 백성들은 불안과 근심이 많아 큰 의지가 필요합니다. 부모들은 타국의 병사들이 내 자식을 죽이면 어떻게 하나 고민하고, 농부는 자신이 뿌린 씨앗이 짓밟히지는 않을까, 집이 야수 같은 병사들에게 약탈 당하지나 않을까, 자신들이 일한 들판에 피로 거름을 주는 것은 아닐까 늘 조바심을 내고 있어요. 그러니 불교처럼 도의(道義)가 훌륭한 종교라면 백성들에게 행복과 안정을 줄 것이오, 짐은 종교 앞에서만이라도 계급차별 없이 모든 사람이 평등한 위안을 받길 바랍니다. 또 죽음을 앞둔 사람이 혼자 괴로워하지 않고 최선의 자비를 맞이하도록 바라오. 무엇보다 짐은 불교가 백성과 국가 간의 확고하고 영속적인 연결고리가 될 것이라 확신하고 있소."

그러자 대신 을제도 동의했다.

"폐하, 그렇습니다. 종교도 없이 어둠 속을 끝없이 걸을 수는 없습니다. 불교는 분명 백성들에게 등불이 되어 줄 것입니다. 지금 우리나라는 풍랑 속에서 흔들리는 거대한 배와 같사온데, 종교가 없다면 길을 잃고 항구로 들어올 희망도 없습니다. 불교는 닻과 마찬가지이니, 흔들리는 나라를 고정시키고 폭풍우를 헤쳐 나오는 희망이 될 것이옵니다."

"그러기 위해서는 온 백성이 우러러 바라볼 수 있는 성자 같은 종교 지도자가 필요한 법 아니겠소? 그런 자는 자장법사 밖에 없소. 공이 자장법사를 우리나라로 불러들이시오."

"자장은 당나라 황제의 총애를 받고 있으므로 황제의 허락을 받아야 하옵니다. 신이 황제께 표문을 올리도록 하겠습니다."

서기 643년, 선덕 여왕이 표문을 올려 자장을 돌려보내 주기를 청했다. 당 태종은 이를 허락하고 자장을 궁중으로 불러 들였다. 비단 한 령과 잡채 오백 필을 하사했으며 그 밖에 따로 준 예물도 많았다. 자장은 본국에 아직 불경과 불상이 구비되지 못했으므로, 대장경 한 부와 복리가 될 만한 것을 여러 가지 청해서 모두 싣고 돌아왔다.

그가 본국에 돌아오자 온 나라가 그를 환영했다. 여왕은 그를 분황사에 있게 했고 많은 것을 지원했다. 여름에는 여왕이 궁중으로 법사를 청하여 대승론을 강연케 하고 면담했다.

"법사, 불교의 기본 교리가 자비와 살생치 말라는 것입니다. 그 점은 전쟁 수행을 해야만 하는 세속의 가치와 대립되는 것이지요. 그러니 법사께서는 '법망경 보살계'를 사람들에게 널리 설파해 주십시오. 무책임한 행동이나 재미로 죽인 경우는 죄악이지만, 국가의 운명이 위태로운 상황에서 충효에 입각한 살생은 죄가 되지 않는다는 것을 강조하셔야 합니다."

"소승, 폐하의 뜻을 따라 '보살계'를 널리 알리겠습니다."

자장은 여왕의 부탁대로 황룡사에서 '보살계본'을 7일 밤낮동안 강연했다. 그러자 하늘에서 단비가 내리고 구름과 안개가 자욱하게 끼어 강당을 덮었다.

여왕은 자장법사와 황룡사 불당을 둘러보았다. 그녀는 전란이 많은 자기 나라의 평안과 만성적인 자신의 병으로부터 구원받기 위해 관음보살의 가호가 있기를 빌었다. 함께 온 사촌 자매 승만은 갖가지 꽃을 정성스레 엮은 화환을 부처께 공양했다. 승만은 불심이 돈독했고 어릴 때 자신이 했던 말처럼 혼인을 않고 조용히 살며 속세와 동떨어진 삶을 살고 있었다. 여왕은 법사에게 말했다.

"이만큼 살고 보니 죄를 많이 지었다는 것을 느낍니다. 그러니 쌓은 업이 너무 많습니다. 다음 생에 다시 태어나도 무수한 인연의 고리를 엮은 중생이 될 것입니다. 내가 왕이라 하나 일반 범부보다 더 많은 번뇌 속에서 허덕였을 뿐입니다. 이만큼 살고 보니 모두가 괴로움이고 아픔이었습니다. 한 나라의 왕이었다 하나 이제 내가 가진 그 모든 것들이 아무 소용없다고 느껴질 뿐입니다. 또한 여러 번뇌에 번뇌가 겹쳐 쌓이니 고칠 수 없는 무거운 중병을 얻게 되었습니다. 내 죄를 용서받고 이 고통의 번뇌에서도 홀가분해지고 싶습니다."

자장은 합장하며 고개 숙였다.

"존귀하신 여왕이시여, 폐하는 죄가 많다든가, 여러 번뇌와 고통을 호소하시지만 마음 속 깊은 곳에서 빛나고 있는 것을 소승은 볼 수 있습니다. 이 세상 괴로움에 눈물 흘렸기에 이 세상 기쁨에 진

242

정 웃을 수 있는 것입니다. 당신 속에서 빛나고 있는 또 하나의 당신이 소승의 눈에는 보입니다. 당신 자신 속에 바로 관음보살이 있음이니, 계의 하나에 연화라는 것이 있습니다. 진흙 속에 있으면서도 이 꽃처럼 시련을 견디어 아름다운 꽃을 피워 달라는 가르침입니다. 관음보살이 가지고 있는 꽃은 백련인데, 왜 백련인가 함은 이 꽃은 진흙탕 속에서도 아름답게 피어남과 동시에, 꽃이 머지않아 시들어버려도 곧 열매를 맺는다는 점입니다."

그러자 묵묵히 옆에 있던 승만이 말했다.

"꽃잎만 아름다운 꽃이 졌을 때는 오히려 부질없고 더 허망한 생각이 듭니다."

"그렇습니다. 그 꽃 속에 맺는 열매, 곧 실재를 갖추고 있는 것이 연꽃입니다. 쓰레기터에서 완두꽃이 피고 진흙탕 속에서 연꽃은 자랍니다. 사람 모두에게 아름다운 열매는 있는 법, 폐하의 존재는 진흙탕과 전쟁터의 피로 더럽혀진 현재의 실상에서 연꽃 같은 상징으로 길이 빛나실 것입니다."

법당 내에서 여왕 일행과 자장은 담소하며 차를 마셨다. 문득 승만이 제의했다.

"불교가 우리 동방에 번져서 비록 오랜 세월이 지났지만 그 주지를 수봉하는 규범은 없습니다. 이제 규모가 커졌으니 이를 통괄해서 다스리지 않으면 바로 잡을 수 없을 것 같습니다."

여왕은 승만의 말을 받아들였다.

"우리 법사께서 대국통이 되어 주셔야겠습니다. 앞으로 승려들의 모든 규범은 대국통인 법사께 위임하도록 할 것입니다."

그러자 자장은 오래 전부터 마음먹었던 계획을 여왕에게 청했다.

"황룡사에 구층탑을 세우면 불안한 민심이 안정되고 평안해질 것입니다. 이 탑이 세워지면 천하가 형통하고 삼한이 통일될 것입니다."

여왕은 이 말을 듣고 기뻐하며 다음 날 곧 좌우 신하들과 이 일을 의논했다. 그러자 신하들이 말했다.

"백제에서 유능한 공장이를 데려와야겠습니다."

그 탑의 규모와 미적인 외관을 고려할 때 신라의 기술만으로는 불가능하다는 생각이 들었던 것이다. 이에 보물과 비단을 가지고 백제에 가서 공장이를 청해 오게 했다. 이리하여 아비지라고 하는 공장이가 명을 받고 와서 나무와 돌을 재고, 용춘이 그 역사를 주관하는데 거느리고 있던 소장들은 2백 명이나 되었다. 그 높이만도 225척으로 탑은 2년 동안에 완공되었다.

처음 절의 기둥을 세우던 날, 아비지는 꿈에 본국인 백제가 멸망하는 모양을 보았다. 아비지가 의심이 나서 일을 멈추었더니 갑자기 천지가 진동하며 어두워졌다. 어둠이 더 짙어지더니 노승 한 사람과 장사 한 사람이 금전문에서 나와 그 기둥을 세우고는 노승과 장사가 모두 사라졌다. 아비지는 일을 멈춘 것을 후회하고 그 탑을 완성시켰다. (645년)

완성된 구층탑 앞에 여왕은 자장과 함께 많은 신하들을 거느리고 나왔다. 아득하리만치 웅대한 탑 꼭대기를 우러르는 여왕의 눈에 눈물이 맺혔다. 감격에 겨운 그녀의 눈에 환한 신라의 미래가 보였다. 그녀는 오래도록 탑을 돌며 기원했다.

자장이 말했다.

"이 탑은 백성들에게 자신감을 불어 넣고 전란에 지친 사람들을 위로해 줄 것입니다."

"법사, 나 자신이 벌써 많은 위안을 받았습니다……. 우리 신라를 가호하시고 이 땅에 풍요와 평화를 주소서. 이 땅에 전란을 그치게 하소서……. 신라는 승리하고 영원히 평안해지리라."

김춘추의 눈물

한편 백제는 무왕이 죽고(641년), 원자인 의자가 왕 위에 재위 중이었다. 의자는 담력과 결단성이 있는 성격으로 무왕 재위 33년에 태자로 책립되었는데, 부모 섬기기를 효도로써 하고 형제간에 우애가 있어 해동증자라 일컬었다.

무왕이 42년간 치세하고 죽자 사신이 당에 가서 소복을 입고 글을 올렸다.

"외신 부여장이 죽었습니다."

그러자 당의 황제가 현무문에서 애도식을 거행했다.

"……고주국대방군주 백제왕 부여장은 산과 바다를 넘어 멀리서 정삭을 받고 보배를 바치고 글월을 올려 처음과 끝이 한결 같았다. 이제 문득 세상을 떠나니 깊이 추도하는 바이다. 마땅히 상례에 더하여 슬픈 영전을 표하여 광록대부를 추증하노라."

하고 부물을 매우 후히 주었다.

신라에 대해 매우 호전적이었던 무왕. 그 왕과 아름다운 왕후 선화의 원자인 의자, 그는 아버지의 용기와 담력을 물려받았지만 동시에 그 호색함과 어머니의 사치까지 물려 받았다. 그는 왕이 된 원년에는 매우 의욕이 충만했다. 정사에 충실했고 신라를 크게 쳐서 부왕 못지않은 위용을 과시했다.

의자왕 2년 7월,

왕이 친히 군사를 크게 이끌고 신라를 쳐서 40여 성을 함락시켰다.

신라 40여 성을 쉽게 함락한 의자왕은 그 여세를 몰아 8월, 장군 윤충을 시켜 군사 1만 명을 거느리고 신라의 대야성을 치게 했다.

대야성의 성주는 김품석으로, 그는 김춘추의 사위였다. 이 무렵 품석은 사지 검일의 아내가 미색이 있음을 보고 빼앗은 일이 있었다. 검일이 이를 한스럽게 여기던 중, 백제군이 오자 내통하여 창고를 불 질렀다. 이 까닭에 성 안의 민심이 흉흉하고 모두 두려워하여 더 성을 지키기 힘들 것 같았다. 그러자 품석이 그 보좌관 서천과 의논했다.

"적이 이런 기세라면 성이 오늘, 내일 중으로 함락될 것 같으니, 항복 아니면 도망가는 수밖에 없겠소. 백성을 두고 성주가 도망가는 것은 하책이요, 항복하는 것이 오히려 상책이니 서천 그대가 적의 의중을 한번 떠보도록 하시오."

그러자 곧 서천이 성에 올라가 큰 소리로 윤충에게 말했다.

"장군이 우리를 죽이지 않는다고 약조한다면, 성을 내놓고 항복하기를 청하겠소!"

윤충이 대답했다.

"만일 그리한다면 공과 더불어 좋게 지낼 것이오. 저 하늘의 밝

246

은 태양을 두고 내 맹세하리니!"

그 말을 믿은 서천이 품석과 여러 장수들을 권하여 성 밖으로 나가려하자, 죽죽이 중지시키며 말했다.

"백제는 반복하는 나라이므로 믿을 수 없소. 윤충의 말이 달콤한 것은 우리를 꾀려는 것이오. 만일 성에서 나간다면 반드시 적에게 사로잡힐 것이니, 굴복해서 살기를 구하는 것은 호랑이처럼 싸우다가 죽는 것만 못한 거요."

그러나 품석은 듣지 않고 성문을 열었다. 성문이 열리자 군사들이 먼저 나갔는데, 백제 측에서는 준비해 둔 복병을 시켜 모두 다 죽였다. 품석이 아내인 고타소랑과 함께 나와 항복하자 윤충은 모두 죽이고 그 머리를 부여에 전하도록 했다. 그리고 남녀 천여 명은 사로잡았다.

죽죽은 황급히 성문을 닫고 남은 군사들을 수습하여 앞장서서 막았다. 그러자 용석이 죽죽에게 말했다.

"지금 전세가 이렇게 되었으니 반드시 보전할 수 없을 것입니다. 살아서 항복하였다가 후일을 도모함이 옳지 않겠습니까?"

죽죽이 대답했다.

"그대 말이 당연하나 우리 아버지가 나를 죽죽(竹竹)이라고 이름 지어준 것은 나로 하여금 한겨울에도 소나무처럼 퇴색하지 않고, 꺾어도 대처럼 굴하지 않게 함이오. 어찌 죽음을 겁내어 살아서 항복할 것인가?"

죽죽은 힘써 싸우다가 성이 함락되자 용석과 함께 죽었다.

여왕은 대야성이 함락되었다는 소식을 듣자 큰 충격을 받았다. 또 죽죽과 용석의 이야기를 듣고 슬퍼했다.

"죽죽에게는 급찬을, 용석에게 대내마를 주도록 하시오."

그런 명을 내린 다음 그녀는 좀 더 깊이 생각했다. 그녀 자신이 전장에서 사랑하는 이를 잃었던 슬픔이 새삼 되살아났다. 과부가 된 그들의 처와 아비를 잃은 자식들이 남아 있지 않은가. 이제 죽은 자보다 살아서 더 앞길이 막막한 그들. 그녀 자신이 여자이므로 여왕은 더 세세한 신경을 썼다. 그녀는 다시 명했다.

"죽죽과 용석의 처자에게도 상을 주어야 하오. 또 왕도에 집을 마련하여 옮겨 살도록 해 주시오."

한편 백제군은 군사를 머물러 대야성을 지키게 하였다. 의자왕은 대야성을 함락시키고 성주 품석과 그 아내의 머리를 가져온 윤충의 공을 논상하여 말 20필과 곡식 천 석을 주었다.

춘추는 사랑하는 딸의 죽음을 듣고 기둥에 의지해 서서 종일토록 눈을 깜박이지도 않았다. 사람들이 그 앞을 지나가도 알지 못했다. 얼마 후 그는 중얼거렸다.

"슬프다! 대장부가 되어 어찌 백제를 멸하지 못하랴!"

그는 딸의 죽음에 정신을 잃을 지경이었지만, 그 큰 충격은 단순히 딸의 죽음만은 아니었다. 사위인 품석이 여자 문제로 군사적 요충지인 대야성을 빼앗겼을 때, 싸우지도 않고 성문을 열어 항복했다는 것이 더 큰 치욕이었다. 또한 대야성은 춘추의 인적, 물적인 기반이자 세력을 유지하는 배경이기도 했다. 차라리 품석이 죽죽이나 용석처럼 싸우다가 죽었다면 이모인 여왕을 대할 면목이라도 있으련만. 대체 무슨 낯으로 왕을 뵌단 말인가. 그렇지만 당장 힘으로 백제를 칠 군사도 신라에는 부족했다.

그는 목숨을 걸 각오를 다지고 여왕 앞에 나아갔다. 하지만 여왕은 냉담한 빛으로 춘추를 바라보며 힐책했다.

"대야성은 중요 군사 요충지일뿐 아니라 신라 왕실의 기반이기도 하다. 그 중요함 때문에 내 너를 믿고 너의 일족에게 대야성을 맡겼건만…… 네 사위 품석은 싸우지도 않고 성문을 활짝 열어 주었다니 네 조부이신 진평왕께서 아시면 놀라 능에서 벌떡 일어나실 것이다. 품석이 여자 문제 때문에 성을 뺏긴 것이냐? 여색 때문에 그 지경이 되다니…… 제 아내를 뺏기고 원한을 품지 않을 사내가 몇이나 되겠는가? 장수로서의 자질도 없는데다 인격까지 결함이 있으니, 그저 남편 잘못 만난 고타소가 불쌍할 따름이구나. 그 백제의 윤충이란 자도 참 신의가 없다. 항복하면 살려준다고 해놓고 죽여서 머리까지 가져가다니, 짐승처럼 무도한 놈! 이제 대야성을 뺏어간 백제는 우리 신라 공격의 전초지를 마련한 셈이니 상황이 위급한 만큼 김유신을 압량주의 군주로 삼아 방어책임을 맡길 것이다."

그러자 고개를 푹 떨군 춘추가 말했다.

"폐하께서 말씀하신 대로 대야성은 무척 중요합니다. 대야성을 못 찾으면 그동안 끝없는 전쟁을 치르며 쌓아왔던 모든 노력이 물거품이 될 것입니다. 백제는 더 강해집니다. 그러니 신이 고구려에 가서 군병을 빌어 백제를 치도록 하겠습니다."

"뭐? 춘추 네가 고구려에 가겠다고? 임무의 성공여부를 떠나서 그건 네 신변의 안전조차 장담할 수 없는 위험한 모험이다."

"신은 제 딸에게 몸과 혼의 일부를 물려주었습니다. 딸을 무참히 죽인 적을, 신이 죽더라도 용서할 수 없습니다. 항복한 제 딸과 사위를 그렇듯 도륙한 적은 우리 신라 왕족에게까지 모욕을 준 것입니다. 고구려에서 군사를 청해서라도 백제에 원수를 갚고 싶습니다. 기필코 원수의 피에 제 손을 씻고 말겠습니다."

여왕은 잠시 생각에 잠겼다.

"지금 고구려의 실세가 연개소문 아니더냐? 연개소문과 네가 말이 통하기나 하겠느냐?"

"연개소문도 제세의 영웅으로 알려진 인물이니 저와 말이 통할 것입니다."

그러자 여왕은 고민에 빠졌다.

"과연 연개소문이 춘추 너와 말이나 통하는 인물일까? 연개소문은 왕을 허수아비로 두고 독재 권력을 자행하며 자신을 대막리지라 부르게 한다는데……. 그 자는 잔혹하고 무지막지하며 당 황제의 심기를 건드리는 오만한 역적이다. 그자의 손에 건무 왕과 백여 명의 관료가 몰살을 당했다고 들었다. 수나라의 4만 정예군을 상대로 평양을 지킨 그 명장 고건무를 개소문이 시해한 후 몇 토막으로 잘라 구렁텅이에 버렸다. 지용을 겸비한 천하의 명장 고건무가 아니었던가? 그런 왕의 최후가 개소문의 손에 짓밟혀 그토록 존엄성을 잃다니 왠지 마음이 아팠다. 참 남의 일 같지 않았지. 원래 밖의 적보다 안의 적이 더 무서운 법이다만…… 두렵구나. 난 너를 그자에게 보낼 수 없다."

"폐하, 연개소문과 백제 분할 문제를 잘 협상해 보겠습니다. 비명에 간 제 딸의 영혼을 위로하기 위해서는 백제 왕족들의 피가 필요합니다. 제 가슴은 피와 눈물로 얼룩져 마르지 않습니다. 전 그 생각만 하면 미쳐버릴 것 같습니다. 제발 고구려로 갈 것을 윤허해

주십시오."

춘추는 눈물을 흘리고 있었다. 절망감이 온 몸에 흘렀다. 그는 자신의 전 생애를 통해 이 같은 절망감을 느껴본 적이 없었다. 그리고 전 생애를 통하여 이 같은 절망감에 온 몸을 맡겼던 적도 없었다. 그는 이모인 여왕 앞이라 응석을 부리듯 마음 놓고 흐느껴 울었다.

춘추의 눈물을 본 여왕의 마음도 에이는 듯 했다. 고타소는 자신의 손녀 벌이었다. 핏줄의 죽음에 그녀 역시 마음이 아프지 않을 리 없었다. 냉정하던 여왕의 목소리는 부드러워져 춘추를 달래고 있었다.

"울지 마라, 춘추야. 자신의 감정을 조절할 줄 알아야 한다. 자신을 다스릴 줄 알아야만 비로소 남을 다스릴 수 있다. 감정을 억제할 줄 모르는 인간이 어떻게 한 나라를 다스리겠느냐? 더 냉정해져야 한다. 금방 복수를 하겠다고 하면 허점이 생긴다. 충동적으로 행동하는 것은 어리석은 인간의 만용에 지나지 않아. 홧김에 돌격하는 것은 단순한 성격의 병사들이라면 누구든지 할 수 있는 일이야. 그러나 너 같은 지휘관에게 필요한 것은 그런 육체적 용기가 아니다. 정신적인 용기와 냉철한 판단력이 필요하지. 증오는 양날이 선 칼이니 너 자신까지 다치게 할 것이다. 너는 무엇과도 바꿀 수 없는 이 나라의 소중한 존재다. 난 너에게 그런 위험한 도박을 시킬 수는 없다."

"물론 저도 위험한 도박이라는 것은 알고 있습니다. 하지만 저는 포기할 수 없습니다."

그러자 여왕이 화를 내며 언성을 높였다.

"일이 성공할 수 있다는 보장이 어디 있느냐? 섶을 지고 불속에 뛰어드는 꼴이구나."

"물론 보장은 없습니다. 그러나 큰일을 할 때는 언제나 운을 하늘에 맡길 수밖에 없습니다."

춘추는 결코 물러날 기세가 아니었다. 그의 말도 그럴 듯 했으므로 여왕은 다시 연개소문에 대해 생각했다.

"네가 만날 그 연개소문이란 자는 대체 어떤 자이냐? 부디 앞날을 볼 줄 아는 인물이면 좋으련만. 그 개소문도 우리를 완전한 적으로 돌려서야 조금도 득 될 것이 없다는 것쯤은 알 테지만……. 내가 개소문이라면 신라와 손을 잡을 텐데. 우리 신라와 손을 잡으면 우선 당나라와 대처하기 쉽지 않겠느냐? 수나라는 100만 대군으로도 고구려 정벌에 실패를 했다. 그건 요동의 추위와 식량공급 때문이었지. 만약 우리 신라가 국운을 걸고 후방에서 치며 식량지원을 했더라면 고구려는 망했을 지도 모른다. 마음만 먹으면 우리 신라도 고구려를 망하게 할 수 있다. 개소문이 과연 이런 대외관계를 파악하고, 그에 대처할 전략과 정책을 구사할 수 있는 인물일까?"

"그저 한이 되고…… 또 한이 될 뿐입니다. 당장 백제를 칠 힘이 제게 없다는 것이…… 그러니 목숨을 걸고 지옥에라도 가서 힘을 빌려 와야 합니다. 저 돼지 같은 적들 때문에 이 땅이 황폐화되는 것이 그칠 날이 없지 않습니까? 어쨌든 사생결단을 내야만 합니다. 백제에게 꼭 그 대가를 치르게 해야만 합니다. 그들을 멸하지 않고선 이 땅에 평화는 절대로 없습니다."

여왕은 춘추의 말이 그럴듯하여 골똘히 생각에 잠겼다.

"의자왕, 네 이 놈 두고 보자. 지금 너의 기세는 하늘을 찌를 듯하지만, 지금 이 일시적인 승세는 훗날 더 큰 재앙을 불러오게 되리니……."

저주하며 중얼거리던 춘추는 눈물을 감추려 고개를 숙였다. 그가 고개를 숙였지만 눈물은 무릎으로 뚝뚝 떨어지고 있었다.

여왕은 그 모습을 보고 허락을 결심했다. 고구려로 못 갔다가는 어차피 나라 안에서 말라 죽을 모습이었다.

"춘추야, 내게 자식이 없어 나는 너를 아들과 다름없이 생각했다. 또한 너는 이 나라의 중요한 재목, 내 분신이나 마찬가지 아니냐? 하지만 너무 걱정은 않겠다. 춘추야, 네가 태어날 때 내가 별을 보았는데, 넌 왕운이 있는데다 큰 전쟁에서 승리할 운명이었단다. 네 앞에는 위대한 승전이 기다리고 있다. 그러니 부디 몸조심하면서 네 기지를 펼쳐 보도록 해라."

"예, 폐하. 신도 저의 운명을 믿습니다. 그러니 심려 마십시오."

이 때 고구려에서는 연개소문이 전 왕인 영류왕(고건무)을 시해하고 왕제의 아들 장을 세워 왕을 삼고, 스스로 대막리지가 되어 국사를 보고 있던 시기였다. 개소문의 성은 천(泉)씨라고도 하며 자칭 물에서 솟아 태어났다고도 하였다. 그의 외양은 웅위했고 의기가 호방하였다. 그의 아버지였던 대대로가 죽었을 때, 개소문이 의당 그 뒤를 이어야 했는데 대신들은 그의 성격이 거칠고 잔혹함을 미워하여 계승하지 못하게 하였다. 그러자 개소문이 머리를 조아리며 여러 대신들에게 사죄했다.

"내 아버지의 직위를 계승할 수 있기를 간청 드립니다. 만일 제가 불가함이 있으면 폐직하십시오."

그러자 대신들이 가상히 여겨 드디어 그 직위계승을 허락하였다.

개소문은 막리지에 오르자, 당나라 침공에 대비하여 동북으로는 부여성에서 남으로는 발해에 이르기까지 천리장성을 쌓아 국방시설에 주력했다. 장성을 쌓을 때 남자들은 모두 성을 쌓는 일을 하게 하는 한편, 부녀자들에게는 밭을 갈게 하여 노동을 강요했으므로 원성이 높았다. 그렇지만 그는 전쟁에 관한 한 선견지명을 가진 인물이었다. 수나라가 살수에서 을지문덕에게 당한 패배를, 그 뒤를 이은 당이 반드시 복수할 것이라는 것을 예측했으므로 시급히 성 쌓는 것을 강조했다. 밤낮을 가리지 않는 대공사로 백성들의 원성이 커졌다. 또 대신들은 그가 흉악무도하다 하며 그 커지는 세력을 두려워했다.

"개소문이 처음의 약속과는 달리 여전히 흉악하고 난폭하다."

대신들이 왕과 더불어 비밀히 의논하여 죽이려 했는데 일이 누설되었다. 그러자 개소문은 보복할 결심을 했다. 그는 자기 부대의 군사를 모아 사열식을 하는 것처럼 꾸몄다. 그리고 성의 남쪽에 술잔치를 성대히 베풀어 놓은 후 대신들을 초청하여 함께 관람하기를 청했다. 대신들이 모두 모이자 그들을 죽여, 연회장은 그야말로 피로 잔치를 벌이는 지경이었다. 닥치는 대로 도륙하기를 백 명이 넘었다.

곧장 개소문은 군사를 끌고 말을 탄 채 궁중으로 들어갔다. 그는 왕을 시해하여 구렁텅이에 버렸다. 그런 후 왕제의 아들 장을 세워 자기 스스로 대막리지가 되었다. 그는 국사를 자신이 마음대로 다스렸다.

그는 체격이 큰데다 수염도 길었고, 허리에 찬 은대에는 칼 다섯을 차고 있어서 좌우의 사람들이 감히 쳐다보지도 못 하였다.

그는 말에 오르고 내릴 때마다 항상 귀인무장을 땅에 엎드리게 하여 그의 발을 디디는 발판으로 삼았다. 그가 외출할 때는 반드시 군사들이 열을 지어 따르게 하였다. 앞에서 인도하는 자가 긴 소리로 "물렀거라~" 외치면 사람들이 기겁하고 달아나느라 구렁텅이에 빠지는 것도 피하지 않았다. 그래서 백성들은 그의 존재를 매우 못마땅하게 여겼다.

당 태종은 시해된 영류왕의 죽음을 듣자 원통히 여겨 슬퍼하고, 300단의 폐백을 내리고 지절사를 보내 죽은 왕을 조제케 한 바 있었다.

영류왕은 수나라와의 전쟁에 진저리가 나 당나라에 온건유화책을 썼던 왕이었다. 당에 조공도 자주 보내고 친하게 지내려 애썼으므로 당 태종은 영류왕의 죽음을 애석하게 여겼다.

태종이 정벌을 논하자 장손무기가 말했다.

"개소문이 제 스스로 죄가 큰 것을 알고 있습니다. 개소문은 대국이 도벌할까 크게 두려워하여 수비를 매우 단단히 하고 있습니다. 그러니 폐하께서는 아직 모른 체 하시옵소서. 그가 스스로 안심하고 더욱 그 악을 마음대로 한 후에 취하셔도 늦지 않습니다."

그 말이 옳으므로 황제가 그대로 따랐다.

춘추는 고구려로 떠나기 전 유신과 만나 비장한 결의를 다졌다.

"나는 공과 일심동체로 나라의 고굉이 되었소. 지금 내가 만일 고구려에 들어가 해를 당한다면 공은 무심히 있을 것인가?"

그러자 유신이 말했다.

"공이 만일 가서 돌아오지 않는다면 나의 말발굽이 반드시 고구려, 백제 두 임금의 뜰을 짓밟을 것이오. 정말 그렇게 하지 못한다면 장차 무슨 면목으로 우리 대왕을 대할 것인가?"

감격한 춘추는 유신과 더불어 손가락을 깨물었다. 그들은 피를 흘려 마시며 맹세했다.

"내가 날짜로 헤아려 60일이면 돌아올 것이오. 만일 이 기일을 지나도 돌아오지 않으면, 다시는 살아서 만나 볼 기약이 없을 것이오."

춘추는 훈신사간과 함께 고구려에 사절로 갔다. 그가 대매현에 이르자 고을 사람 두사지사간이 청포 300보를 주었다.

고구려 경내에 춘추가 들어가자 태대대로 연개소문이 묵을 곳을 정해 주었다. 연개소문은 잔치를 베풀어 춘추를 우대했다. 잔치석에서 춘추는 고구려와 신라가 연합해 백제를 멸한 뒤 분할하는 문제를 넌지시 언급했다. 하지만 개소문은 다른 생각을 하며 진지하게 듣지 않았다. 개소문은 국왕과 이야기하라며 자신의 의견을 회피했다. 그런데 춘추가 고구려왕을 만나기 전 누군가 왕에게 고했다.

"신라 사자 김춘추는 보통 사람이 아닙니다. 이번에 온 것이 아마도 우리의 형세를 살펴보려는 것이 아닐까 하옵니다. 그러니 대왕께서는 후환이 없게 하소서."

그러자 개소문도 덧붙였다.

"김춘추는 신라왕의 오른 팔입니다. 잘라서 없애는 것이 후일을 도모하는 것입니다."

왕은 군사의 호위를 엄중이 한 후 춘추와 만났다. 그러자 춘추가 왕 앞에 나아가 말했다.

"지금 백제가 무도하여 큰 돼지처럼 우리 땅을 침범하옵니다. 우리 임금은 대국의 병마를 얻어 그 치욕을 씻을까 합니다. 그래서 신으로 하여 그 명을 대왕 폐하께 전달하게 한 것입니다."

그러자 고구려 왕이 말했다.

"그전에 그대는 잘 들어라! 마목현과 죽령은 본래 우리나라 땅이다. 그러니 그 땅을 우리에게 먼저 돌려주면 원병을 보낼 것이다."

왕은 무리한 말을 개소문과 이미 짜두었다. 그들은 춘추가 대답하기 어렵도록 욕을 보이려 작정한 터였다.

"신은 그저 왕명을 받들어 군사를 대왕께 청한 것입니다. 그런데 대왕께서는 남의 환난을 구하여 이웃과 친선하려함에는 뜻이 없으시고, 단지 사신을 위협하여 국토의 반환만 요구하십니까? 국가의 토지는 신하된 자로서 마음대로 하는 것이 아닙니다. 신은 감히 명령을 좇을 수 없습니다."

노한 왕은 그를 죽일 생각으로 별관에 가두어 두라 명했다. 또한 백제의 성충은 첩자를 통해 춘추가 고구려에 갔다는 것을 알고 개소문에게 밀지를 보냈다. 이는 개소문이 춘추의 기지에 휘말리지 않도록 다짐을 받아 두려는 것이었다.

"만일 고구려가 당과 싸우게 되면, 당과 친한 신라는 고구려에 아무 도움이 되지 않을 것입니다. 하지만 고구려와 인접한 백제는 적어도 원군을 보내 도울 수 있습니다. 그러니 대막리지께서는 당연히 유리한 편을 취하셔야 할 것입니다."

그 밀지를 받은 개소문은, 당과 겨룰 경우 자신에게 유리한 쪽은 백제라고 판단했다. 그러므로 그는 춘추를 가두는 편이 낫다고 생각하였다.

두 달 가까이 갇혀 있던 춘추는 고민 끝에, 왕이 총애하는 선도해에게 몰래 청포 300보와 자신이 지닌 보물을 보냈다. 그러자 도해가 음식을 가지고 와서 함께 술을 마셨다. 한창 술이 무르녹을 즈음에 도해가 웃음의 말을 던졌다.

"그대도 일찍이 거북과 토끼 이야기를 들었는가? 옛날 동해 용왕의 딸이 심장을 앓았는데 의원의 말이, 토끼 간을 얻어 약을 지으면 치료할 수 있다고 하였소. 그런데 바다 속에는 토끼가 없으니 어찌할 수 없는 일 아닌가? 이 때 한 거북이 용왕에게 아뢰어 자기가 그것을 얻을 수 있다 하고 육지로 나왔소. 토끼를 발견한 거북이 접근해서 꾀었소. '바다 속에 한 섬이 있다. 맑은 샘물과 흰 돌에 무성한 숲, 아름다운 실과가 있으며 추위와 더위도 없고 매도 침입하지 못한다. 네가 가기만 하면 편히 지내고 불안하지 않을 것이다' 하자 토끼가 거북 등에 올랐지요. 토끼를 등에 업고 헤엄쳐 가던 거북이 2, 3리쯤 가다가 돌아보며 말했소. '지금 용왕의 딸이 병들어 위중하다. 그런데 토끼 간이 있어야 약을 짓기 때문에 이렇게 수고로움을 불구하고 너를 업고 오는 것이다' 토끼가 그 말을 듣고 대답했지요. '아아, 나는 신의 후예라 능히 오장을 꺼냈다 씻어 다시 넣을 수 있지. 공교로이 일전에 속이 좀 불편한 듯 하여 간을 꺼내 씻어서 잠시 바위 밑에 두었다. 너의 감언을 듣고 바로 오느라 간이 아직도 그곳에 있다. 내 어찌 돌아가서 간을 가져오지 않을 것인가? 그렇다면 너는 구하는 것을 얻게 된다. 또 나는 간이 없어도 살 수 있으니 어찌 이쪽 저쪽이 다 좋은 일이 아닐까?' 하니 거북이 그 말을 믿고 도로 나가 언덕에 올랐소. 그러자 토끼가 거북 등에서 내려 풀 속으로 도망치며 거북에게 말하기를, '너는 참 어리석기도 하다. 어찌 간 없이 사는 자가 있을 것이랴?' 그러자 거북이 멍청해진 채 아무 말도 없이 물러갔다고 합니다."

도해가 한 우화의 의미를 춘추는 알아들었다. 물론 토끼의 간은 토지를 의미하고 토끼는 바로 자신을 의미하는 것이었다. 그는 곧 고구려왕에게 글을 보냈다.

"마목현과 죽령은 본래 대국의 땅입니다. 신이 귀국하면 우리 왕께 청하여 돌려 드리겠습니다. 내 말을 믿지 못하신다면 저 해를 두고 맹세하겠습니다."

하니, 고구려 왕은 그제야 기뻐했다.

한편 신라 측에서는, 춘추가 고구려에 들어간 지 60일이 지나도 돌아오지 않았으므로 여왕과 유신은 서로 걱정하였다. 여왕은 유신에게 고구려로 출병할 준비를 하라고 명했다. 그러자 유신은 국내에서 용감한 장사들을 뽑아놓고 말했다.

"내가 들으니, 위태로움을 당하여 목숨을 내놓고 어려운 일에 몸을 돌보지 않는 것이 열사의 뜻이라 한다. 한 사람이 죽음에 나서면 백 사람을 당한다. 또 백 사람이 죽음에 나서면 천 사람을 당하며, 천 사람이 죽음에 나서면 만 사람을 당하는 것이다. 그러면 천하를 횡행할 수 있다. 지금 나라의 어진 재상이 다른 나라에 잡혀 있다. 어찌 무서워서 어려운 일을 하지 못할 것이랴?"

이에 장사들이 허리를 깊이 숙이며 말했다.

"만 번 죽고 한 번 사는 일에 나가더라도 감히 장군의 명을 따르지 않겠습니까?"

유신은 드디어 여왕에게 떠날 기일을 청하였다.

"공은 결사대 만 명을 거느리고 고구려 국경으로 가시오. 전쟁을 불사하고라도 춘추를 구해야 하오. 개소문은 당의 움직임만으로도 벅찰 것이오. 아마 개소문도 그대가 몸소 일만 결사대와 국경에 들어가면 매우 불안해 질 것이오. 내 짐작으로는 아마 유혈 없이 춘추를 무사히 구해낼 것이오."

유신은 여왕이 허락한 결사대 1만 명을 거느리고 고구려 국경을 향해 출발했다.

여왕은 그 전에 미리 그 소식을 고구려 첩자가 듣도록 은근히 흘리게 했다. 그 결사대는 비밀 결사대가 아니라 과시용이었다. 즉 피를 흘리지 않고 춘추를 고구려에서 빼내오기 위함이었다.

아나나 다를까 고구려 첩자인 승려 덕창이 이 일을 재빨리 개소문에게 고하였다.

"신라 장군 김유신이 왕명을 받아 군사 일만을 거느리고 우리 국경으로 오고 있습니다. 자칫하면 전쟁이 날 것이니 대막리지께서는 대비하셔야 할 것입니다."

"그 자들이 오는 것은 우리가 잡아둔 김춘추 때문이 아닌가? 춘추는 얼마 전 우리 대왕 앞에서 맹세도 했는데."

개소문은 잠시 생각에 잠겼다. 춘추는 이미 왕 앞에서 맹세도 했고 또 첩자의 말을 듣고 보니 더 붙잡아 두고 싶지도 않았다. 그로서는 우선 당의 움직임에 대비하기에도 부담이 컸던 것이다. 싸우면 패한 적이 없다는 김유신과 전쟁을 하는 것도 퍽 피곤한 일일

터였다. 지금 우리가 신라 결사대와 죽기 살기로 싸울 이유가 없지 않은가.

한나절이 지나자 한 무장이 개소문 앞에 급하게 들이닥쳤다.

"신라 장군 유신의 행군이 한강을 지나 우리 땅 남경을 들어섰습니다. 대막리지, 어찌하오리까?"

"춘추를 돌려 줘라. 한 나라의 사자로 후히 대접하여 전송하도록 하라."

국경 쪽에서 유신이 마중 나온 군대를 향해 가던 춘추는 전송하는 고구려인에게 말했다.

"내가 백제에 대한 원한을 풀려고 군사를 청하였던 것이오. 그런데 그대 나라 대왕은 허락하지 않고 도리어 토지를 달라 하니, 이것은 신하로서 내 마음대로 할 일이 아니오. 지난 번에 대왕에게 글을 보낸 것은 죽음을 면하려 한 것이다. 그러니 그대들 왕과 연개소문에게도 그리 전하시오."

그 말을 들은 개소문은 생각할수록 춘추가 괘씸했다. 성격대로 하면 당장 신라를 치고 싶지만, 떡 버티고 있는 당이 문제였다. 그래서 그는 계책을 내어 백제왕에게 사신을 보냈다.

"……백제가 신라를 치면 우리 고구려는 당을 막아서 당이 신라를 구하지 못하도록 할 것입니다. 고구려가 당의 침입을 받으면, 백제가 신라를 쳐서 신라가 당나라를 지원하지 못하게 하십시다."

이렇듯 고구려, 백제 간에 동맹이 맺어지자, 신라는 두 나라를 혼자서 더욱 감당하기 힘든 처지가 되었다.

여왕은 춘추, 유신과 더불어 의논했다. 춘추는 풀이 죽어 여왕에게 말했다.

"제 개인적인 원한으로 성급히 고구려에 도움을 구하러 갔습니다. 성급함이 큰 실책을 부른 것 같습니다. 이제 일을 더 곤란하게 만들었으니 폐하를 뵐 낯이 없습니다."

"어차피 대세의 흐름이었다. 그러니 스스로를 너무 자책하지 말라. 네가 살아온 것만도 하늘과 유신 공의 도움이 아니었으면 불가능했을 것이다. 춘추, 그리고 유신 공, 우린 왕족으로서 충분한 권리를 누리고 있다. 하지만 왕족으로 태어난 것은 백성들을 위해 무거운 책임을 져야 한다는 것을 의미하지. 백성들의 생활이 어떤지, 우리 백성들이 안심하고 더 편안하게 살아가도록 하기 위해서는 왕족으로서 우리가 할 일이 많다. 또 우리는 주변의 세계, 백제와 고구려, 당나라가 어떻게 돌아가는지 미리미리 알아서 그 변화에 대처해야만 한다. 그래서 오늘만이 아니라 앞으로 백 년 후라도, 백성들이 안심하고 더 행복한 생활을 영위해갈 수 있도록 준비할 책임이 있는 것이다. 앞으로 나아가야 할 길을 미리 살피고 닦아나가는 것 말이다. 그러기 위해서는 우선 전쟁이 없어야만 한다."

그러자 춘추가 말했다.

"전쟁이 없어지려면 저 원수 같은 백제와 고구려를 멸하여 삼한을 우리 신라로 만드는 길밖에 없습니다. 먹느냐, 먹히느냐……. 우리 신라와 고구려, 백제, 이 한반도의 세 나라 중 어느 쪽이 역사의 흐름을 바꿔 놓을 수 있을지는…… 당연히 우리 신라여야만 합니다. 어차피 이 땅에서는 어느 편이 사라지고 어느 한 편은 살아남는 운명입니다."

여왕이 고개를 끄덕였다.

"그렇지…… 우리는 지금 조부 진흥대왕 때보다 더 빛나는 승리를 얻지 않으면 안 될 운명에 놓여 있구나. 가장 강하고 가장 현명한 자만이 생존할 수 있다!"

"우리가 살아남기 위해서는 당의 힘을 빌려서라도 고구려나 백제 어느 한 편을 먼저 멸해야 합니다. 지금 그 두 나라가 공모하여 우리를 친다면 중과부적이니 한시가 위급합니다. 저는 백제를 견제하기 위해 이번에는 일본으로 갈 생각입니다. 일본에는 우리 신라파도 있으니 고구려만큼은 위험하지 않을 것입니다. 어떻게든 일본 왕족들을 설득해서, 적어도 일본이 백제에 원군을 보내는 것만은 막도록 해보겠습니다. 저는 일본과 당나라뿐만아니라 지옥까지라도 가서 원군을 얻고야 말 것입니다. 의자왕이 있는 백제 궁궐이 몇 날 몇 달 동안 불타서, 그 재가 눈처럼 천지사방에 자욱이 뿌려지는 날은 반드시 올 것입니다."

백제를 저주하며 이를 가는 춘추를 향해 여왕이 물었다.

"춘추야, 네가 보기에 연개소문은 어떤 인물 같더냐?"

"폐하께서 짐작하신대로 용맹대담은 하지만 단선적인 인물로 보였습니다. 지략이나 화합과는 거리가 먼 인물입니다. 그런 인물은 큰일을 벌이기도 하지만 일을 아주 그르칠 수도 있습니다. 또 그자의 독재 권력은 퍽 위험해 보여서 붕괴되기가 쉬울 것 같습니다. 연개소문으로 인해 장차 고구려의 앞날은 위태로워질 것이 뻔합니다. 그 자는 당나라의 황제를 끊임없이 자극해서 고구려의 무덤을 파고 있습니다."

그러자 여왕이 시원스런 웃음을 터뜨렸다.

"하하하…… 두 마리 호랑이를 싸움 붙여 중간에서 이득은 우리가 챙길 수도 있겠구나. 이세민도 냉혹하고 대담한 인물이다. 제위를 차지하기 위해 아비가 황제 자리에 버젓이 있는데도 형제들과 조카 열 명을 죽이고 제위에 오른 자 아닌가? 우리에게 관용을 베푸는 척 해도 응큼하고 잔인하기 그지없는 음모가다. 그러니 그대들도 이세민을 유의해야만 한다. 이세민과 연개소문, 둘 다 패륜과 오기, 자존심이라면 제일가는 자들 아니냐? 그 둘이 싸움을 벌이는 건 시간문제인데…… 과연 시간이 문제구나. 우리가 자꾸 당나라를 부추겨서 그 시간을 앞당겨야 할 터."

유신이 말했다.

"그렇습니다. 전시에는 위기가 오히려 기회가 되는 수가 있습니다. 이제는 당에 구원을 요청할 차례입니다. 고구려가 우리 신라를 괴롭히는 것도 당 황제에게는 고구려를 칠 명분이 충분히 될 수 있습니다. 당이 고구려와 싸우게만 된다면, 백제쯤은 제 힘으로도 충분히 칠 수 있습니다."

유신을 보면 여왕은 자신에게도 힘이 솟는 것 같고 만사가 잘 되어갈 예감 같은 것이 느껴졌다.

"공은 정녕 이 나라의 수호자요. 그대가 있어 우리 신라는 선택될 것이오. 당장 당 황제에게 조서를 보내도록 해야겠소. 당 황제는 즉위하자마자 주변국들부터 정벌해 나간 야심가 아닌가? 그 다음은 고구려 차례가 분명하다. 우리가 구원을 청하면 적어도 이세민이 고구려, 백제를 달래기는 할 것이다. 일단 시간을 벌 수는 있을 터……."

어쨌든 고구려는 신라가 감당하기엔 너무 강한 힘이었다. 그 고구려의 날개를 당이 꺾어 주어야만 했다. 전 왕 진평왕의 시대에 수나라가 고구려와 전쟁을 함으로써 고구려의 국력이 감소하였듯,

신라를 위해서는 다시 당나라와 고구려가 붙어 그 전력을 감소시켜야만 했다.

선덕왕 12년 9월,

당에 사신을 보내 황제에게 구원을 청했다.

"고구려와 백제가 우리나라를 침략하여 많은 성이 공격을 받았습니다. 그들 국가는 군사를 연합하여 기어코 우리나라를 취하려 하고 있습니다. 지금 이 9월에 대대적으로 군사를 일으킬 모양입니다. 그러고 보면 우리의 사직은 필연코 보전할 수 없을 것이옵니다. 상황이 워낙 급박한 지라 신하를 보내 대국에 귀의합니다……. 이제 대국의 부대를 빌어 구원을 받으려 하는 것입니다."

당 태종은 김춘추가 고구려에 가서 원병을 청하다 실패한 일을 알고 있었다. 감히 당과 원수라 할 수 있는 고구려 편에 붙으려 하다니. 그는 신라가 이쪽 저쪽에 다 원군을 청하는 것이 못마땅하기 그지없었다. 또한 신라는 그 때까지 자주적으로 연호를 썼는데, 그것도 당 태종의 비위에 거슬렸다. 자신의 도움을 청하면서도 한편 제멋대로인 것 같은 신라의 여왕이 그는 늘 못마땅하던 차였다. 당 태종은 신라 여왕을 애태울 마음으로 사신에게 말했다.

"그대의 나라가 고구려, 백제의 침략을 받는 것을 나는 실로 애달프게 여긴다. 그래서 자주 사신을 보내 그 세 나라를 화합케 하려고 하였다. 하지만 소용없었구나! 이제 고구려, 백제가 곧 그대의 나라를 분할하고 말테니, 그대 나라에서는 어떤 묘책을 가지고 화를 면하려 하느냐?"

사신이 대답했다.

"우리 임금이 시세가 궁하고 계책이 다하였습니다. 오직 환난을 대국에 알려서 보전하기를 바랄 뿐입니다."

그러자 당 태종이 별러 놓았던 말들을 풀어 놓았다.

"내게 여러 계책이 있으니 들어 보겠느냐? 내가 변방의 군사를 조금 보내서 거란과 말갈을 거느리고 곧 요동으로 쳐들어간다 하면, 그대 나라는 저절로 풀리게 되지 않겠느냐? 그러니 일 년 동안은 적의 공격을 늦출 수 있을 것이다. 바로 이것이 첫째의 방책이요, 내가 또 그대에게 수천의 붉은 옷과 붉은 기를 줄 것이다. 고구려와 백제 두 나라 군사가 이를 때에 그것들을 세워 벌여 놓으면, 저들이 보고 우리 군사로 여겨 달아날 것이다. 바로 이것이 둘째의 방책이다. 백제는 바다의 험함을 믿고 병기를 수선하지 않을 뿐 아니라 남녀가 섞여 연회만 한다. 그 향락적이고 퇴폐적인 꼴이 짐의 마음에 안 든다. 내가 몸소 수십 백선에 갑졸을 싣고 고요히 바다에 떠서 그 땅을 습격하고 싶구나. 하지만 그대 나라도 문제가 있다. 그대 나라는 임금이 부인이어서 이웃 나라에 업신여김을 받고 있지 않으냐? 이는 임금을 잃고 적을 받아들이는 격이라 해마다 편안한 적이 없구나. 그러니 내가 나의 친족 한 사람을 보내 그대 나라의 임금을 삼으면 어떨까? 자연 혼자서 갈 수는 없으니 마땅히 많은 군사를 보내 보호케 하리라. 그래서 그대 나라가 안정됨을 기다릴까 한다. 바로 이것이 세 번째 방책이다. 그대는 잘 생각해 보아라. 어느 편을 좇으려 하느냐?"

황제의 말을 듣고 있으니 사신은 기가 막혀 다만 "예" 하고 대답할 뿐이었다.

당 태종의 여왕에 대한 모욕적인 발언은 신라 조정을 발칵 뒤집어 놓을 정도였다. 또 고구려에 갔다가 실패한 김춘추의 실책도 크게 문제가 되었다. 대신들이 분열된 것과 이세민의 모욕에 여왕은 큰 상처를 입었다. 그렇지만 그녀는 애써 담담한 표정으로 대신들을 화합시키기 위해 노력했다.

"잘잘못을 따지며 서로 흠집 낼 때가 아니오. 모두들 정신 차리시오. 우리가 놓여 있는 긴급한 입장을 생각해 본다면, 분열을 일으키기 보다는 시대의 흐름에 거역하지 않는 것이 좋을 것이다. 분열하면 파멸밖에 초래하는 것이 없소. 당의 황제는 수나라의 복수를 생각하며 진작부터 고구려 정벌을 논한다고 들었소. 더구나 개소문은 당을 위협할 만한 인물이니 황제도 이미 치밀한 계획을 짜고 있을 것이다. 둘을 싸우게 만드는 것은 다만 시간이 문제일 것이나, 아마 당의 황제도 더 늙기 전에 시도할 것이오. 우리가 할 일은 당의 황제를 자꾸 부추겨서 시간을 조금이라도 앞당기는 것이오."

곧 여왕은 유신을 불러 명했다.

"약한 나라의 여왕이라는 내 처지가 한스럽구나. 내가 여왕이라 하나 공 같은 이가 있는데 두려울 게 뭐 있겠소. 우리 스스로 힘을 키워 당 임금에게 자기 힘을 빌리지 않아도 건재하다는 걸 보여 줘야 할 때요. 지금은 고구려, 백제가 더 강하다 하나 그들의 무분별한 힘보다는, 우리의 장기간에 걸친 인내가 반드시 그 두 나라를 이기게 할 날이 올 것이다. 그렇지만 지금은 뭔가 보여줘야 할 때가 아닌가? 유신 공은 당장 백제를 칠 만반의 준비를 갖추도록 하시오. 백제를 혼내고 당에게도 우리 자존심을 보여 주어야만 하겠으니."

다음 해 9월, 여왕은 유신을 상장군으로 삼아 백제의 일곱 성을 급습하라 명하였다. 명을 받든 유신이 나가 백제의 가혜성, 성열성, 동화성 등 7성을 쳐서 크게 이기고 이어 가혜진(나룻길)을 열어 놓았다.

선덕왕 14년 정월,

유신이 백제를 치고 돌아와 아직 여왕을 뵙지도 못한 때였다. 백제의 대군이 또 변경을 침범하니 여왕이 그에게 명해 막게 하였다. 그는 집에 들르지도 못하고 곧 가서 백제군을 쳐 2천 명의 목을 베었다.

3월에 돌아와 여왕을 뵙고 전과를 보고하였는데, 집으로 돌아가기도 전에 또 급보가 날아들었다. 백제 군병이 크게 군사를 들어 국경을 침범한 것이다. 일이 급한 까닭에 여왕은 다시 유신에게 일렀다.

"나라의 존망이 공의 일신에 달렸소. 공은 수고로움을 꺼리지 말고 가서 도모하기를 바라오."

유신은 또 집에 들어갈 틈도 없이 군사를 조련하고 병기를 수선했다. 그가 군사들과 떠날 때 자기 집 문 앞을 지나게 되었다. 이 때 그의 집 남녀들이 모두 문 밖에 나와 그를 바라보고 눈물을 흘렸으나, 유신은 돌아다보지도 않았다. 50보쯤 가다가 말을 멈춘 그가 자기 집 우물물을 떠오라 명했다. 그는 물을 마시며 말했다.

"우리 집 물이 아직도 예전 맛 그대로구나."

이에 군사들이 모두 말했다.

"대장군이 이렇게 하는데, 우리들이 어찌 골육을 떠나는 걸 한스럽게 여기랴."

268

국경에 당도하자 백제군은 유신이 왔다는 것을 알고 두려워했다. 백제군은 이제 유신의 이름만 들어도 떨었다. 그러므로 그 굳건한 병력을 보자 감히 다가오지도 못하고 물러갔다.

신라의 호소를 들은 당 태종도 이미 생각한 바가 있었다. 그는 고구려 사신이 오자 조서를 보장왕에게 보냈다. 당 태종 역시 고구려가 말을 듣지 않을 시, 여차하면 고구려를 치고 싶은 구실이 많았다.

"신라는 우리나라에 귀의하여 조공이 끊이지 아니하니, 백제와 더불어 전쟁을 그치는 것이 마땅할 것이오. 만일 또 다시 신라를 친다면 명년에는 군사를 일으켜 그대 나라를 칠 것이오."

당의 사신인 현장이 고구려에 당 태종의 말을 전하러 왔다. 그때 개소문은 이미 군사를 거느리고 신라를 쳐서 두 성을 깨트린 직후였다. 왕이 개소문을 불러 오게 하자 그제야 할 수 없다는 듯 돌아왔다.

현장이 황제의 뜻을 개소문에게 전하며 말했다.

"더 이상 신라를 침략치 마시오."

개소문이 현장에게 퉁명스레 대꾸했다.

"우리가 신라와 원극이 벌어진 지 벌써 오래요. 지난 번 수나라가 침입했을 때 신라는 그 틈을 타서 우리 땅 5백 리를 빼앗아 그 성읍을 모두 차지했소. 그 땅을 돌려주지 않으면 싸움은 아마 그칠 수 없을 것이오."

현장이 대꾸했다.

"이미 지나간 일을 추론해 무엇 하랴. 지금 요동의 여러 성도 본래 다 중국의 군현이었지만, 중국은 그것을 찾는다고 말하지 않았소. 그런데 고구려는 왜 반드시 옛 땅을 찾으려고 하는 것인가?"

그러자 개소문이 벌컥 화를 냈다.

"우리 요동 이동의 땅을 옛날 중국 군현이라고 말씀 하셨소? 그건 한적 유철이 우리 옛 땅을 침범하여 한사군을 두었던 옛 일을 말하는 모양인데, 그렇게 따지고 보면 지금 당의 영주나 유주 같은 땅도 모두 옛날 우리의 군현 아니었던가? 더 할 말 있소? 그대 나라 황제는 우리나라에 이런저런 간섭 더 말라 하시오."

연개소문은 소년 시절 한때 중국 천하를 유람하다 지금의 당 태종인 이세민과 그의 일등 공신인 이정 장군과 만난 적이 있었다. 젊은 시절 세 영웅이 함께 조우한 적이 있어 그들은 피차 안면이 있던 차였다.

본국에 돌아간 현장이 개소문의 태도와 그가 한 말을 그대로 전하자, 당 태종은 크게 노해서 소리쳤다. 그 노함은 다름 아닌 천자인 자기의 명을 개소문이 우습게 안다는데 있었다.

"개소문은 임금을 죽이고 그 대신들을 해치고, 또 그 인민을 잔혹하게 괴롭혔다. 지금 또 감히 나의 명령까지 어기니 정토하지 않을 수 없다."

그렇지만 당 태종은 나름대로 신중했다. 다시 장엄을 시켜 고구려 국정도 염탐할 겸 한 번 더 개소문과 만나게 하였다. 그러자 개소문은 사신의 명분으로 온 장엄을 굴속에 가두어 버렸다. 개소문의 그러한 태도는 당 태종의 자존심을 크게 상하게 하였다.

선덕 여왕 14년 5월,

270

당 태종이 친히 고구려를 정벌하므로, 여왕은 군사 3만 명을 내어 당나라를 돕게 했다. 여왕은 지휘관을 따로 불러 명을 내렸다.

"당과 약속한 대로 출병은 하되 직접적인 군사 행동은 하지 마시오. 우리는 일단 지켜보기만 할 것이다. 혹시 당군이 평양 공격에 실패하면 향배를 지켜보다가 물러나라. 고구려는 당나라가 해결하도록 맡겨 둬야 한다. 잘못하면 고래 싸움에 새우 등이 터질 수 있으니……."

백제 의자왕이 그 틈을 타서 신라 7성을 습격했지만, 유신이 나가서 그들을 막았다.

이제 다시 삼한은 커다란 전쟁의 소용돌이에 휩싸이기 시작했다. 오히려 긴장이 풀려 버리자 여왕은 다시 침상에서 일어날 수 없었다. 하지만 이 큰 전쟁동안은 마음 놓고 앓으며 휴식할 수 있을 것이다. 당이 고구려와 싸우는 동안은 이 나라가 안전할 테니까. 그녀는 너무도 피로했다. 긴 잠을 자며 휴식을 취하고 싶었다. 하지만 긴 잠 속에서 깨어나면 더욱 더 쓸쓸했다.

잠에서 깨어 바라보는 거울 속의 병들고 늙은 여인의 얼굴은 낯설었다. 이 모습이 내 얼굴이라니. 그녀는 자신의 육체가 이승에서의 사명을 거의 완료해감을 알고 있었다. 거울을 보며 그녀는 이승에서의 마침표를 찍는 기분으로 중얼거렸다. 이 여인, 왕의 장녀로 태어나 모든 이의 기대를 받으며 왕의 딸로 성장했다. 사랑도 하고 결혼도 했다. 그리고 그들을 모두 잃었다. 왕의 금관을 쓴 후 내 앞에 놓인 것은 오로지 전쟁, 피와 살기 위한 투쟁, 만성적인 병. 그 모든 것은 그저 고통일 뿐이었다.

바로 지금 그대들 중 누군가라도 내 곁에 있어야만 한다. 다정한 눈빛으로 위로해줄 그대, 그 뜨거운 가슴팍에 이 피로한 머리를 뉘어줄 그대. 그대들의 넓은 가슴으로 이 세상의 시끄러움과 공포를 막아 다오. 하지만 그대들은 어쩌면 그리도 빨리 떠나 버렸는가. 어쩌면 그리도 멀리 있는가. 내게 이토록 무거운 짐을 지운 채 혼자 버려두었는가. 그리고 그녀는 조만간 다가올 자신의 죽음에 대해 생각했다. 온 몸을 쓸고 지나는 고통을 느낄 때면 매시간 삶보다 죽음을 더 원했다. 그녀에게 죽는 것과 태어나는 것은 차이가 없었다. 그냥 혼의 집을 옮기는 것과 같았다. 이제 이 낡고 병든 집에서 떠나는 것이다. 죽음은 이별이 아니었다. 그들과 더욱 더 하나가 될 수 있으니까.

한밤중 시녀들은 흰 침실복 차림으로 내전을 나오는 여왕을 목격하였다. 하지만 시녀들 중 누구도 여왕에게 말을 걸거나 그 앞으로 나서는 자는 없었다. 저렇듯 잠자리에서 일어나 꿈꾸는 표정으로 걸어 나오는 여왕에게 말을 걸어 감히 깨워서는 안 된다는 것을 모두 알고 있었다. 여왕은 흡사 다른 세상을 떠도는 혼처럼 신비하면서도 두렵게 보였다. 병상에 누워 잘 걸을 수도 없으면서, 그녀는 흡사 바람 같은 동작으로 가볍게 궁중의 뜰과 숲을 배회하는 것이었다.

그녀는 수목들을 쓰다듬고 껴안으며 한숨지었다. 수액이 충만히 솟아 오른 푸르른 초여름의 수목들. 나무를 껴안고 있으면 자신이 그 나무와 자매인 듯 정이 느껴지고 편안했다. 나무들은 그녀의 자매나 마찬가지였다. 그녀는 아무에게도 할 수 없었던 이야기를 나무들에게 털어 놓았다. 그녀가 사랑하는 사람들에 대한 이야기와 왕으로서의 고뇌를. 그녀는 나뭇잎들을 쓰다듬으며 중얼거렸다.

"내 몸을 시원히 그늘지게 하는 내 자매여, 푸르른 잎들이여, 너희들이 나를 휴식케 해주는 구나. 너희들은 더욱 무성한 녹음으로 성장하고 사방에는 온갖 꽃들이 피어있구나. 하지만 이 몸은 늦가을인 듯 앙상하고 가슴 속에는 회한의 찬바람만 부는 구나."

그 때 수풀을 헤치며 그림자가 나타났다. 가까이 다가오는 그의 얼굴이 하얀 달처럼 빛났다. 운정이었다. 그는 평소처럼 의관을 단정히 한 차림인데다 청년처럼 젊은 모습이었다. 그가 그녀를 껴안았다. 그는 자신의 눈물로 그녀의 얼굴을 적셨다.

"내 이미 백골이 되었으나 당신을 걱정하느라 편치 못했습니다. 소임을 다 못하고 먼저 간 신을 용서하십시오. 내 아내, 나의 군주시여, 당신은 매우 피로해 보이는 군요."

그는 자신의 어깨에 그녀의 머리를 기대어 쉬게 했다.

"그대가 환각이나 혼이라 해도 큰 위안이 되는군요. 이렇듯 그대를 만나니, 그대가 살아 있어 주었다면 얼마나 고마웠을까 하는 생각이 듭니다."

"다음에는 전쟁이나 이별 없는 곳에서 다시 만나게 될 것입니다. 당신 피곤하지 않으오?"

그의 음성은 매우 다정했고, 그녀의 흐트러진 머리카락을 쓰다듬어 주는 손길도 부드러웠다. 그녀는 그 손을 꼭 잡았다.

"이제 무거운 짐을 벗고 홀가분히 자유롭고 싶군요. 그대가 내 손을 잡고 그대가 있는 곳으로 데려가 주십시오."

"당신이 너무 피로해 보여 참을 수 없는 걱정 때문에 나타난 것입니다. 당신은 아직 홀가분한 몸이 아닙니다. 그 왕이라는 지위에 덧씌워진 다른 이들의 집념과 욕망이 당신을 결코 편안하게 두지는 않을 것입니다. 그리고 당신 자신의 애착도……."

"애착이라고? 그것은 이 나라와 백성들에 대한 나의 사랑, 그리고 아직 완전히 끊지 못한 내 인생에 대한 애착을 말하는 것인가?"

"그렇습니다. 당신은 이 나라와 백성들 그리고 자신의 인생을 매우 사랑했습니다. 그 사랑으로 인한 번뇌 때문에 당신은 결코 자유로울 수 없지요. 내 혼 또한 당신에 대한 걱정으로 자유롭지 못했습니다. 당신이 이 숲에서 홀로 수목들과 이야기하고 떠도는 모습을 보면, 제 가슴은 에이듯 쓰렸습니다. 다시 찾아뵙지요."

그는 절을 한 다음 사라졌다.

경국지색 아루

자정이었다. 신전 안의 공기는 밖에 핀 꽃향기가 흘러들어와 그윽했다. 달이 없는 하늘에는 별들이 더욱 초롱초롱한 빛을 뿜고 있었다. 경주는 푸른빛이 도는 어둠 속에 고요히 묻혀 있었다. 숲에서 이따금씩 들려오는 한 마리 새의 울음소리 뿐, 사방은 고요했다. 신전 밖을 동상처럼 굳은 표정의 병사들이 미동도 않은 채 지키고 있었다. 도성이 깊은 잠속에 빠져 있을 무렵, 세 여인은 신전 안으로 들어가 제를 올렸다.

신전 계단에 앉은 여왕은 깊은 생각에 빠져 있었다. 그녀는 웅크린 채 나라를 위해 가장 바람직한 것이 무엇인지 생각하느라 혼신의 힘을 다하고 있었다. 그녀는 어떤 결정을 내려야 할지 이모저모로 궁리하면서 승만을 보고 그 옆에 있는 아름다운 아루를 보았다.

여왕이 승만에게 말했다.

"내가 죽으면 네가 뒤를 이어 왕이 될 것이다. 너는 왕족 중 가장 성스럽고 고귀한 피를 지녔다. 상대등 비담은 아마 자신이 왕이 될 것을 기대하겠지만, 난 비담은 마음에 들지 않는다. 그 자가 왕이 되면 내가 이루어 놓은 기반이 무너지고 정세가 바뀔 것이니."

"폐하, 제가 이 난국을 과연 잘 헤쳐 나갈 지 자신이 서지 않습니다."

승만이 사양하자 여왕이 말했다.

"너는 자주 내 곁에서 내가 일하는 것을 보며 또 조언을 하지 않았느냐? 너의 경륜은 그만하면 충분하다. 또 유신과 춘추가 너를 잘 보필해 줄 것이다. 그러니 나라를 외적의 손에서, 그리고 적보다 더 귀찮은 귀족들의 손에서 끝까지 지켜내도록 해라!"

"예, 폐하. 소명을 따라 나라를 끝까지 지켜 내겠습니다."

여왕은 아루에게 고개를 돌렸다. 이제 죽기 전에 마지막 승부수를 던져야 한다. 의자왕에게는 꼭 복수를 해야만 한다. 힘이 안 되니 교활한 지혜를 짜내서라도 복수를 해야지. '아루야, 네가 바로 그 제물이란다.' 또 비형이 남긴 거북의 구슬이 있었다. 아루처럼 영리한 미녀가 그 구슬을 지닌다면 의자왕을 흐려놓는 일은 충분히 가능했다. 그녀는 고뇌에 찬 표정으로 아루를 응시했다.

"아루야, 네게 힘든 임무가 있다. 지금 백제는 의자왕의 생일을 맞아 각국에서 사신이 모인다는 정보가 들어왔다. 당에서는 당의 황족 이유민이 원군을 내라는 이유로, 또 고구려에서도 연개소문의 아들인 연남생이 원군을 요청하기 위해서 백제에 온다는구나.

당나라와 고구려에 양다리를 걸친 의자왕이 매우 난감하게 되었더구나. 일본 왕자까지 참가하는데 역시 정치적인 목적이 있을 것이다. 너는 그 잔치에 신라의 왕녀로서 사절로 참가하게 될 것이니, 싸움을 붙여 잔치를 망쳐 놓고 의자왕을 홀려라. 의자왕을 유인해 죽이거나 타락시키는 것이 네 임무니 아마 목숨을 걸어야 할 것이다.”

아루가 허리를 깊이 숙이며 대답했다.

“수많은 전사와 화랑들이 피를 뿌렸는데, 소녀의 한 목숨이 뭐 그리 대수겠습니까? 소녀, 폐하를 위해서라면 목숨이 아니라 혼이라도 바치겠나이다.”

여왕의 명을 따라 아루는 화랑 우천을 대동하고 신라 사절의 자격으로 백제 도성에 들어갔다.

백제에서는 바다를 마주한 망향정에 잔치상을 차려 놓고 연회가 한창이었다. 눈앞에 넘실거리는 바다를 배경으로 무희들의 춤이 펼쳐졌고 풍악소리에 파도 소리가 합쳐져 더욱 운치가 있었다. 상에는 산해진미와 잘 익은 술이 놓여 있고 참석한 귀빈들은 이미 술에 얼큰히 취해 있었다. 하지만 의자왕의 마음은 편치 않았다. 왕의 좌우에는 그 형제인 좌평 임자와 왕후가 있고, 맞은편에는 하야부사 왕자가 자리 잡고 있었다. 당나라 황족 이유민과 연개소문의 아들 연남생의 자리는 특별 귀빈석으로 멀찌감치 서로 떨어져 앉게 두었다. 그렇지만 이유민과 연남생의 눈빛은 상당히 먼 거리임에도 불구하고 서로를 잡아먹을 듯 번뜩거렸다.

“초대하지도 않았는데 하필 같은 날 두 귀빈이 올게 무엇인가.

내 입장이 아주 난처하게 됐군."

의자왕이 혀를 쯧쯧 차며 초대하지 않은 두 귀빈의 눈치를 살피고 있을 때, 역시 초대하지 않은 신라 사절이 등장했다.

금관과 금은실로 수놓은 비단 옷, 온갖 보석으로 치장한 아루가 떠오르는 해처럼 찬란하게 등장하였다. 그 옆에 역시 잘 차려 입은 화랑 우천이 그녀를 보필하기 위해 함께 서 있었다. 신라 사신이 등장하자 풍악이 멈췄고 좌중의 모든 사람들이 주목했다. 아루는 꿇어 앉아 절한 후 똑바로 고개를 들고 의자왕을 응시하였다. 그 아름다움에 압도당한 왕은 눈빛이 흔들렸고 옆에 있던 좌평 임자는 술을 흘렸다. 연남생은 머리를 망치로 맞은 듯 골이 울렸고, 이유민의 떡 벌어진 입에서는 침이 줄줄 흘렀다.

하야부사도 중얼거렸다.

"신라는 금은의 나라이고 미인이 많다더니…… 과연 미인이 몸에 금을 줄줄 감고 있구나!"

"소녀는 신라 왕녀로 이름은 아루라 하옵니다. 폐하께서 먼 나라 귀빈들을 초청하셔서 연회를 베푸시니, 인접국인 우리 신라의 대왕께서 서운해 하시며 소녀를 사절로 보내셨습니다. 제가 불청객이라면 곧 자리를 물러나겠습니다."

"너 같은 미녀라면 불청객도 환영하노라. 그래, 신라 여왕은 내게 어떤 선물을 보냈는가?"

"소녀의 몸에는 진귀한 보석들과 금이 많이 있습니다. 이 보물들과 저를 함께 바치면 부족하오리까?"

"부족하지 않다. 내 기꺼운 마음으로 그 선물을 받겠다."

의자왕의 말에 아루가 좌중의 귀빈들을 둘러보았다. 그녀는 흑

진주처럼 반짝이는 눈에 야릇한 웃음을 담고 이유민과 연남생, 하야부사를 번갈아 훑어보았다. 그 웃음을 자신에게만 보내는 특별한 것으로 착각한 남자들은 더욱 달아올랐다.

"소녀는 이 잔치에 선물로 바쳐졌습니다. 그런데 와서 뵈니 모든 분이 우열을 가리기 힘들 정도로 다 귀하고 높은 분입니다. 그러니 저를 갖고 싶은 분은 검이나 창으로 제 옆의 무사와 겨뤄 이기는 분으로 정하겠습니다. 이 무사는 화랑으로 무예가 쓸 만합니다."

의자왕이 물었다.

"나도 싸워야 하느냐?"

"폐하도 예외는 아니십니다."

그러자 이유민이 분노로 얼굴이 벌개진 채 벌떡 일어섰다.

"나는 당의 황족이니 내 지위가 가장 높다. 그렇지만 공평히 싸워 이겨서 너를 갖도록 하겠다."

그러자 거만한 연남생이 가깝다는 듯 이유민을 노려보았다.

"우리는 저 미녀를 얻을 동등한 권리가 있소."

일본 왕자 하야부사도 나섰다.

"난 일본 최고의 검사요. 꼭 신라 미녀를 일본으로 데려가고 말겠다."

그러자 의자왕은 주인답게 공평한 제의를 했다.

"제비를 뽑아 차례를 정합시다. 가장 강한 자가 미인을 얻게 될 것이오."

그러자 좌평 임자까지 나섰다.

"나도 왕자니 참석할 자격이 있습니다."

그리하여 순번 1번을 뽑은 임자가 먼저 우천과 겨루게 되었다.

그들은 모래사장 맞은 편에서 말을 타고 달려오며 창으로 몇 합 겨루었다. 임자가 먼저 말에서 떨어졌으므로 자격이 제외되었다. 이어서 우천과 하야부사의 검술 시합이 벌어졌다. 하야부사도 일본 최고의 검사인지라 만만치 않았다. 더구나 우천은 이미 한차례 승부를 벌인 뒤였으므로 숨이 가빠 보였다. 아루는 초조했다. 만에 하나 하야부사가 이기면 계획이 완전 틀어지는 것이다. 아루는 말로 달려가 그 위에 올라타며 의자왕을 향해 소리쳤다.

"폐하, 따라 오세요."

아루는 쏜살같이 말을 달리기 시작했다. 그녀가 달아나자 싸우던 우천과 하야부사도 동작을 멈췄다. 의자왕이 말로 뛰어가 올라탔다. 연남생도 자신의 말을 찾았다. 이유민이 먼저 말에 올랐다. 하야부사도 더 싸울 이유가 없어졌으므로 말을 찾았다. 우천도 아루를 찾아야 하므로 말에 탄 후 그 뒤를 쫓기 시작했다.

말을 달려 돌진하던 아루는 숲으로 들어서자 자신이 길을 잃은 것을 알았다. 그녀는 말에서 내려 망을 볼 만한 장소를 찾았다. 더 이상 헤맬 것이 아니라 숨어서 의자왕이나 우천이 나타나는 것을 기다려야겠다고 생각했다.

한편, 가장 먼저 아루를 쫓아 나섰던 의자왕은 아루를 찾느라 허공만 두리번거리다 그만 말과 함께 깊은 구덩이로 추락하고 말았다. 말은 다리가 부러졌고 왕은 그만 정신을 잃었다.

연남생은 말에서 내려 고삐를 쥐고 걸었다. 나무들이 얼굴을 가렸기 때문이었다. 나뭇가지들을 헤치며 걷던 그는 숨어 있던 아루를 발견했다. 그는 숨을 죽이고 조심스럽게 접근했다. 마치 거대한 고양이 과의 동물이 사슴을 덮치려 접근하듯.

279

그에게는 아루의 그림자조차 황홀했으므로 등장한 다른 남자의 존재를 알아채지 못했다. 하야부사가 검을 들고 그에게 달려들었다. 그 일격에 목이 달아날 뻔한 연남생은 간발의 차이로 목숨을 구하고 발로 하야부사를 걷어찼다. 두 사람의 칼날이 요란하게 "쩽~" 부딪혔다. 놀란 아루가 돌아보았다. 두 남자가 죽기 살기로 싸우고 있었다. 연남생과 하야부사, 둘 다 그녀의 목표가 아닌 걸리적거리는 존재였다. 그녀는 도망치기 시작했다. 그러자 그들도 싸움을 멈추고 각자 그녀를 쫓았다.

연남생이 그녀의 뒤를 바짝 쫓고 있었다. 마침 그녀는 사람의 뼈처럼 생긴 고목가지를 발견했다. 아루는 그 고목가지에 자신의 겉옷을 걸쳐 두고 구슬을 꺼내 주문을 외웠다. 그러자 나뭇가지는 잠시라도 매혹적인 영기를 발산하였다. 아루를 발견한 남생이 무릎을 꿇었다.

"아아, 공주, 어쩌면 이다지도 내 가슴을 태우는 거요. 이제 내 운명은 오로지 그대 손에 있소."

그가 공주를 껴안자 공주는 사라졌다. 기분 나쁜 나뭇가지에 옷이 걸쳐져 있을 따름이었다. 하지만 옷이라도 남겨준 것이 고마웠다. 그는 아루의 옷을 소중히 껴안고 말에 올랐다.

한발 늦은 하야부사는 아루를 찾아 헤매던 우천과 부딪혔다. 두 남자의 눈에서 불꽃이 번쩍 튀었다. 그들은 아까 싸우다 만 것을 마저 싸우기로 합의나 본 듯, 맹렬하게 돌격했다. 칼이 부딪힐 때마다 번개가 튀었다. 하야부사가 칼을 떨어트리자 우천의 칼이 가차 없이 그의 목을 쳤다.

그날 밤, 아루는 웅크린 채 숨어서 졸았고 우천은 벌개진 눈으로 밤새 아루를 찾아 헤맸다. 이유민과 연남생은 서로를 못 알아본 채 강기슭에서 잠이 들었으며, 정신이 든 의자왕은 구덩이를 기어오르려 필사적이었다. 또 하야부사의 시체는 산짐승들에게 뜯어 먹히는 중이었다.

새벽안개가 피어오르는 강기슭에서 연남생이 세수를 하고 말에게 물을 먹였다. 그 안개 속 저만치 떨어져 있던 이유민도 세수를 하던 중이었다. 두 사람이 서로를 알아보자 손이 허리에 찬 칼로 먼저 갔다. 이유민이 얼굴을 찌푸리며 물었다.

"뭔가? 말에 걸린 그 옷은? 신라 공주 옷 아닌가?"

"그렇소."

"네가 공주 옷을 벗겼는가? 이 죽일 놈!"

"내 성질 건드리지 마라우! 난 당신과 싸울 마음 없소!"

"흐음, 그럼 신라 공주는 내 것으로 함세. 공주를 내게 양보하면 난 자네에게 빚을 진 걸로 하겠네."

"그럼 우리 둘 중 하나가 죽어야 할 거요!"

막 떠오르는 해에 두 사람의 칼날이 번쩍였다. 두 사람은 정확히 해가 뜬 순간부터 지는 순간까지 싸웠다. 해가 지자 서로 휴전을 제의했고 강물에 땀을 씻으며 물을 실컷 먹었다. 그리고 달이 뜨자 달빛 아래 칼날을 세우고 싸웠다. 다시 동틀 무렵, 남생이 중얼거렸다. 이 얼마나 치욕스러운가? 고구려 최고 무인인 이 연남생이, 앞으로 아버님을 이어 대막리지가 될 내가 이 뚱뚱보 당나라 놈 하나 못 이기다니! 순간 그의 칼끝이 이유민의 얼굴을 스쳤다. 이유민은 선혈을 쏟으며 쓰러졌다.

돌아다니던 아루는 마침내 구덩이 속에서 허우적대는 의자왕을 발견했다. 의자왕은 인기척을 느끼자 구해달라고 소리쳤다. 아루는 잠시 망설였다. 구덩이 속에 빠진 정도로는 죽지 않겠지? 지나가던 누군가에게 구출되기가 더 쉬울 테고…… 그럴 바에야 차라리 내가 구해 주고 생색을 내며 의자를 유혹하는 편이 더 낫겠지? 그런 판단을 한 아루가 모습을 나타내며 소리쳤다.

"폐하, 제가 구해 드릴게요. 소녀는 폐하 것입니다."

의자왕은 반색을 했고 아루는 긴 끈을 위에서 드리웠다. 하지만 여자 힘인지라 남자를 끌어 올릴 수 없어 끙끙거렸다. 그때 연남생이 나타났다. 눈을 부릅뜬 남생이 물었다.

"공주, 당신은 진짜요?"

"예, 진짜니 저를 좀 도와주십시오. 이 줄을 당겨 백제왕을 구해 주세요."

연남생은 단숨에 의자왕을 끌어 올렸다. 구덩이에서 탈출한 의자왕은 반색을 하며 와락 아루를 껴안았다.

"공주, 구해 줘서 고맙소. 당신은 이제 내 여자니 온갖 부귀영화를 약속하리라."

그러자 연남생이 화를 내며 허리에 찬 칼을 뽑았다.

"아니 구해 준건 난데 이 도둑놈! 기껏 구해 주었더니 공주가 당신 거라고?"

두 남자의 결투가 시작되었다. 아루는 잠자코 두 남자의 대결을 지켜보았다. 연남생이 의자왕을 죽여준다면 바로 바라는 바다. 하지만 나는 연남생에게 끌려가는 신세가 되겠지? 뒷걸음치던 아루는 마침내 꼬리를 감추고 말았다. 아루가 사라지자 두 남자는 싸움을 멈추었다. 그리고 의자왕이 말했다.

"우리는 서로 싸울 이유가 없는 사람들이오."

아루는 비록 책임이 막중했지만, 자신을 쫓아다니며 죽기 살기로 싸우는 남자들이 진절머리 났다. 자신에게 큰 집착을 보이는 연남생이 가장 싫었다. 야생장미 덤불 사이에 몸을 숨긴 아루는 해방감을 느끼며 잠깐 졸고 있는 사이 이유민이 그 곁을 지나갔다. 이유민은 한쪽 눈에 붕대를 칭칭 감고 있었다.

"아, 이게 무슨 꼴이냐? 천하를 얻은들 눈 한쪽을 잃으면 무엇하랴? 하지만 그 미녀를 얻을 수만 있다면 눈 하나쯤 아깝지 않으련만……."

그 말을 들은 아루는 이유민을 이용해야겠다고 생각했다. 꽃보다 아름다운 그녀가 장미덤불을 헤치고 나와 요정처럼 웃었다.

"전하, 그 상처를 저 때문에 잃었다면 소녀를 용서하소서. 저도 무지막지한 연남생에게 쫓겨 숨어 있던 중이었습니다. 전하께서 저를 보호해 주시면 소녀도 그 보답을 해드리겠습니다."

이유민은 자신의 말에 아루를 태우고 보호해 주겠다고 약속했다. 그들이 유유자적 함께 가는데 저만치서 연남생과 우천이 싸우는 광경이 보였다. 말에서 뛰어내린 아루는 바람처럼 날랜 동작으로 뛰어갔다. 이유민이 따라갔지만 말보다도 그녀가 빨랐다. 아루가 그토록 빨랐던 것은 우천이 위급해 보였기 때문이었다. 함께 오는 동안 아루는 우천에게 연정을 느꼈으므로, 어떻게든 우천을 살리고 싶었다. 그녀는 연남생에게 매달려 우천의 목숨을 구하려고 했다. 하지만 남생의 얼음 같은 칼은 이미 우천의 심장을 뚫었고 그녀가 당도한 순간, 우천은 그녀의 치마에 피를 쏟으며 숨을 거두었다.

다시 이유민과 연남생이 부딪혔다. 그들은 서로에게 충분히 신물이 나 있었으므로 잠자코 서서 노려보기만 했다. 그러자 꼬리를 내린 이유민이 돌아섰다. 한쪽 눈을 마저 잃을 수는 없지 않은가. 이유민은 쓸쓸하게 걸으며 사라졌다.

연남생이 아루에게 다가왔다. 그가 껴안자 아루는 다소곳이 그 품에 안겼다. 단도를 뽑은 그녀가 그의 심장을 향해 칼날을 깊이 박아 넣었다. 하지만 단도는 심장을 살짝 비켜났다. 그는 가슴을 움켜쥐었지만 숨이 끊어지지는 않았다. 아루는 다시 달리기 시작했다. 자신의 책임을 완수하기 위해서.

보름 후 아루는 여왕에게 보내는 서신을 썼다. 그 서신은 첩자를 통해 병석에 누워 있는 여왕에게로 전달되었다.

'……명하신 대로 싸움을 붙여 잔치를 엉망으로 만들었습니다. 왕은 날마다 저와 망해정에서 놀며 주색에 푹 빠져 있습니다. 제가 시키면 옷을 벗고 개처럼 짖으며 기어 다니기도 합니다. 저도 똑같이 짐승이 되어 미친 척 함께 놀아 줍니다……. 다시 서신 드리겠습니다.'

안개와 바람이 지나는 길

당 태종은 먼저 홍주, 요주, 강주의 3주에 명하여 배 4백 척을 만들고 군량을 싣게 했다. 그런 다음 유주, 영주 두 도독의 군사와 거란, 해, 말갈을 거느리고 요동을 공격하게 하여 그 형세를 살피게

284

하였다.

그제야 급해진 개소문이 백금을 당에 보내 당 태종의 마음을 돌려보려 하였다. 그러자 저수량이 황제에게 말했다.

"개소문은 그 임금을 죽인 용납 못할 자입니다. 게다가 그자의 행동은 이미 때늦은 감이 있사옵니다. 이제 우리가 치려 하는데, 그 금을 받아들인다는 것은 불가하다고 생각하나이다."

당 태종은 그 말을 받아들였다.

그 해 10월, 평양의 눈빛이 피바람을 예고하듯 붉었다.

11월에 당 태종이 낙양에 이르렀다. 전 의주자사 정천도가 수양제를 따라서 고구려 정벌에 나선 전력이 있으므로 불러서 물었다. 정천도가 황제에게 이르기를, "요동은 길이 멀어 양곡을 수송하기가 곤란하옵니다. 무엇보다 고구려는 성 수비를 잘하여 쉽게 항복시킬 수가 없습니다." 그러자 황제가 말했다.

"지금의 당은 수에 비할 바가 아니다. 공은 나의 의견에 좇기만 하라."

당 태종은 장량이란 자를 평양 대총관을 삼아서 군사 4만 명을 거느리게 하고, 장안과 낙양에서 군사 3천 명을 모집하였다. 또 전함 5백 척을 내주(山東)로 부터 바다를 건너 평양으로 가게 하였다. 또 이세적으로써 요동 대총관을 삼아 보병 및 기병 6만 명과 요동으로 가게 했다. 마침내 양군은 합세하여 유주(북경)에 모였다. 그리고 여러 군대와 신라, 백제, 해, 거란에 명하여 길을 나누어 고구려를 치게 하였다.

다음 해 정월, 이세적이 유주에 이르렀다. 3월에는 황제가 정주에 이르러 신하에게 말했다.

"요동은 본래 중국 땅 아닌가? 수나라가 네 번 군사를 출동하였으나 취하지 못했다. 내가 지금 원정함은 중국을 위하여 자제의 원수를 갚고, 고구려를 위하여 군부의 수치를 씻으려 할 뿐이다. 또 사방이 크게 평정되었는데, 오직 이 고구려만이 평정되지 않았구나. 이제 내가 아직 늙지 아니한 때에 고구려를 취하려 하노니……."

당 태종은 친히 활을 차고 손수 우의를 말안장 뒤에 매었다.

4월, 이세적이 통정에서 요수를 건너 현도성에 이르렀다. 고구려 성읍이 크게 놀라 모두 문을 닫고 지켰다.

부대총관인 도종이 군사 수천 명을 거느리고 신성에 이르렀는데, 성 안에서 놀라 나오는 자가 없었다. 영주 도독 장검은 요수를 건너 건안성으로 가서 고구려 병을 파하고 수천 명을 죽였다. 이세적과 도종은 개모성을 쳐서 함락시켰다. 병사 1만 명과 양곡 10만 석을 노획하고 그 땅을 개주라 하였다.

이세적이 진군하여 요동성 아래에 이르고, 당 태종이 요택에 이르렀는데 진흙이 2백 여리나 되어 사람과 말이 지날 수 없었다. 그 늪지 곳곳에 수와 고구려가 전쟁할 때 죽은 수나라 병사들 해골이 산재했다. 당 태종은 해골부터 묻어 주라 명하고, 다리를 만들어 병사들을 건너게 했다.

개소문이 기병 4만 명을 보내서 요동을 구원하자, 도종이 4천의 기병을 거느리고 마주 싸웠다. 곧 당의 원정군들이 몰려와 같이 싸웠으나, 원정 왔던 장군예가 먼저 퇴주하였다. 마침내 당 군사가 패배하였다.

요수를 건넌 후 당 태종은 다리를 끊으며 말했다.

"우리가 져서는 이 강을 건너갈 수 없을 것이다."

그렇듯 당 태종은 군사들의 마음부터 굳게 하였다. 당 태종은 힘써 싸웠던 도종의 노고를 치하한 반면, 퇴주한 장군예는 베어 죽였다.

친히 수백 명의 기병을 거느리고 앞장 선 당 태종은 요동성 아래 이르렀다. 그는 군사가 흙을 져다 호를 메우는 것을 보고 특히 무거운 것을 나누어서 친히 말로 날랐다. 그런 황제의 모습을 본 신하들은 다투어서 흙을 져다가 성 아래에 두었다.

이세적이 밤낮을 쉬지 않고 요동성을 공격하기 12일이었다. 당 태종이 군사를 이끌고 합세하여 성을 수백 겹으로 둘러쌌다. 북과 고함 소리가 천지를 뒤흔들었다.

요동성에는 주몽의 사당이 있고 사당에는 철갑옷과 예리한 창이 있었다. 이는 하늘에서 내려 보낸 것이라 하였다. 주몽 사당은 해마다 정월이면 역대 고구려왕들이 시조 왕에게 제사를 드리던 곳이었다. 당에 포위된 성의 형편은 다급해졌다.

성주는 무당과 장수들과 함께 사당에 들어 제를 지냈다. 또 미녀를 단장하여 주몽의 신부로 삼았다. 무당이 말했다.

"주몽이 기뻐하시니 성이 반드시 온전하리라."

당이 포차를 벌여 놓고 큰 돌들을 쏘자 3백 보를 넘어 날아갔다. 성은 포에 맞는 곳 마다 무너졌다. 고구려군은 나무를 쌓아 누를 만들고 그물로 얽어서 방어하였지만 막을 수 없었다.

이 때 백제가 당에 금휴개(황색 칠한 갑옷)를 바쳤다. 고구려와 공수동맹을 한 백제가 당에 잘 보이려 선물을 바친 것은, 예전 수나라 침공 때처럼 양단을 쥐고 있는 것이었다.

당 태종이 백제가 바친 그 금휴개를 입고 말에 앉아 있으면, 갑옷의 광채가 태양 빛에 번쩍거리며 빛났다. 당 태종은 무언가를 기다리고 있었다. 그러자 갑자기 남풍이 부는 것이었다. 태양이 무색할 정도로 위풍당당하게 고구려 성을 노려보던 당 태종이 명령했다.

"이 바람은 우리를 위해 하늘이 불게 하시는 것이다. 바람을 타고 적의 성에 불을 놓도록 하라."

뽑혀 나온 날랜 군사들이 묘기를 부리듯 장대 끝으로 올라갔다. 성루에 오른 그 군사들이 불을 놓았다. 급한 남풍에 붙은 불이 성으로 옮겨 붙어 타기 시작했다. 고구려 군사들이 재빨리 불을 껐다. 불을 끄고 성에 오른 고구려군은 적을 공격해서 잠시 승세를 잡았으나 이기지 못했다. 만여 명이 죽고 만여 명의 군사가 잡혔으며 남녀 4만 명이 포로가 되었고, 양곡 50만 석을 빼앗겼다.

이세적이 진군하여 백암성의 서남을 공격했다. 당 태종은 백암성의 항복을 받은 후 드디어 안시성에 진군하였다. 그러자 북부 누살 고연수와 남부 누살 고혜진이 고구려 군과 말갈 병 15만 명을 거느리고 안시성을 구하려 왔다. 상대의 마음을 꿰뚫은 당 태종이 장수들에게 말했다.

"지금 고연수에게 방책이 있다면 세 가지일 것이다. 군사를 이끌어 안시성과 연결하여 누를 만들고 높은 산의 험한 곳에 의지하는 것이다. 성 안의 양식을 먹고 우리의 우마를 노략하면, 우리가 이를 쳐도 갑자기 함락시킬 수 없다. 그러니 이것이 상책이요, 성 안의 병사를 빼어 밤에 도망함은 중책이다. 또 지능을 헤아리지 않고 우리와 싸움은 하책이다. 경들은 보라. 저들은 지략을 쓸 줄 모르니 반드시 하책으로 나올 것이다. 이제 저들이 포로가 됨은 내 눈

안에 있다."

이 때 고구려의 대로 고정의는 세상을 볼 줄 아는 지략가로 고연수에게 일렀다.

"진왕(당 태종)은 안으로 군웅을 제거하고, 밖으로 융적을 정복하고 홀로 서서 황제가 되었으니 이는 세상에 출중한 사람입니다. 지금 국내의 무리를 이끌고 오니 대적할 수가 없습니다. 우리로서 취할 계략은 싸우지 않고 시일을 오래 끄는 것밖에 없습니다. 그러하오니, 기병을 분산하여 그 양식이 오는 길을 끊어야만 합니다. 양식이 떨어지면 적은 싸우려 해도 싸울 수 없고, 돌아가려 해도 길이 없으니 곧 우리가 이길 수 있습니다."

그러나 연수는 듣지 않고 군사를 이끌고 곧장 나아갔다. 그 거리는 당 태종과 40리 거리에 있었다. 그 대군의 움직임을 지켜보던 당 태종의 얼굴에는 두려운 빛이 가득했다. 불안해진 그가 급히 명했다.

"저렇게 머뭇거리다 오지 않고 시간을 끌면 우리에게 불리하다. 이를 유도하여 싸움으로 끌어 들여야만 한다."

그러자 대장군 아사나 두이가 돌궐의 기병 천 명을 거느리고 가서 그들을 유도하였다. 싸움이 시작되자 당 군은 거짓 달아나기 시작했다. 연수는 신이 나서 외쳤다.

"천하의 당도 별거 아니잖은가? 어울리기 쉽다."

그들은 당 군이 패주함을 따라 다투어 진격했다. 그들은 곧 안시성 동남 8리 되는 곳에 산을 의지하고 진을 쳤다.

당 태종은 수백의 기병을 거느리고 높은 곳에 올라가서 바라보았다. 그는 산천 형세와 복병할 수 있는 곳과 출입할 수 있는 곳을 살폈다.

고구려군은 말갈과 합병하여 진을 쳤는데 길이가 장장 40리였다. 당 태종이 이를 보고 두려워하는 안색이 있자, 그 안색을 살핀 도종이 말했다.

"고구려가 나라를 기울여서 이곳을 막으니 평양의 수비가 반드시 약할 것입니다. 원컨대 신에게 군사 5천 명을 주시옵소서. 그 근본이 되는 평양을 뒤엎으면, 수십만의 무리와 싸우지 않고도 항복시킬 수 있습니다."

하지만 당 태종은 그의 말을 믿지 않아 응하지 않았다. 다만 그는 눈앞의 엄청난 대군을 맞아 그 적에게 이길 방법에만 골몰하고 있었다. 그는 먼저 사람을 보내 자신의 말을 전해 고연수를 속여 보고자 하였다.

"나는 그대 나라의 개소문이 왕을 시해한 이유로, 와서 문책하려는 것이오. 교전하는 것은 나의 본심이 아니다. 내가 이곳에 들어와서 여러 성을 취하였으나, 그대 나라가 신하의 예를 닦으면 잃은 것을 반드시 회복할 것이다."

연수는 당 태종의 말을 믿고 다시는 방비를 하지 않았다. 그것을 본 당 태종이 밤에 문무관을 불러 일을 계획했다.

"이세적이 보기병 1만 5천을 거느리고 서령에 진을 칠 것이다. 장손무기와 우진달은 정병 1만 1천을 거느리고 산 북쪽에서 협곡으로 나와 후면을 찌른다. 짐은 친히 보기병 4천 명을 거느리고 기를 눕혀서 산을 오를 것이다. 짐이 제군에게 명하여 북과 뿔피리 소리를 내면, 모두 일제히 나가서 분격하도록 하라."

그리고 그는 유사에게 명해서 항복을 받을 천막을 조당 옆에 치게 했다.

이날 밤, 유성이 고연수의 군영에 떨어졌다.

아침이 되자 고연수 등은 이세적의 군사가 적음을 보고 병사들에게 싸우라 명했다. 당 태종은 장손무기 편 군사의 먼지가 일어남을 보았다. 당 태종이 소리쳤다.

"고각을 불고 기를 들어라!"

그러자 이편저편에서 당나라 군사가 일어났다. 북치고 고함지르며 일제히 나오기 시작하는 것이었다. 고연수 등이 두려워하며 군사를 나누어 이를 막으려고 했다. 그러나 그 진이 이미 어지러워졌다. 그 때 천둥이 치듯 누군가 무시무시한 고함을 질렀다. 설인귀였다. 그가 크게 소리치며 진에 깊이 들어가자, 향하는 곳마다 맞서는 자가 없어 고구려 군이 뒤흔들렸다. 대군이 이어 덮쳐 공격했다. 고구려 군은 크게 무너져 죽은 자가 3만 여명이었다. 설인귀의 용전을 바라본 당 태종이 그로 하여 유격장군을 삼았다.

고연수 등은 남은 무리를 거느리고 산을 의지하여 스스로 굳게 지키기 시작했다. 그러자 당 태종은 군대에 명하여 이를 포위케 했다. 또 장손무기는 교량을 모두 거두어 고구려 군의 돌아갈 길을 끊었다.

고연수와 고혜진은 그 무리 3만 6천 8백 명을 거느리고 마침내 항복을 청하였다. 당 태종은 연수와 혜진 이하의 관장 3천 5백 명을 가려서 내지(內地)로 옮기도록 하고, 나머지는 모두 놓아 평양으로 돌아가게 했다. 그러나 말갈인 3천 3백 명은 거두어서 모두 구덩이에 묻어 죽였다. 이는 이 전투에서 말갈 병이 운수 나쁘게도 당 태종의 진을 침범했기 때문이었다. 그런 벌로 말갈 인들은 자신들이 들어갈 구덩이를 직접 판 후 산 채로 매장되었다.

이 전투의 패배로 고구려는 전국이 크게 놀랐다. 석황산, 은성 등은 모두 성을 버리고 도망하였으며, 수 백리에 인적이 끊어졌다.

당 태종이 백암성을 항복 받았을 때 이세적에게 말한 적이 있었다.

"내가 듣건데 안시성은 성이 험하고 군사가 정예하며, 그 성주 양만춘은 재능과 용맹이 있다고 한다. 양만춘은 개소문이 난을 일으킬 때도 성을 지키고 불복하였다. 개소문이 공격하였으나 함락할 수 없어 성을 그대로 맡겼다고 들었다. 그런데 건안성은 군사가 약하고 양식이 적다. 만일 불의의 기습을 한다면 반드시 이길 것이니, 그대가 먼저 건안을 치는 것이 좋겠구나. 건안성이 함락되면 안시성은 내 뱃속에 있는 거나 마찬가지 아닌가? 병법 상 이른 바, '치지 않아야 하는 성이 있다' 고 했는데 안시성이 그런 난공불락이 아닐까?"

그러자 이세적이 대답했다.

"건안성은 남에 있고 안시성은 북에 있사옵니다. 지금 우리의 군량은 모두 안시 북방의 요동에 있습니다. 그런데 지금 안시를 넘어 건안을 치다가 만일 고구려인이 우리 양식 길을 끊으면 장차 이를 어찌하겠습니까? 먼저 안시를 치는 것만 못하니, 안시가 함락되면 북을 울리며 진군하여 건안을 취할 것입니다."

당 태종은 그 말을 받아들였다.

"그대를 장수로 삼았으니 어찌 그대의 책략을 쓰지 않으리오. 내 일을 그르치지 말라."

양만춘은 성에 올라 당의 수백 겹으로 둘러싼 대군과 그 깃발을 보고 있었다. 그의 마음은 무겁고 착잡했다. 드디어 올 것이 온 것이다. 그 날을 맞을 준비는 충분히 되어 있었다. 마음은 비통했지만 그는 군사들 앞에 낯빛 하나 변함없이 당당하게 명했다.

"우리 성은 험하고 군사 하나하나가 다 용맹하니 맞서 싸울 만하다. 당 군을 환영하는 의미에서 모두 성 위에 올라라. 그 환영식을 성대히 치르도록 하자."

성주의 명을 받은 군사들은 곧 성 위에 올랐다. 군사들은 북치고 소리 질러 그 함성이 온 사방에 시끄럽게 울리도록 했다. 그 소리가 마치 야유 하는 듯하여 당 태종은 크게 화를 냈다.

"저 오만방자한 무리들 같으니, 내 저것들을 당장 어쩌면 좋을꼬."

그러자 세적이 청했다.

"폐하, 성이 함락되는 날에 남자는 모두 저 말갈 인들처럼 구덩이에 넣어 죽여야 할 것입니다. 큰 구덩이를 미리 파라고 지시해야겠습니다."

당 태종이 남자들을 모두 구덩이에 넣어 죽일 것이라는 말은 곧 안시성 안에도 들어갔다. 이 말은 성주와 군사들이 힘써 싸우는데 보탬이 될 뿐이었다.

양만춘이 말했다.

"항복이나 성의 함락, 모두 우리에게 일어나서는 안 되는 일이다. 진다함은 어차피 구덩이에 들어갈 일만 남음이니, 모두 힘을 다해 성을 지켜야 한다!"

그렇듯 안시성 사람들은 더욱 굳게 지켰다. 당이 공격하기를 오래 하였으나 함락하지 못했다.

도종이 군사를 격려하여 성의 동남쪽 구석에 토산을 쌓기 시작했다. 토산이 높아져 성보다 올라오자, 안시성 안에서도 역시 성의 높이를 더하여 그 침입을 막았다. 당의 사졸들이 군대를 나누어 교전하기를 하루에 6, 7번이었다. 당이 포차와 돌쇠뇌로써 성을 파괴하자, 안시성 안에서도 목책을 세워 깨진 곳을 막았다.

도종이 발을 다치자, 당 태종이 친히 침을 놓아 주었다. 도종은 토산 쌓기를 주야로 쉬지 않고 무릇 60일 동안 50만 명의 인력으로 완공하였다. 그 흙으로 만든 산마루는 성에서 수 길 거리이며, 안시성 안을 아래로 굽어볼 정도의 규모였다.

도종이 부복애로 하여금 군사를 거느리고 산마루에 머물면서 적에 대비케 하였다. 그런데 산이 무너져서 성도 함께 무너졌다. 마침 부복애는 사사로운 일로 그 곳을 떠나있던 중이었다. 전화위복이라 할까, 오히려 그 기회를 이용한 안시성 성주는 성의 무너진 곳으로 수백 명의 군사를 출전시켰다. 고구려군은 드디어 토산을 뺏고 주위를 깎아 지킬 수 있었다. 이로써 도종이 60일 동안 50만 명의 인력으로 완공한 토산은 간단히 하루 동안에 고구려인 손에 들어가게 된 셈이었다. 직무태만인 지휘관 부복애 때문에 전세의 운수는 하루 만에 바뀌었다.

노한 당 태종은 당장 부복애의 목을 베었다. 그리고 장군들에게 명해 공격하기를 3일이었지만 이기지 못했다. 도종이 맨발로 군주 앞에 나가 엎드린 채 죄를 청했다. 당 태종이 말했다.

"네 죄는 마땅히 죽어야 하겠으나, 나는 한 무제가 왕회를 죽인 것은 진목공이 맹명을 등용한 것 보다 못하다고 여겼다. 또 너는 개모성과 요동성을 깨트린 공이 있으므로 특히 용서할 뿐이다."

요동 지방은 일찍 추워 이미 풀이 마르고 물이 얼기 시작했다. 병마가 오래 머물기 어렵고 또 양식도 떨어졌다. 당 태종은 마침내 군사를 거두게 하였다. 떠나기 전 그는 안시성 아래에서 병사들로 위협한 다음 돌아섰다. 안시성 군사는 숨어서 나오지 않았다.

안시성 성주는 그가 돌아간다 하자, 성에 올라 황제에 대한 예를 치러 송별하였다.

당 태종은 그 모습을 보고 기특하게 생각했다. 그는 더욱 영웅적인 과시를 하느라, 비단 백 필을 성주에게 보내며 말을 전했다.

"그대의 작은 성으로 대군을 오랫동안 고수했음이 가상하구나. 그대의 임금에 대한 충성 또한 높으니 상을 내리고 싶다."

당 태종은 세적과 도종에게 명하여 보기 병 4만 명을 거느려 후군을 삼게 했다. 그는 요동성에 이르러 요수를 건넜다. 요택에는 진흙과 물이 있어 수레와 말이 건너지 못하였다. 당 태종은 장손무기에게 명하여 만 명을 거느리고 풀을 베어 길을 메우게 했다. 또 물이 깊은 곳은 수레로 다리를 삼았다. 당 태종이 스스로 말의 칼집에다 장작을 매어 일을 도왔다.

10월, 당 태종이 포구에 이르러 말을 세우고 길 메우는 것을 독려하였다. 여러 군대가 발착수를 건너자, 눈보라가 사나워 사졸들이 얼어 죽는 자가 많았다. 이에 명하여 길에 불을 놓아 군사들을 기다렸다.

당 태종은 성공하지 못하였음을 깊이 뉘우치고 탄식하여 이르기를, "위징이 만일 있었다면 나로 하여금 이 원정을 하게 아니 하였을 것이다." 하였다.

고구려 개소문도 마침내 당에 사신을 보내 사죄하고 두 미녀를 바쳤다. 당 태종이 원정에서 돌아가려고 할 때 개소문에게 활옷을 주었는데, 개소문은 이를 받고 사례하지 않았다. 개소문 입장에서는 침략한 황제가 활옷을 선물한다 해서 고마울 리 없었고, 황제는 그것을 받고도 사례하지 않는 개소문이 더욱 교만하고 방자하게 느껴졌다. 비록 개소문이 사신을 보내 글월을 올리고 미녀를 바쳤으나, 그 말은 대개 허황된 것이었다.

심기 불편한 당 태종은 두 미녀를 돌려주며 사자에게 일렀다.

"색은 사람이 중히 여기는 바다. 하지만 친척을 떠나 그 마음을 상하게 함이 가엾어 내 취하지 않는다."

당 태종이 보기에 개소문의 배짱과 담력은 여전했다. 그는 당의 사자 접대하기를 거만히 했고 늘 중국의 변방을 엿보았다. 또 당 태종이 자주 칙령을 내려서 신라를 치지 말라고 하였으나 들은 척도 하지 않았다.

"개소문이 어찌 저리도 간이 클꼬, 저걸 대체 어떻게 혼내주어야 하는가? 고구려의 조공은 이제 받지 않도록 하라."

당 태종은 다시 군신들과 고구려 토벌할 것을 의논하기 시작했다.

선덕왕 16년 정월,

이미 깊어진 여왕의 병세는 회복될 기미가 없었다. 간간히 정신은 차렸지만 그 생명의 빛이 꺼져가고 있음은 조정의 대신들 모두 알고 있었다.

당이 고구려를 정벌하러 나서던 3년 전, 당 태종이 여왕에게 제안한 모욕적인 제안은 신라 조정을 두 파로 갈라놓았다. 즉 여왕파인 춘추와 유신, 그 반대파인 상대등 비담 일행이었다. 고구려에 가서 두 달 동안 잡혀 있다 간신이 탈출해온 춘추의 실책은 늘 문제가 되었다. 비담은 춘추의 잘못을 추궁하며 떠들었다.

"그대들이 잘못 하니까 왕이 정치를 못하는 거 아니오?"

여왕이 당장이라도 돌아가신다면, 춘추와 유신은 비담에게 떠밀려 추락할 위기에 처할 지경이었다. 누가 다음 왕이 되는가, 바로 그 점이 춘추와 유신, 비담의 문제였다. 그러자 여왕이 승만을 다음 후계자로 지명해 놓았다. 춘추와 유신은 한숨을 돌렸다. 무엇보다 그들이 승만을 왕으로 받들면, 전 왕처럼 그 양팔이 되어 다름없는 힘을 구사할 수 있었다.

춘추와 유신이 여왕의 뜻에 따라 승만을 다음 왕으로 모실 준비를 했다. 그러자 비담이 반대하고 나섰다.

"여왕을 세워서 나라가 잘 된 것이 없는데, 그대들은 또 여왕을 세운단 말이오? 그대들이 더 나설 때가 아니오. 재상은 바로 나란 말이오."

그러자 김유신이 팔짱을 낀 채 비담을 서늘하게 노려보았다.

"감히 함부로 대왕을 비방하다니. 대왕이 병들어 누웠다고 재상이란 자가 막말을 하고 다니는가? 그대는 반역자 아닌가? 대왕을 모욕하면 내 칼이 그냥 있지 않을 것이다. 우리 대왕 같은 분은 세상에 둘도 없소. 내 언제라도 불충한 반역자는 당장 처단할 것이니 재상은 몸조심하시오."

비담의 얼굴은 새파랗게 질렸다. 가만히 있다가는 유신에게 반역자라는 죄목을 덮어쓰고도 남을 것 같았다. 비담은 염종과 의논했다.

"유신 일파가 왕을 마음대로 세우는 걸 잠자코 보고 있을 수는 없소. 저들을 몰아내고 선수를 치는 것이 유리하오. 우리 군사를 모으면 저들보다 월등 힘이 크니, 군사를 일으켜 왕과 그 일파들을 제거합시다."

곧 비담은 군사를 일으켰고 궁성으로 들어오는 것에 실패하자 명활성에 진을 쳤다. 유신이 이끄는 여왕의 군사는 월성에 진을 만들고 적과 대치했다. 비담 편이 더 우세했다. 여왕이 있는 월성을 향해 열흘 째 공격 중이었으므로, 도성은 나라 안 군대들끼리의 싸움으로 정세가 어수선하기 그지없었다.

그 소식을 들은 여왕은 침상에서 긴 한숨을 쉬었다. 몸을 일으킬 수도 없을 만치 기력이 쇠약해져 있었다. 그녀는 춘추를 돌아보며 말했다.

"내 이제 아무 것에도 연연하지 않겠다……. 하지만 한 나라의 왕으로서 백성들을 더 편안하게 해주지 못했던 것이 마음에 걸린다. 내가 작은 몸으로 약소국의 왕이 되어 이웃 나라들 틈에서 시달리다, 당에 구원을 청하고 부처님의 힘으로 보호받으려 사방으로 애는 썼다. 그러나 이 나라가 잘 된 모습은 못 보고 가는구나. 다행히 하늘이 춘추 너와 유신, 알천 같은 이들을 내 곁에 두어 돕도록 하셨다. 이 신라의 미래를 위해서 너희가 남아 있으니, 내 눈을 감아도 마음이 가볍겠구나."

그 밤 유성이 여왕이 있는 궁중 가까이 떨어졌다. 내전 중에 떨어진 유성은 비담 편과 유신 편 군사들에 큰 반향을 일으켰다. 비담은 여왕이 죽고 유신의 군사가 패할 것이라 장담하며 기뻐했고 유신의 군사들 사기는 뚝 떨어졌다.

유성이 월성에 떨어졌다는 말을 들은 병중의 여왕 얼굴은 하얗게 질렸다. 그녀 자신이 점성술을 신봉했기 때문이다. 그 불길한 징조 때문에 유신이 비담 일파에게 패하지나 않을까 죽기 전까지 걱정해야 했다. 그녀는 유신을 침상으로 불렀다. 갑주로 무장한 채 여왕을 알현하러 온 유신이 침상 아래 무릎을 꿇었다. 그가 불안한 여왕의 마음을 안정시켰다.

"폐하, 길흉은 무상하여 오직 사람이 하기에 따르는 것입니다……. 덕이 요사한 기를 눌러 이길 수 있습니다. 그러니 별무리의 변이는 두려울 것이 없습니다. 심려치 마십시오."

모두 물러가고 그녀 곁에는 앞으로 새 왕이 될 승만만 남아 있었다. 그녀는 승만의 손을 잡고 나지막하게 말했다.

"나는 죽는 날까지 마음 편할 날이 없구나. 죽는 순간까지 세상은 이리도 시끄러우니……. 유신이 흉조까지 나타난 난국을 잘 타개해가야 할 텐데."

"폐하, 유신의 기지와 뜻이라면 하늘도 기꺼이 도울 것입니다. 유신은 신라를 위해 태어난 인물이며 하늘이 돕는 자입니다. 그를 믿으십시오."

"살다가 죽으면 한평생은 순간이건만, 이렇듯 허망한 삶인데도 사람들은 부귀영화를 얻기 위한 싸움에 끝까지 집착하는 구나. 이제 그 모든 것은 사라지고…… 입 벌린 거대한 무덤만이 보이는 구나……. 저 무덤 속에 들어가 편히 쉬게 되겠지……."

그 날 밤, 김유신은 허수아비를 만들어 불을 붙인 후 풍연에 실어 하늘로 올려 보냈다. 어두운 대기로 치솟아 오른 불꽃이 한동안 하늘에서 일렁거리며 타올랐다.

날이 밝자 유신은 사람들에게 시켜 어젯밤 떨어진 별이 하늘로 도로 올라갔다고 길거리에 말을 퍼뜨리게 했다. 제사 준비를 시킨 유신이 별 떨어진 곳에 당도했다. 유신은 손수 흰 말의 목을 베었다. 그가 말의 피를 별 떨어진 곳에 뿌렸다.

곧 김유신이 승리해 비담 일행을 죽였다는 소식이 여왕에게 전해졌다.

여왕은 편안해진 얼굴로 고개를 끄덕였다. 그녀의 숨결이 쇠잔해감을 승만은 느끼고 있었다. 고통스럽기보다는 깊은 명상에 잠겨 있는 모습이었다. 승만 역시 조용한 모습으로 그녀의 마지막 모습을 지키고 있었다.

그녀는 눈을 가늘게 뜬 채 아득히 먼 곳을 바라보고 있었다. 위대했던 왕, 아버지 진평왕과 자애로운 어머니 마야 부인, 비형, 운정…… 여러 화랑들과 자매 공주들의 얼굴이 떠올랐다. 이제 이 지상에 없거나 모두 멀리 떠나 있는 이들. 스무 살 즈음의 젊고 활기찬 그들이 말을 달리며 천천히 그녀 앞으로 몰려오고 있었다. 그녀는 그들의 이름을 불렀다. 그토록 젊고 아름다운, 그 모든 그리운 얼굴들. 그 많은 용기를 품었던 뜨거운 가슴들, 아름답게 빛나던 얼굴, 불처럼 타오르다 꺼져간 그들의 꽃 같은 육체. 풍요로운 청춘을 술잔에 들이마시던 낭만적인 시절, 그 때 그토록 젊었었기에, 용기와 아름다움이 있었기에 거침없이 행복할 줄만 알았는데, 그 시절이 바로 어제 같은데…….

그해 정월, 여왕이 죽고 시를 선덕(善德)이라 하고 유언대로 낭산에 장사하였다.

300

진덕 여왕이 즉위하니, 이름은 승만이고 진평왕의 동생 국반 갈문왕의 딸이며 어머니는 박씨 월명부인이다. 여왕은 신라 마지막 성골 왕이었다.

새 여왕이 즉위한 정월, 비담을 죽인 후 그에 연좌하여 죽은 귀족이 30명이었다.

2월에 이찬 알천을 상대등으로 삼고, 대아찬 수승으로 우두주 군주를 삼았다. 당 태종이 지절사를 보내 전 왕을 추증하여 광록대부를 삼고, 이내 신왕을 책하여 주국낙랑군왕으로 봉했다.

월성 낭산, 여왕이 도리천이라 말했던 벌판에 능은 둥그런 작은 산처럼 솟아 있었다. 거대한 봉분은 아직 추워 풀이 자라지 않았으므로 황토 흙이었다. 저만치서 불어오던 회오리바람이 봉분의 황토 흙을 휩쓸고 지나갔다.

여왕의 능을 몇몇 군사들이 지키고 있었지만, 그들은 한 남자가 오는 것을 모르고 있었다. 아무도 그가 나타난 모습을 보지 못했고 그 발자국 소리도 듣지 못했다.

심장이라도 얼릴 듯 차가운 황량함이 남자에게서는 풍겨났다. 허리까지 내려온 백발 섞인 머리카락이 바람에 흩날리며 얼굴을 덮었고, 옷차림은 여름에나 입을 베옷인데다 또한 맨발이었다. 한순간 능을 바라보는 그의 눈에서 푸른 불꽃같은 인광이 뿜어났다. 그의 맨발은 고양이보다 가볍고 재빠르게 움직이고 있었다.

을씨년스러운 겨울바람, 그 속에 쌓아올려진 지 얼마 안 되는 황토 빛 새 무덤. 그 황토 흙은 한 인간의 온갖 흥망성쇠와 희비곡직도 함께 묻었다. 그는 능 앞에 엎드려 절했다. 그는 한탄했다. 북풍

한설이 몰아치는 이 겨울, 푸른 풀도 돋지 않은 차가운 흙 속에 누워계시는 님이여, 이것이 오랜만에 나를 맞아주시는 님의 모습인가. 당신의 한평생 살던 자취도 결국은 쓸쓸한 무덤뿐이니.

꿇어앉아 있던 그가 일어났다. 별 힘 들이지 않고 능 입구의 문을 연 그는 안으로 들어갔다. 능 안에는 질식할 듯 두터운 어둠과 고요가 겹겹이 둘러싸여 있었다. 하지만 그에게는 그 어둠과 그 고요가 그다지 낯설지 않았다. 능 안의 공기는 바깥보다 온화했다. 밀봉되어 있던 짙은 향냄새가 코를 찌르자 막막한 현기증이 엄습했다. 그도 그 어둠이 걷히기를 한참동안 기다리고 있었다. 겹겹이 싸인 어둠의 더께가 한겹 씩 풀려가며 뿌연 안개가 감돌기 시작했다. 그의 눈빛은 더욱 새파랗게 스스로 타오르며 빛을 내는 불꽃처럼 무덤 속 윤곽을 어렴풋하게 밝히고 있었다.

능 안은 여왕의 침실처럼 비단 휘장을 둘러 아늑하게 꾸며져 있었다. 그녀가 입던 옷들과 금과 갖가지 보석으로 된 여러 장신구들도 가지런히 잘 배치되어 있었다. 곧장 그는 그녀가 누워 있는 석관 앞으로 다가갔다. 관 주위에는 여러 관음보살 상들이 서 있고 물씬할 정도로 더 짙은 향냄새가 풍겼다. 차가운 석관을 떨리는 손으로 어루만지던 그가 중얼거렸다.

"이렇게 차갑고 고적한 곳에 당신 혼자 어떻게 있는 거요?"

자신의 뺨을 관에 대고 부비던 그의 한 쪽 눈에서 눈물이 흐르기 시작했다.

"왜 당신은 아무 대답도 않는 거지? 내가 온 걸 알 거 아니오."

관을 두들기며 그녀를 부르던 그는 더 견딜 수 없었다. 마침내 그는 관 뚜껑을 들어 올렸다. 그는 영원의 잠 속에 빠져 있는 그녀 모습을 들여다보고 있었다. 아직은 그다지 변하지도 않은 모습이었다. 다만 평안한 듯 자고 있을 뿐이었다. 그 혼자 상심한 채 슬픔에 겨울 뿐이었다. 저렇게만 잠들 수 있다면, 한없이 죽음이 부러웠다. 그는 절실히 그 죽음을 갈망하고 있었다. 그는 떨리는 손끝으로 그녀의 이마를 쓰다듬었다. 그녀 이마 위 머리카락도 그처럼 희끗희끗했다. 그는 중얼거렸다.

"대답 좀 해보시오, 당신도 많이 변했소. 왕이 막 되었을 때의 당신, 그 때만 해도 당신은 영원히 늙지 않을 것처럼 아름다웠소. 당신의 머리칼도 희어져서 나와 어울릴 만 하니 기쁘오. 이제 만물이 소생하는 봄이 오면 당신 능의 풀들은 연초록으로 빛이 나고, 그 고요한 당신의 육체도 벌레들이 갉아 먹느라 급히 변해 갈 것이오."

하지만 그녀의 몸은 짙은 향내가 밴 채 아직 깨끗했다. 여전히 섬세한 그 콧등과 입술을 그는 어루만지고 있었다. 그 때 문득 그녀 입술이 움직이는 듯 했다. 그녀의 목소리가 들렸다.

"그대는 왜 항상 내 곁을 떠나야만 했지? 마지막까지도 약속을 어기고 돌아오지 않았다. 그대의 말은 하나도 진심인 것이 없지 않았던가."

그는 울부짖으며 소리쳤다.

"나는 당신의 눈과 코가, 미모가 모두 허물어져 해골만 남는다 해도 사랑할 것이라 했소. 그 말은 진정 진심이었고 이제 내 약속을 지키리다. 나는 당신을 영원히 지킬 것이니, 이승에서 못다 한 것을 우리는 저승의 혼으로 같이 살 수 있을 것이오. 하지만 여왕인 당신이 죽자, 영원한 충성을 맹세했던 그들도 역시, 당신을 이

303

겨울 땅속에 매장하기 바쁘게 이미 잊은 지 오래요. 이제야 당신은 완전한 내 것이 된 것이니……. 내 이렇듯 쓸쓸한 땅 속에 어찌 당신을 다시 버려둔 채 떠날 수 있을까. 당신과 나, 삶과 죽음은 어차피 모두 하나이니……."

그 후 여왕의 능 옆에는 조그만 무덤이 새로 생겼다. 사람들은 그 새끼 무덤을 여왕이 총애하던 신하의 무덤으로 생각했다.

태양의 제국

진덕 여왕 원년(647년),

여왕을 옹립하고 정권이 안정되자, 김춘추는 일본으로 떠났다. 장차 백제를 치기 위해서는 먼저 백제의 외곽세력이며 우방인 일본을 백제로부터 단절시키는 것이 필요했다. 일본 황실간의 내분이 있었을 때 신라는 현 천황에게 도움을 준 적이 있었다. 그런 연유로 김춘추의 일본행은 고구려 때보다는 퍽 여유로운 편이었다. 이때는 일본의 효덕 천황 3년이었다. 일본에 들어가 천황을 만난 춘추는 공작 한 쌍과 앵무새 한 쌍을 선물하였다. 그는 신라왕과 다름없는 대우를 받으며 지냈고, 그의 빼어난 용모와 화려한 말솜씨에 반한 일본 조정은 모두 그에게 호감을 가졌다. 한동안 그는 일본에 머물면서 일본의 형세를 시찰했고 조정 대신들과 친하게 지냈다.

마침내 일본에서 돌아온 춘추가 여왕을 뵙고 아뢰었다.

"신이 앞서 고구려에 갔다가 군사를 청해 오지 못했습니다. 이번 일본행에서는 적어도 그들이 백제에 군사를 내지 않겠다는 약조는 받아 두었습니다. 미리 백제의 큰 배후 세력은 끊어둔 셈입니다. 그러니 이제 당에 들어가서 황제를 직접 만나 구원병을 간청할 생각입니다."

여왕이 허락하므로 춘추는 그 아들 문왕을 데리고 당나라로 들어갔다. 당 태종은 광록경 유형을 장안성 밖 5리에 있는 작은 성으로 보내 마중하게 하였다. 신라 사절단이 당의 대궐에 당도하여, 마침내 당 태종과 춘추는 만났다. 당 태종은 춘추의 외모가 비범함을 보고 후히 대접하였다. 춘추가 국학에 가서 석존과 강론을 참관하기를 청했다. 당 태종은 허락하고, 자기가 지은 온탕비 및 진사비와 새로 지은 진서를 하사하였다.

고구려에서 한번 실패한 후 춘추의 행동은 신중해져서 금방 당 태종에게 자신의 목적을 말하지 않았다. 그러므로 어느 날, 당 태종이 그를 불러 한가로이 이야기하다 금백을 후히 주며 물었다.

"그대는 내게 특별히 할 말이 있는 것이 분명하다. 서슴지 말고 이야기해 보게나."

그러자 춘추가 꿇어 앉아 말했다.

"우리나라가 천자의 나라를 섬긴 지 이미 여러 해가 되었습니다. 그런데 그동안 백제가 굳세고 교활하여 여러 번 침략을 일삼았습니다. 더구나 왕년에는 대대적으로 군사를 거느리고 깊이 쳐들어와 수십 성을 공격하였습니다. 이제 황제께 입조하는 길까지 막았사옵니다. 만일 폐하가 천병을 주시어 그 흉악한 놈을 없애 주시지 아니하면, 우리의 인민은 다 그쪽에 사로잡혀 조공할 수도 없습니다."

당 태종은 깊이 동정하는 빛을 보였다.

306

"그대 나라에는 장수 유신이 있지 않은가? 내 유신의 이름을 들었는데, 그 사람됨이 어떠한가?"

그러자 춘추가 대답했다.

"유신에게 재주와 지혜가 조금 있기는 하옵니다. 하지만 황제의 위엄을 빌지 않고 어찌 쉽사리 인국의 후환을 없애겠습니까?"

그의 겸손한 말에 당 태종은 무척 기뻐했다.

"그대는 정말 군자로다. 내 조만간 군사 20만 명을 내어 그대 나라를 도울 것이다. 그러니 너무 염려치 말라."

당 태종은 춘추의 청을 받아들였다. 그러나 당 태종은 곧 병으로 죽게 되고, 그 허락이 약속으로 나타난 것은 당 고종 5년 때였다.

춘추는 또 당 태종에게 예복을 고쳐서 당제의 것을 따르기를 청했다. 당 태종은 진귀한 예복을 내어 춘추와 그 종자에게 주고, 춘추에게는 특진을 그 아들 문왕에게는 좌무위장군이라는 벼슬을 주었다. 또 춘추가 귀국할 때는 당 태종이 3품 이상의 관리에게 명해 송별의 잔치를 열게 하였다. 그 우대가 극진해서 한 나라 왕에 대한 대접이었다.

그러자 춘추는 자청해서 당 태종에게 말했다.

"신에게 일곱 아들이 있으니 성상의 곁에서 숙위케 하여 주소서."

그는 아들 문왕과 따라온 대감 한 명을 머물게 하였다. 이는 머물고 있는 사람이 일종의 볼모라 할 수 있고, 또 당나라 황실의 일을 곁에서 파악하여 신라에 알릴 수도 있는 이중의 일을 겸함이었다.

한편 연개소문도 김춘추가 당나라에 간 일을 알고 있었다. 개소문은 그들이 지나가는 바다 길목에 군사를 배치해 놓고, 춘추가 오면 죽이라 명하였다.

김춘추 일행이 바다로 오는 길에 고구려 순라병 배가 보였다. 위험을 예감한 춘추는 그 시종 온군해와 옷을 바꿔 입었다. 그와 옷을 바꿔 입은 온군해는 김춘추인 척 하고 배 위에 앉았다. 그 틈에 춘추는 조그만 배로 빠져나왔다. 고구려 병은 온군해를 춘추로 착각하여 죽였고, 춘추는 무사히 본국으로 돌아왔다. 여왕이 그 말을 듣고 슬퍼하며 온군해를 추증하여 대아찬으로 삼고 자손에게도 후히 상을 주었다.

춘추가 당나라에 있는 동안, 유신은 압량주 성주로 있었다. 그는 마치 군사에 아무런 생각도 없는 것처럼 술을 마시고 풍악을 들으며 달포를 보냈다. 그러자 고을 사람들은 유신을 용렬한 장수로 여겨 비방했다.

"사람들이 편안히 있은 지 오래 되어 한번 싸워 볼 만한 여력이 생겼다. 그런데 장군이 게으르니 어찌하면 좋은가?"

유신은 이 말을 듣고 이제 백성들을 쓸 수 있을 때가 된 것을 알았다. 그가 여왕에게 와서 말했다.

"폐하, 지금 민심을 보니 일을 할 만 합니다. 그러니 백제를 쳐서 앞서 대량주 싸움에 보복하기를 청하옵니다."

"작은 힘으로 큰 세력을 만나면 그 위태로움을 어찌할 것인가?"

여왕의 말에 유신이 대답했다.

"싸움의 승부는 세력의 대소에 있지 않고 그 민심이 어떠한가 보아야 합니다. 지금 우리 백성들이 한뜻이 되어 생과 사를 같이 할 수 있습니다. 저 백제를 더 두려워할 것이 없습니다."

이에 여왕은 허락했다.

그는 정예병을 조련하여 적진을 향해 갔다. 대량성 밖에 이르자, 백제군이 반격하여 항거하므로 거짓 패하여 도망가며 여근곡(옥문곡)에 이르렀다. 백제는 많은 군사를 거느리고 따라왔다. 이 때 신라군의 복병이 일어나 앞뒤로 쳐서 크게 깨트리고, 백제 장군 여덟 명을 잡고 1천 명을 죽였다. 그리하여 유신은 사람을 시켜 백제 장군에게 전하게 하였다.

"우리 군주 품석과 그 아내 김씨의 유골이 너희 나라 옥중에 묻혀 있다. 지금 너의 비장 여덟 명이 우리에게 잡혀 꿇어 엎드려 살려주기를 청하고 있구나. 여우나 표범이 머리를 예전 살던 곳으로 향한다는 뜻을 생각하여 내가 차마 죽이지 못한다. 지금 너희가 죽은 두 사람의 뼈를 보내어 산 여덟 사람과 바꿔가는 것이 어떻겠는가?"

그러자 백제 좌평이 의자왕에게 말했다.

"신라 사람의 해골을 묻어 두어서 이익이 없으니, 보내주는 것이 좋겠습니다."

왕이 말했다.

"신라인이 해골만 거두고 신용을 지키지 않으면 어찌할 것인가?"

"만약 신라 사람이 신용을 지키지 않고 우리 여덟 명을 돌려보내지 않는다면, 잘못은 저 편에 있고 정직함은 우리에게 있습니다. 우리가 무엇을 근심하겠습니까?"

곧 백제 편은 품석 부부의 뼈를 파서 독 속에 넣어 보내왔다.

유신은, "한 잎이 떨어지는 것이 무성한 수림에 손실될 바 없다. 또 한 티끌의 모임이 큰 산에 보탬 될 바 없지 않은가?" 하고 여덟 명을 살려 보냈다. 그리고 다시 승세를 몰아 백제로 들어가 12성을 함락했다. 2만여 명의 목을 베고 9천 명을 사로잡았다.

당에 들어갔다가 무사히 돌아온 춘추는 유신과 해후하자 껴안으며 말했다.

"사람이 죽고 사는 것은 과연 하늘의 명이 있는 것 같소. 때문에 살아 돌아와서 다시 공과 만나게 되었으니 얼마나 다행한 일인가?"

유신 역시 그 못지않게 해후를 감격해하며 말했다.

"신이 나라의 위령에 의지하여 두 번 백제와 크게 싸워 20성을 빼앗고 3만 여명을 베었습니다. 또 품석 공과 그 부인의 유골을 고향으로 돌아오게 하였으니, 이것이 모두 천행으로 된 일입니다. 내가 무슨 일을 했다고 하겠습니까?"

자신의 딸 고타소랑과 사위의 유골이 돌아온 것을 안 춘추는 오랜 한을 씻듯 눈물을 흘리며 유신에게 고마워했다.

진덕 여왕 4년 6월,

당에 사신을 보내 백제 군사를 쳐 깨트린 것을 알렸다. 또 여왕이 오언시의 태평송을 지어 비단에 짜서 춘추의 아들 법민을 보내 당 고종에게 바치게 하였다. 비단의 태평송이 황제를 매우 칭송했으므로, 당 고종은 좋아하여 법민에게 대부경이라는 직위를 주었다. 이 때부터 처음으로 중국의 '영휘'라는 연호를 사용하게 되었다. 아버지 김춘추 대신 온 법민이 황제에게 청하였다.

"고구려와 백제가 혀와 이같이 서로 의지하다 마침내 무리를 끌고 번갈아 신라를 침략하였습니다. 우리의 큰 성과 진들이 모두 백제에게 병합된 바가 있어 강토는 날로 줄어들고 위력마저 떨어졌습니다. 바라옵건대, 백제에 조서를 내려 침략한 성을 돌려주게 해주십시오……."

당 고종은 당 태종과 달리 우둔하며 행동이 느렸다. 그는 첫 황후를 폐한 후, 무씨(武氏)를 황후로 맞고 정사까지 측천무후 손에 맡겼다. 여걸 측천무후는 당 고종의 재위 중에도 중요 국사에 참여하였다. 이 측천무후가 곧 당의 실질적 집권자였으므로, 법민은 한편 무후에게도 접근하여 백제 정벌을 위한 원정군의 출동을 약속받았다.

그 다음 해, 백제가 사신을 보내 조공했다. 그러자 당 고종은 사신에게 새서를 주어 신라와 싸우지 말라고 의자왕을 달랬다. 그러나 의자왕은 당 고종의 말을 전혀 염두에 두지 않았다. 그는 고구려와 통하며 신라를 칠 생각에 여념이 없었다.

봄에 크게 가물어서 백성이 굶주렸지만, 왕은 망해정에서 바다를 바라보며 궁녀들과 놀았으니 또 사치스럽기 그지없었다. 요사한 부인이 왕을 흐려 놓고 자신들을 탄압한다며 호소하는 백제 충신들의 목소리가 일본까지 전해졌다. 또한 왕은 무왕이 만들어 놓은 왕흥사에 여러 차례 왕래하며 궁성 밖에서 배를 타고 노니는 것을 큰 즐거움으로 알았다.

백성들이 굶는 동안 의지왕은 사치스런 연회에 빠져 있으면서도, 한편 국고를 군사에 기울여 신라 정벌에 대한 방책을 강구하였다. 의자왕이 이렇듯 여러모로 바쁜 가운데, 신라는 진덕 여왕이 죽고 김춘추가 신라 29대 태종 무열왕으로 즉위한다.

진덕여왕이 죽자 군신들은 이찬 알천에게 섭정을 청하였다. 그러자 알천이 유신과 의논하여 이찬 춘추를 추대했다.

"나는 나이 늙고 이렇다 할만한 덕행도 없소. 지금 덕망이 높기를 춘추공 만한 이가 없다. 그는 실로 제세의 영웅이라 할 수 있지 않은가?"

군신들이 드디어 춘추를 추대하여 왕을 삼으니, 춘추는 사양하는 척 하다 왕 위에 올랐다.

태종(김춘추)이 왕에 오르자, 어떤 사람이 돼지를 바쳤는데 머리는 하나, 몸뚱이는 둘, 발은 여덟이었다. 의론하는 자가 이것을 보고 말했다.

"이것은 반드시 천하를 통일할 상서로운 징후입니다."

즉위한 4월, 왕은 아버지(용춘)를 추봉하여 문흥대왕이라 하고 어머니(천명 공주)를 문정 태후라 하고 죄수를 놓아 주었다. 그는 당 제도를 본 따, 율령을 마련하고 정부 개편을 시행했다. 그 정책에는 당의 힘을 빌려 반도를 통일하겠다는 의지가 담겨 있었다.

한편 김유신은 백제의 좌평과 통하고 있었으므로, 백제의 사정을 훤히 알고 있었다. 그 전에 급찬 조미압이 부산 현령으로 있다 백제에 사로잡혀가서 좌평 임자의 종이 되었다. 그런데 조미압이 일하기를 부지런히 하고 정성껏 하여 태만한 적이 없었다. 이에 좌평 임자는 그를 믿게 되어 마음대로 출입하게 하였다. 그러자 신라로 다시 도망 온 조미압은 백제의 사정을 유신에게 고하였다. 유신은 조미압의 충정이 쓸 만함을 알고 명했다.

"내가 들으니, 좌평 임자가 백제 일을 전담한다 하더구나. 그래서 내 함께 임자와 의논하고 싶은 생각이 있었으나 방법이 없었다. 그대가 나를 위하여 다시 돌아가서 말하라."

그러자 조미압이 대답했다.

"공이 저를 불초하다 않으시고 시키시니 죽더라도 뉘우침이 없겠습니다."

그리고 다시 백제로 돌아간 조미압은 임자를 만나 말했다.

"제 스스로의 생각에 저는 이미 이 나라의 국민이 되었사옵니다. 그래서 제가 속한 백제를 알고 싶어 나가 노느라 오랫동안 돌아오지 않았습니다. 이제 개와 말이 주인을 생각하는 마음을 참을 수 없어 다시 왔사옵니다."

임자는 그 말을 믿고 그를 책망하지 않았다. 임자의 태도가 여전히 너그러움을 본 조미압이 그 틈을 타서 보고했다.

"죄를 받을까 두려워 감히 바른대로 말하지 못한 것이 있습니다. 사실인즉 신라에 갔다 돌아왔는데 김유신을 만났사옵니다. 유신이 저에게 일러, 다시 가서 주인께 고하라 하였습니다. 그의 말이 '나라의 흥망은 미리 알 수 없는 일이니, 만일 그대의 나라가 망하면 그대가 우리나라에 의지하고, 우리나라가 망하면 내가 그대의 나라에 의지하도록 하자'고 하였습니다."

그 말을 들은 임자는 묵묵히 말이 없었다. 조미압은 황공하여 물러와 죄주기를 기다리고 있었다. 임자 또한 백제 정세가 돌아가는 것을 보고 가망이 없다고 고민하던 중이었다. 두어 달 만에 조미압을 부른 임자가 물었다.

"네가 지난 번에 말한 바 유신의 말이 어떤 것인가?"

놀란 조미압이 전에 말한 대로 대답했다. 그러자 임자가 답했다.

"네가 전한 말을 내가 잘 알았다. 유신에게 가서 알려라."

그리하여 조미압이 와서 알리고 백제의 다른 중요한 여러 일을 상세하게 말했다.

　태종 무열왕 2년 정월,

　고구려, 백제, 말갈의 연합군이 신라 북경을 침범하여 33성을 빼앗았다.

　왕은 당나라에 사신을 보내 글월로 청했다.

　"백제가 고구려, 말갈과 함께 우리 북경을 침범하여 30여 성을 함락시켰습니다. 일전에 내게 약조하신 구원병을 급히 보내 주십시오. 함께 백제를 칠 수 있기를 기다리고 있겠습니다……. "

　신라왕의 편지를 받은 당 고종은 정명진과 소정방을 보내 고구려부터 치게 하였다. 이렇듯 당 고종과 무열왕 춘추의 의견은 항상 달랐다. 즉 당은 태종 때부터 못다 이룬 고구려 정벌을 먼저 생각했고, 무열왕 춘추는 딸을 죽인 원수 백제의 정벌이 더 시급했다.

　그해 왕은 자신의 딸 지소를 대각간 김유신에게 시집보냈다. 그러므로 두 사람은 젊은 장인과 늙은 사위라는 관계로 더 결속된다. 이 때 왕은 53세이며 유신은 60세였다. 유신은 78세까지 살았으니, 10대 후반의 젊은 공주와 유신은 18년 동안 부부생활을 했다.

　태종 무열왕 6년 4월,

　왕은 다시 당에 사신을 보내, 백제를 칠 원병을 부탁했다. 왕이 되었으나 그의 고뇌는 더 짙어졌다. 죽음을 무릅쓰고 고구려와 당에 갔던 것이 다 허사였던가. 여전히 백제는 국경을 침범했고, 왕은 백제를 치고 싶으나 군사가 부족했다. 언제 백제를 평정하여 이 나라를 편안히 하고 내 원을 이룰 것인가. 그는 홀로 잠 못 이루며 근심하는 날이 많았다.

　10월, 당에 군사를 청했건만 여전히 반가운 회보는 오지 않았다.

314

왕은 달빛 아래 낙엽 위를 서성이며 무한한 근심에 잠겨 있었다. 이 때 홀연히 누군가 나타났다. 그들은 선왕대의 신하 장춘과 파랑을 닮아 있었다. 그들이 왕에게 인사한 후 말했다.

"신들이 비록 백골이나 보국할 생각이 있어 어제 당에 갔습니다. 그래서 황제가 대장군 소정방에게 명하여 군사를 거느리고, 내년 5월에 백제를 치기로 한 것을 알았습니다. 대왕께서 하도 골똘히 생각하시므로 미리 알려드리는 것입니다."

말을 그친 그들은 사라졌다.

크게 놀란 왕은 이상히 여겨 장춘, 파랑 양가의 자손을 후히 상주고, 관리에게 명하여 그들의 명복을 빌게 하였다.

태종 무열왕 7년 정월.

상대등 금강이 죽었으므로 김유신을 배하여 상대등으로 삼았다.

한편 백제는, 왕이 궁인들과 음황, 탐락하기를 여전히 그치지 않았다. 좌평 성충이 지극히 간청하므로 왕이 노하여 옥중에 가두었다. 그걸 본 신하들은 감히 더 간하는 자가 없었다. 성충은 결국 옥에서 죽었는데, 죽음에 임해서도 왕에게 간절한 충정이 깃든 유서를 남겼다.

"충신은 죽더라도 임금을 잊지 않는 것이니, 한 말씀 올리고 죽고자 합니다. 신이 항상 시세의 변천을 살펴 보건데, 반드시 전쟁이 있을 것입니다. 무릇 용병에는 반드시 그 지리를 살펴 택할 것이니, 강의 상류에 처하여 적을 맞이한 후에야 보전할 수 있습니다. 만일 다른 나라의 군사가 쳐들어오면, 육로에서는 침현(충남 대덕군 마도령)을 넘지 못하게 해야만 합니다. 또 수군은 기벌포(장항)연안에 들어오지 못하게 하소서. 이렇게 험한 곳에 의지하여 적을 막아야만 가능합니다."

그렇지만 왕은 마음에 두지 않았다.

태종 무열왕 7년 3월,

당 고종이 소정방으로 대총관을 삼고 김인문을 부대총관을 삼아, 수륙군 13만 명을 거느리고 원정길을 떠나게 했다. 그 군대는 백제를 칠 원정군이었다. 그래서 신라왕을 우이도행군총관을 삼아 군사를 거느리고 당 군을 응원하게 하였다.

5월 26일, 신라왕이 유신, 진주, 천존 등과 함께 군사를 거느리고 도성을 출발하여 6월 18일에 남천정(지금의 利川)에 다다랐다.

소정방 군은 협주에서 출발하여 1천 리를 잇는 축로를 거느리고 동쪽을 향하여 물길을 따라서 내려왔다.

6월 21일, 왕이 태자 법민에게 병선 백척을 이끌고 덕물도에서 소정방을 맞게 했다. 정방이 법민에게 말했다.

"내가 7월 10일에 백제 남쪽에 이르러 대왕의 군사와 화합할 것이오. 그래서 함께 의자왕의 도성을 무찔러 부술 것이오."

법민이 기뻐하며 말했다.

"우리 대왕이 지금 대군을 고대하시고 있습니다. 대왕께서 대장군이 오셨다는 말을 들으시면, 필연코 침석에서 일어나 음식을 가지고 속히 오실 것입니다."

소정방도 기뻐하며 법민을 돌려보냈고 신라의 병마를 징발하게 하였다. 법민이 돌아와서 자신이 본 바를 부왕에게 전했다.

"정방의 군사는 10만이 넘는 대군인데다 사기가 매우 충천해 있습니다."

316

"오호, 드디어 그토록 고대하던 당의 대군이 왔구나. 그 성대한 군사와 우리 군사가 합하면 백제는 그 모습만 보고도 놀랄 것이다."

왕은 기쁨을 이기지 못하며 태자에게 일렀다.

"대장군 김유신과 장군 품일, 흠춘 등으로 정병 5만 명을 거느리고 가서 응원하게 하라."

그리고 왕은 금돌성(경북 상주 백화산)에 수레를 머물렀다.

한편 백제왕도 나당 연합군이 몰려온다는 보고를 받았다. 다급해진 의자왕은 군신을 모아 방어할 대책을 물었다.

먼저 좌평 의직이 나가 말했다.

"당병은 멀리서 바다를 건너 왔습니다. 물에 익숙지 못한 자는 배에서 반드시 피곤할 것이니, 처음 육지에 내려서 사기가 정정치 못할 때 급히 치면 가히 뜻을 얻을 수 있을 것이옵니다. 또 신라인은 대국의 도움을 믿는 까닭에 우리를 가벼이 여기는 마음이 있습니다. 그러므로 만일 당 군이 불리함을 보면, 반드시 두려워하여 감히 날쌔게 나오지 못할 것입니다. 그러하오니 먼저 당과 결전하는 것이 좋을 것입니다."

그러자 달솔 상영 등이 반대했다.

"그렇지 않사옵니다. 당병은 멀리서 와서 속히 전쟁할 의욕을 갖고 있으므로, 그 날카로운 창을 당하지 못할 것입니다. 그런데 신라인은 앞서 우리 군에게 여러 번 패하였으니, 우리의 병세를 바라보고 두려워하지 않을 수 없을 것입니다. 오늘의 계획은 당군의 길을 막아 그 군사의 피로함을 기다리는 것입니다. 그런 후 먼저 일부 군사로 하여금 신라군을 치게 하여 그 기세를 꺾어야만 하옵니다. 그렇게 적당한 때를 엿보아 합전하면 군사를 온전히 하고 국가를 보전할 수 있을 것입니다."

두 사람의 말을 들은 왕은 주저하며 어느 말을 따를 지 알 수 없었다. 마침내 왕은 유배 보낸 좌평 흥수에게 사람을 보내 묻게 하였다.

"일이 급하니 어찌하면 좋겠느냐?"

흥수가 답했다.

"당병은 수가 많고 군율이 엄명하고 더구나 신라와 공모하여 화합하는 세력을 이루고 있습니다. 만일 평원광야에서 대전하면 승패를 알 수 없습니다. 백강과 탄현은 우리의 요로입니다. 마땅히 용사를 가려서 거기에 가서 지키도록 하십시오. 무슨 일이 있어도 당병이 탄현을 넘지 못하게 해야 합니다. 그리고 대왕께서는 적의 군량이 다하고 사졸들이 피로함을 기다리십시오. 그들이 지쳤을 때 이를 분격한다면 반드시 적병을 깨트릴 것입니다."

이 때 대신들은 믿지 않고 말했다.

"흥수는 오랫동안 유배 중에 있었습니다. 임금을 원망하고 나라를 사랑하지 않을 것이니, 그 말을 믿을 수 없습니다. 당병으로 하여금 백강에 들어와서 흐름에 따라 배를 정열할 수 없게 하여야 합니다. 또 신라군은 탄현에 올라서 작은 길로 말을 정열할 수 없게 하여야만 합니다. 그런 다음, 때를 봐서 군사를 놓아 치면, 마치 조롱 속에 있는 닭을 죽이고 그물에 걸린 물고기를 잡는 것과 같습니다."

하니, 왕이 또 그런가 하였다.

그들이 이렇게 의견이 엇갈린 채 우왕좌왕 혼란할 때, 이미 나당의 군사가 백강과 탄현을 건넜다는 말이 전해졌다. 안절부절 하던 왕은 장군 계백으로 하여 결사대 5천 명을 거느리고 나가 신라 병과 싸우게 했다.

7월 9일, 김유신 등의 군사가 황산벌에 이르렀다.

백제 장군 계백은 먼저 와서 험한 곳을 차지하고 있었다. 계백은 진영을 셋이나 만들어 두고 신라군을 기다리고 있었다.

유신 등이 그들처럼 군사를 세 길로 나누어, 네 번 싸웠으나 불리하였다. 죽음을 각오한 계백의 결사대에 이미 신라 사졸들은 기세가 꺾여버렸다.

그러자 김유신의 아우인 김흠순이 그의 아들 반굴에게 말했다.

"신하 노릇을 하려면 충(忠)만한 것이 없고, 자식 노릇을 하려면 효(孝)만한 것이 없다. 네가 만일 이 위태한 것을 보고 목숨을 바치면 충효를 둘 다 완전히 할 수가 있는 것이다."

"제 몸과 피는 아버님에게서 받은 것입니다. 이제 이 몸을 바쳐 충효를 다 할 것입니다."

화랑 반굴은 자신의 낭도들을 이끌고 적진으로 들어가 싸웠다. 그러나 모두 전사하고 말았다. 그것을 본 좌장군 품일 또한 가만있지 않았다. 품일은 그의 아들 관창을 불러 말 옆에 세우고, 여러 장군들에게 보이면서 말했다.

"우리 아이의 나이는 겨우 16세나 지기는 자못 용맹하오. 관창아, 너는 오늘의 싸움에서 능히 삼군의 모범이 되겠느냐?"

품일은 어린 아들에게 기꺼이 피를 흘려 희생하라는 명령을 하고 있었다. 이미 신라 군사 만 명이 백제군에게 죽었다. 전투가 전투니 만큼 지도층의 피로 군사들에게 모범을 보여야 할 때였다.

"소자, 명을 따르겠습니다."

관창이 말 위에 올라 창을 든 채 적진으로 달려갔다. 하지만 관창은 곧 적에게 사로잡혀 계백 앞으로 끌려 나갔다. 계백은 사람을 시켜 관창의 투구와 갑옷을 벗기게 했다. 투구를 벗자 어린 소년의 얼굴이 드러났다. 계백은 그 어리고 어여쁜 얼굴, 용맹함을 사랑하여 차마 죽일 수 없었다. 그는 탄식했다.

"신라는 대적할 수가 없구나. 저 소년도 이와 같은데 하물며 장수라면……."

계백은 관창을 도로 살려 보냈다.

돌아온 관창이 다시 아버지 품일 앞에 나와 말했다.

"제가 적진에 들어갔지만 장수의 목을 베지 못하고 기도 뺏어 오지 못했습니다. 이는 죽음을 두려워함이 아니겠습니까?"

갈증이 난 관창은 먼저 손으로 우물물을 떠서 마셨다. 그는 다시 적진으로 들어가 날쌔게 싸웠다. 또 다시 그를 사로잡은 계백은 손수 그 목을 베었다. 관창을 갸륵히 여긴 계백은 그 목을 말안장에 붙들어 매서 돌려보냈다. 품일은 그 아들의 머리를 잡고 흐르는 피에 옷깃을 적시며 말했다.

"우리 아이의 얼굴이 꼭 살아 있는 것 같구나. 국사를 위하여 능히 죽었으니 다행하다."

신라의 장군, 그들은 자신의 피는 물론 타인의 피까지 자진하여 흘리기를 교육해왔다. 나라와 그들의 토지 또한 목숨 못지않게 중요했기 때문이다. 또한 그들은 인간의 삶이 영원히 계속된다고 믿었기 때문에 언제든지 죽을 각오가 되어 있었다.

관창의 피를 본 군사들은 모두 죽기를 결심했다. 그들은 북을 치고 고함을 지르며 진격했다.

드디어 백제 군사는 대패하였고 계백도 전사하였다.

이 날, 소정방은 부총관 김인문과 함께 기벌포(장항)에 도달하여 백제 군사를 대파하였다.

유신 등이 하루 늦게(7월 11일) 기벌포에 이르러, 당군 진영에 김문영을 보냈다.

소정방이 벌컥 화를 냈다.

"너희 일행은 약속한 기일보다 늦지 않았느냐? 내, 군기를 엄수하기 위해서라도 너를 본보기로 목 벨 것이다."

그 말을 전해들은 유신이 여러 군사에게 말했다.

"대장군이 황산벌의 힘든 싸움은 보지 못하고, 단지 기일에 뒤진 것만 죄로 삼으려 하는 구나. 나는 죄 없이 욕을 받을 수는 없다. 반드시 먼저 당나라 군사와 싸움을 결정한 후에 백제를 부술 것이다!"

유신이 군문에서 당군 쪽을 노려보았다. 그의 성난 머리털은 꼿꼿이 서고 허리에 찬 보검은 저절로 뛰어 칼집에서 튀어 나왔다.

그러자 소정방의 친구 동보량이 발을 굴렀다.

"신라 군사가 오히려 우리와 싸운다 합니다. 장군은 사소한 일로 신라와 싸우려는가? 김문영을 놓아 줍시다."

곧 소정방은 김문영을 풀어 주었다.

이 때 백제의 왕자가 편지를 당나라 장군에게 보내 퇴병해줄 것을 애걸하였다.

7월 12일, 나당 연합군은 의자왕의 도성을 에워싸기 위해 소부리 들로 진군했다. 하지만 백제 왕자의 편지를 받은 소정방은 꺼리는 바가 있어 전진하지 않았다. 결국 유신이 소정방을 달래서 양군이 네 길로 나란히 쳐들어갔다.

백제 왕자가 또 상좌평을 시켜 술과 많은 음식을 보내왔는데 정방은 거절하였다. 왕의 서자가 친히 6명의 좌평과 나와 죄를 빌었으나 또 정방은 물리쳤다.

13일, 의자왕은 좌우 근신을 데리고 밤에 도망하며 탄식했다.

"내 성충의 말을 듣지 않아 이에 이른 것을 후회한다."

의자왕의 아들 융은 대좌평 천복 등과 함께 나와 항복했다.

융을 자신의 말 앞에 꿇어앉힌 법민은 그 얼굴에 침을 뱉었다.

"전에 너의 아비가 나의 누이를 원통히 죽여 옥중에 파묻은 일이 있다. 그것이 나를 20년 동안 마음을 아프게 하고 머리를 아프게 하였다. 자, 오늘 너의 목숨은 이제 내 손에 달렸다."

융은 땅에 엎드린 채 말이 없었다.

18일, 의자왕이 태자 등을 데리고 웅진에서 돌아와서 항복하였다.

무열왕은 의자왕의 항복 소식을 듣고, 29일 제감 천복을 당에 보내 전공을 알렸다.

8월 2일, 크게 주연을 베풀고 장수들을 위로하였다. 무열왕과 소정방, 유신 등의 여러 장군들은 당상에 앉고, 의자왕과 그 아들 융은 당하에 앉혔다.

신라왕 김춘추가 의자왕에게 명했다.

"그대가 대장군과 여러 장군들 술잔을 채우도록 하시오."

의자왕은 그 명을 따라 승전한 장군들 앞에서 술잔을 돌렸다. 그 모습을 본 융과 백제 좌평 등 신하들이 모두 목이 메어 울기 시작했다.

백제를 멸한 후, 소정방을 비롯한 당의 장군들은 백제·사비에 진영을 세우고 있었다. 사비에서 그들은 은밀히 신라를 침략하려고 논하였다. 무열왕이 이 사실을 알고 여러 신하들을 불러 대책을 물었다. 그때 다미공이 나섰다.

"우리 백성으로 거짓 백제인의 복장을 꾸미는 것입니다. 백제인이 해칠 뜻이 있는 듯 보이면, 당병들이 반드시 공격할 것입니다. 그 때 함께 싸우면 뜻을 펼 수 있습니다."

그러자 유신이 말했다.

"그 말이 취할 만하니 따르기 바라나이다."

왕이 물었다.

"당 군이 우리를 위하여 적을 멸하였다. 그런데 도리어 싸움을 한다면 하늘이 우리를 도울 것인가?"

그러자 유신이 말했다.

"개가 그 주인을 두려워하지만 주인이 그 다리를 밟으면 무는 법입니다. 어찌 어려운 경우를 당하여 스스로 구원하지 않겠습니까? 대왕께서는 허락하소서."

당나라 인들은 신라 편에 대비가 있는 것을 정탐해 들었다. 마침내 그들은 신라를 침략하려던 것은 포기하고 귀향할 준비를 서둘렀다.

9월 3일, 소정방을 비롯한 당나라 인들은 백제왕과 신하 93명, 백성 2만 명을 노획하여 사비에서 배를 띄워 돌아갔다. 당의 유인원 등은 머물러 진영을 설치하고 수비하였다.

당에 돌아간 소정방이 당 고종에게 포로를 바치자, 고종이 위로하다가 넌지시 물었다.

"어찌하여 이내 신라를 치지 않았는가?"

정방이 대답했다.

"신라는 임금이 어질고 백성을 사랑하옵니다. 또 그 신하는 충성으로 나라를 섬기고 아랫사람들이 윗사람 섬기기를 부형과 같이 합니다. 신라가 비록 나라는 작지만 도모할 수 없습니다."

당 고종은 백제왕과 그 신하들을 형식적으로 꾸짖은 다음 용서했다. 의자왕은 나라 잃은 것을 내내 한탄하다 곧 당에서 병으로 죽었다.

당 고종은 그에게 광록대부위위경을 추증하고 조서로써 손호, 진숙보 같은 중국의 유명한 이들 묘 옆에 장사지냈다. 아울러 비를 세웠다. 왕자 융을 위로하고 사가경이라는 직위를 제수하였다.

태종 무열왕 8년 2월,

백제의 남은 군사가 사비성을 공격하자 왕이 품일을 장군에 명해 문왕, 충상 등으로 돕게 하여 사비성을 구원케 하였다.

6월, 대관사의 우물물이 변해 피가 되고 금마군(익산)에서는 땅에서 피가 흘러 나왔다. 그 땅의 너비가 5보나 되었다.

왕이 갑자기 쓰러져 위중하였으므로 유신과 법민을 비롯한 여러 왕자들이 그 앞으로 달려왔다.

왕은 유신과 법민의 손을 잡고 말했다.

"지난 날, 우리 신라는 그대로 인해 존속할 수 있었소. 나 역시 그대의 힘으로 원을 갚고 왕이 되어 백제를 평정할 수 있었소. 그대야 말로 나의 굳건한 은인이라 할 것이오. 아직도 전사들의 해골은 먼 황야에 널리 쌓여 있고, 그들의 몸과 머리는 따로 흩어져 있소. 내 그 백성의 잔해를 매우 슬프게 여기오. 또 아직 고구려는 멸하지 못한 채 눈을 감게 되었다. 법민아, 너는 이제 곧 유신공과 큰 적 고구려를 멸해야 한다. 그리하여 사방을 안정하도록 하는 것이 너의 임무니…… 유신 공, 법민을 나처럼 보필해줄 것을 부탁하오."

"대왕께 드린 충성 이상으로 죽는 날까지 왕과 신라를 위해 견마지로로 일하겠습니다."

유신은 흐느꼈다. 그 눈에서 흐르는 굵은 눈물방울이 그의 흰 수염아래 뚝뚝 맺혔다. 그는 한참동안 왕의 두 손을 잡고 놓지 않았다. 그토록 오랫동안 동고동락했던 친구며, 매부였고 왕이며 또한 장인이었던 그의 손을.

왕이 죽자, 그 시를 무열이라 하고 영경사 북쪽에 장사하고 묘호를 올려 태종이라 하였다. 부음을 들은 당 고종은 낙성문에서 신라 왕의 애도식을 거행하였다.

661년, 신라 30대 문무왕이 즉위하니, 휘는 법민이고 태종 무열왕의 장자다. 그는 총명하고 지략이 많은 이로 태종 무열왕이 당나라 장군 소정방과 백제를 평정할 때 함께 종군하여 큰 공을 세운 바 있었다.

그의 능은 동해 감은사 동쪽 바다에 있는데, 대왕암이라고도 일컬어진다. 그는 21년간 치세하고 죽는데, 동해 바다 속에 장사 지냄은 그의 유명에 의한 것이었다. 죽어서라도 용이 되어 왜적을 막겠다는 그의 일념이 담겨 있었다. 또한 왕은 평시에 지의법사에게 말하곤 했다.

"나는 죽은 뒤에 나라를 지키는 큰 용이 되어 나라를 수호하려 하오."

이에 법사가 말했다.

"용은 짐승의 응보인데 어찌 용이 되신단 말입니까?"

왕이 말했다.

"나는 세상의 영화를 싫어한 지가 오래 되오. 만일 추한 응보로 내가 짐승이 된다면 이야말로 내 뜻에 맞는 것이오."

그의 유조는 로마 황제 아우렐리우스의 명상록을 보듯 허무하며 철학적인 사색이 깔려 있다.

"과인이 어지러운 시대를 당하여 전쟁터에 나가 서정북토하여 이 땅을 안정시켰다. 이제 병기를 녹여 농기구를 만들었다. 또 백성들의 세금을 가볍게 하고 요역을 덜어, 집이 부하고 인구가 늘며 생활이 안정되었다……. 모든 왕들과 영웅들도 마침내 죽으니 한 봉우리의 흙무덤을 이룰 뿐이다. 풀 베는 아이와 목동이 그 흙무덤 위에서 노래하는 구나. 여우와 토끼가 구멍 뚫으니, 무덤이란 것은 한낱 재물만 허비하고 인력을 소비할 뿐이다. 큰 무덤이 죽은 혼을 오래 머물게 할 수는 없는 법이다. 생각하면 슬프고 비통하나 이 같은 것은 내가 원하는 바가 아니다. 임종 후 10일에는 곧 불로 화장할 것이며 분골은 동해 바다에 뿌려라. 국상은 힘써 검약을 쫓을 것이다……."

문무왕 원년 6월,

326

당나라에서 황제 곁에 있던 왕의 동생 인문과 유돈 등이 부왕의 상을 당해 귀국하였다. 그들이 급히 왕에게 아뢰었다.

"황제가 이미 소정방으로 하여금 수륙군을 거느리고 고구려를 치라는 명을 내렸습니다. 대왕께도 병력을 동원해 응원케 하라 하십니다. 비록 부왕의 상중에 있으나 황제의 칙명을 어기기는 어렵습니다."

"부왕의 유조 또한 유신 공과 힘을 합쳐 고구려를 평정하는 것이다. 상중이나 이 또한 급한 일이다."

하며 왕은 김유신으로 대장군을 삼고, 인문, 진주, 흠돌로 대당장군을 삼았다. 또 천존, 죽지, 천품으로 귀당총관을 삼고 품일, 충상, 의복 등등 신라 최고의 장수들을 총관으로 삼았다.

8월, 왕이 직접 여러 장군을 영솔하고 나섰다.

법민의 황금 빛 투구와 갑옷, 눈부시도록 새하얀 백마 위에 덮은 금빛 갑주가 막 떠오르는 새벽의 붉은 태양에 반사되어 불타오르는 듯 광채를 뿜었다. 태양은 젊은 왕의 앞날을 밝혀주는 듯 찬란한 빛으로 솟아오르고 있었다. 수만의 병사를 통솔한 왕이 앞장서서 말 달리고 있었다. 하늘 비스듬히 솟은 붉은 태양은 법민을 비추며 천천히 높이 떠오르고 있었다.

왕이 되기 바쁘게 전쟁터로 달려 나가는 그의 앞날은 수많은 긴 전쟁의 여정이 펼쳐져 있었다. 여전히 신라의 사방은 적에 둘러싸여 있었고, 백제 지역에서는 부흥군이 속출했다. 당 역시 신라를 이용해 고구려를 정벌한 다음은 신라를 삼킬 검은 심보가 있었다. 아버지 대신 당을 드나들던 왕이라 당의 흑심은 잘 알고 있었다. 고구려를 평정한 다음은 대당과의 큰 전쟁이 그를 기다리고 있을 터였다. 백제, 고구려, 당, 거란, 말갈, 일본까지 그의 앞날에 지루하게 펼쳐져 있을 그 피비린내 나는 전투들, 그리고 전쟁보다 더 위대한 과업인 평화를 이룰 막대한 임무가 그에게 있었다.

　말을 몰아 나가던 젊은 왕 법민의 눈앞에 먼 낭산의 푸른 능이 들어왔다. 한적하고 평화로운 광경, 그 곳은 선덕 여왕이 잠든 곳이었다. 그 능을 바라보며 말의 고삐를 늦춘 법민이 유신에게 물었다.

　"이 곳은 전대 선덕 여왕의 능이 아닌가? 그 분은 도리천에 자신을 장사지내라는 말씀을 남기셨지……. 그렇다면 바로 저 곳이 도리천인가?"

　"그러합니다. 그 분은 저 곳을 도리천이라 하셨습니다. 이곳을 지나치니 문득 못 견디게 그 분이 그립습니다. 그 분은 왕이 되자 신라를 위해 사셨고, 백성들을 위해 많은 선정을 베푸셨습니다. 그 분에게서 신라가 떠난 적은 잠시도 없었지요. 또한 뚜렷하게 앞날을 내다보시던 분이셨습니다. 그분은 태종 무열왕과 신 같은 이를 기용해서 신라가 장차 삼국을 평정하기를 도모하셨습니다. 아마 그분 같으면, 오늘의 일을 미리 알고 계셨던 게 아닌가 하는 생각도 듭니다. 선덕 여왕께서는 무열왕과 제게 이런 말을 하신 적이 있었습니다. 이 삼한에서 역사의 흐름을 바꿀 나라는 바로 신라라고, 우리들 역사의 의지는 승리를 거둘 것이라고. 여왕께서는 삼한 통일의 어머니로서 우리를 품어 주신 분입니다."

　"그러고 보니 어린 내게 지었던 그 분의 다정한 미소가 나 역시 그립소. 고구려를 평정한 후에는 선덕 여왕의 능 아래 절을 지어 그 분을 기리도록 할 것이오. 또한 이런 신성한 장소에 절을 지으면, 그 가호로 우리나라를 지킬 수 있을 것이오. 불경에 말하기를 사천왕천 위에 도리천이 있다고 했으니, 그 절은 사천왕사라고 이름 지을 것입니다. 그렇다면 그 분이 계신 곳은 저절로 도리천이 될 것이니."

잠시 늦추었던 그의 백마가 말발굽에 황토 빛 먼지를 일으키며 달려가기 시작했다. 그 뒤로 무수한 깃발들이 펄럭이며 기마들이 따라왔다. 이미 뜨거워진 한낮의 태양빛 아래 사기충천한 함성을 일으키는 군대의 행렬은 끝이 없을 듯 길게 이어지고 있었다.

– 끝 –

작가의 말

　10년 전쯤인가, 동생하고 이야기하던 중 내가 시대물을 쓴다면 선덕 여왕을 주인공으로 한 소설을 쓰겠다고 말한 적이 있었다. 그때 동생과 서로 재미있는 이야기를 주고 받았던 덕분에, 언젠가 써야할 이야기로 무의식중에 남아 있었던 것 같다.

　또한 그 시대 여성들은 발랄하고 자유롭고, 남녀교제까지 빈번한 듯해서 고대가 현대로 통하는 느낌조차 들었다. 타임머신을 타고 과거로 돌아가고 싶다면 당연히 그 시대는 삼국 시대나 통일 신라 시대일 것이다. 조선 시대의 여성이라면 우선 답답하고 너무 억눌린 것만 같아서 싫다. 우리나라의 여성사를 시대적으로 볼 때 조선시대로부터 과거로 거슬러갈수록 여성의 지위는 높아지고 자유로워진다. 고려시대까지만 해도 딸은 아들과 똑같이 재산상속을 받고 남녀상열지사라는 말이 돌 정도로 자유연애를 했으니 괜찮았던 것 같다. 문화적으로 볼 때도 조선 시대로부터 거슬러갈수록 더 화려하고 스케일이 웅대해 보인다. 선덕 여왕 시대인 서기 7세기 중반의 신라는 문화를 한참 꽃피우기 시작했고, 백제는 세계 최고

수준이라 할 정도의 우수한 문화 선진국이었다. 그런 고대를 배경으로 신비롭고 아름다운 여왕에 대한 이야기를 쓰려고 하니 한편 기대감으로 가슴이 설레었다.

삼국사기, 삼국유사, 일본서기를 먼저 탐독한 후 현대 사가들이 그 시대에 대해 쓴 여러 책들을 참고로 읽었다. 그렇지만 '선덕 여왕' 개인에 대한 자료는 그다지 충분히 수집할 수 없었다. 지금까지 끊임없이 쏟아져 나왔던 그 많은 역사 소설들 중에서 '선덕 여왕'처럼 아름다운 이름을 지닌 인물이 소설화 될 수 없었던 이유가 있었다. 그리하여 아직까지 어느 작가도 쓰지 않았으므로 나만의 여왕이 될 수 있었구나 하고. 또 다른 작가가 쓰지 않았던 이유는 선덕 여왕의 이미지가 초현실적이고 샤먼적인 면이 많아서 황당하지 않았던가 하는 생각이 들었다. 여러 도서실에서 자료를 찾으며 뭔가 더 없을까 하는 마음이었지만, 소설인 만큼 상상이나 공상으로 충분히 메울 수 있다고 생각했다.

역사 비전문가인 내가 보기에도 삼국사기는 신라 중심으로 엮은 책이어서 백제에 대한 기록은 부족했고, 일본서기는 일본인이 자기들 마음대로 기술한 듯한 부분이 많아서 거슬렸다. 그럼에도 불구하고 일본서기의 반 이상이 백제와 삼국에 관련된 이야기여서 우리와는 아주 밀접했다. 그 외 다른 책들도 저자에 따라 역사를 보는 시각과 추리가 달랐으므로, 책을 읽는 자도 역사에 대한 성숙한 시각이 있어야 하며 어떤 책을 그대로 믿는 것도 위험하구나 생각했다. 덧붙이자면 이 소설의 주인공은 신라 여왕과 귀족들이므로 신라인의 편에 서서 쓰여지게 되었다.

'선덕 여왕'은 어떤 분일까 상상했다. 여왕은 자신의 죽는 날을 예언했고 병상에 누웠을 때도 백제군이 쳐들어오는 것을 감지하고 알천에게 공격하라고 명했으니, 즉 초능력이 있는 분이다. 당 태종이 보낸 모란꽃 그림을 보고는 그 꽃에 향기가 없을 것을 미리 알았으니, 섬세한 관찰력과 지혜를 겸비한 분이라 할 것이다. 또 그 시대 여왕들의 용모에 대한 기록을 보면, 진덕 여왕은 키가 7척에 팔이 무릎 아래로 닿을 정도였다 하고, 진성 여왕 역시 골상이 장부 같았다고 하는 것을 보면 아마 남자 못지않은 당당한 풍채가 아니었을까. 또한 여인들도 무풍적인 옷차림으로 승마를 했던 점으로 보아 여왕에게도 아마조네스적인 기질이 있었을 것이다. 그렇지만 모란꽃으로 비유되는 선덕 여왕에게는 그녀를 사모하다 못해 탑과 함께 불탔던 지귀의 설화가 있는 만큼 매우 여성적인 체취를 뿜는 이야기들이 전해진다.

즉 여왕은 초능력을 지닌 데다, 아마조네스적인 기질이 있으면서도 더없이 여성적인 우아한 분이다. 여왕의 초능력에 대해서는 허황된 것으로 보는 이도 많지만, 고대에는 그런 능력을 지닌 자도 많았으니 알 수 없지 않은가. 또 그 시대는 걸핏하면 못이나 우물에서 용이 나타났고, 혜성과 함께 불길한 일이 생겼고 갖가지 이상한 일들이 정사인 삼국사기에도 기록되어 있으니 시대 자체가 초현실적인 면이 많았다. 즉 신화와 설화, 인간과 귀신, 모든 비현실적인 면들이 현실과 공존하던 시기였다.

또 어떤 책에선가, 여왕의 무덤 옆에는 '새끼 무덤' 이 있는데 그 무덤은 여왕이 총애하던 신하의 무덤으로 알려 진다 는 구절을 본 기억이 났다. 그 무덤 이야기는 죽어서야 영원히 함께 있게 된 저 '트리스탄과 이졸데' 의 비련의 신화처럼 로맨틱한 환상을 부추겼다. 그렇지만 내가 막상 선덕 여왕의 능을 답사했을 때, 그 새끼 무덤의 존재는 잘 구별할 수 없었다. 1300년이 지나는 동안 형체가 없어졌거나 전설일 수도 있다.

'선덕 여왕'을 더 알기 전에는 낭만적이고 시적인 선입견이 있었는데, 역사 속의 현실은 다른 점이 많았다. 역시 현실이란 1300년 전 고대라 해도 잔인하고 산문적일 수밖에 없었는지. 아마 여왕이 되기 전까지는 즐겁게 사셨던 것 같다. 그런데 여왕이 된 이후, 그분의 인생은 고단하고 힘겹기만 했다. 그 무렵 신라는 백제와 고구려의 공격을 가장 많이 받았고, 고군분투하던 여왕은 심신이 힘겨웠던지 병석에 오래 있었다. 어찌나 전쟁 장면이 많은지 내가 무협소설을 쓰고 있나 하는 생각이 들었고, 박력 있고 디테일한 칼싸움 묘사에 한참 치중하기도 했다.

여자가 왕이어서 이웃나라가 얕보고 자주 침입한다며, 여왕에게로 전쟁 원인을 미루는 자들도 있었지만, 부왕인 진평왕 때부터 백제와 고구려의 공격은 빈번했다. 왜냐하면 그 선대 진흥왕이 한강 유역을 넓혀 영토 확장한 것이 원인이어서, 백제와 고구려는 잃은 땅을 회복하려고 자주 침범한 것이다. 다행히 현명한 여왕 아래로는 김유신과 김춘추 같은 명신들이 있어, 고구려와 백제의 협공 속에서 국가를 지키고 오히려 삼국 통일의 기반으로 삼을 수 있었다.

내가 초등학생이었을 때 국사 공부를 하며 의아해했던 기억이 났다. 국토는 절반으로 줄어든 것 같은데, 어째서 책과 선생님은 신라가 삼국통일을 했다고 하는가. 그런데 지금은 신라 편에서 여왕을 이해하는 입장이 되니, 남북한이 이렇게 통일되기 어려운데 신라의 업적을 과소평가할 수만은 없다는 생각이 들었다. 어떤 분은 외세(당)의 힘을 끌어 들여 민족상잔을 벌인 학살극이란 말도 서슴지 않지만, 그 당시로서는 '같은 민족'이라는 '개념' 자체가 없었다. 가장 약한 신라로서는 강한 두 나라 사이에서 살아남기 위한 자구책이었던 것이다.

또 절대적인 충성을 품고 나라를 위해 젊은 피를 뿌린 화랑들의 활약을 빠트릴 수 없다. 내가 복잡하고 이기적인 현대인이므로, 단순하고 영웅적인 고대의 화랑들이 더 감동적으로 느껴지는 지도 모르겠다. 그런 면에서 여왕의 연인인 비형은 오히려 현대적인 사고를 하는 복잡한 인물이고, 운정은 순정적이며 단순한 캐릭터로 매우 화랑다운 면이 있다.

이 소설은 선덕 여왕의 업적을 과장해서 영웅주의 적 시각으로 쓰려한 의도는 애초에 없었다. 여왕과 멋있는 화랑들의 연애 이야기를 환상적으로 그려내고 싶은 의도가 더 컸다. 그래서 여왕의 연애 이야기가 너무 많다고 편집자에게 한소리 들었을 정도다. 하지만 삼국사기의 저자나 후세 사가들은 유교적이고 남성적인 시각에서 여왕을 오히려 비하시킨 감도 없지 않았다. 문무왕대에 이르러 여왕은 고구려, 백제의 협공 속에서 나라를 지킨 분으로 존경 받았다. 여왕의 능 아래 사천왕사를 지어 여왕이 도리천에서 국가를 수호할 것이라고도 믿었다. 당나라 군이 수백 척의 해군을 끌고 왔을 때 풍랑에 휩쓸려 침몰한 것도 여왕이 도리천에서 나라를 수호하기 때문이라고 믿을 정도였다. 그 외 주제넘게도 여왕의 개인적인 일들이나 고뇌에 감히 치중하려 했다. 아름답고 관대한 여왕께서 용서하시기를.

이 글 본문 중에 나오는 '연못에 핀 연꽃을 물속에 들어가 꺾듯

334

이 ……' 부분은 숫타니파아타에 나오는 글이며, '가시넝쿨 속이라도 내 갈 길이 있나니 안개가 지나가는 그 길이며……' 부분은 관음경에서 발췌하였다. 그 외 많은 참고서적에 도움을 받았지만, 소설에서는 그것을 명백히 밝히지 않는 법이므로 이쯤에서 글을 맺는다.

정 진 영

선덕 여왕

초　판　1쇄 발행 | 2007년 7월 27일
초　판　5쇄 발행 | 2009년 5월 9일

지은이 | 정진영
펴낸이 | 박대용
펴낸곳 | 도서출판 징검다리

주소 | 413-834　경기도 파주시 교하읍 산남리 292-8
전화 | 031)957-3890, 3891 팩스 | 031)957-3889
이메일 | zinggumdari@hanmail.net

출판등록 | 제10-1574호
등록일자 | 1998년 4월 3일

ISBN 978-89-6146-101-6　03810